Du bist der Schein rotgoldnen Herbsteslichts,
Allein in mir schwillt wie ein Meer das Leid
Und lässt, rückflutend, müder Lippe nichts,
Als Nachgeschmack von Schlamm und Bitterkeit.

„Plauderei“ von Charles Baudelaire

Aus: „Le Fleur du Mal“ – „Die Blumen des Bösen“

Der Roman spielt hauptsächlich in bekannten Regionen, doch bleiben die Geschehnisse reine Fiktion. Die Figuren dieses Romans sind frei erfunden. Ähnlichkeiten mit lebenden oder verstorbenen Personen sind nicht beabsichtigt und wären rein zufällig.

MIX
Papier aus verantwortungsvollen Quellen
FSC® C104608

Der CO_2-Ausstoß dieses Druckproduktes wurde mit ClimateCalc berechnet und kompensiert:

www.climatecalc.eu
Cert. no. CC-000094/DK

Bibliografische Information der Deutschen Nationalbibliothek
Die Deutsche Nationalbibliothek verzeichnet diese Publikation in der Deutschen Nationalbibliografie; detaillierte bibliografische Daten sind im Internet abrufbar über http://dnb.ddb.de

Umschlaggestaltung: C. Riethmüller
Der Umschlag verwendet Motiv(e) von 123rf.com
Druck und Bindung: Nørhaven, Viborg
Printed in Denmark
ISBN 978-3-8271-9343-8

Susanne Schieble

Vorstadtidylle

CW Niemeyer

Kapitel 1

Dräuende Sommerhitze hatte sich über den kleinen Ort Kleuthen gelegt. Die Luft flirrte schon am Morgen über dem Asphalt. Im Neubaugebiet war es still an diesem Sonntagvormittag. Die jungen Familien hatten sich in ihre Gärten zurückgezogen und genossen den freien Tag. Dann und wann war ein Juchzen zu vernehmen, wenn sich die Kinder nach dem Frühstück in den Pool stürzten oder das Trampolin bearbeiteten. Nur die wenigen Häuser, die von Ehepaaren, deren Kinder schon aus dem Haus waren, bewohnt wurden, lagen verlassen da.

Julian ärgerte sich. Immer musste Timo den Fußball über den Zaun kicken! Da kam er nicht ran, und dann verdonnerte Timo ihn auch noch dazu, ihn zu holen.

„Bist doch selbst schuld", kreischte sein Freund ein ums andere Mal, „bist eben nicht Manuel Neuer, höchstens Kreisklasse!"

„Gar nicht wahr", kreischte Julian zurück, „ich werde mal Torwartlegende, wirst schon sehen!"

Murrend schwang sich Julian über den Gartenzaun. Jetzt war der Ball auch noch unter einen Lieferwagen gerollt! Es war einer von den weißen, die öfters im Neubaugebiet zu finden waren. Julian fand diese Wagen besonders schön, denn an den Seiten war eine Robbe aufgeklebt. Julian legte den Kopf schief. Seltsam, bei diesem Wagen war die Robbe irgendwie anders.

Julian zuckte mit den Schultern und ging in die Hocke. Mit einem Ast bugsierte er den Ball unter dem Wagen hervor, wandte sich um und lief zu seinem Freund zurück. Für die nächsten Stunden bis zum Mittagessen war er Manuel Neuer. Den Lieferwagen mit der komischen Robbe hatte er völlig vergessen.

Am Nachmittag hatte die Hitze mit vierunddreißig Grad ihren Höhepunkt erreicht. Der ganze Norden Deutschlands, so auch Hannover und die Region, stöhnte unter den unzumutbaren Temperaturen. Auf einem VW Sharan in einem Carport ließ sich eine Amsel nieder. Sie öffnete den Schnabel und ließ ihren schönen Gesang ertönen – fast zum letzten Mal in diesem Jahr. Abrupt hörte sie damit auf, als etwas anderes ihre Aufmerksamkeit erregte. Um ein offenes Fenster im Erdgeschoss des Einfamilienhauses, in dessen Carport es sich die Amsel gemütlich gemacht hatte, schwirrten Fliegen. Es wurden immer mehr. Träge beobachtete die Amsel das Gesumme, als überlegte sie, ob sie sich eine kleine Zwischenmahlzeit gönnen sollte.

Kapitel 2

„Mann, ist das heiß!“, stöhnte Carola und wischte sich den Schweiß von der Stirn. „Ich muss unbedingt was trinken!“

„Is‘ ja auch kein Wunder, wenn man in der Gluthitze unbedingt Sport machen muss“, murrte ihre Mutter.

„Ach komm, Mienchen“, versuchte Carolas Vater zu schlichten und hakte sich bei ihr unter. „Ich finde es gut, dass sie einen Sport gefunden hat, der ihr so viel bedeutet.“

„Danke, Papa.“

Carola lächelte ihrem Vater zu und lief schon einmal voraus zum Essensstand, der auch kühle Getränke zu bieten hatte.

„Ja, vielleicht ein bisschen zu viel“, brummte Hauptkommissarin Williamson. „Is‘ dir schon mal aufgefallen, dat unsere Tochter nit nur deshalb so viel Spaß an Ai… dings hat, weil et ein toller Sport is‘, sondern weil da auch der Dings rumläuft, der …“

„Ole“, half ihr Bernd-Karl.

„Ole! Wat is‘ dat überhaupt für’n Name? Wieso heißen hier so viele Odo, Finn, Ubbo oder eben Ole? Et kommt mir vor, als ob die alle auf einem Fischkutter groß geworden wären!“

„Das kommt daher, weil wir in Norddeutschland leben, Mienchen. Hier gibt es eben norddeutsche Namen!“

„Wenn et sein muss", brummte Williamson wieder und erschauerte, weil ihr ein Schweißtropfen den Rücken herunterlief. Sie hasste den Sommer. Zu hell, zu staubig, zu heiß. Viel zu … ach, wat soll et!

„Dat is' mir jedenfalls ein bisschen zu viel Nahkampf, wenn du verstehst, wat ich meine!"

Schmunzelnd legte Bernd-Karl einen Arm um seine Frau.

„Sie wird erwachsen, ob dir das nun gefällt oder nicht."

„Eher nit", murmelte Williamson wieder, lehnte sich aber an ihren Mann und atmete tief seinen Duft ein. Bernd-Karl! Wie immer schaffte er es, sie zu beruhigen.

Schließlich kamen sie bei Carola am Essensstand an.

„Mienchen, möchtest du Sushi?", fragte Bernd-Karl seine Frau, die immer noch angestrengt umherschaute. Sofort glättete sich Williamsons Stirn. Sushi! Sie musste zugeben, dass sie den kleinen Fischhappen mit Reis geradezu verfallen war. Sie liebte Sushi! Und Bernd-Karl wusste das natürlich ganz genau.

„Gern", strahlte sie und nahm auch schon eine der Boxen entgegen, die eine appetitliche Zusammenstellung verschiedenster Sushisorten enthielt. Williamson kämpfte wie immer mit den Stäbchen. So sehr sie Sushi mochte, so sehr verabscheute sie es, mit Stäbchen zu essen. Das hatte einen einfachen Grund: Sie bekam es einfach nicht hin.

„Habt ihr für meine Mutter vielleicht eine Gabel?", flüsterte Carola einem jungen Servicemitarbeiter zu. „Die Stäbchen sind für sie … na ja, ein wenig schwierig."

„Aber nur, weil du es bist", antwortete er und ließ seine Muskeln spielen. Er hielt ihr eine kleine Plastikgabel hin und sah ihr tief in die Augen, um sie dann mit einem breiten Grinsen von oben bis unten zu mustern.

„Du siehst wirklich sportlich aus. Seit wann machst du hier mit? Ich sehe dich hier zum ersten Mal."

„Na, na, junger Mann, widmen Sie sich mal wieder Ihrer Arbeit, nit? Da warten noch ‘ne Menge Leute, die auch essen wollen!", ging Williamson dazwischen und schnappte sich die Gabel.

Eingeschüchtert wich der Angesprochene einen Schritt zurück. Gegen die rheinische Urgewalt hatte er keine Chance.

Williamson schob ihre Tochter ein Stück weiter zu einem Stehtisch, an dem Bernd-Karl schon wartete.

„Wat is‘ eigentlich los? Warum gehen den Kerlen so die Hormone durch, wenn sie dich sehen? Macht dat der Anzug, oder wat?"

„Das ist kein Anzug, das ist ein Aikidougi", antwortete Carola und strich sich die verschwitzten Locken aus der Stirn. „Das muss ich tragen als Aikidoka."

„Nur weil du Aiko machst, heißt dat noch lange nit …"

„Ai-ki-do!", warf Carola dazwischen und rollte mit den Augen.

„Jaja, schon jut", winkte Williamson ab und ließ den Blick über den Stadtpark mit den vielen bunten Ständen, an denen japanisches Kunsthandwerk und Fertigkeiten angeboten wurden, schweifen. „Ich muss schon sagen, wat die Janina hier auf die Beine gestellt hat, is‘ wirklich beeindruckend."

„Nicht wahr?", ertönte hinter ihr eine wohlklingende Männerstimme. „Das sage ich ihr auch immer, aber sie will es mir einfach nicht glauben."

Die Williamsons drehten sich um. Wie aus dem Nichts war eine kleine Gruppe hinter ihnen aufgetaucht, deren unumstößlicher Mittelpunkt eine hochgewachsene, schwarz gelockte Dame war, die in einem wallenden, roten Seidenkleid steckte, das über und über mit schwarzen, unterschiedlich großen Paillettenkreisen bestickt war, die in der Sonne funkelten. Dazu trug sie schwarze, hochhackige Pumps, die ebenfalls mit Pailletten versehen waren.

Wie kann man damit den ganzen Tag laufen un' dann auch noch hier im Stadtpark?, fragte sich Williamson unwillkürlich. Sie selbst trug flache Halbschuhe, die alles andere als chic, dafür aber umso bequemer waren. Um Schuhe mit Absätzen machte sie einen großen Bogen – wenn möglich.

Die Dame kam nun mit ausgebreiteten Armen auf sie zu.

„Wilhelmine", strahlte sie, „Bernd-Karl und Carola. Wie schön, euch zu treffen! Wie ich sehe, lasst ihr es euch schmecken. So viel Kunst und Kultur, da muss man ja hungrig werden!"

Und schon hatte sie Williamson in die Arme geschlossen und drückte sie fest. Die Kommissarin ließ es geschehen und musste gleichzeitig lächeln. Dr. Janina Mohwinkel und die großen Auftritte – eine unschlagbare Verbindung. Janina Mohwinkel war die Präsidentin der Deutsch-Japanischen Gesellschaft Hannover und mittlerweile ihre beste Freundin.

„Ein tolles Fest, Janina", sagte die Kommissarin zu ihr und ließ wieder den Blick schweifen. „Du hast alles gegeben, nit?"

„Und ob", ertönte wieder die sonore Bassstimme. Sie gehörte Dr. Ansgar Storch, Rechtsanwalt und Liebhaber der japanischen Kultur und, wie Williamson wusste, Janinas „Gefährte", wie sich die Präsidentin ausdrückte.

Stolz legte Ansgar Storch einen Arm um Janinas Schultern.

„Ich finde es in diesem Jahr besonders schön. All die vielen unterschiedlichen Angebote. Von Schmuck, über japanische Stoffe und Kalligrafie bis zur Gartenkunst. Und erst das Bühnenprogramm! Haben Sie die Koto-Spielerin gehört?"

Verständnislos blickte Williamson zu ihrer Freundin. Koto? Was war das nun wieder?

Da ertönte wieder eine Stimme, diesmal eine leise und doch autoritätsgewohnte sowie außerordentlich wohlklingende.

„Ohisashiburi desu, Frau Kommissarin Williamson. Es freut mich, Sie wiederzusehen."

Williamson wollte reflexartig „Gesundheit" sagen, verkniff es sich aber im letzten Moment. Die Geheimnisse der japanischen Sprache hatte sie noch nicht ergründet – und würde es wohl auch nie. Eine winzige Japanerin mit fein geschnittenen Gesichtszügen, in einen wunderschönen Sommer-Kimono gekleidet, verbeugte sich mit einem leichten Lächeln vor ihr.

„Et freut mich auch, Sie wiederzusehen, Frau Generalkonsulin Tanaka", sagte Williamson und streckte ihr die Hand entgegen. Das Verbeugen ließ sie lieber sein.

„Wie haben Sie die Teezeremonie in Hamburg verkraftet?", fragte Yoko Tanaka und zwinkerte ihr tatsächlich zu.

Williamson schüttelte sich innerlich. Im Frühjahr waren Bernd-Karl, Ansgar Storch, Janina und sie von der Generalkonsulin zu einer Teezeremonie nach Hamburg eingeladen worden. So sehr sie Sushi liebte, so sehr verabscheute sie die Bitterkeit des traditionellen grünen Tees. Generalkonsulin Tanaka war dies offensichtlich nicht verborgen geblieben.

„Et war … eine interessante Erfahrung", antwortete Williamson ausweichend und zwinkerte zurück. Das Lächeln der Japanerin wurde breiter.

„Apropos Teezeremonie", mischte sich nun Janina Mohwinkel ins Gespräch, „da müssen wir gleich hin. Vorher wollten wir uns aber noch ein wenig stärken."

In diesem Moment kam ein junger, gut aussehender Mann mit blondem, verwuscheltem Haar auf die Gruppe zu und strahlte über das ganze Gesicht. Genau wie Carola trug er einen Aikidougi. Schnurstracks trat er auf Carola zu und nahm sie in die Arme.

„Da bist du ja", strahlte er. „Komm, wir sind gleich wieder dran."

Williamson spürte, wie das Magma in ihr hochkroch und einen ihrer gefürchteten Ausbrüche ankündigte. Mit einem schnellen Seitenblick auf seine Frau ergriff Bernd-Karl die Initiative, bevor sie etwas sagen konnte.

„Äh … geht ihr zwei doch schon mal vor. Wir kommen gleich nach."

Die jungen Leute machten, dass sie davonkamen. Williamson klappte den Mund wieder zu und klimperte mit ihren braunen Knopfaugen.

Janina Mohwinkel sah sich suchend um.

„Wo ist denn Nicola? Ist sie nicht mitgekommen?"

„Nicola ist beim Manga-Stand", antwortete Bernd-Karl, „und das schon, seitdem wir hier angekommen sind. Sie lässt sich alles genau erklären."

„Ich verstehe ja nit, wieso man dat Comic-Zeichnen nach einem Obst benennt", sagte Williamson und verstand ebenfalls nicht, wieso sie alle fassungslos anstarrten.

„Wieso heißt dat denn Mango?", schob die Kommissarin hinterher.

Bevor irgendjemand etwas tun oder sagen konnte, um die Situation zu retten, ertönte plötzlich lautstark eine Melodie.

„Denn wenn et Trömmelche jeht, dann stonn mer all parat …"

Der Song war der neueste Klingelton ihres Handys – und zugleich die Torhymne von Williamsons Lieblingsfußballverein, dem 1. FC Köln.

Sie kramte in ihrer überdimensionalen Handtasche nach ihrem Mobiltelefon. Als sie es endlich gefunden hatte, ging sie ein Stück zur Seite, damit niemand mithören konnte.

„Ja!", bellte sie in das Gerät.

„Chefin, es tut mir sehr leid, wenn ich Sie an Ihrem freien Sonntag störe", ertönte die sanfte Stimme ihrer Mitarbeiterin Elena Grifo. „Aber wir haben zwei Tote in einem Einfamilienhaus in der Region. Es sieht nach Fremdeinwirkung aus."

Williamson atmete tief durch.

„Da müssen wir hin, nütz' ja nix. Holen Sie mich am Stadtpark ab? Hinterer Eingang an der Kleefelder Straße?"

„Bin schon unterwegs.“

Sie mussten nicht viele Worte wechseln. Was gab es auch zu sagen?

Williamson unterbrach die Verbindung und gesellte sich zur Gruppe. Bernd-Karl sah schon an ihrem Gesichtsausdruck, was los war.

„So leid et mir tut, ich muss weg. Die Pflicht ruft.“

Janina Mohwinkel sah sie mitfühlend an.

„Wie schade, Wilhelmine. Und ich dachte, wir könnten heute Abend noch gemeinsam etwas essen.“

„Ein andermal gern. Ich muss da hin, nütz‘ ja nix.“

Ansgar Storch tippte sich mit zwei Fingern an die Schläfe.

„Waidmannsheil, Frau Kommissarin.“

Irritiert schaute sie ihn an.

„Ich gehe nit auf die Jagd, Herr Dr. Storch. Aber danke.“

Dann wandte sie sich an ihren Mann, nicht ohne vorher mit einem sehnsüchtigen Blick die halb aufgegessenen Sushi zu streifen.

„Und pass‘ mir auf Carola auf. Der Odo is‘ mir ein bisschen zu sehr im Nahkampfmodus.“

„Ole, Mienchen.“

„Oder so.“

Kapitel 3

Williamson eilte durch den Stadtpark Richtung Teehaus. Dort drängten sich die Besucher vor dem jetzt noch geschlossenen Bambustor und warteten auf die nächste Teezeremonie. Direkt daneben verlief ein kleiner, kaum erkennbarer Pfad zu einem Tor am hinteren Ende des Stadtparks, das fast niemand kannte. Janina hatte den Williamsons geraten, diesen extra für das Sommerfest geöffneten Eingang zu nutzen, dann seien sie direkt im „Getümmel", wie sie sich ausdrückte.

Plötzlich lief Williamson ein Schauer über den Rücken. Sie spürte, dass sie beobachtet wurde. Abrupt drehte sie sich um, aber sie konnte niemanden entdecken, der sie ins Visier genommen hatte. Überall nur lachende Kinder, verliebte Pärchen und flanierende Familien im hellen Sonnenschein, durchbrochen von den Farbtupfern der bunten Kostüme der … sie hatte schon wieder vergessen, wie die Fans von dem Mango hießen. Sie wischte sich den Schweiß von der Stirn und wandte sich ab. Das Kribbeln in ihrem Bauch ignorierte sie. Die Hitze setzte ihr anscheinend mehr zu, als sie gedacht hatte. Es war aber auch verdamp heiß!

Zehn Minuten später ließ sie sich erleichtert neben Grifo auf den Beifahrersitz des Dienstwagens plumpsen. Im Inneren war es angenehm kühl.

Unauffällig musterte Williamson ihre junge Kollegin, die die langen braunen Locken zu einem schicken Pferdeschwanz hochgebunden hatte und ein eng geschnittenes Top und Jeansshorts trug, die ihre langen Beine perfekt in Szene setzten. Elena Grifo hätte beim Sommerfest alle Herzen höherschlagen lassen. Die Kommissarin fragte sich, mit was Grifo an ihrem freien Sonntag ihre Zeit verbracht hatte. Oder mit wem. So gut sie sich verstanden und so sehr sie sich vor allem bei der anstrengenden Lösung des ersten gemeinsamen Falles Anfang des Jahres nahegekommen waren, so schnell verschloss sich Grifo wie eine Auster, wenn ihre Gespräche etwas privater wurden. Dies hatte dazu geführt, dass Williamson kaum etwas über ihre Mitarbeiterin wusste, außer dass sie segelte und sogar ein kleines Boot in einem Nordseehafen besaß. Aber von da konnte sie unmöglich hergekommen sein, das hätte noch nicht einmal Grifo mit ihrem rasanten Fahrstil geschafft. Williamson akzeptierte die unsichtbare Grenze, die ihre Kollegin um sich herum errichtet hatte. Im Prinzip war eine Trennung von Beruflichem und Privatem nicht schlecht, aber trotzdem …

„Wat wissen wir bis jetz'?", unterbrach Williamson ihre eigenen Gedanken, bevor diese davongaloppieren konnten.

„Noch nicht viel. Nur, dass ein Ehepaar in seinem Haus tot aufgefunden wurde. In Kleuthen, einem kleinen Ort mit dreitausend Einwohnern nordwestlich von Hannover. Er besteht hauptsächlich aus Wohngebieten, älteren und neueren. Der Ort ist in den letzten Jahren stark gewachsen und gehört zum sogenannten Speckgürtel rund um Hannover. Die meisten Bewohner arbeiten in der Stadt."

„Ah, so", brummte Williamson. Sie kannte derartige Orte auch aus der Umgebung von Köln. „In einem so kleinen Ort kennt fast jeder jeden. Dat kann ein Vorteil sein, aber auch ein Nachteil."

Grifo schaute sie von der Seite an, während sie gewohnt sicher über den Messeschnellweg in Richtung A 2 fuhr.

„Dann sollten wir die Vorteile nutzen und die Nachteile in einen Vorteil umwandeln, was meinen Sie, Chefin?"

Williamson grinste.

„Sie sagen et!"

Kleuthen präsentierte sich als Postkartenidylle. Am Ortseingang hieß sie ein liebevoll gestaltetes Schild in dem „Kleinod der Region Hannover" willkommen. Sie passierten zwei Kreisel mit stilvoll gestalteten Blumenbeeten und danach einen Ortskern, der den alten Teil Kleuthens darstellte. Er bestand aus den typischen Klinker- und Fachwerkhäusern rund um einen gepflasterten Marktplatz, in dessen Mitte ein Brunnen stand, aus dem zwei schmiedeeiserne Skulpturen herausragten, ein Junge und ein Mädchen, mittelalterlich gekleidet. An den Fenstern der Häuser und rund um den Platz quoll ebenfalls eine Blütenpracht aus den Blumenkästen und leuchtete in bunten Farben.

„Die werden hier nit oft ein Gewaltverbrechen erlebt haben", kommentierte Williamson die perfekte Umgebung.

„Bestimmt nicht“, stimmte Grifo zu und nickte heftig mit dem Kopf, sodass ihr Pferdeschwanz auf und ab wippte. „Ist das jetzt ein Vorteil oder ein Nachteil für uns?“

„Dat kann ich jetz‘ noch nit sagen, Frau Grüff... Grifo“, antwortete Williamson.

Jetzt wäre es ihr fast schon wieder passiert: Aufgrund des Namens nannte Williamson ihre Kollegin im Stillen – oder manchmal eben nicht im Stillen – „Grüffelo“. Auch wenn Elena Grifo ihr versichert hatte, dass sie nichts dagegen habe, wenn ihr ein „Grüffelo“ herausrutschte, versuchte sie es nach Möglichkeit zu vermeiden, um peinliche Situationen erst gar nicht heraufzubeschwören. Meistens gelang es ihr, manchmal nicht.

Verlegen blickte Williamson aus dem Seitenfenster und ignorierte das leichte Lächeln, das sich auf Grifos Züge gelegt hatte. Die Kommissarin betrachtete das Neubaugebiet, in das sie gerade abgebogen waren. Auch hier das gleiche Bild: akkurat gepflegte Vorgärten hinter weißen Gartenzäunen, schicke Einfamilienhäuser und großzügige Gärten, in denen Kinder spielten und Hunde am Zaun hin und her liefen. Einfach perfekt – für Williamsons Geschmack zu perfekt.

„Da frage ich mich immer, wat hinter den Gartenzäunen los is‘“, sagte Williamson und umfasste mit einer ausholenden Geste die gesamte Umgebung.

In diesem Moment bog ihre Kollegin in eine Seitenstraße ein und musste gleich darauf scharf bremsen. Eine Menschenmenge blockierte die kleine Straße vollständig. Aufgeregt schnatternde Frauen und wild umherschauende Männer standen dicht beieinander und gestikulierten wild, Kinder liefen zwischen den Beinen der Erwachsenen herum. Einige zeigten aufgeregt auf einen großzügig geschnittenen Bungalow, vor dem Polizei- und Krankenwagen standen. Die wild blinkenden Lichter der Einsatzwagen schienen die aufgeheizte Luft zum Flirren zu bringen.

„Wat soll dat?", schrie Williamson und öffnete energisch das Fenster. Sie streckte den Kopf heraus und wedelte mit ihrem rechten Arm, damit die Menge Platz machte, um sie durchzulassen. Keine Chance. Die Menge bekam gar nicht mit, dass sie hier hinter ihr standen.

Grifo hupte.

„Hey, gute Frau", ein bärtiger Mann wandte sich ihnen zu. „Sie können hier nicht durch, es hat da vorne zwei Tote gegeben. Die Polizei ist schon da."

Vertraulich beugte er sich zu Williamson ans geöffnete Fenster.

„Das waren zwei ganz normale Leute, die da gestorben sind. Da soll eine Menge Blut sein in dem Haus!"

„Nix ‚gute Frau', juter Mann. Wir sind von der Kriminalpolizei un' müssen hier durch. Un' Sie", Williamson stach mit ihrem molligen Finger in Richtung des Gesichts des Mannes, „sorgen jetz' umgehend dafür, dat wir hier durchkommen, sonst belange ich Sie wegen Behinderung unserer wichtigen Polizeiarbeit, is' dat klar?"

Der Mann schreckte zurück, als er des hochroten Kopfs der Kommissarin gewahr wurde. „Magma" hatten die ehemaligen Kollegen in Köln ihre gefürchteten Ausbrüche getauft. Doch diesmal blieb der Ausbruch aus.

Stattdessen krümmte Williamson den Zeigefinger, der immer noch auf das Gesicht des Mannes gerichtet war, und bewegte ihn hin und her.

„Kommen Sie doch mal her, Herr …“ Williamson legte den Kopf schräg, klimperte mit ihren Knopfaugen und lächelte einladend.

Der Mann kam zögernd näher.

„Wrede. Sebastian Wrede“, flüsterte er verschwörerisch zurück.

Die Kommissarin blickte nach rechts und links.

„Sie können uns helfen, Herr Wrede. Sorgen Sie dafür, dat der Weg bis zum Haus frei wird, damit wir weiterfahren können. So helfen Sie der Polizei un‘ unseren Ermittlungen. Damit sind Sie für uns unersetzlich.“

Sebastian Wrede richtete sich zu seiner vollen Größe auf und streckte die Brust heraus. Es fehlte nur noch, dass er salutierte.

„Selbstverständlich, Frau Kommissarin. Der Polizei helfe ich doch gern. Schließlich muss ein Verbrechen aufgeklärt werden.“

Der Mann wandte sich ab und ging zackigen Schrittes an die Arbeit.

„Lasst den Wagen durch, Leute. Die sind von der Kriminalpolizei“, schrie er.

Das aufgeregte Gesumme legte sich beinahe sofort, und die Menge teilte sich wie das Rote Meer in der Bibel. Grifo fuhr langsam hinter Wrede her, der die Menge mit hoch erhobenen Händen beschwichtigte und immer wieder: „Das sind Damen von der Kriminalpolizei“, rief.

Williamson schaute zurück. Sofort schloss sich der Menschenauflauf hinter ihnen wieder, und das Getuschel setzte erneut ein.

„Gut gemacht", flüsterte Grifo mit breitem Grinsen.

„Zuckerbrot un' Peitsche", flüsterte Williamson zurück und zwinkerte ihr zu. „Funktioniert immer."

Sebastian Wrede machte vor dem Bungalow halt, verbeugte sich leicht und stemmte die Hände in die Hüften.

„Da sind wir. Das ist das Haus der Jansens."

Grifo parkte hinter einem zerbeulten alten Audi, und die Kommissarinnen stiegen aus. Williamson stellte sich auf die Zehenspitzen und klopfte dem großen Mann auf die Schulter.

„Danke, Herr Wrede, jut gemacht. Ich werde Sie lobend erwähnen."

Wann und wobei, ließ sie offen. Sie hatte das ohnehin nicht vor.

Wieder machte Wrede eine leichte Verbeugung, drehte sich um, hob die Hände zum Gruß in die Menge, die ihm stehend applaudierte. Dass er die Aufmerksamkeit genoss, war nicht zu übersehen.

„Wenn ich et nit besser wüsste, würde ich sagen, wir sind auf einem Jahrmarkt", kommentierte Williamson sarkastisch und schaute ihm hinterher.

„Mit Gruselfaktor", meinte Grifo und wandte sich dann an einen stämmigen Mann, der an der Eingangstür stand. Er hatte ein großes Taschentuch aus seiner abgewetzten Jeans, die ihm unter dem Bauch hing, hervorgezogen und wischte sich damit im Gesicht herum. Sein Hemd war an der Brust weit aufgeknöpft und offenbarte ein dichtes Gewimmel von Brusthaaren. Es war schweißdurchtränkt.

„Herr Cohen, was haben wir?“

Williamson seufzte. Grifo war ein Geschenk des Himmels – oder vielmehr das von Kriminalrat Dr. Rico Habernickel, der ihr die junge Oberkommissarin am Anfang des Jahres zugeteilt hatte. Aber er hatte ihr eben auch Sascha Cohen zugeteilt, ihren zweiten Mitarbeiter. Richtig schlau wurde sie aus ihm nicht. Anfangs war er ihr abweisend, gar feindselig begegnet, aber sie hatte herausgefunden, dass er ein hervorragender Rechercheur war. Das war ihr nur recht, denn so konnte sie ungestört mit Grifo ermitteln. Er war ihr gegenüber im Laufe der Zeit ein wenig aufgetaut, steckte aber immer noch mit ihrem größten Konkurrenten im Kommissariat, Hauptkommissar Balustreit, die Köpfe zusammen. Sie war ihm gegenüber nach wie vor vorsichtig.

Da er Sascha Cohen hieß, wurde er im Kommissariat gerne „der Baron“ genannt, nach dem Schauspieler Sacha Baron Cohen, wobei sich die Gemeinsamkeit beim Namen erschöpfte.

Die Haare, die er auf der Brust hatte, fehlten ihm auf dem Kopf. Die wenigen Strähnen hatte er über die Glatze gekämmt, was aber auch nichts nutzte: Die Kopfhaut war nicht zu übersehen. Als er die beiden erblickte, traten seine blauen Augen hervor.

„Chefin, da sind Sie ja. Hier ist vielleicht was los! Evelyn und Rudolf Jansen, siebenundfünfzig und achtundfünfzig Jahre alt. Sie lebten hier allein. Die Frau liegt im Flur, erschossen. Der Mann befindet sich im Schlafzimmer im Bett …", Cohen schüttelte sich und wurde unter dem Schweißfilm, der seine Haut bedeckte, blass. „Sie sollten sich das selbst ansehen."

Williamson beobachtete seine Reaktion aus zusammengekniffenen Augen. So mitgenommen hatte sie ihren Mitarbeiter noch nie erlebt.

„Dat werde ich. Schnappen Sie sich derweil ein paar Kollegen un' sperren Sie hier ab. Dat is' ja nit zum Aushalten! Außerdem können Sie gleich mit den Befragungen anfangen. Nachbarn, Freunde un' so. Die stehen hier bestimmt alle rum. Sie kennen ja den ganzen Quatsch!"

„Mache ich. Die Frau, die den Mann gefunden hat, ist eine Nachbarin und wird gerade zu Hause von unserer Polizeipsychologin betreut. Sie steht unter Schock."

Auch Cohen sah aus, als stünde er unter Schock. Er war noch eine Spur blasser geworden, falls das überhaupt möglich war. Natürlich war der Anblick von zwei getöteten Menschen nicht schön, aber als Kriminalkommissar der Mordkommission war er das doch gewohnt. Was hatte ihn nur so aus der Fassung gebracht?

„Gut, Herr Cohen."

Williamson wandte sich an Grifo, die schweigend gewartet und die Kollegen von der Kriminaltechnik beobachtet hatte, die in beständigem Fluss ins Haus hinein- und wieder herausgingen und sehr beschäftigt waren.

„Dann wollen wir mal, nütz' ja nix!"

Damit betrat Williamson das Haus, Grifo dicht hinter ihr.

„Halt!" Eine energische, weibliche Stimme hielt sie auf, und eine behandschuhte Hand bedeutete ihnen, stehen zu bleiben. Sie gehörte zu einer zierlichen Gestalt in einem weißen Ganzkörperanzug, der „Uniform" der Kriminaltechnik.

„Frau Kommissarin, Sie wissen doch, dass Sie hier nicht so einfach reinmarschieren können! Sie sollten sich schon wenigstens Überzieher über die Schuhe stülpen und Handschuhe tragen!" Beides wurde ihr von derselben behandschuhten Hand unter die Nase gehalten.

„Ich weiß ja, dass ich Sie nicht in einen Anzug reinbekomme. Hier!"

Hektisch schüttelte Williamson den Kopf, nein, in einen dieser weißen Plastikanzüge stieg sie nicht, komme was wolle.

„Nit in tausend Jahren, Frau Walter, danke!"

Schnell schnappte sie sich die Schutzdevotionalien und versuchte, auf einem Bein hüpfend, die Überzieher über ihre Schuhe zu bugsieren. Mit hochrotem Gesicht blickte Williamson schließlich auf und schnaufte.

„Geschafft. Wir können loslegen. Wat haben wir?"

Alina Walter, die Leiterin der Kriminaltechnik, verzog das Gesicht hinter der Schutzmaske und ging einige Schritte voran. Ihre Kollegen waren im Flur emsig dabei, Spuren zu sichern und die Leiche zu fotografieren, die im Gang lag.

„Hier liegt die Frau, noch im Morgenmantel. Es sieht so aus, als ob sie die Tür geöffnet hätte, und noch bevor sie reagieren konnte, wurde ihr in die Stirn geschossen. Die Wucht war so stark, dass sie ein Stück nach hinten geschleudert wurde."

Alina Walter beugte sich zu der Leiche hinunter und zeigte auf das Einschussloch in der Stirn. Es war so klein, dass man kaum glauben konnte, dass es eine derart verheerende Wirkung entfalten konnte. Unter dem Kopf der Frau hatte sich eine Lache geronnenen Blutes ausgebreitet. Die Kommissarin schluckte. Alina Walter fing ihren Blick auf, und schweigend schüttelte Williamson den Kopf. Nein, sie würde sich den Hinterkopf der Frau nicht ansehen.

Auch sie beugte sich zu der Frau hinunter, die leicht verdreht auf dem Rücken lag. Sie war mittelgroß, mit halblangen, gelockten, braunen Haaren. Auch im Tod war erkennbar, dass sie eine gepflegte Frau mit einem hübschen Gesicht gewesen war, auf das sich ein Ausdruck des Erstaunens gelegt hatte.

„Profis", murmelte Williamson, richtete sich auf und blickte zurück zur Tür.

Grifo, die wie immer schweigend dabeigestanden und sich eifrig Notizen in ihrem akkurat geführten Schreibheft gemacht hatte, hob den Kopf.

„Es war vielleicht ein Auftragsmord. Saubere Arbeit."

Alina Walter schüttelte den Kopf. Ihre braunen Augen hinter der Schutzmaske blitzten.

„Das könnte man meinen, aber warten Sie ab, bis Sie den Mann gesehen haben. Kommen Sie."

Die Kriminaltechnikerin ging voraus durch ein geschmackvoll eingerichtetes Wohnzimmer in den hinteren Teil des Hauses. Aus dem Augenwinkel sah Williamson große fremdartige Gegenstände an den Wänden hängen oder frei im Raum stehen. An der Tür zum Schlafzimmer, in dem weitere Kollegen ihrer Arbeit nachgingen, hielt Alina Walter an und drehte sich um.

„Ich warne Sie lieber vor. Kein schöner Anblick“, sagte sie in ihrer nüchternen Art.

Die Kommissarinnen schauten sich an und folgten ihr in den Raum. Neben Williamson sog Grifo scharf die Luft ein. Und auch die erfahrene Kommissarin, die schon viel gesehen hatte, spürte, wie sich Speichel in ihrer Mundhöhle sammelte. Der typisch metallische Geruch von Blut lag in der Luft. Ihnen bot sich ein grässlicher Anblick.

Kapitel 4

Der Mann lag auf dem Rücken. Dass es sich überhaupt um einen Mann handelte, konnten die Kommissarinnen nur an seinem Körperbau erkennen, denn das Gesicht war nur noch eine breiige, blutige Masse. Auch der Körper hatte einiges abbekommen und lag seltsam verrenkt auf den blutbesudelten Laken. Blut befand sich in breiten Spritzern nicht nur auf dem Bett und dem Boden, sondern auch am Kopfteil und sogar an der Wand über dem Bett. Auf das Opfer musste mit roher Gewalt eingeschlagen worden sein, und das nicht nur einmal.

„Mein Jott, da muss jemand komplett ausgerastet sein!", entfuhr es Williamson. Sie schlug nach einer brummelnden Fliege, die um ihr Gesicht herumflog.

Elena Grifo schüttelte sich, überwand sich dann aber und ging einige Schritte auf das Bett zu.

„Das sieht nach einem Fall von Overkill aus." Sie schluckte und wandte sich dann an ihre Vorgesetzte. „Wut, Chefin. Große Wut, ansonsten ist das nicht erklärbar."

Als Overkill wurde eine Mehrfachtötung bezeichnet, bei der deutlich mehr Gewalt aufgewendet wurde, als nötig gewesen wäre. Genau das schien hier der Fall zu sein.

Eine schlaksige Gestalt, die über die Leiche gebeugt war, richtete sich auf und drehte sich zu Grifo um. Trotz des furchtbaren Anblicks in dem Zimmer blitzte für einen kurzen Moment ein freudiger Ausdruck in den blauen Augen auf, und das jungenhafte Gesicht hinter der Schutzmaske verzog sich zu einem leichten Lächeln.

„Elena." Dr. Sven Michellsen, der verantwortliche Rechtsmediziner, schaute dann über die junge Kollegin hinweg und sah zu Williamson. „Frau Kommissarin."

Williamson nickte dem jungen Mann zu.

„Michel."

Unter anderen Umständen wäre Dr. Michellsen in lautes Lachen ausgebrochen, da Williamson seinen Namen bei jeder Begegnung verballhornte und ihn konsequent „Michel" nannte. Aber heute blieb er ernst und wandte sich zu dem Toten um, der nicht mehr als der Mann zu erkennen war, der er einmal gewesen war.

„Du hast recht, Elena. Auf den Mann wurde mit aller Gewalt eingeschlagen, aber er wurde dennoch erschossen. Hier", Michellsen zeigte auf das, was einmal die Stirn des Mannes gewesen war.

Grifo und Williamson beugten sich über den verunstalteten Kopf und versuchten, ihre Abscheu zu überwinden. Das war einmal ein Mensch gewesen, und ihm gebührte Respekt, auch im Tod. In Williamson regte sich der unbändige Wunsch, diesen Mord, und um nichts anderes konnte es sich hier handeln, aufzuklären.

Michellsen zeigte auf die blutige Masse.

„Hier ist der Schuss hineingegangen. Zusätzlich wurde er brutal erschlagen."

„Zusätzlich? Was meinst du damit?"

Elena Grifo wandte den Blick von dem furchtbar zugerichteten Gesicht des Toten ab und sah Michellsen in die Augen. Dieser hielt ihren Blick einen Moment zu lange gefangen, wie Williamson feststellte. Unter anderen Umständen wäre sie darüber amüsiert gewesen. Heute nicht.

„Er hat einen Schuss in die Stirn abbekommen, genau wie die Frau. Zusätzlich wurde er brutal zu Brei geschlagen."

Auch die Hauptkommissarin wandte sich von dem Toten ab und Michellsen zu.

„Kannst du sagen, wat zuerst war? Der Schuss oder dat Schlagen? Un' vor allem wann ungefähr?"

„Genau kann ich das noch nicht sagen, da müssen wir die Obduktion abwarten. Ich vermute, dass der Schuss zuerst erfolgt ist und dann brutal auf ihn eingeschlagen wurde. Die Leichenstarre ist voll ausgeprägt, bei beiden Opfern. Also liegt der Angriff circa sechs bis acht Stunden zurück. Aber wie gesagt, Genaueres …"

„… kannst du erst nach der Obduktion sagen, schon klar", vervollständigte Elena Grifo den Satz.

Williamson schluckte und bedeutete ihrer Kollegin, dass sie sich zurückziehen sollten, damit die Kollegen ihrer Arbeit nachgehen konnten. Sie durchquerten wieder das Wohnzimmer und gingen an der Leiche der Frau im Flur vorbei, die von den Kollegen gerade in einen Leichensack gepackt wurde.

„Holen Sie Cohen un' lassen Sie uns in den Garten gehen, Frau Grifo. Ich gehe schon mal vor."

Mit diesen Worten verließ Williamson das Haus, ging um es herum geradewegs in den geschmackvoll hergerichteten Garten. Sie verfolgte mit den Augen eine

Hummel, die sich gerade auf einem Lavendelbusch niederließ, wo viele ihrer Artgenossinnen bereits emsig bei der Arbeit waren. Der Busch verströmte einen betörenden Duft und ließ vor Williamsons innerem Auge die wunderschöne Landschaft der Provence entstehen. Wann waren sie dort im Urlaub gewesen? Vor zwei Jahren?

Williamson sog genießerisch den Duft des Lavendels ein. Wie friedlich es im Garten war! Unglaublich, dass wenige Meter hinter ihr im Haus der Jansens so ein schreckliches Verbrechen geschehen war.

Die Kommissarin setzte sich auf einen der Gartenstühle und fuhr sich durch ihre roten Haare, die wie immer nach allen Seiten abstanden. Plötzlich waren Schritte zu hören, und Grifo und Cohen bogen um die Ecke. Schweigend setzten sie sich. Alle drei beobachteten eine Weile das Treiben der Insekten im Lavendel und das Picken der Amseln auf dem makellos gestutzten Rasen.

Schließlich schlug Williamson mit beiden Händen auf ihre Oberschenkel.

„Also jut. Nütz‘ ja nix. Wat haben wir?“

Grifo und Cohen zückten ihre jeweiligen Notizbücher. Cohen begann.

„Evelyn und Rudolf Jansen, siebenundfünfzig und achtundfünfzig Jahre alt. Sie lebten seit fünfzehn Jahren hier in Kleuthen, zunächst mit ihren Kindern Nina und Philipp. Die beiden sind inzwischen aus dem Haus und studieren in Hamburg und Aachen. Eine unauffällige Familie. Alle Anwohner sagen das Gleiche: Sie waren beliebt, fleißig und freundlich und in das Gemeindeleben integriert. Rudolf war im Fußballverein aktiv, und Evelyn engagierte sich ehrenamtlich im hiesigen Jugendklub."

„Wat machten die beiden denn beruflich?"

Cohen blickte wieder auf seine Notizen.

„Rudolf Jansen war Tiefbauingenieur bei der Kannichen Hoch- und Tiefbau GmbH in Hannover. Evelyn Jansen war Lehrerin für Deutsch und Englisch am Gymnasium hier in Kleuthen, das nicht nur für die Schülerinnen und Schüler hier vor Ort zuständig ist, sondern dessen Einzugsgebiet sich auch auf die Nachbarorte erstreckt"

„Klingt alles völlig normal." Williamson rutschte unbehaglich auf ihrem Stuhl hin und her. Fast schon zu normal für ihren Geschmack. Das wohlbekannte Kribbeln unter der Bauchdecke machte sich bemerkbar.

Grifo blickte auf.

„Die Kinder müssen informiert werden. Ich übernehme das."

Sie sprang auf und verschwand. Die Kommissarin schickte einen gedanklichen Dank an Kriminalrat Habernickel. Ihre junge Kollegin war einfach unersetzlich.

Cohen hob den Kopf und wies mit dem Kinn zum rechten Nachbargrundstück.

„Es gab eine Ausnahme, was die Beliebtheit der Jansens betrifft. Mit dem Nachbarn dort lag Rudolf Jansen im Streit. Es ging um die Hecke. Wann und wie sehr sie geschnitten werden sollte oder so."

Williamson verzog das Gesicht.

„Glauben Sie im Ernst, dat der Doppelmord da drin wegen einer falsch geschnittenen Hecke passiert is'?"

Cohen öffnete den Mund, sagte aber nichts, sondern sah sie nur mit seinen großen, wässrig-blauen Augen an.

Die Kommissarin hob in einer entschuldigenden Geste die Hände.

„Sie haben ja recht. Wir müssen alles berücksichtigen. Wie heißt der jute Mann denn?"

„Michael Wanner. Kein angenehmer Zeitgenosse, wenn Sie mich fragen."

Williamson blickte ihren Mitarbeiter überrascht an. Es war äußerst selten, dass Cohen eine persönliche Beobachtung mitteilte. Michael Wanner musste bei ihm einen nachhaltigen Eindruck hinterlassen haben. Sie stemmte sich aus ihrem Sitz.

„Na, dann wollen wir den lieben Herrn Nachbarn mal befragen. Un' wer weiß? Vielleicht is' er durchgedreht un' hat die beiden umgebracht, weil sie sich nit über die Heckenhöhe einig werden konnten", sagte sie und marschierte los. Cohen blieb nichts anderes übrig, als hinterherzulaufen.

„Äh ... Herr Cohen, der Wanner is' jetz' doch zu Hause, oder nit?"

Der Kommissar schrak zurück und nickte hastig.

„Ja, er müsste jetzt im Haus sein."

„Na dann los", bestimmte seine Vorgesetzte.

Auf ihren stämmigen Beinen marschierte sie voran zum Nebenhaus. Die Menge hatte sich weitestgehend zerstreut, nur noch vereinzelte Grüppchen standen herum und tuschelten. Gerade als sie auf der kleinen Zuwegung des Nachbarhauses waren, ging ein Raunen durch die noch verbliebenen Menschen. Zwei Särge wurden aus dem Haus getragen und in die bereitstehenden Leichenwagen gehievt. Hinter einer Absperrung waren Übertragungswagen, Kameraleute und Journalisten mit Mikros aufgereiht. Die Medienleute brüllten Williamson und Cohen Fragen zu, die beide geflissentlich ignorierten.

Energisch drückte Williamson auf die Klingel, die unter einem selbst gemachten Tonschild angebracht war, auf dem in ungelenker Schreibschrift „Wanner“ geschrieben stand, darunter waren zwei Herzchen aufgemalt.

Mit einem Ruck wurde die Tür aufgerissen. Ein untersetzter Mann mit gelocktem, dunkelblondem Haar und Dreitagebart öffnete.

„Wir sagen nichts!“, stieß er hervor und blitzte Williamson aus schmalen Augen an. Er war unübersehbar wütend.

„Mir schon!“, antwortete Williamson trocken und hielt ihm ihre ID-Karte unter die Nase.

„Williamson, Kripo Hannover, meinen Kollegen Cohen kennen Sie ja schon.“

Der Mann schrak zurück, fasste sich aber gleich darauf wieder.

„Ah … so. Sie müssen entschuldigen, aber die Presse … die nervt ganz schön mit ihren Fragen.“

„Wem sagen Sie dat? Dürfen wir reinkommen? Wir hätten noch ein paar Fragen an Sie. Sie sind doch Michael Wanner, oder?“

Der Nachbar beugte sich zu ihrer Karte herunter und studierte sie genau. Dann holte er tief Luft und nickte.

„Ja, klar. Kommen Sie.“

Er öffnete die Tür und ging voran durch das Einfamilienhaus, das schlicht mit wenigen Möbeln eingerichtet war. Michael Wanner machte eine Geste Richtung Terrasse.

„Am besten, wir gehen nach draußen. Meine Frau und ich haben gerade einen Kaffee getrunken auf den Schreck."

Sie betraten eine kleine Holzterrasse, auf der Gartenmöbel, ebenfalls aus Holz, und ein Sonnenschirm standen. Eine schmale Frau mit blassem Gesicht und kurz geschnittenem, braunem Haar saß auf einem der Stühle und nippte an einer Kaffeetasse. Sie blickte auf, und ihre Augen weiteten sich. Vor Schreck oder vor Erstaunen, fragte sich Williamson.

„Meine Frau Doris", stellte Wanner seine Frau vor und wandte sich dann an sie. „Die Herrschaften", er betonte das Wort „Herrschaften" auf sarkastische Weise, „sind von der Kriminalpolizei."

„Bitte, nehmen Sie Platz", hauchte Doris Wanner und deutete mit schlaffer Geste auf die noch zwei verbliebenen Stühle. Ihr Mann runzelte missbilligend die Stirn, sagte aber nichts. Ihm war deutlich anzumerken, dass ihm das freundliche Verhalten seiner Frau nicht passte.

„Möchten Sie auch einen Kaffee?", fragte Doris Wanner mit ihrer leisen Stimme.

Bevor die Kommissare antworten konnten, ging Michael Wanner dazwischen.

„Das wird nicht nötig sein, Schatz. Die Herrschaften bleiben nicht lange!"

Williamson ließ sich nicht beirren.

„Gern, Frau Wanner, dat is' sehr nett. Wir nehmen beide einen."

Michael Wanner stand immer noch neben dem Tisch. Sein Gesicht war dunkelrot angelaufen, und er hatte die

Hände zu Fäusten geballt. Machtlos sah er zu, wie seine Frau aufstand, um zwei weitere Tassen zu holen.

Williamson blickte zu ihm auf. Er schien eine kaum zu bändigende Wut in sich zu tragen – ein Typ, der Streit geradezu anzog.

„Setzen Sie sich, Herr Wanner. Sonst kriege ich einen steifen Nacken!"

„Mir doch egal!", stieß er heftig hervor, setzte sich aber hinter den Tisch auf eine Holzbank, die mit geblümten Sitzkissen geschmückt war. Der stämmige Mann sah auf der Bank merkwürdig fehl am Platze aus.

Doris Wanner kam mit zwei Tassen zurück und schenkte ihnen den Kaffee ein. Nachdem Williamson die zwei obligatorischen Stück Zucker dazugegeben und umgerührt hatte, nahm sie ihr Gegenüber ins Visier.

„Also, Herr Wanner. Sie haben meinem Kollegen gesagt, dat et mit Rudolf Jansen Streit gegeben hat. Worum ging et da?"

Wanner hatte immer noch die Hände zu Fäusten geballt. Auch wenn er saß, sah es so aus, als wäre er gespannt wie eine Feder, jederzeit bereit, aufzuspringen, um Gott weiß was zu tun.

„Ich habe die verdammte Hecke geschnitten! Da kommt mein Herr Nachbar angerannt und schreit mich an, mich! Ich solle das sein lassen, weil Vögel in der Hecke brüten könnten! Stellen Sie sich das mal vor!"

Wanner war immer lauter geworden, die Fäuste hatte er bei den letzten Worten auf den Tisch fallen lassen, dass das Geschirr schepperte.

Williamson schnappte sich ihre Tasse und hielt sie fest. Während ihr Mann immer lauter geworden war, war Frau Wanner immer tiefer in ihren Stuhl eingesunken, den Blick auf ihre Kaffeetasse gerichtet. Sie legte behutsam die Hand auf seinen Arm.

„Michael, bitte …"

Mit einer heftigen Bewegung stieß er ihre Hand beiseite.

„Lass mich!"

Er sprang auf und lief auf der Terrasse hin und her. Schließlich blieb er stehen und stach mit seinem Zeigefinger in Richtung der Kommissarin.

„Wissen Sie, wie Rudolf Jansen war? Er war ein Wichtigtuer und Besserwisser! ‚Ach, die armen Tiere, die verlieren ja ihr Zuhause und können nicht brüten! Das geht ja gar nicht!' Er wollte unsereins belehren, immer wieder! Das war so zum Kotzen, das sage ich Ihnen!"

Schnaufend hielt er inne. Williamson hatte seinen Ausbruch ruhig verfolgt und klimperte nun mit ihren Knopfaugen, während Cohen ungerührt an seinem Kaffee schlürfte. Eine Weile war nur dieses Geräusch zu hören.

„Herr Wanner, beruhigen Sie sich. Wenn ich et mal sarkastisch ausdrücken wollte, sind Sie dat Problem ja jetz' los. Keiner wird sich mehr aufregen, dat Sie die Hecke in der Verbotszeit schneiden."

„Was wollen Sie damit sagen?", fuhr Wanner auf. „Verdächtigen Sie etwa mich? Ich glaube es nicht! Sie sind komplett verrückt geworden!"

Er machte zwei Schritte auf die Kommissarin zu, aber er hatte nicht mit Cohen gerechnet. Während Doris Wanner immer wieder mit verzweifelter Stimme: „Michael,

Michael", rief, war er so schnell aufgesprungen und an die Seite seiner Chefin getreten, dass Wanner noch nicht einmal mit der Wimper zucken konnte.

„Vorsicht, Herr Wanner", sagte Cohen mit gefährlich leiser Stimme, „überlegen Sie jetzt genau, was Sie tun."

Mit nach wie vor geballten Fäusten, das Gesicht hochrot vor Zorn und mit aufgepumptem Oberkörper, stand Michael Wanner vor den Kommissaren. Seine Frau war ebenfalls aufgesprungen und hatte wieder beruhigend eine Hand auf seinen Arm gelegt.

„Die Polizisten machen doch nur ihre Arbeit, Michael", flüsterte sie. „Bitte, setz‘ dich wieder hin."

Überraschenderweise ließ sich der Mann von seiner Frau wieder zur Bank führen und setzte sich. Anscheinend hatte sie mit ihrer ruhigen und behutsamen Art einen gewissen Einfluss auf ihn. Auch Cohen nahm wieder Platz, behielt aber den cholerischen Nachbarn im Auge.

„So, nachdem wir uns alle wieder beruhigt haben, muss ich Ihnen die Frage stellen, wo Sie heute Morgen gewesen sind", sagte Williamson und ließ Wanner nicht aus den Augen.

„Ja, was glauben Sie denn, wo ich war? Ich war hier, den ganzen Morgen. Wir haben bis neun Uhr geschlafen, dann gefrühstückt, dann waren wir im Garten, das war alles!", schrie Wanner und machte schon wieder Anstalten aufzuspringen.

„Genauso war es", wisperte Doris Wanner und nickte bekräftigend dazu.

Beschwichtigend hob Williamson beide Hände.

„Sehen Sie, dat war et auch schon. Hat doch gar nit wehgetan."

Sie erhob sich, Cohen ebenfalls.

„Danke, Herr Wanner, Frau Wanner. Wir finden allein hinaus."

Im Gehen wandte sie sich noch einmal um und sah zu ihrer Überraschung, dass der Mann die Arme auf die Knie aufgestützt hatte und den Kopf hängen ließ. Doris Wanner dagegen war dicht hinter sie getreten.

„Ich begleite Sie hinaus", sagte sie leise.

Auf dem Weg zur Haustür hielt sie die Kommissarin am Arm fest.

„Sie müssen meinen Mann entschuldigen. Immerzu denkt er, die ganze Welt will ihm Böses. Er meint es nicht so."

Die Kommissarin sah der Frau forschend ins Gesicht, sah die dunklen Ringe, die eingefallenen Wangen und die müden Augen. Sie überkam eine Welle des Mitleids. Doris Wanner hatte es mit ihrem Mann nicht leicht, und sie war unglücklich, das war nicht zu übersehen. Williamson hätte ihr gern gesagt, dass es immer eine Möglichkeit gab, ihr Leben selbst in die Hand zu nehmen, aber wie sie immer zu ihrer jungen Kollegin Grifo sagte: Sie konnte nicht die ganze Welt retten.

„Danke für den Kaffee, Frau Wanner", sagte sie stattdessen, wandte sich ab, drehte sich an der Haustür aber noch einmal um. „Viel Glück", sagte sie leise. „Kommen Sie, Cohen, wir haben noch viel zu tun."

Kapitel 5

„Boah, wat für ein Stinkstiefel", schnaubte die Kommissarin und sah sich zu Cohen um, der dicht hinter ihr ging. „Übrigens danke, Herr Cohen. Einen Moment lang habe ich wirklich gedacht, der Wanner geht auf mich los. Dat wäre noch die Krönung des heutigen Tages gewesen."

Cohen lächelte leicht, was er äußerst selten tat, und entblößte dabei zwei gelbe Zahnreihen.

„Nichts zu danken, Chefin. Der Typ ist ja gemeingefährlich."

„Ein Choleriker", pflichtete ihm Williamson bei, „die arme Frau."

Inzwischen hatten sich auch die letzten Grüppchen der Anwohner zerstreut. Aus dem Augenwinkel sah sie, wie die neue Pressesprecherin der Polizei, Dr. Anja Schling, ein Interview mit einem Fernsehsender gab. Gut so. Solange sie das nicht tun musste … sie hasste das. Hoffentlich wurde sie nicht von den Presseleuten entdeckt, als leitende Ermittlerin müsste sie sonst auch noch Rede und Antwort stehen.

Sie wechselte an die rechte Seite Cohens und schob ihn halb vor sich her, damit sie von ihm verdeckt war.

„Wir gehen wieder in den Garten, da können wir ungestört reden", flüsterte sie und klammerte sich an seinen Arm.

Ihr Kollege wusste nicht, wie ihm geschah. Sichtlich irritiert schaute er auf seine Vorgesetzte hinab, die ihn wie einen Schutzschild vor sich herschob.

„Wenn Sie meinen, Chefin, aber müssen Sie mich so festhalt…“

„Pssssst“, machte Williamson und klammerte sich nur noch fester an ihn. „Ich will nit, dat die Presseleute mich entdecken, kapiert!?“

Cohen begriff und bugsierte sie halb schiebend, halb ziehend in den Garten der Jansens. Dort trafen sie auf Elena Grifo, die in einem der Gartenstühle saß und ihre Notizen sortierte. Sie blickte mit ernstem Gesicht auf.

„Die beiden Kinder Nina und Philipp sind informiert und auf dem Weg hierher. Nina kommt aus Hamburg, das heißt, sie wird nicht so lange brauchen. Philipp studiert in Aachen, das dauert mindestens drei bis vier Stunden, bis er hier ist.“

„Wie alt sind die beiden denn, un‘ wat studieren die?“

„Nina ist zweiundzwanzig Jahre alt und studiert Psychologie im vierten Semester, Philipp ist mit fünfundzwanzig Jahren der Ältere. Er studiert Maschinenbau und macht im nächsten Jahr seinen Abschluss“, antwortete Grifo. „Die beiden sind geschockt, vor allem die Tochter. Sie ist am Telefon zusammengebrochen. Zum Glück war ihr Freund bei ihr, mit ihm habe ich dann noch gesprochen. Er wird sie fahren. Der Sohn hat mir versprochen, mit dem Zug zu kommen. Er wirkte deutlich gefasster.“

„Dat heißt nix, Frau Grifo. Wenn ihm erst mal bewusst wird, dat seine Eltern tot sind …“ Williamson führte den Satz nicht zu Ende, das war auch nicht nötig.

Die junge Oberkommissarin schüttelte den Kopf.

„Ich weiß. Vielleicht wird es ihm auf der Zugfahrt klarer. Er fühlte sich auf jeden Fall in der Lage dazuzukommen. Ich habe die Telefonate zusammen mit unserer Psychologin Tanja Meineke geführt, um mich abzusichern."

„Jut, Frau Grifo, nütz' ja nix. Wir mussten et ihnen ja sagen, un' irgendwie müssen sie kommen."

Williamson und Cohen berichteten Grifo anschließend von ihrem Besuch bei Michael Wanner und seiner Frau.

„Irgendwie kann ich mir nit vorstellen, dat er et war, dazu war dat Ganze zu professionell aufgezogen, bis auf den Overkill. Allerdings is' er jähzornig un' war wütend auf Jansen", schloss Williamson ihren Bericht. „Er is' sogar auf mich los, aber Herr Cohen hat sich ihm heldenhaft in den Weg gestellt!"

Was sie nicht sagte, war, dass ihr Bauch bei Michael Wanner nicht kribbelte. Überhaupt nicht.

Sascha Cohen war währenddessen tatsächlich rot geworden. Verlegen rieb er sich wieder mit seinem Taschentuch ein ums andere Mal durchs Gesicht.

„Das war doch selbstverständlich, Chefin", murmelte er und knüllte das nasse Tuch.

„Jut", Williamson schlug sich wieder mit beiden Händen auf die Oberschenkel, „wat haben die Befragungen der Nachbarn ergeben?"

Elena Grifo zuckte mit den Schultern.

„Um es auf einen Nenner zu bringen: nichts. Die Jansens werden überschwänglich gelobt. Wenn man den Nachbarn Glauben schenkt, standen sie kurz vor der Heiligsprechung. Die Gefühlslage ist irgendwo zwischen

Trauer, Schock, Ungläubigkeit und Wut. Niemand scheint etwas gesehen zu haben."

„Wat is' mit der Frau, die Rudolf Jansen gefunden hat?"

Grifo schaute wieder auf ihre Notizen, ebenso Cohen.

„Andrea Dornholz", sagten beide wie aus einem Munde. Und Cohen fügte hinzu: „Sie wohnt mit ihrer Familie gegenüber."

„Alles klar", sagte Williamson und erhob sich schwerfällig. Es war noch immer verdamp heiß. „Dann wollen wir mal Frau Dornholz aufsuchen. Sie is' hoffentlich mittlerweile in der Lage dazu, uns ein paar Fragen zu beantworten."

„Frau Meineke ist bei ihr. Ebenso ihre Familie, das tut ihr sichtlich gut", antwortete Elena Grifo.

Auf dem Weg aus dem Garten heraus drehte sich Williamson zu Cohen um und bat ihn zu überprüfen, ob Michael Wanner einen Waffenschein habe.

„Sicher is' sicher", meinte sie leichthin und zwinkerte ihm zu.

Das Haus gegenüber war ein modernes, weiß gestrichenes Einfamilienhaus mit Gaubenfenstern und bunten Blumen davor. Eine Laterne und weitere Dekogegenstände komplettierten den hübschen Eingangsbereich. „Dornholz" stand in geschwungenen Lettern über einer Klingel, die Grifo jetzt drückte. Ein hochgewachsener, gut aussehender Mann mit einem modischen Kurzhaarschnitt öffnete. Williamson schätzte ihn auf Anfang vierzig.

„Sie sind die Polizistinnen", stellte er nüchtern fest und bat sie herein. „Christoph Dornholz, freut mich."

„Williamson, dat is' meine Kollegin Grifo", antwortete Williamson. „Wie geht et Ihrer Frau?"

„Es geht so", antwortete der Mann und wandte sich kurz zu ihr um. „Es war ein ziemlicher Schock."

„Dat glaube ich", sagte Williamson knapp. Mehr gab es nicht zu sagen.

Christoph Dornholz führte sie in einen lichtdurchfluteten und großzügig gestalteten Wohnbereich mit offener Küche. Große Fenster ließen die späte Nachmittagssonne ein, die das Ess- und Wohnzimmer in ein angenehmes Licht tauchte. Durch die Fenster war eine elegant angelegte Holzterrasse zu erkennen, die durch eine Markise vor der Sonne geschützt war. Farblich perfekt aufeinander abgestimmte Gartenmöbel rundeten das Ensemble ab. Dort saß am Tisch ein kleiner blonder Junge und malte eifrig ein Bild. Er war ganz in seine Tätigkeit vertieft, die kleine Zunge blitzte zwischen den Lippen hervor. Williamson musste lächeln, und auch Grifo schmunzelte.

Eine hellgraue Wohnlandschaft beherrschte das Wohnzimmer, auf der zwei Frauen saßen, auf dem Couchtisch standen eine Karaffe mit Wasser und Gläser. In der Karaffe schwammen Zitronenscheiben, etwas, was Williamson für total überflüssig hielt. Aber wat soll et? Die Menschen waren eben verschieden ... Bevor sich ihre Gedanken wieder selbstständig machen konnten, rief sie sich selbst zur Ordnung. Was war heute nur los? Das musste die Hitze sein!

Sie straffte sich und blickte auf die beiden Frauen. Andrea Dornholz war eine schlanke, sportlich aussehende Frau mit halblangem, glattem, dunklem Haar, das ihr nun in Strähnen ins vom Weinen verquollene Gesicht fiel. Immer wieder knüllte sie ein Papiertaschentuch, das sie fest umklammert in ihren Händen hielt. Die andere Frau war Tanja Meineke, die Polizeipsychologin, die tröstend den Arm um die Schultern von Andrea Dornholz gelegt hatte. Beide sahen auf, als Grifo und Williamson auf sie zukamen.

„Juten Tag, Frau Dornholz, Frau Dr. Meineke." Williamson nickte den beiden Frauen zu und stellte sich und Grifo der Nachbarin vor. Diese nickte.

„Sie möchten mir Fragen stellen", sagte sie erschöpft und lehnte sich zurück. „Also gut, fangen Sie an."

„Aber nur, wenn du dich dazu in der Lage fühlst, Liebes", warf ihr Mann ein und sah sie besorgt an.

„Es geht schon, Chris", antwortete Andrea Dornholz und lächelte schwach.

Williamson und Grifo setzten sich. Christoph Dornholz holte zwei weitere Gläser und schenkte ihnen Wasser ein. Dann ließ er sich neben seiner Frau nieder und nahm sie in die Arme.

Williamson ließ die Stille wirken, um allen die Möglichkeit zu geben, sich zu sammeln.

„Frau Dornholz, mir is' bewusst, dat dat jetz' nit einfach wird, aber wir müssen Ihnen einige Fragen stellen, denn wir wollen den- oder diejenigen, die dat getan haben, kriegen. Wir versuchen, Sie nit unnötig zu belasten, aber ich hoffe, Sie verstehen, dat wir mit unseren Ermittlungen weiterkommen müssen."

Williamson kam sich bei solchen Sätzen furchtbar ungelenk vor. Einfühlsamkeit und Geduld waren nicht unbedingt ihre Stärke, aber sie konnte gegenüber der wichtigsten Zeugin nicht mit der Brechstange agieren, das war ihr schon klar.

„Ich verstehe, bitte stellen Sie Ihre Fragen", sagte Andrea Dornholz mit bemüht fester Stimme.

Williamson nickte. „Danke, Frau Dornholz. Also, Sie haben die Toten gefunden …"

„Nein, nur Rudolf", unterbrach die Nachbarin sie sofort. Sie holte tief Luft. „Ich fange am besten von vorne an. Ich habe heute Morgen einen Kuchen gebacken. Lemoncheesecake, das ist der Lieblingskuchen von Julian." Sie schaute auf und sah durchs Fenster auf den kleinen Jungen, der nach wie vor am Gartentisch konzentriert malte. Ein zärtlicher Ausdruck hatte sich in ihre Augen geschlichen.

„Aber er ist auch der Lieblingskuchen der Jansens. Wenn ich gebacken hatte, dann bekamen die beiden von uns Kuchen ab. Das hatte sich über die Zeit so eingespielt." Die Nachbarin lächelte schwach. „Meinen Lemoncheesecake mochten sie ganz besonders gern." Die aparten Gesichtszüge der Frau verzogen sich, und Tränen traten in ihre Augen.

„Sie haben sich also gut verstanden?", fragte Elena Grifo mit ihrer sanften Stimme. Jut so, dachte Williamson. Grifo mit ihrer Feinfühligkeit hatte immer beruhigenden Einfluss auf Zeugen, so auch auf Andrea Dornholz.

Das Ehepaar nickte.

„Sehr gut", antwortete Christoph Dornholz an der Stelle seiner Frau. „Wir sind … waren seit zehn Jahren

Nachbarn. Als wir hier gebaut haben, wohnten die Jansens schon seit fünf Jahren hier. Diese Straßenseite ist erst später, im zweiten Bauabschnitt, bebaut worden, müssen Sie wissen. Insgesamt hat es vier Bauabschnitte gegeben, die letzten Häuser sind erst vor zwei Jahren fertiggestellt worden. Die Jansens haben uns sofort mit Rat und Tat geholfen. Daraus hat sich eine Nachbarschaftsfreundschaft entwickelt. Wir haben uns hin und wieder gegenseitig besucht, vor allem im Sommer. Dann haben wir meistens gegrillt. Beim alljährlichen Straßenfest haben wir auch immer zusammengesessen. Außerdem ist … war Rudolf im Fußballverein engagiert, auch wenn sein Sohn inzwischen nicht mehr dort aktiv ist. Julian spielt dort. Fußball ist sein ein und alles – na ja, und Autos." Christoph Dornholz blickte kurz nach draußen zu seinem Sohn. Ein liebevoller Ausdruck hatte sich auf sein Gesicht gelegt.

„Un' Sie haben Kuchen vorbeigebracht", führte Williamson das Gespräch wieder auf den eigentlichen Kern der Sache zurück.

„Richtig", nickte Andrea Dornholz, nun ein wenig gefasster. „Heute Mittag, so kurz vor zwei Uhr, als der Kuchen ausgekühlt war, bin ich rüber und wollte ihnen einige Stücke bringen, wie immer."

Sie holte tief Luft, als wappnete sie sich für das, was sie nun zu berichten hatte.

„Ich habe geklingelt, aber es hat niemand geöffnet. Ihr Auto stand im Carport, außerdem hatte ich Evelyn am Freitag noch beim Einkaufen getroffen und ihr gesagt, dass ich ihnen am Sonntag Kuchen vorbeibringen wollte.

Sie sagte, kein Problem, sie seien zu Hause. Also habe ich noch einmal geklingelt."

„Wirkte Frau Jansen am Freitag irgendwie verändert?"

„Nein, sie war wie immer: freundlich und entspannt. Sie freue sich auf die Ferien, hat sie gesagt, weil es in der Schule in den letzten Wochen vor den Zeugnissen sehr stressig gewesen sei."

„Zurück zu heute Morgen. Wat haben Sie gemacht, als niemand bei den Jansens geöffnet hat?", fragte Williamson weiter.

„Ich bin ums Haus herumgegangen, weil ich dachte, dass sie vielleicht auf der Terrasse wären und das Klingeln nicht gehört hätten. Und da ...", Andrea Dornholz schluchzte auf und hielt sich das Taschentuch vors Gesicht. Ihr Körper zuckte. „Da habe ich sie gesehen."

„Die Leiche von Rudolf Jansen?", platzte es aus Williamson heraus.

Andrea Dornholz schüttelte den Kopf, dass die braunen Haare flogen, und schüttelte sich. „Nein, die Fliegen", flüsterte sie.

„Die Fliegen?"

„Ja, sie hatten sich am Schlafzimmerfenster angesammelt. Zu Dutzenden. Das Fenster war in Kippstellung." Wieder schüttelte sich die Frau.

Williamson musste an die Fliege denken, die in dem Schlafzimmer um sie herumgeflogen war und nach der sie geschlagen hatte. Sie schluckte.

Die Nachbarin fuhr fort: „Ich bin dann näher zum Fenster gegangen, weil ich wissen wollte, was los war. Ich habe durchs Fenster geschaut, und da ... da ..."

Sie konnte nicht weitersprechen, wurde von Weinkrämpfen geschüttelt. Zärtlich strich ihr Mann ihr über den Kopf.

„Schon gut, schon gut, Andrea", sprach er beruhigend auf sie ein und blickte dann die Polizeipsychologin an. „Ich denke, das reicht jetzt. Andrea ist am Ende ihrer Kräfte."

Bevor Tanja Meineke etwas sagen konnte, fuhr Andrea Dornholz mit blitzenden, wenn auch tränenüberströmten Augen fort: „Nein, ich will helfen. Dieses furchtbare Verbrechen muss aufgeklärt werden. Wenn ich dazu beitragen kann, dann muss ich jetzt hier durch. Versteh' das bitte!" Sie holte tief Luft: „Ich sah durchs Fenster, und dort lag er." Ihr Atem ging nun stoßweise, und ihre Finger schlossen sich um die Hand ihres Mannes, der sie fest drückte. „Dort lag ein Mann im Bett. Sein Gesicht war … nicht mehr zu erkennen. Und überall, überall war Blut!" Die letzten Worte hatte sie geschrien.

Sie schluchzte laut auf, und wieder wurde sie von ihrem Mann auf der einen und von der Psychologin auf der anderen Seite getröstet.

Eine Weile war das nun langsam verebbende Weinen zu hören.

Schließlich fragte Grifo in das Schluchzen hinein: „Was haben Sie dann getan?"

Andrea Dornholz schüttelte den Kopf.

„Ich weiß nicht genau. Ich glaube, ich habe geschrien, dann bin ich wieder am Haus vorbei zurückgerannt hierher."

Sie sah sich suchend um.

„Ich glaube, den Kuchen habe ich vor dem Fenster fallen lassen."

„Sie kam völlig aufgelöst hier an", schaltete sich nun ihr Mann ein. „Zunächst habe ich kein vernünftiges Wort aus ihr herausgebracht. Irgendwann war mir klar, dass drüben etwas Schreckliches passiert sein muss. Da habe ich die Polizei gerufen."

„Wir haben gehört, dat dat Ehepaar Jansen sehr beliebt war im Ort", sagte Williamson. „Wie war Ihr Eindruck?"

Die Eheleute nickten beide unisono mit dem Kopf.

„Das stimmt", antwortete Christoph Dornholz. „Sie waren sogar außerordentlich beliebt und hier in der Ortsgemeinschaft sehr gut integriert. Rudolf war im Fußballverein aktiv, wie ich auch, wie gesagt, und Evelyn engagierte sich im Jugendklub Kleuthen. Julian geht gerne in den Klub. Sie veranstalten Feste und Spiele für die Kinder und Jugendlichen und für die Größeren auch schon mal eine Disco. Beide waren vorbildlich, immer freundlich und hilfsbereit. Wir können es einfach nicht fassen."

„Und die Kinder der beiden?", fragte Grifo.

Christoph Dornholz zuckte mit den Schultern.

„Was soll mit ihnen sein? Sie sind hier im Ort groß geworden, haben am Gymnasium Kleuthen ihr Abitur gemacht und sind dann zum Studieren weggezogen. Philipp scheint in die Fußstapfen seines Vaters zu treten und hat dessen technisches Talent geerbt. Rudolf war darauf sehr stolz."

„Un' die Tochter?", fragte Williamson. „Waren die Eltern auf sie auch so stolz wie auf den Sohn?"

Andrea Dornholz fuhr auf.

„Natürlich waren sie das. Sie waren auf beide Kinder stolz, was denn sonst?“

Williamson hob beschwichtigend die Hände, während der Ehemann beruhigend die Schultern seiner Frau tätschelte.

„Schon jut, Frau Dornholz, et war nur eine Frage. Weil Ihr Mann betont hat, dat Herr Jansen so stolz auf seinen Sohn war.“

Christoph Dornholz machte eine entschuldigende Geste.

„Na ja, Sie wissen ja, wie das ist. Rudolf konnte als Ingenieur mehr mit dem technischen Studium seines Sohnes anfangen. Sie hatten ein sehr enges Verhältnis, während Evelyn und Nina ein eingeschworenes Team waren. Das heißt aber nicht, dass es Probleme innerhalb der Familie gegeben hätte“, beeilte er sich zu sagen.

Williamson wusste als Mutter von zwei Töchtern nicht, wie das war, aber sie wusste, dass es innerhalb einer noch so gut funktionierenden und harmonischen Familie immer mal wieder Scharmützel gab, so harmlos sie auch waren.

„Aber dat Verhältnis zum Nachbarn Michael Wanner war nit janz so harmonisch, oder nit? Wir haben den juten Mann gerade kennengelernt, mit dem is‘ nit jut Kirschen essen, oder?“

„Michael?“ Christoph Dornholz hob in einer resignierenden Geste die Schultern. „Mit dem kommt keiner aus, oder vielmehr umgekehrt, er kommt mit keinem aus, so sehr wir es alle auch versucht haben. Der ist so dermaßen jähzornig, dass er sich mit allen verkracht hat. Inzwischen lebt er weitgehend isoliert. Auch Rudolf war mit ihm in Streit geraten, weil er die Hecke zur Schonzeit der Tiere radikal geschnitten hatte. Der hält sich an nichts."

„Doris tut mir leid", sagte Andrea Dornholz leise. „Sie muss jeden Tag mit ihm klarkommen. Sie sieht furchtbar traurig aus."

Williamson sagte dazu nichts, gab der Frau aber im Stillen recht.

„Noch eine letzte Frage", wechselte sie wieder das Thema, „un' bitte, nehmen Sie mir nit übel, dat wir dat fragen müssen. Wo waren Sie heute Morgen zwischen acht und zehn Uhr?"

Zum ersten Mal lächelte Christoph Dornholz.

„Wir verstehen das, Frau Kommissarin. Wir waren hier. Wir haben bis ungefähr halb acht geschlafen, dann hat uns Julian geweckt, weil er im Garten Fußball spielen wollte. Nach dem Frühstück kam sein Freund Timo vorbei. Er wohnt zwei Häuser weiter die Straße runter. Dann haben die Jungs Fußball gespielt, meine Frau hat gebacken, und ich habe mir um elf Uhr eine Fußballsendung im Fernsehen angeschaut."

„Mit Timo un' seinen Eltern werden wir kurz sprechen", meinte die Kommissarin und machte Anstalten, sich zu erheben. Da wurde die Terrassentür aufgestoßen, und Fußtrappeln verriet, dass Julian mit dem Malen fertig war. Er stürzte zu seiner Mutter und flog in ihre Arme.

„Guck mal, Mama, das habe ich für dich gemalt, damit du nicht mehr so traurig bist!" Er hielt ihr ein schon ein wenig zerknittertes Bild hin, auf dem in großen, ungelenken Buchstaben „FÜR MAMA" zu lesen war.

Lächelnd nahm seine Mutter das Bild entgegen. Soweit es Williamson erkennen konnte, zeigte es die Familie Dornholz auf Fahrrädern, die einzelnen Figuren waren mit „MAMA", „PAPA" und „JULIAN" beschriftet.

Andrea Dornholz strich ihrem Sohn übers zerzauste blonde Haar.

„Danke, mein Schatz. Das Bild werde ich mir an den Kühlschrank hängen, dann kann ich es mir jeden Tag anschauen und mich darüber freuen. Und jetzt sag den beiden Polizistinnen Guten Tag!"

Julian hatte sich bereits an seinen Vater gewandt und wollte ihm ein zweites Bild geben, das er noch in der Hand hielt. Nun hielt er inne und sah mit großen, blauen Augen von Williamson zu Grifo und wieder zurück.

„Ihr seid von der Polizei, echt?"

Williamson lachte und nickte.

„Un' ob." Sie zog ihre ID-Karte hervor und reichte sie Julian, der sie mit seinen Kinderfingern andächtig festhielt. „Hier, dat is' der Beweis."

„Coooool", sagte Julian bewundernd und gab ihr die Karte zurück. „Hast du auch eine Sirene an deinem Polizeiauto?"

„Ja klar!", antwortete Williamson und deutete auf Grifo. „Den Wagen fährt meistens meine Kollegin, un' manchmal schaltet sie auch die Sirene an, wenn wir et eilig haben!"

„Oh Mann, wie toll!", entfuhr es Julian. Er schaute auf sein Bild, das er vor sich auf den Couchtisch gelegt hatte. Dann wandte er sich an seinen Vater. „Eigentlich wollte ich dir das zweite Bild schenken, aber bist du sehr böse, wenn ich es der Polizistin gebe? Damit sie die Bösen schnell verhaften kann!"

Auch Christoph Dornholz lächelte und strich ihm über den Kopf.

„Natürlich darfst du das Bild der Kommissarin schenken, Julian. Ich bin dir doch nicht böse! Und vielleicht bekomme ich ja noch eines in den nächsten Tagen, was meinst du?"

„Geht klar, Papa", antwortete Julian mit der unverblümten Abgeklärtheit eines Kindes und streckte Williamson strahlend das Blatt entgegen.

„Hier, das ist ein Lieferwagen! Der ist oft in unserem Neubaugebiet!"

Schmunzelnd nahm Williamson das Bild entgegen und besah es sich. Julian hatte einen weißen Lieferwagen gemalt. Auf ihm war ein Tier zu sehen, Williamson nahm jedenfalls an, dass es ein Tier war. Es erinnerte an .... ja, an was eigentlich? Vielleicht ein Delfin mit Schnurrhaaren? Darunter war in ungelenken Buchstaben geschrieben: „Dry and Speed".

„‚Dry and Speed'", murmelte Williamson und sah dann auf. „Danke, Julian, dat ist wirklich toll. Dat hilft mir bei meiner Polizeiarbeit bestimmt!"

„‚Dry and Speed' ist eine Sanitärfirma, die hier viele Häuser betreut", erklärte Christoph Dornholz.

Julian war an Williamsons Seite getreten, hatte die linke Hand vertrauensvoll auf ihrem Knie abgestützt und zeigte mit der rechten Hand auf das Tier, das auf dem Lieferwagen zu sehen war.

„Guck mal, hier, das ist die Robbe. Die ist auf jedem Lieferwagen drauf. Die sieht wirklich toll aus."

Jetzt, wo klar war, dass es sich um eine Robbe handelte, sah Williamson es auch. Die Schwanzflosse war etwas zu lang geraten und der Kopf im Verhältnis zum Körper zu groß, aber ja, doch, das Tier war eine Robbe. Eindeutig.

„Allerdings", nickte sie anerkennend und schüttelte dann feierlich Julians Hand. „Ich danke dir sehr für dat Bild, Julian. Auch ich werde et an meinen Kühlschrank hängen un' immer daran denken, dat ich jeden Tag die bösen Verbrecher in dat Gefängnis stecken muss. Dat hast du wirklich toll gemacht. Vor allem für dein Alter", fügte sie hinzu, weil sie meinte, noch etwas Nettes sagen zu müssen.

Entrüstet sah Julian sie an.

„Ich bin acht!", krähte er. Dann hielt er inne und schaute sie mit schräg gelegtem Kopf misstrauisch an. „Warum sprichst du so komisch?", fragte er dann geradeheraus.

„Julian!" Entsetzt sprang Andrea Dornholz auf.

Beschwichtigend hob Williamson die Hände und lachte zum ersten Mal an diesem Tag aus vollem Hals.

„Schon jut, Frau Dornholz. Er hat ja recht. Julian spricht nur dat aus, wat alle denken." Dann wandte sie sich an den Jungen. „Ich bin nit von hier, ich komme aus Köln. Da sprechen alle so!"

„Köln?" Die Augen des Jungen wurden noch größer, nun voller Bewunderung. „Wie Jonas Hector?"

„Ja, genau, wie Hector. Der 1. FC Köln is' mein Lieblingsverein!"

„Toll!“ Julian klatschte begeistert in die Hände. „Oh Mann, Hector ist echt cool. Wenn du wiederkommst, male ich dir noch ein Bild!“

„Oh, vielen Dank, junger Mann, ja, warum nit?“ Verdamp, Williamson hoffte, dass Julian dies bis zu ihrem nächsten Besuch, wenn er denn erfolgen sollte, wieder vergessen hatte. Eine Armada von Bildern würde ihre Küche nicht überstehen.

Williamson ließ das Bild in ihrer übergroßen Handtasche verschwinden und klatschte wieder mit ihren Handflächen auf ihre Oberschenkel.

„So, wir müssen los!“ Sie erhob sich und sah von Julian zu Grifo. Sie hatte eine Idee.

„Sag mal, Julian, hast du vielleicht Lust, mit Frau Grifo zu einem unserer Einsatzwagen zu gehen? Dann kann sie dir die Sirene zeigen un‘ die vielleicht sogar mal einschalten.“ Williamson sah zu Grifo, die schweigend zurückschaute. Richtige Begeisterung sah anders aus. „Un‘ dann kannst du Frau Grifo zeigen, wo der Timo wohnt.“

Sie blickte zu den Eltern, die sich nun beide erhoben hatten, wie auch Tanja Meineke.

„Wenn Sie damit einverstanden sind? Er wäre in zehn Minuten wieder zurück.“

„Bitte, darf ich, Mama?“, bettelte Julian und hüpfte vor Aufregung auf und ab.

„Wie könnten wir da Nein sagen?“, fragte Andrea Dornholz zurück und wandte sich an Julian. „Zehn Minuten, junger Mann, keine Minute länger, klar? Die Polizistinnen müssen ihre Arbeit machen.“

„Klar", antwortete Julian, nahm Grifo an die Hand und wollte sie mit sich ziehen. Sie ließ es widerstrebend zu.

Williamson schmunzelte und wandte sich zum Gehen. Da fiel ihr doch noch etwas ein.

„Ich habe im Haus der Jansens Skulpturen gesehen un' auch Masken, vor allem im Wohnzimmer. Wissen Sie, wat et damit auf sich hat?"

„Afrika", sagte Christoph Dornholz.

„Afrika? Wat soll dat denn heißen?"

„Evelyn und Rudolf haben einige Zeit in Afrika gelebt und dort Entwicklungsarbeit geleistet. Das ist aber inzwischen ziemlich lange her. Als sich Philipp ankündigte, sind sie zurück nach Deutschland gekommen. Daher stammen die vielen Kunstwerke, die sie in ihrem Haus haben. Sie hängen … hingen sehr an dem Kontinent", erklärte seine Frau.

„Ah", machte Williamson. Erst Japan und jetzt Afrika. Was würde ihr in Hannover und Umgebung noch alles begegnen? „Wissen Sie, wat sie da konkret gemacht haben?"

„Nein, sie haben kaum etwas erzählt", antwortete Christoph Dornholz. „Aber da können Ihnen Nina und Philipp vielleicht mehr sagen. Oder Iris Grundler, die zusammen mit ihrem Mann eng mit den Jansens befreundet war, sie hauptsächlich mit Evelyn, aber auch die Männer verstanden sich gut. Sie wohnt im alten Ortskern."

„Da werden wir nachfragen, danke, Herr Dornholz."

„In Afrika gibt es Schlangen und wilde Tiere! Onkel Rudolf hat mir viel davon erzählt. Und die Kinder freuen sich, wenn sie in die Schule gehen dürfen, hat Tante Evelyn gesagt", kreischte Julian dazwischen und verzog das Gesicht. „Das kann ich gar nicht verstehen!"

Damit zog er Grifo hinter sich her aus dem Haus. Williamson verabschiedete sich vom Ehepaar Dornholz und wandte sich dann an Dr. Meineke: „Wenn Sie hier entbehrlich sind, kommen Sie bitte zum Haus der Jansens. Wenn die Kinder eintreffen, möchte ich, dat Sie dabei sind."

„Ich komme gleich nach", sagte Dr. Meineke und warf ihren langen, dunkelblonden Zopf in den Nacken.

Williamson nickte und marschierte hinter Julian und Grifo her. Sie sah, wie die beiden zu einem der Einsatzwagen gingen, die immer noch vor Ort waren. Nach wie vor hatte der kleine Junge die Oberkommissarin fest an der Hand, was der sichtlich unangenehm war. Die Hauptkommissarin musste grinsen. Endlich hatte sie ihre sonst so perfekte Kollegin erwischt.

Kapitel 6

Als Williamson auf dem Weg in den Garten der Jansens war, ertönte plötzlich die Sirene eines Einsatzwagens. Ihr Grinsen wurde breiter. Elena Grifo hatte Julian anscheinend gezeigt, wie die Sirene auszulösen war. Oder er hatte es selbst herausgefunden. Sie setzte sich auf einen der Gartenstühle und ließ die Beine baumeln. Ihre Füße waren schon wieder ganz schön geschwollen. Kein Wunder, bei dem ganzen Hin- und Hergerenne und dann auch noch bei dieser Hitze! Williamson spürte, wie Müdigkeit in ihr aufkam.

Auch im Garten waren einige afrikanische Skulpturen aufgestellt worden, wie sie erst jetzt bemerkte. Sie sahen aus, als wären sie aus Holz, aber sicher war sich Williamson nicht. Sie betrachtete eine Weile das Treiben der Insekten, dann wurden ihre Lider schwer, und sie drohte einzuschlummern.

Plötzlich ertönten energische Schritte hinter ihr. Schnaufend kam Elena Grifo in den Garten gestürmt. Es war das erste Mal, dass Williamson mitbekam, dass sie schwer atmete und ganz offensichtlich ein wenig aus der Fassung geraten war. Wenn sie etwas störte, offenbarte sich das normalerweise nur an ihrem ganz feinen Mienenspiel, wenn sich beispielsweise eine tiefe Falte auf ihrer Stirn zeigte, die sonst nicht zu sehen war. Jetzt war das anders. Und Williamson ahnte auch, warum.

„Boah, Kinder sind vielleicht anstrengend!", stöhnte ihre Kollegin und ließ sich in einen der Stühle fallen.

„Et sind nun mal Kinder, Frau Grifo. Manchmal tut et janz jut, die Welt aus ihrer Perspektive un' mit ihrer Neugier zu betrachten. Un' mit ihrer Unvoreingenommenheit."

Grifo schüttelte den Kopf. „Sie haben eine Eigenschaft vergessen, Chefin. Sie sind furchtbar nervig."

Williamson grinste sie an. „Also wirklich, Frau Grifo, Sie überraschen mich. Sie sind doch sonst immer so beherrscht. Wat is' los? Mögen Sie keine Kinder?"

Wieder schüttelte die junge Kommissarin den Kopf. „Ehrlich gesagt fühle ich mich in Gegenwart von Kindern unwohl. Sie sind so … unberechenbar."

Williamson verstand. Die junge Oberkommissarin mochte es gerne strukturiert und organisiert. Das war mit Kindern nun mal nicht zu machen. Sie brachten das Leben eben gehörig durcheinander, aber als zweifache Mutter wusste sie, dass man gerade dadurch eine Menge für sich lernen konnte. Und die Liebe, die man zurückbekam, war unbezahlbar.

„Der Freund von Julian, Timo, ist auch so eine Nervensäge. Er und seine Eltern haben übrigens bestätigt, dass er heute Morgen ab kurz nach halb neun bis zum Mittag mit Julian im Garten der Dornholzens Fußball gespielt hat."

Williamson nickte nur. „Dann wissen wir dat jetz'. Hätte mich auch gewundert, wenn et anders gewesen wär'."

„Die zwei zusammen sind nicht auszuhalten!", stöhnte Grifo. „Ich war froh, als Julian wieder im Haus seiner Eltern verschwunden war."

„Ihre Einstellung ändert sich bestimmt, wenn Sie selbst mal Kinder haben", antwortete Williamson.

Grifo schüttelte den Kopf.

„Ehrlich gesagt weiß ich gar nicht, ob ich überhaupt Kinder will."

„Dat wäre aber schade, Frau Grifo. So schöne Gene müssen einfach weitergegeben werden", schmunzelte die Kommissarin.

Grifo wandte den Kopf in ihre Richtung und sah sie mit einem unergründlichen Blick an.

„Eben da bin ich mir nicht so sicher", sagte sie leise.

Williamson öffnete den Mund, um etwas zu entgegnen, als Cohen mit schnellen Schritten zu ihnen stieß.

„Chefin, Nina Jansen und ihr Freund sind da."

„Dat ging aber schnell", kommentierte Williamson und setzte sich kerzengerade auf. „Herr Cohen, sehen Sie zu, dat Sie eine Iris Grundler auftreiben. Sie is' eine enge Freundin von den Jansens gewesen un' wohnt hier im Ort."

„Das wird nicht nötig sein, Frau Kommissarin", sagte eine tiefe Stimme hinter ihr. Sie wandte sich um und sah geradewegs in die stahlblauen Augen eines bärtigen jungen Mannes, mit einem … was war das? Er hatte tatsächlich einen Dutt auf dem Kopf. Williamson schüttelte innerlich den Kopf, hatte aber keine Zeit, darüber nachzudenken, denn der junge Mann sprach hastig weiter.

„Ich bin Felix Seidler, ich habe Nina hergefahren."

Erst jetzt bemerkte Williamson die schmale junge Frau, die hinter der muskulösen Gestalt des jungen Mannes zu verschwinden schien.

Wie Elena Grifo hatte sie lange, braune Haare, ein fein geschnittenes Gesicht und war eine Schönheit. Sie hätte die jüngere Schwester der Oberkommissarin sein können, so ähnlich waren sie sich. Und sie war einem Zusammenbruch nahe, das sah die Kommissarin auf den ersten Blick.

Bevor sie sich um die Tochter der Jansens kümmerte, fixierte sie jedoch Felix Seidler mit festem Blick.

„Wat meinen Sie damit?"

„Wir haben sie angerufen, gleich nachdem wir losgefahren waren. Sie war im Harz wandern und hat sich genau wie wir auf den Weg gemacht. Sie wird gleich hier sein."

Williamson nickte. „Dat war jut. Dann setzen Sie sich erst einmal hin, Sie sind ja völlig fertig."

Sie sprang auf und lenkte Nina Jansen auf den Stuhl neben Elena Grifo. Die beiden Frauen würden sich gut verstehen, das spürte sie sofort. Daneben setzte sich Felix Seidler, um beschützend einzugreifen, wenn es nötig werden sollte.

Eine Weile sagte keiner ein Wort. Felix Seidler hatte tröstend den Arm um Nina Jansen gelegt, die sich an ihn schmiegte. Ihre langen Haare fielen ihr übers Gesicht, sodass Williamson ihren Ausdruck nicht deuten konnte. Die junge Frau wurde von Schluchzern geschüttelt.

Schließlich kam Dr. Meineke hinzu, und Williamson stellte die Psychologin vor. Gerade als Williamson ansetzen wollte, um zu sprechen, ließen harte Schritte auf dem Weg in den Garten sie verstummen. Eine kleine, energisch wirkende Frau mit wippenden rotbraunen Locken, ihren nicht unähnlich, nur nicht ganz so verstrubbelt, stürmte geradezu auf Nina Jansen zu. Sie trug Funktionskleidung und schwere Wanderschuhe. Sie nahm Nina in die Arme und redete sofort beruhigend auf sie ein.

„Sie sind Iris Grundler, nehme ich an", sprach Williamson die Frau an.

Diese blickte auf, Tränen in den Augen.

„Ja, das stimmt. Bitte entschuldigen Sie, Frau …"

„… Williamson", sagte die Kommissarin. „Nur Williamson, dat reicht."

„Ich bin sofort losgefahren, als ich es gehört habe", stammelte Iris Grundler, „ich kann es nicht fassen. Was ist denn nur passiert?"

„Dat versuchen wir rauszufinden, Frau Grundler. Bitte setzen Sie sich, damit wir anfangen können."

Dann fuhr sie fort: „Frau Jansen, zunächst möchte ich Ihnen unser Beileid aussprechen. Et tut mir furchtbar leid, wat Ihren Eltern zugestoßen is'."

Nina Jansen blickte auf und nickte. Ihr Gesicht war vom Weinen verquollen und leichenblass, ihre Augen schreckgeweitet.

„Also jut." Williamson holte tief Luft und schilderte dann in knappen Worten, was sie bis jetzt wussten.

Nina Jansen hielt sich währenddessen die zu Fäusten geballten Hände vor den Mund. Immer wieder wurde sie von Weinkrämpfen geschüttelt. Felix Seidler hielt sie fest, und Elena Grifo half immer wieder mit Taschentüchern aus.

Auch wie schrecklich der Leichnam ihres Vaters zugerichtet war, erzählte Williamson, milderte ihre Schilderung jedoch ab. Sie wollte die junge Frau nicht unnötig quälen und dennoch nichts auslassen. Währenddessen behielten Iris Grundler und Tanja Meineke die unter Schock stehende Tochter im Auge, um, wenn nötig, einzugreifen.

„Frau Jansen", wandte sich Williamson schließlich an die junge Frau. „Ich weiß, dat et hart is', aber können Sie sich vorstellen, dat Ihre Eltern irgendwelche …", sie stockte, konnte Nina Jansen aber nicht ersparen, was sie fragen musste, „… Feinde gehabt haben könnten?"

Nina Jansen schüttelte so heftig den Kopf, dass ihre langen Haare flogen.

„Nein, überhaupt nicht", flüsterte sie. „Im Gegenteil. Sie waren sehr beliebt, hatten Freunde, gute Jobs, und …", sie schluchzte wieder, „sie waren uns gute Eltern." Die letzten Worte hatte sie nur mehr gewispert.

Sofort war Tanja Meineke an ihrer Seite, ging in die Hocke, strich ihr die Haare aus dem Gesicht und wechselte einen Blick mit Williamson.

„Also jut, Frau Jansen. Ich versuche, et nit unnötig in die Länge zu ziehen. Die nächste Frage, die ich habe, is', wann Sie Ihre Eltern zuletzt gesehen haben."

Nina Jansen überlegte.

„Das muss im Mai gewesen sein, also vor ungefähr zwei Monaten. Sie waren einige Tage bei mir in Hamburg, ja, jetzt erinnere ich mich wieder, Anfang Juni zu Pfingsten. Wir haben uns einige schöne Tage gemacht. Sie haben Felix kennengelernt." Sie blickte zu ihrem Freund hoch. „Erinnerst du dich?"

„Ja, Schatz, ich erinnere mich." Felix Seidler lächelte ihr zärtlich zu.

Dutt hin oder her, er mag sie, dachte Williamson, die die Szene beobachtet hatte.

„Und am Telefon?", hakte sie nach. „Waren sie da wie immer?"

„Ja, wie immer", antwortete Nina Jansen, nun wieder gefasster. „Meine Mutter war, kurz nachdem sie mit Papa bei uns zu Besuch war, zu einem Städtetrip aufgebrochen. Nach Brügge. Da war sie oft. Sie liebte diese Stadt mit ihrer mittelalterlichen Architektur."

„War sie oft unterwegs?", hakte Grifo nach.

Nina Jansen nickte.

„Vier-, fünfmal im Jahr. Auch London gehörte dazu. Manchmal war ich mit dabei. Sie war ja auch Englischlehrerin, wissen Sie. Da konnte sie nach Herzenslust Englisch sprechen und vor allem das ‚gute Englisch' hören, wie sie immer sagte. Und die Museen! Wir waren in so vielen wundervollen Ausstellungen! Sie hat diese Städtetouren geliebt. Vor einigen Jahren waren wir zusammen in Dubai, es war fantastisch. Meine Mutter war sehr reisefreudig, es war eine ihrer Leidenschaften. Oh Gott, das kann sie nun nie wieder tun!"

Die Tochter schluchzte auf und presste sich die Hände vor die Augen.

„Un' Ihr Vater? War er nit mit?"

Nina Jansen schüttelte den Kopf. „Nein, er blieb am liebsten zu Hause."

„Jut", sagte Williamson, „dann die nächste Frage. Ich habe im Haus viele Skulpturen un' Masken aus Afrika gesehen. Uns wurde gesagt, dat Ihre Eltern vor Ihrer Geburt in Afrika gelebt haben. Wissen Sie da wat Genaueres?"

Nina Jansen holte tief Luft und begann zu erzählen.

„Ehrlich gesagt weiß ich darüber gar nicht so viel. Das war ja vor meiner Geburt und auch vor der Geburt von Philipp." Sie machte eine kleine Pause, nun sichtlich gefasster. „Meine Eltern waren vor rund dreißig Jahren in Angola. Mein Vater hat für eine Hoch- und Tiefbaufirma gearbeitet und dort Straßen gebaut, er ist ... war ...", ihre Augen füllten sich wieder mit Tränen, „Ingenieur."

„Wissen Sie, wie die Firma hieß?", fragte Williamson dazwischen, während sich Nina Jansen ein weiteres Taschentuch nahm.

Wieder schüttelte die Tochter den Kopf.

„Nein, tut mir leid. Wie gesagt, sie haben nur selten über diese Zeit gesprochen. Die großartige Landschaft und die wunderbaren Menschen, die Tiere, die Kultur. Davon haben sie schon erzählt, ab und zu."

Williamson runzelte die Stirn. Das war seltsam, wie sie fand. Wenn man im Ausland gelebt und gearbeitet hatte, dann prägte das doch, und man versuchte, seine Erfahrungen an die Kinder weiterzugeben, oder nit?

„Haben Sie nit nachgefragt, wie dat Leben in Angola war?"

Nina Jansen zerknüllte ihr Taschentuch, senkte den Kopf und überlegte eine Weile. Dann hob sie ihn wieder und sah Williamson an.

„Ehrlich gesagt kaum. Es war einfach kein Thema. Wenn ich jetzt darüber nachdenke, kommt es mir selber komisch vor. Aber vielleicht weiß Philipp mehr."

„Wir werden ihn fragen, wenn er kommt. Wat machte eigentlich Ihre Mutter in Angola, wissen Sie dat?" Fast hätte Williamson „wenigstens" angefügt, aber sie beherrschte sich gerade noch.

„Sie war Lehrerin an einer internationalen Schule. Außerdem hat sie ehrenamtlich eine weitere Schule für angolanische Mädchen aufgebaut. Sie hat sich sehr engagiert, soweit ich weiß."

„Dat is' vorbildlich", meinte Williamson leichthin. Interessanterweise wusste Nina Jansen, dass ihre Mutter in Angola sehr aktiv gewesen war.

„Wissen Sie, wie die Schulen hießen, an denen Ihre Mutter gearbeitet bzw. die sie mit aufgebaut hat?", fragte Grifo sanft.

Wieder schüttelte die junge Frau den Kopf. „Nein, tut mir leid, bitte fragen Sie Philipp. Außerdem ...", sie wandte den Kopf in Richtung Haus, „müssten Unterlagen zu finden sein, in denen das alles steht."

„Dann werden wir sie finden", sagte Grifo beruhigend und legte wieder eine Hand auf den Arm der jungen Frau.

„Wann un' warum sind Ihre Eltern zurückgekommen?", wollte Williamson wissen.

Nina Jansen legte die Stirn in Falten.

„Das muss vor der Geburt von Philipp gewesen sein, er ist jetzt fünfundzwanzig. Meine Mutter war schwanger, als sie zurückkamen. Sie wollten, dass er hier geboren wird. Außerdem wollten sie noch mehr Kinder. Na ja, und dann kam irgendwann ich auf die Welt. Meine Eltern wollten, dass wir hier in Sicherheit aufwachsen. In Afrika kann immer und jederzeit etwas passieren, so sagten sie einmal zu uns. Das Risiko wollten sie mit Kindern nicht eingehen."

„Verständlich", kommentierte Grifo.

„Waren Sie mal mit Ihren Eltern in Angola?", stellte die Kommissarin die nächste Frage.

„Nein, nie."

Das war ebenfalls merkwürdig.

„Hatten Sie nie dat Bedürfnis, dat Land kennenzulernen, in dem Ihre Eltern gelebt haben?"

Die Tochter zuckte mit den Schultern.

„Ehrlich gesagt nein. Mein Bruder und ich sind die ganzen Jahre mit den Devotionalien aus Angola aufgewachsen, mit den Masken und den Bildern und den vielen Skulpturen überall. Uns war das eigentlich schon zu viel."

Sie fing wieder an zu schluchzen, und die resolute Iris Grundler schritt ein.

„Das reicht jetzt." Sie blickte der kleinen Kommissarin ins Gesicht. „Sie weiß nichts, das hören Sie doch, und sie ist am Ende ihrer Kräfte. Wir sollten hier aufhören."

Tanja Meineke nickte bekräftigend. „Ich stimme zu."

Williamson sah von Nina Jansen zu Iris Grundler und dann zu Tanja Meineke. Dann blieb ihr Blick an Felix Seidler hängen.

„Eine letzte Frage hätte ich noch, un' et tut mir leid, dat ich dat fragen muss. Wo waren Sie heute Morgen zwischen acht und zehn Uhr?"

Felix Seidler fuhr zusammen.

„Wie bitte?", fragte er ungläubig. „Sie verdächtigen uns?"

Williamson schüttelte den Kopf.

„Wir verdächtigen keinen un' alle, Herr Seidler. Aber Sie müssen auch uns verstehen, wir müssen dat fragen."

Das Gesicht des jungen Mannes blieb unbewegt, was vielleicht an dem Vollbart lag. Williamson kannte das von einem Kollegen aus dem Zentralen Kriminaldienst.

Auch bei ihm konnte sie oftmals nicht erkennen, was er dachte.

„Wir waren heute Morgen in Hamburg mit einigen Freunden zum Frühstücken in einem Café. Ich kann Ihnen gerne die Namen geben, dann können Sie das überprüfen." Felix Seidler sprach langsam, jedes Wort betonend, wobei er sie die ganze Zeit fixierte.

„Danke, Herr Seidler. Dat machen wir."

Williamson hatte betont gleichmütig gesprochen, um die Emotionen auf allen Seiten im Zaum zu halten. Während ihres Dialoges mit Felix Seidler hatte Nina Jansen unkontrolliert zu zittern begonnen. Besorgt wandte sich Tanja Meineke an Williamson.

„Wir sollten hier wirklich Schluss machen, Frau Kommissarin. Frau Jansen kann nicht mehr."

„Ja, dat sehe ich", bestätigte Williamson. „Also jut, kümmern Sie sich bitte um die junge Dame. Wo können sie un' Herr Seidler bleiben?"

„Sie kommen mit zu mir", fuhr Iris Grundler dazwischen. Dann wandte sie sich an Nina Jansen, die wieder zu weinen begonnen hatte. „Und Philipp kann auch bei uns bleiben, wenn er kommt."

„Danke, Tante Iris", flüsterte Nina, und Iris Grundler nahm sie in die Arme. Sie warf dem Freund der Tochter einen auffordernden Blick zu. „Ihr bleibt alle so lange bei uns, wie es nötig ist."

„Danke", sagte auch Felix Seider und wirkte erleichtert. Er war sichtlich froh, aus dem Einflussbereich der Kommissarin und von dem Haus der Jansens fortzukommen.

Die Gruppe um die Tochter verließ den Garten.

Williamson drehte sich zu Grifo um. „Ich möchte, dat Sie sich gleich von Felix Seidler die Namen der jungen Leute geben lassen, die mit ihm und Nina frühstücken waren. Un' außerdem möchte ich, dat Sie den beruflichen Hintergrund von den Jansens unter die Lupe nehmen. Ich will die Arbeitgeber der beiden morgen aufsuchen."

Grifo nickte.

„Alles klar, Chefin, mache ich." Mit diesen Worten eilte sie der Gruppe hinterher.

Dann war Cohen dran, der immer noch auf einem der Gartenstühle saß und in seinen Unterlagen blätterte. Er hatte, wie meistens bei Befragungen, geschwiegen, sich aber wie Grifo eifrig Notizen gemacht und intensive Beobachtungen angestellt.

„Herr Cohen, für Sie habe ich die Aufgabe, dat Sie die afrikanische Vergangenheit von dem Ehepaar un' die finanziellen Verhältnisse in Augenschein nehmen."

Bevor Cohen etwas antworten konnte, ertönten hastige Schritte auf dem Weg, der zum Garten führte. Alina Walter erschien, immer noch im Overall, aber ohne Überzieher und Maske. Jetzt waren ihre ebenmäßigen Gesichtszüge gut zu erkennen.

„Kollegen, wir haben einen Safe gefunden. Im Schlafzimmer."

Cohen stemmte sich aus seinem Stuhl und eilte hinter seiner Vorgesetzten und der Kriminaltechnikerin ums Haus herum. Am Eingang streiften sie sich wieder die Überzieher und die Handschuhe über. Alina Walter schritt festen Schrittes voran zum Schlafzimmer. Williamson sah, dass kleine Blutflecke auf dem Weg vom Eingang über den Wohnbereich bis zum Schlafzimmer markiert worden waren. Sie nahm es in sich auf, sie würde später darüber nachdenken. Im Schlafzimmer sahen sie, dass die Bettwäsche zwischenzeitlich ins Kriminallabor gebracht worden war. Die Blutspritzer am Kopfende des Bettes, an der Wand darüber und rund um das Bett am Boden waren noch deutlich zu sehen. Auch sie waren markiert worden.

„Hier", Alina Walter schob an der gegenüberliegenden Wand den Einbauschrank auf. Auf Bauchhöhe war eine Stange zu sehen, an der Handtaschen hingen, sorgfältig nach Farbe und Größe sortiert.

„Die Taschen sind nichts Besonderes", kommentierte Alina Walter beiläufig. „Mittelklasseware, zum Teil aus Kunstleder."

„Wenn Sie et sagen!" Williamson hatte keine Ahnung von Mode oder davon, wie viel Handtaschen wert waren, und war froh über ihre praktische, riesengroße Umhängetasche, die allerdings manchmal wie ein Bermudadreieck daherkam. Es verschwanden darin zweifelsohne Gegenstände, die Williamson zuvor hineingetan hatte.

Alina Walter schob die Handtaschen zur Seite. Dahinter kam ein in die Wand eingelassener Safe zum Vorschein in schlichtem Weiß mit einem einfachen Schloss für einen Schlüssel.

„Wir suchen noch den Schlüssel", sagte die Kriminaltechnikerin.

„Sie wissen ja, wo die meisten Leute ihren Safeschlüssel aufbewahren, nit?", fragte Williamson augenzwinkernd.

„Ja klar, im Kühlschrank", antwortete Alina Walter und lächelte. „Aber da ist er nicht."

„Sie werden ihn finden, Frau Walter, da bin ich sicher." Ein wenig unbeholfen tätschelte Williamson die Schulter der Kriminaltechnikerin, die sie sehr schätzte. Alina Walter grinste.

„Kommen Sie, Cohen, wir lassen die Kollegen ihre Arbeit machen." Mit diesen Worten verließ die Kommissarin zusammen mit ihrem Mitarbeiter das Haus.

Am Eingang stießen sie auf Grifo, die die Adressen der jungen Leute aus Hamburg von Felix Seidler bekommen hatte. Es war fast schon zur Gewohnheit geworden, dass sie sich im Garten versammelten, um ihre Ergebnisse und Eindrücke zusammenzutragen.

„Eine perfekte Familie. Mutter, Vater, zwei Kinder. Wohlgeraten, engagiert, beliebt. Passt perfekt in diesen Ort", fing Grifo an.

Cohen hatte wieder sein großes Tuch hervorgeholt, das inzwischen klatschnass sein musste.

„Ich weiß nicht, Chefin, irgendwie ist das alles so ... idyllisch."

Williamson sah Cohen an, der ihren Blick aus seinen irritierend großen blauen Augen erwiderte.

„Sie haben recht", meinte sie langsam, denn es war genau das, was ihr selbst den ganzen Tag durch den Kopf gespukt war, „verdamp idyllisch."

„Bis auf den cholerischen Nachbarn", warf Grifo ein.

„Ja, aber würde der einen Doppelmord begehen – wegen einer Zurechtweisung aufgrund einer falsch geschnittenen Hecke?", fragte Williamson zweifelnd und wandte sich dem Baron zu.

Cohen zuckte mit den Achseln.

„Ich weiß nicht. Er ist eher jemand, der einem einen Faustschlag ins Gesicht verpasst, wenn ihm etwas quer liegt, was ja ziemlich oft der Fall zu sein scheint. Aber mehr auch nicht."

„Genau – mehr auch nit. Also, ich mein', einen Doppelmord mit einem Schuss in die Stirn zu begehen un' dann noch der Overkill … da passt nur der Overkill, aber ehrlich gesagt bezweifle ich, dat er so weit gehen würde. Ich glaube, der hat eine große Klappe un' nit viel dahinter", gab Williamson dem Kommissar recht.

„Einen Waffenschein hat er übrigens nicht", ergänzte Cohen noch, „das habe ich überprüft."

„Was nicht bedeutet, dass er keine Waffe hat", sagte Grifo und knotete ihren langen Pferdeschwanz zu einem Dutt zusammen. Die Frisur ähnelte jetzt auf frappierende Weise der von Felix Seidler.

„Nein, dat heißt et natürlich nit. Aber irgendwie … ach, ich weiß auch nit!" Williamson lehnte sich erschöpft zurück und ließ die Beine baumeln. Dann richtete sie sich wieder auf.

„Da finde ich et schon komischer, dat die Tochter so wenig von den Eltern aus ihrer Zeit in Angola wusste. Die Kinder hatten anscheinend kein Interesse an der Vergangenheit der Eltern, un' die Eltern haben et nit für nötig gehalten, viel darüber zu erzählen."

„Möglicherweise war es traumatisch", warf Grifo ein. „Die Zeit dort war bestimmt nicht immer schön, sondern womöglich von Auseinandersetzungen und Armut geprägt. Das wollten sie ihren Kindern vielleicht ersparen."

„Schon möglich“, gab Williamson ihrer Kollegin recht, „aber vielleicht weiß der Sohn mehr. Un‘ außerdem“, sie schaute Cohen an, „haben wir morgen einen super perfekten Informationsstand zu Angola, nit, Herr Cohen?“

Der Baron grunzte. Ob aus Zustimmung oder Ablehnung war nicht ganz klar.

Einen Moment schwiegen die drei Kommissare. Die Sonne war inzwischen weitergewandert und zog lange Schatten, es war aber immer noch heiß.

Plötzlich war Alina Walter lautlos hinter sie getreten.

„Wir haben den Schlüssel zum Tresor gefunden“, sagte sie schlicht.

Kapitel 7

Kurze Zeit später standen die Kommissare, wieder mit Überziehern und Handschuhen ausgestattet, gemeinsam mit Alina Walter vor dem Safe.

„Wo war er?", fragte Williamson die Kriminaltechnikerin.

„In der Gefriertruhe im Hauswirtschaftsraum", antwortete Alina Walter und zwinkerte ihr zu.

Dann wandte sie sich zum Safe und steckte den Schlüssel ins Schloss. Der Tür des Tresors sprang sofort auf. Gespannt beugten sich die Kommissare und die Kriminaltechnikerin zur Öffnung hinunter. Schließlich griff Cohen beherzt hinein und holte einige Dokumente heraus.

Rasch blätterte er die wenigen Seiten durch.

„Historische Wertpapiere, nichts Besonderes, vor allem sind sie nichts mehr wert. Sie sind nur noch Sammlergegenstände", analysierte er.

Überrascht sah Williamson ihren Kollegen an. Woher wusste er solche Sachen?

Alina Walter leuchtete mit einer kleinen Taschenlampe in den Tresor.

„Nichts." Enttäuscht richtete sich die aparte Frau auf und atmete tief durch. Dann blickte sie auf die Aktien, die Cohen immer noch in den Händen hielt. „Das bringt uns nicht weiter, fürchte ich."

„Nein, nit wirklich", sagte Williamson und wusste nicht, was sie davon halten sollte. Einerseits war auch sie enttäuscht, andererseits aber auch nicht. Wenn die Eheleute wirklich etwas zu verbergen hätten, dann sicher nicht im heimischen Safe. Das wäre dann doch zu einfach – und zu blauäugig.

„Packen Sie die Aktien ein un' nehmen Sie sie mit." Dann dachte sie kurz nach und wandte sich an Alina Walter. „Sieht et eigentlich danach aus, als ob irgendwat abhandengekommen is', also gestohlen wurde?"

Alina Walter dachte einen Moment nach und schüttelte dann den Kopf. „Vielleicht sollten Sie darüber noch mal mit den Kindern reden, aber auf den ersten Blick würde ich sagen, nein, es scheint alles an seinem Platz zu sein."

„Hm." Williamson fuhr sich durch die zerzausten und auch reichlich verschwitzten Haare. „Un' der Safe war auch nit angerührt, geschweige denn beschädigt. Et sieht so aus, als ob der oder die Täter noch nit einmal danach gesucht hätten. Einen Raubmord können wir also mit größter Wahrscheinlichkeit ausschließen."

„Das würde auch zu dem Overkill passen, der eher auf ein persönliches Motiv schließen lässt", ergänzte Grifo.

„Einerseits schon", meinte Cohen, „aber andererseits passt die professionelle Tötungsmethode nicht zu dem Overkill."

Williamson sah Cohen an.

„Sie haben vollkommen recht. Dat passt überhaupt nit zusammen. Als ob eine oder mehrere multiple Persönlichkeiten am Werk waren. Dat is' schon seltsam."

„Wenn Sven mit seiner Vermutung recht hat, dass zuerst der Schuss erfolgt ist, war Rudolf Jansen bereits tot, als auf ihn eingeschlagen wurde“, sagte Cohen. „Da wollte jemand nicht nur auf Nummer sicher gehen, sondern hat wider jegliche Vernunft agiert. Als ob …“

„… er oder sie Rudolf Jansen für etwas bestrafen wollte und komplett die Kontrolle verloren hat“, ergänzte Grifo aufgeregt.

Williamson blickte mit ihren Knopfaugen von Grifo zu Cohen und wieder zurück. Auch Alina Walter lauschte gebannt.

„Weiter!“, sagte Williamson leise, aber bestimmt, „Sie machen dat jut, weiter!“

„Das würde bedeuten“, fuhr Elena Grifo fort, „dass Rudolf Jansen etwas getan hat, das so ungeheuerlich war, dass er dafür in den Augen des Täters oder der Täterin …“

„… oder in den Augen der Täter …“, ergänzte Cohen wiederum,

„… bestraft werden musste“, vollendete Grifo und atmete hörbar aus.

„Dat heißt mit anderen Worten, wir müssen rausfinden, ob et wat gibt in der perfekten Familie Jansen, wat nit janz so perfekt war“, spann Williamson den Faden weiter.

„Und noch etwas kommt hinzu“, nahm Cohen den Faden auf. „Wie passt Frau Jansen ins Bild? Ich meine, sie ist geradezu exekutiert worden.“

„Dat stimmt“, pflichtete Williamson dem Oberkommissar bei. „Mit ihr hat man kurzen Prozess gemacht. Et scheint, als ob sie nur …“, sie unterbrach sich, weil sie das Wort hasste, das sie jetzt benutzen musste, „… ein

Kollateralschaden war. Oder war sie auch Ziel, aber mit Rudolf Jansen wird ein persönliches Motiv verbunden?"

Grifo stöhnte. „Da kommt eine Menge Arbeit auf uns zu."

Dann folgte ein Schweigen, weil jeder seinen Gedanken nachhing. Schließlich hob Williamson den Kopf.

„Ich gehe mal in dat Wohnzimmer. Ich muss nachdenken. Außerdem", sie blickte auf ihre Armbanduhr, „müsste der Philipp bald hier sein, oder?" Sie sah Grifo an.

Diese nickte. „Ja, in ungefähr einer Stunde. Er will sich vom Bahnhof aus ein Taxi nehmen und mich anrufen, wenn er ins Neubaugebiet reinfährt."

„Jut", Williamson nickte den dreien zu, machte kehrt und ging schnurstracks ins Wohnzimmer.

„Aber nichts anfassen, Frau Kommissarin!", rief Alina Walter hinter ihr her. „Wir haben bisher nur die Blutspuren auf dem Fußboden im Wohnzimmer gesichert. Da müssen wir noch mal ran."

„Hab' ich nit vor!", rief Williamson über die Schulter zurück.

„Kommen Sie, Herr Cohen", sagte Grifo zu ihrem Kollegen. „Lassen Sie uns auf die Terrasse gehen und unsere weiteren Schritte abstimmen. Wie ich unsere Chefin kenne, wird sie für morgen eine Besprechung ansetzen, und dann sollten wir vorbereitet sein."

Williamson hörte die Aufforderung Grifos beim Hinausgehen und musste grinsen.

Danke, Herr Dr. Habernickel, dachte sie. Aber eines war ihr nicht klar: Wer, verdamp noch mal, war Sven?

Während sie im Wohnzimmer stehen blieb, gingen ihre Kollegen in den Garten. Sie konnte die beiden durchs Fenster beobachten, insbesondere Cohen. Sie wurde immer noch nicht aus ihm schlau. Er war heute sehr kooperativ und auch kreativ mit guten Ideen und Engagement. Er hatte sie sogar gegenüber Michael Wanner verteidigt. Aber sie war immer noch misstrauisch, weil er im Zentralen Kriminaldienst mit Kommissar Balustreit zusammengluckte, der nur darauf wartete, dass sie einen Fehler machte. Sie wurde einfach das Gefühl nicht los, dass er alles, was sie besprachen oder taten, eins zu eins an Balustreit weitergab. Und solange sie dieses Gefühl hatte, konnte sie ihm einfach nicht voll und ganz vertrauen.

Williamson seufzte und wandte sich ab. Sie sog den Duft, die Atmosphäre des Raumes in sich auf. Sie registrierte einen schwachen Holzgeruch, der vielleicht von den afrikanischen Skulpturen und Masken herrührte, die das Zimmer beherrschten. Die Möblierung war spärlich, vielleicht um die afrikanische Kunst in Szene zu setzen. Einen Fernseher suchte sie vergebens, stattdessen hing ein riesiges Gemälde an der gegenüberliegenden Wand der Couchgarnitur, die in sanftem Creme gehalten war. Es war ein Triptychon dreier afrikanischer Frauen in, wie Williamson vermutete, landestypischer Tracht. Sie sahen wunderschön aus, und die Kommissarin betrachtete bewundernd die schmalen Gesichter, die von bunten Tüchern umschlungen waren. Die vielfältigen Farben ihrer Kleidung kamen durch die Schlichtheit des Wohnzimmers besonders gut zur Geltung.

Fasziniert wanderte Williamson umher. Sie hatte dieses Gefühl schon einmal erlebt, als sie in Ansgar Storchs Arbeitszimmer gewesen war und dort hochwertige und sehr teure japanische Kunst bewundert hatte. Nun also Angola. Auch diese Kunst faszinierte sie, sie war so ganz anders als die japanische, irgendwie ursprünglicher, aber von einer berückenden Schönheit. Die Holzmasken und die Skulpturen strahlten eine strenge Würde aus, die Williamson in ihren Bann zog.

Ihr Blick fiel auf eine Kommode, auf der einige Bilder arrangiert waren. Die Kommissarin trat näher. Dabei achtete sie sorgfältig darauf, dass sie die Blutstropfen, die auch vom Gang zwischen Wohn- und Schlafzimmer zur Kommode führten und bereits von Alina Walter und ihrem Team gekennzeichnet worden waren, nicht zerstörte. Sie speicherte in ihrem hintersten Winkel des Gehirns ab, dass es diese Spur zur Kommode gab – sie würde sich später damit beschäftigen –, und betrachtete die Fotografien genauer. Williamson erkannte eine jüngere Evelyn Jansen im Kreise von Schulkindern vor einem Gebäude, auf dem in großen Lettern „International School Angola – Luanda“ geschrieben stand. Evelyn Jansen stand lächelnd im Kreise hellhäutiger Jungen und Mädchen. Auf einem zweiten Foto war Evelyn ebenfalls inmitten diesmal angolanischer Mädchen zu sehen. Alle strahlten in die Kamera, auch Evelyn. Sie hatte den Arm um ein Mädchen geschlungen, das nicht in die Kamera schaute, sondern auf Evelyn. Bewundernd, wenn Williamson den Gesichtsausdruck richtig deutete. Die Hauptkommissarin schätzte das sehr hübsche Mädchen auf ungefähr vierzehn Jahre.

Im Hintergrund erkannte sie ebenfalls ein Schulgebäude. Sie kniff die Augen zusammen, konnte aber den Namen der Schule nicht entziffern, nur den Begriff „Lucapa". Es musste sich um die Schule handeln, die Evelyn ehrenamtlich mit aufgebaut hatte. Den Namen würden sie herausbekommen, da war sie sich ganz sicher.

Auf einem weiteren Bild war Rudolf abgebildet, Arm in Arm mit einem weiteren deutsch aussehenden Mann mit einer beginnenden Stirnglatze vor einem grünen Hintergrund, vielleicht einem großen Baum. Auch sie lachten in die Kamera. Rudolf war ein gut aussehender Mann gewesen, mit blondem Haar und blauen Augen.

Ein Bild war etwas zur Seite gestellt, weit abgewandt von den anderen. Das Foto selbst zeigte zur Wand und die Rückseite des Rahmens nach vorn. Sie hatte Alina Walter versprochen, nichts anzufassen, also beugte sie sich halb um das Bild herum. Sie erkannte das Mädchen, das auf dem Gruppenfoto Arm in Arm mit Evelyn Jansen abgebildet war, etwas älter diesmal und deutlich ernster in die Kamera blickend.

Es gab auch spätere Fotos von den Kindern der Jansens in allen Altersstufen und in allen möglichen Lebenssituationen, von der Einschulung bis zum Abitur, auf einem Pferd, auf einem Fahrrad, auf dem Jahrmarkt und am Strand im Urlaub. Williamson lächelte, weil die Aufnahmen sie an ihre eigenen Familienbilder erinnerten.

Sie trat einen Schritt zurück und betrachtete das Bilderensemble. Irgendetwas kam ihr komisch vor, aber sie konnte nicht sagen, was es war. Sie kramte in ihrer Handtasche nach ihrem Handy, drückte unter Fluchen einige

Tasten, weil „dat verdampte Ding nit reagiert", bis sie die Kamerafunktion gefunden hatte, und machte ein Handyfoto von dem Arrangement. Sicher war sicher.

Williamson ging noch eine Weile umher, betrachtete dies und das und ließ den Raum auf sich wirken. Sie wollte ein Gefühl dafür entwickeln, wie die Menschen, die hier gelebt hatten, gewesen waren. Auffällig war, dass es kaum gemeinsame Bilder von Evelyn und Rudolf gab. Meist waren Fotografien ihrer Kinder oder ihrer Arbeit in Angola zu sehen.

Die Küche, die Williamson ebenfalls in Augenschein nahm, war spärlich eingerichtet und schon älter. Wahrscheinlich hatte die Familie sie in den Bungalow aus einer früheren Wohnung mitgenommen.

„Kochen un' Essen standen nit im Mittelpunkt von dem Familienleben", murmelte die Kommissarin vor sich hin. Etwas, das sie, für die Essen etwas Essenzielles und vor allem Verbindendes war, nur schwer nachvollziehen konnte. Aber wat soll et? Die Menschen waren eben verschieden.

Williamson ging zurück ins Wohnzimmer, ließ sich auf der Couch nieder und baumelte mit den Beinen. Das Licht, das durch die hohen Fenster hereinschien, hatte eine bläuliche Färbung angenommen und ließ jede Linie der Skulpturen und Masken noch tiefer und damit lebendig erscheinen. Williamson blickte auf eine schwarz-braune Maske mit goldenem Kopfschmuck, die sie anzustarren schien, den Mund zu einem breiten Grinsen verzogen. Die herausgearbeiteten Falten in dem Gesicht sprangen sie geradezu an.

„Jaja, ich weiß", brummte die Kommissarin in die Stille hinein, „ich weiß noch gar nix. Aber warte nur ab", damit hob sie den Zeigefinger und stach in Richtung der Maske, „ich bekomme schon noch raus, wat hier passiert is'."

Wieder überkam sie das Gefühl einer perfekten Oberfläche, worunter es brodelte und womöglich etwas lauerte, das sie zutage fördern musste. Alles erschien ihr zu harmonisch, zu schön, um wahr zu sein. Es war nur ein Gefühl, das sich vor allem durch ihr Bauchkribbeln bemerkbar machte, aber es war unleugbar da.

Plötzlich hörte sie leichte Schritte, die nur Grifo gehören konnten. Schon streckte ihre junge Kollegin den Kopf durch die Tür.

„Chefin, der Sohn ist im Anmarsch."

„Danke, Frau Grifo." Williamson nickte ihr zu und bat sie dann: „Sagen Sie Frau Meineke Bescheid. Ich will sie hier haben, wenn wir mit dem Sohn sprechen. Wir treffen uns wieder im Garten."

Seufzend stemmte sie sich hoch und folgte ihrer Kollegin nach draußen. Auf der Terrasse traf sie auf Cohen, der immer noch in seinen Notizen blätterte. Er sah erschöpft aus, und seine wenigen Haarsträhnen standen ihm vom Kopf ab.

„Na, Herr Cohen, Sie sehen so aus, wie ich mich fühle!", sprach sie ihren Kollegen leichthin an.

Der Kommissar sah sie mit seinen blauen Glubschaugen an und antwortete: „Es war ein harter Tag, Chefin."

„Dat war er wirklich, Herr Cohen. Wir befragen noch den Sohn, un' dann machen wir Schluss für heute."

Der Baron sah wieder auf seine Notizen. „Hoffentlich kriegen wir den oder die, die das getan haben, Chefin."

„Ich habe vorhin da drinnen datselbe gedacht. Ich kann et natürlich nit garantieren, aber eines weiß ich: Wir werden alles dafür tun, dat wir den Fall lösen als ...", Williamson zögerte kurz, bevor sie das Wort aussprach, das ihr im Kopf herumspukte, „Team". Nun war es heraus.

Ganz offensichtlich war ihr Kollege sehr mitgenommen. Sie hoffte, dass sie nun zu einem Team zusammenwachsen würden, denn angesichts der Schwere des Falles konnte sie keine internen Zwistigkeiten und Eifersüchteleien gebrauchen. Oder einen Maulwurf, der womöglich alle Einzelheiten Balustreit weitergeben würde.

Wieder waren Schritte zu hören, und dann erschienen Grifo und Tanja Meineke zusammen mit einem jungen, ausgesprochen attraktiven Mann, der eine Sporttasche über der Schulter und einen Rucksack trug. Sein Anblick war fast ein Schock, denn er sah dem jungen Rudolf Jansen auf den Bildern so ähnlich, dass sie Zwillinge hätten sein können. Blondes, gelocktes Haar, das er etwas länger trug, hohe Wangenknochen und blitzende blaue Augen. Auf den ersten Blick wirkte Philipp Jansen gefasst, aber das konnte täuschen.

Sie setzten sich alle rund um den Gartentisch, und Williamson stellte sich vor, sprach ihr Beileid aus und berichtete dann sachlich, was sich zugetragen hatte. Wieder ließ sie die schrecklichen Details zu Rudolf Jansens Leiche aus. Philipp Jansen hörte ihr aufmerksam und mit gefalteten Händen zu und sah sie unverwandt an. Als sie zu der Stelle kam, an der die Kommissarin den Safe erwähnte, nickte er.

„Ich wusste, dass meine Eltern einen Wandtresor hatten, wusste aber nicht, wo er war oder wo sie die Schlüssel aufbewahrten. Wir hatten einmal darüber gesprochen, aber sie haben mir nichts Genaueres gesagt.“

„Haben Ihnen Ihre Eltern gesagt, wat sich darin befand?“

Wieder nickte er. „Ich glaube, es handelte sich um alte Wertpapiere.“ Er blickte die Kommissarin an. „War sonst noch etwas darin enthalten?“

Williamson schüttelte den Kopf.

„Nein, nix. Wissen Sie, wo sie vielleicht Wertgegenstände oder Dokumente aufbewahrten?“

Der Sohn wiegte den Kopf hin und her.

„Wahrscheinlich im Arbeitszimmer meines Vaters, ich weiß es nicht.“

Williamson wechselte das Thema.

„Wir haben die beste Freundin Ihrer Eltern, Iris Grundler, schon kennengelernt. Ihre Schwester is‘ bei ihr untergebracht.“

Ruckartig hob Philipp Jansen den Kopf.

„Meine Schwester! Mein Gott, wie geht es ihr?“

„Sie steht natürlich unter Schock, aber sie ist bei Frau Grundler in guten Händen. Ihr Freund ist ebenfalls bei ihr. Ich habe ihr etwas zur Beruhigung gegeben und werde später noch einmal nach ihr sehen“, antwortete Tanja Meineke anstelle der Kommissarin.

Der junge Mann nickte.

„Tante Iris, ja. Und Felix. Gut, dass er bei ihr ist.“ Tränen schossen in seine Augen, und er nahm dankbar von Grifo ein Taschentuch entgegen.

Williamson beugte sich vor.

„Haben Ihre Eltern noch weitere enge soziale Kontakte?"

Der Sohn der Jansens legte den Kopf schräg und überlegte.

„Na ja, hier im Ort waren wir toll integriert, allerdings lebe ich schon seit einigen Jahren nicht mehr hier. Da verläuft sich so einiges, aber meine Eltern haben sich außer mit Tante Iris und Onkel Jochen besonders gut mit der Familie Dornholz verstanden. Sie wohnt gegenüber."

„Ja, die haben wir schon kennengelernt. Andrea Dornholz hat …", Williamson schluckte, „Ihren Vater gefunden."

„Oh mein Gott", stöhnte Philipp Jansen und verbarg sein Gesicht in den Händen. „Wie furchtbar", murmelte er dumpf.

„Gab es noch weitere Freunde außerhalb Kleuthens?", fragte Grifo mit ihrer sanften Stimme und nahm den Faden wieder auf.

„Es gab einen Freund meines Vaters. Er hieß …", Philipp Jansen überlegte und zog die Stirn kraus, „ich glaube, er hieß Volker oder so. Wir haben ihn aber nie kennengelernt. Er ist ein Freund aus der Zeit in Afrika. Ich glaube, er ist ein ehemaliger Kollege. Wie er mit Nachnamen heißt, weiß ich leider nicht."

Williamson beugte sich gespannt vor.

„Kann et sein, dat ein Bild von ihm un' Ihrem Vater auf der Kommode im Wohnzimmer steht?"

Der gut aussehende Mann nickte.

„Ja, genau. Das ist er."

„Aber Sie kannten ihn nicht? Ihr Vater hat ihn nie mit nach Hause gebracht, oder Sie haben sich nie mit ihm getroffen? Zu einem Besuch oder Essen? Nie?", fragte Grifo und sah stirnrunzelnd zu Williamson. Die erwiderte ebenso ratlos ihren Blick.

Philipp Jansen schüttelte den Kopf.

„Nein, nie. Mein Vater ist manchmal zu ihm gefahren, wenn ich das richtig erinnere. Dann blieb er über Nacht, und am nächsten Tag kam er zurück. Aber in den letzten Monaten nicht mehr, glaube ich. Das hat er mal erwähnt, als ich ihn gefragt habe."

„Nein? Wieso nit?", wollte Williamson wissen.

Philipp Jansen zuckte mit den Schultern.

„Ehrlich gesagt weiß ich das gar nicht. Es war nie ein Thema, oder ich habe es vergessen." Williamson sah, wie er versuchte, sich zu erinnern. Wieder schüttelte er den Kopf.

Williamson lächelte ihm aufmunternd zu.

„Schon jut, Herr Jansen. Macht nix. Könnte Ihre Schwester dat wissen?"

Wieder fuhr sich Philipp Jansen durch die Haare.

„Nein, ich glaube nicht. Sie hat sich noch weniger für die Vergangenheit unserer Eltern interessiert als ich."

„Ja, dat is' uns schon aufgefallen. Die Vergangenheit Ihrer Eltern in Angola war nie ein großes Thema in Ihrer Familie, oder nit?"

„Nein, nicht wirklich. Meine Eltern haben nie viel darüber erzählt. Ich glaube, es war sehr schmerzhaft. Es herrschte dort damals Bürgerkrieg, der mal mehr, mal weniger stark aufflackerte, aber sehr grausam war. Als meine

Mutter mit mir schwanger wurde, beschlossen meine Eltern, Angola zu verlassen. Ich wurde hier geboren."

„Wann genau haben Ihre Eltern Angola verlassen?"

„Ich wurde 1997 geboren. Das muss also 1996 gewesen sein."

„Wissen Sie, wie lange Ihre Eltern in Angola waren?"

„Das müssen … so fünf, sechs Jahre gewesen sein. Wie gesagt, es herrschte dort Krieg." Er zuckte mit den Schultern. „Mehr weiß ich nicht, tut mir leid."

„Haben Sie sich nie dafür interessiert?", hakte Grifo nach. „Für das Leben Ihrer Eltern in Afrika, meine ich."

„Ehrlich gesagt nein", antwortete der junge Mann, einen erstaunten Ausdruck in den Augen. „Wenn ich jetzt so darüber nachdenke ...", er stockte und fuhr sich wieder durch seine Locken, „... kann ich Ihnen gar nicht sagen, warum nicht. Sie haben nie viel erzählt, und wir haben nicht gefragt. Wir haben voll und ganz in Deutschland gelebt."

„Wo haben Sie eigentlich vor Ihrer Zeit in Kleuthen gewohnt?", fragte Williamson. „Soweit wir wissen, sind Sie un' Ihre Familie vor fünfzehn Jahren hierhergezogen. Wo haben Sie bis dahin gelebt?"

„In Hannover", antwortete Philipp. „In der List. Aber der Traum meiner Eltern war immer ein eigenes Haus auf dem Land. Als sich hier die Gelegenheit bot, haben sie zugeschlagen und unser Haus gebaut. Sie wollten, dass wir auf dem Land groß wurden und eine ungestörte Kindheit genießen konnten." Die letzten Worte konnte er kaum aussprechen, da ein gequältes Schluchzen seine Kehle heraufstieg. Er presste sich eine Faust vor den Mund.

Grifo legte ihm eine Hand auf den Arm.

„Gibt es aus der Zeit Freunde? Oder leben Ihre Großeltern noch? Oder andere Verwandte?“, fragte sie behutsam.

Heftig schüttelte Philipp den Kopf.

„Nein. Von meinen Großeltern lebt niemand mehr. Meine Eltern waren auch beide Einzelkinder. Das war einer der Gründe, warum sie nach Afrika gegangen sind. Sie mussten niemandem Rechenschaft ablegen, in ein so gefährliches Land wie Angola zu gehen. Aber es war auch einer der Gründe“, wieder lächelte er schwach, „warum sie mehr als ein Kind wollten. Sie wollten nicht, dass ich als Einzelkind aufwachse.“

„Sie haben vorhin den Freund Ihres Vaters erwähnt, einen gewissen Volker“, übernahm Williamson wieder die Gesprächsführung. „Wat is‘ mit Ihrer Mutter? Hatte sie auch Freunde oder Freundinnen außerhalb von Kleuthen? Vielleicht auch aus der Zeit in Afrika?“

„Nein, nicht dass ich wüsste.“ Zögernd schüttelte der junge Mann den Kopf, als würde ihm erst jetzt klar, wie seltsam das war. „Jetzt, wo Sie das fragen, geht mir erst auf, dass sie nie irgendwen erwähnt hat, geschweige denn, dass sie sich mit jemandem getroffen hat. Sie ist sogar alleine weggefahren, zu ihren geliebten Städtetouren. Nur meine Schwester hat sie ab und zu begleitet, vor allem, als sie noch hier gewohnt hat.“

Mit diesen Worten lehnte sich der junge Mann in seinem Stuhl zurück und schloss für einen Moment die Augen.

Tanja Meineke sah von ihm zu Williamson.

„Ich glaube, wir machen hier Schluss. Herr Jansen, Frau Grundler hat mir aufgetragen, Ihnen auszurichten, dass

Sie bei ihr wohnen können. Dann werden Sie auch Ihre Schwester sehen können. Ich bringe Sie hin."

Philipp Jansen nickte knapp.

„Danke, das nehme ich gerne an." Er wandte sich noch einmal an die Hauptkommissarin. „Es tut mir leid, dass ich Ihnen nicht noch mehr helfen konnte." Er hielt einen Moment inne, den Blick ins Leere gerichtet. „Es kommt mir durch Ihre Fragen so vor, als ob Nina und ich unsere Eltern gar nicht richtig kannten."

Mit diesen Worten stand er auf und verließ mit der Polizeipsychologin den Garten.

Zurück blieben die drei Kommissare, die einen Moment schwiegen, weil sie das Gehörte erst einmal verarbeiten mussten. Eine Weile war nur das Quaken eines Frosches, vielleicht aus einem Gartenteich aus einem der umliegenden Grundstücke, zu hören.

„Der junge Mann hat dat ausgesprochen, wat ich auch die ganze Zeit gedacht habe", durchbrach Williamson schließlich die friedliche Atmosphäre des Sommerabends. „Et scheint so, als ob dat Leben von dem Ehepaar wie ein weißes Blatt Papier gewesen is'. Unbeschrieben, vor allem wat die Zeit in Angola betrifft."

Sie hob die Hände.

„Wir müssen nit nur die Arbeitgeber von den beiden aufsuchen un' mit Iris Grundler sprechen, sondern auch herausfinden, wer der Mann is', der Volker heißt un' der Freund von Rudolf Jansen gewesen is'. Janz zu schweigen von den Infos über Angola un' den Verhältnissen von dem Ehepaar."

Sie sah von Grifo zu Cohen, die beide schwiegen. Ihnen standen harte Tage bevor, das war ihnen klar.

Ihre Vorgesetzte klatschte mit beiden Händen auf ihre Oberschenkel.

„Also jut, nütz‘ ja nix. Wir machen Schluss für heute. Ich hab‘ dat Gefühl, als ob mein Gehirn schon weggeschmolzen wär‘. Ich muss den Kopp frei kriegen.“ Sie fixierte ihre Mitarbeiter. Cohen wirkte völlig erschöpft, Grifo dagegen sah aus, als ob sie noch stundenlang weiterarbeiten könnte. Aber auch ihre Kräfte hatten Grenzen, da war sie sich sicher.

Sie wandte sich an den Baron.

„Herr Cohen, fahren Sie nach Hause.“ Dann fragte sie Grifo: „Können Sie mich nach Hause bringen?“

„Klar“, antwortete Grifo und sprang leichtfüßig auf. Cohen kam schwerfällig auf die Beine.

Gemeinsam verließen sie den Garten. Auch die Kriminaltechniker packten zusammen, aber sie würden morgen noch einmal wiederkommen, wie ihnen Alina Walter versicherte.

Sie verabschiedeten sich voneinander, und Williamson registrierte, dass Cohen in den zerbeulten Audi stieg und zunächst Schwierigkeiten hatte, den Wagen anzulassen. Als sie und Grifo im Dienstwagen saßen, ruckte sie den Kopf in Richtung des Audis und meinte ironisch: „Schickes Auto.“

Grifo lächelte und sah sie von der Seite an.

„Tja, passt zu ihm, oder nicht?“

Williamson ging auf die Tür ihres Hauses zu, das sie zusammen mit ihrer Familie bewohnte. Als sie es heute mit ihren Liebsten am Mittag nach einem gemütlichen Familienbrunch und einem sonnigen Sonntagvormittag verlassen hatte, um zum Sommerfest in den Stadtpark zu gehen, hätte sie sich nicht träumen lassen, dass dieser Tag eine solch dramatische Wendung nehmen würde. Der Vormittag zu Hause und das Fest erschienen ihr so weit weg wie der Mond.

„Bin daheem", rief sie in den Hausflur hinein und versuchte wie immer mit großer Mühe, ihre Schuhe von den Füßen zu streifen, die wieder einmal ganz schön geschwollen waren, sogar mehr als sonst.

So hüpfte sie auf einem Bein durch den Flur. Bernd-Karl erschien im Türrahmen zum Wohnzimmer und grinste sie an, hatte aber auch Besorgnis in den Augen.

„Alles okay?"

„Nein", antwortete Williamson ehrlich und strich sich durchs zerzauste Haar. „Ehrlich gesagt nit. Et is' … ein komplizierter Fall." Sie wollte die grausamen Details nicht in ihr Haus lassen, schon gar nicht heute Abend.

Bernd-Karl verstand sie, das wusste sie. Er nickte kurz und meinte leichthin: „Die Medien sind voll davon. Vor allem im Internet überschlagen sich die Schlagzeilen. Kleuthen wird als ‚Mörder-Dorf' bezeichnet. Womit du dich herumschlagen musst!"

Man könnte meinen, dass er als Beamter des Bauamtes der Stadt Hannover so etwas nicht kannte, aber einerseits war er schon lange mit einer Kriminalkommissarin verheiratet – immerhin fast fünfundzwanzig Jahre –, und andererseits hatte er in Köln einiges aushalten müssen. Er hatte aufgedeckt, dass der Einsturz des im Bau befindlichen Kölner U-Bahn-Tunnels und des Kölner Stadtarchivs auf einem massiven Bauskandal gründete – und wurde daraufhin als „Bauernopfer" aus der Stadt gejagt. Das war der Grund, warum sie in Hannover gelandet waren, wo sie neu anfangen mussten.

„Aber heute Abend sollst du nicht mehr daran denken!" Bernd-Karl hatte sie ins Esszimmer geführt, wo der Tisch mit dem guten Porzellan gedeckt war. Auf zwei Platten waren Variationen von Williamsons heiß geliebten Sushi appetitlich angerichtet, und auch die kleinen japanischen Hühnerspieße und gefüllten Teigtaschen, die sie ebenfalls sehr schätzte und deren Namen sie sich nicht merken konnte, fehlten nicht. In einem großen silbernen Sektkübel prangten mehrere Flaschen Kölsch, und es brannten sogar Kerzen.

Williamson klatschte begeistert in die Hände, sah dann aber erstaunt auf.

„Wat is' los? Hab' ich wat verpasst?"

Bernd-Karl lächelte leicht und fuhr sich durchs silbergraue Haar.

„Nein, aber ich wollte dir hiermit sagen, dass ich dich liebe und dass du mir heute so leidgetan hast, als du mitten im Sushi-Schlemmen wegmusstest. Da haben die Mädels und ich gedacht, wir überraschen dich mit einem Sushi-Essen hier zu Hause. Also haben wir einiges von dem Stand mitgenommen."

„Ach Jott, ihr seid super!" Gerührt fuhr sich Williamson wieder einmal durch ihre Strubbelhaare. Dann sah sie ihren Mann an. „Un' damit dat mal klar is': Ich liebe dich auch. Un' die Mädels. Wo sind die überhaupt?" Suchend sah sich Williamson um.

„Die zwei haben gesagt, dass wir den Abend alleine verbringen sollen. Nicola ist schon oben, ich glaube, sie zeichnet noch. Der Manga-Stand heute hat sie inspiriert. Und Carola …", Bernd-Karl zögerte, dann gab er sich einen Ruck, „Carola ist noch unterwegs mit ein paar Leuten vom Aikido. Sie wird um elf nach Hause gebracht."

Williamson fuhr auf. „Wie, wat?", keuchte sie. „Wie, unterwegs? Mit dem Ubbo?"

„Ole, Mienchen, er heißt Ole. Ich habe mit ihm gesprochen. Er macht einen vernünftigen Eindruck. Carola wird im nächsten Monat achtzehn. Dann kann sie so lange wegbleiben, wie sie will. Also, komm, entspann dich und genieß den Abend. Mit mir."

Williamson seufzte. Alles in ihr sträubte sich dagegen, dass ihre Tochter noch nicht zu Hause war, und dann auch noch mit dem Udo. Aber sie war zu erschöpft, um einen Magma-Anfall zu bekommen. Und Bernd-Karl hatte sich so viel Mühe gegeben, ihr nach diesem Tag einen schönen Abend zu bereiten. Plötzlich spürte sie, dass sie einen Riesenhunger hatte. Ihr Magen fing laut an zu knurren. Sie ging auf ihren Mann zu und schmiegte sich an ihn. Wieder nahm er sie in die Arme und hielt sie fest.

„Hast ja recht", murmelte sie an seiner Brust. „Weißt du wat, minge Schatz? Ich mach' mich jetz' ein bisschen frisch, un' dann essen wir zwei dat Sushi un' die anderen leckeren Sachen."

Und genau das taten sie.

Kapitel 8

Williamson stand auf ihrer Einfahrt vor ihrem Auto und lächelte. Sie war schon mit dem Lächeln aufgewacht und hatte es auch beim Frühstück auf ihren Lippen, sodass sie Bernd-Karls Brötchenvortrag leichthin über sich ergehen lassen konnte. Noch immer waren die verschiedenen Brötchen, was sie kosteten und wie sie bei den verschiedenen Anbietern schmeckten, eines von Bernd-Karls Lieblingsthemen – neben dem Garten, ein Thema, das seit dem Frühjahr neu hinzugekommen war. Diese Themen waren ein Schweigefüller, denn sowohl ihre Töchter als auch Williamson waren ausgesprochene Morgenmuffel – normalerweise. Heute Morgen nicht. Heute Morgen begrüßte Williamson den neuen Tag mit einem Lächeln.

Der Grund lag in dem gestrigen Abend, der wunderschön gewesen war. Sie und Bernd-Karl hatten an dem stilvoll gedeckten Tisch gegessen und sich dabei unterhalten. Hauptthema war das deutsch-japanische Sommerfest mitsamt Kimono-Modenschau gewesen.

„Das war ein toller Anblick", hatte Bernd-Karl gesagt, „du hättest einmal unsere Mädels sehen sollen. Die Gäste konnten sich anschließend in einem Zelt in einen Kimono kleiden lassen. Das haben sich Carola und Nicola nicht zweimal sagen lassen."

Er hatte sein Handy hervorgeholt und ihr Bilder von ihren Töchtern in Kimonos gezeigt. Sie sahen beide wunderschön und sehr glücklich aus. Plötzlich hatte Williamson laut aufgelacht, als sie sich vorstellte, dass sie solch einen Kimono getragen hätte – man hätte sie da wohl eher hineinpressen müssen. Als sie ihrem Mann davon erzählte, hatten beide so lachen müssen, dass ihnen die Bäuche wehgetan hatten.

Das Lachen hatte gutgetan.

Als Williamson an den vergangenen Abend dachte, lächelte sie immer noch. Sie kramte in ihrer Umhängetasche nach dem Schlüssel für ihre Marianne, wie sie ihr Auto zärtlich nannte.

„Wo is‘ dat verdampte Ding denn nur, Herrjott noch mal?“, schimpfte sie. So langsam erstarb das Grinsen in ihrem Gesicht. Statt des Schlüssels fiel ihr das Bild in die Hände, das Julian gemalt und ihr gestern geschenkt hatte. Sie schnaufte und hielt das Bild mit der einen Hand fest, während sie mit der anderen endlich den Schlüssel ertastete.

„Wurde aber auch Zeit“, brummte sie und schloss erleichtert auf. Sie warf das Blatt Papier auf den Rücksitz und setzte sich ans Steuer. „So, Mariannchen, dann wollen wir mal, nütz‘ ja nix!“, sagte sie zu ihrem Auto und fuhr los.

Sie hatte früh am Morgen schon mit Grifo telefoniert. Sie würden sich in Kleuthen am Gymnasium treffen, an dem Evelyn Jansen unterrichtet hatte.

Während der Fahrt aus Hannover hinaus in die ländliche Umgebung schaute Williamson immer wieder nach rechts und links, um die Landschaft in sich aufzunehmen. Auch wenn sie von der Umgebung von Köln her Hügel gewohnt war, so hatte sie die flache Landschaft, die weiten Felder und Wiesen, die dann und wann von Obstbäumen durchschnitten wurden, in ihren Bann gezogen.

„Sie haben das Ziel erreicht", flötete das Navi, als Williamson mit Marianne am Gymnasium Kleuthen ankam und dort kurzerhand auf einem freien Lehrerparkplatz parkte.

„Et hätt noch immer jot jejange", knurrte die Kommissarin. Auf ihren kurzen Beinen eilte sie zum Haupteingang, wo Grifo sie lächelnd erwartete.

„So, da bin ich", sagte Williamson zu ihrer schönen Kollegin. „Juten Morgen, Frau Grüff… Grifo."

„Guten Morgen, Chefin", begrüßte Elena Grifo ihre Vorgesetzte. „Wir müssen zum Sekretariat, das ist hier vorne links. Da sollen wir uns melden, dann kommt die Rektorin und wird mit uns sprechen."

Zwei Schüler, ungefähr siebzehn oder achtzehn Jahre alt, kamen ihnen entgegen und sahen sie neugierig an und, wie Williamson innerlich grinsend registrierte, musterten sie mit offenem Mund. Das galt sicher Grifo, weil diese wie immer bildschön aussah, mit enger, zerrissener Jeans, Sneakers und weißem Top, die Haare diesmal offen tragend. Williamson drehte sich um und sah, dass die beiden ihnen immer noch hinterherstierten.

Die Kommissarinnen betraten das Sekretariat, in dem sie eine resolute Frau mit hochtoupiertem Haar in Empfang nahm. Die Schulsekretärin bedeutete ihnen zu warten, bis die Rektorin erschien, was nach zwei Minuten der Fall war.

„Marion Kliehne“, stellte sich die Rektorin vor. „Freut mich. Bitte folgen Sie mir.“ Sie ging voran in ihr Arbeitszimmer und rief über die Schulter der Sekretärin zu: „Bringen Sie uns bitte drei Kaffee, Frau Ransom.“

„Mache ich, Frau Dr. Kliehne“, flötete die Sekretärin zurück. Williamson zwinkerte Grifo hinter dem Rücken der Rektorin zu. Zu ihnen war die Dame deutlich unfreundlicher gewesen.

„Nehmen Sie Platz!“, forderte Marion Kliehne die Kommissarinnen auf und deutete auf zwei Stühle vor ihrem wuchtigen Schreibtisch. Williamson betrachtete die Rektorin genauer. Sie war eine groß gewachsene Frau, fast so groß wie ihre Freundin Janina Mohwinkel, und kräftig, ohne stämmig zu sein. Sie trug ihre blondierten, glatten Haare kinnlang, sodass es aussah, als habe sie einen Helm auf dem Kopf.

„Also“, die Rektorin faltete die Hände auf dem Schreibtisch und sah Williamson fest in die Augen. „Wir sind alle geschockt, das können Sie mir glauben. Eine Kollegin von uns – ermordet!“

Bevor sie fortfahren konnte, wurde die Tür aufgestoßen, und die Sekretärin kam herein, ein Tablett mit drei Tassen Kaffee balancierend. Als die drei Frauen versorgt waren, Williamson zwei Stücke Zucker in ihren Kaffee gerührt und die Sekretärin den Raum wieder verlassen hatte, ergriff die Kommissarin das Wort.

„Frau Dr. Kliehne, wie war Frau Jansen? Wat war sie für ein Typ?“

Sie nippte an ihrem Kaffee und verzog das Gesicht. Das Gebräu war so bitter, dass sie sich gleich noch ein Stück Zucker nahm und ihn in das Getränk rührte.

Marion Kliehne holte tief Luft und faltete wieder die Hände vor sich auf dem Schreibtisch zusammen. Eine Geste der Autorität, stellte Williamson fest.

„Sie war beliebt bei den Kollegen und Schülern. Äußerst kompetent, streng, aber fair. Allerdings blieb sie, seitdem sie hier war, sehr für sich. Wissen Sie, es gibt Kollegen, die sind eher der Kumpeltyp. Das war sie nicht, weder in Bezug auf die Schüler noch in Bezug auf die Kollegen. Sie war freundlich, aber Privates blieb bei ihr privat. Und sie machte sich nicht gemein, weder mit Schülern noch mit Kollegen."

„Dat heißt, sie war isoliert?"

„Nein, so kann man das nicht sagen. Sie war freundlich und bei den Kollegen auch beliebt. Sie nahm an allen Schulfesten und Ausflügen teil, auch wenn schon einmal ein gemeinsamer Abend anstand, war sie dabei. Natürlich wussten wir, dass sie verheiratet war und zwei Kinder hatte, die im Übrigen auch hier ihr Abitur gemacht haben. Aber was sie sagte … das war immer unverbindlich. Nie besonders privat, wenn Sie verstehen, was ich meine."

„Hat sie manchmal über ihre Zeit in Afrika gesprochen?"

Entschieden schüttelte Marion Kliehne den Kopf.

„Soweit ich weiß, nicht. Nur wenn es mit dem Unterricht zusammenhing. Wenn die Erdkunde-, Politik- oder Geschichts-Lehrkräfte etwas zu Afrika allgemein oder zu Angola im Speziellen wissen wollten. Dann half sie gerne."

„Wie lange war sie hier beschäftigt?"

„Das müssen nahezu fünfzehn Jahre gewesen sein. Ich habe zusammen mit ihr angefangen, sodass ich mir da sicher bin."

Williamson legte den Kopf schräg.

„Dat is' schon merkwürdig, dat in fünfzehn Jahren nahezu kein privates Wort gefallen is'. Weder von ihr noch dat dat jemand komisch fand."

„Könnte sonst jemand etwas wissen? Ein Kollege oder eine Kollegin vielleicht?", fragte Grifo dazwischen. „Jemand, mit dem sie eng zusammengearbeitet hat?"

Jut so, Mädchen, dachte Williamson bei sich.

Wieder überlegte die groß gewachsene Frau.

„Ja, vielleicht weiß Elke Nohnerscheid etwas. Sie hat mit Frau Jansen eng an einem Projekt über Ernährung zusammengearbeitet."

Behände sprang sie auf.

„Kommen Sie, wir schauen gleich mal nach, ob sie im Lehrerzimmer ist. Und wenn nicht, dann holen wir sie eben aus dem Unterricht!"

Die fackelt nit lange, dachte Williamson, die führt ihre Schule wie ein Regiment!

Die Kommissarinnen folgten der Rektorin aus deren Arbeitszimmer heraus. Sie durchschritten das Sekretariat, verfolgt von den argwöhnischen Blicken Frau Ransoms. Die Frauen gingen ein kurzes Stück einen Gang entlang. Williamson sah sich um. Schülerinnen und Schüler kamen ihnen lachend und plaudernd entgegen wie an jeder Schule. Und wie an jeder Schule gab es diese spezielle Atmosphäre, vom Geruch, über den Linoleumboden bis hin zu den Dokumentationen von Projekten in Glaskästen an den Wänden. Sie musste sich innerlich schütteln. War sie froh, dass das, sehr lange schon, hinter ihr lag! Unwillkürlich wünschte sie ihren Töchtern, dass sie gut durch diese Zeit kamen. Aber es sah ganz danach aus.

Die Rektorin machte vor einer zweiflügeligen Tür halt und stieß sie energisch auf. Die Frauen betraten den Raum.

Lehrerinnen und Lehrer saßen an Tischen und arbeiteten oder standen, leise miteinander sprechend, zusammen. An einem der Plätze stand ein Bild von Evelyn Jansen mit Trauerflor, einem Blumenstrauß und einer brennenden Kerze davor. Dies war ganz offensichtlich der Platz der getöteten Lehrerin gewesen.

„Kolleginnen und Kollegen, haben Sie Frau Nohnerscheid gesehen?“, rief Marion Kliehne in die Runde. Ihre Kollegen sahen auf.

„Da kommt sie gerade“, sagte eine sehr junge Lehrerin, die Williamson für eine Schülerin gehalten hätte, wenn sie sie auf einem der Schulgänge gesehen hätte, und deutete hinter sie.

Eine untersetzte Frau in Jeans und weitem T-Shirt hatte nach ihnen das Zimmer betreten, einen Trolley hinter sich herziehend und Unterlagen im Arm balancierend.

Marion Kliehne hielt sie auf.

„Frau Nohnerscheid, die Damen sind von der Polizei. Sie untersuchen den … Tod …“, die Rektorin vermied das Wort Mord, „… von Frau Jansen.“

„Oh“, sofort stiegen der Frau die Tränen in die Augen. Rasch legte sie die Unterlagen auf einem der Tische ab und angelte nach einem Taschentuch aus ihrer Hosentasche.

„Bitte entschuldigen Sie, das Ganze nimmt mich sehr mit."

„Können wir uns irgendwo in Ruhe unterhalten?", fragte Williamson und sah sich um.

„Ja, kommen Sie, dahinten." Marion Kliehne führte sie in einen ruhigeren Teil des Lehrerzimmers. Die Kollegen von Frau Nohnerscheid sahen neugierig zu ihnen herüber.

Die Kommissarinnen und Elke Nohnerscheid nahmen Platz. Marion Kliehne hingegen blieb stehen und sah von Grifo zu Williamson.

„Brauchen Sie mich noch? Wir müssen die Trauerfeier für Frau Jansen vorbereiten und auch das Kondolenzbuch, und dann steht das Schuljahresende bevor, es gibt nächste Woche Ferien, müssen Sie wissen und ..."

„Gehen Sie nur, wir brauchen Sie nit mehr", unterbrach Williamson die Rektorin. „Un' wenn noch wat sein sollte, melden wir uns." Nach einer Pause fügte sie hinzu: „Danke für Ihre Zeit."

Sie sah, dass Grifo lächelte. In Sachen soziale Kompetenz lernte sie auf ihre alten Tage noch hinzu, und sie hatte, wie sie fand, Fortschritte gemacht.

Williamson wandte sich an Elke Nohnerscheid. Und weil es gerade so gut lief mit der Empathie, sagte sie, indem sie sich zu der Frau vorbeugte: „Et tut mir leid, aber wir müssen Ihnen ein paar Fragen stellen."

Die Lehrerin nickte heftig mit dem Kopf, schnäuzte sich noch einmal und sah dann die Kommissarinnen nacheinander an.

„Natürlich, bitte fragen Sie. Wenn ich helfen kann, dann gerne."

Williamson schätzte die Frau auf Ende fünfzig, also ungefähr so alt wie Evelyn Jansen, aber bei Weitem nicht so attraktiv. Sie hatte ein verlebtes Gesicht und strähnige, mausgraue, halblange Haare, die ihr offen ins Gesicht fielen. Die Kleidung war unvorteilhaft für ihre Figur und betonte ihre breiten Hüften. Die Kommissarin musste innerlich grinsen. Ausgerechnet sie, die keine Ahnung von Mode hatte, morgens in den Kleiderschrank griff und sich einfach das nahm und anzog, was ihr in die Hände fiel, erlaubte sich Urteile über den Kleidungsstil der Menschen, denen sie begegnete!

„Also jut, Frau Nohnerscheid, wie lange kennen Sie Frau Jansen?"

Ihr Gegenüber überlegte.

„Vielleicht sechs, sieben Jahre. Seitdem ich hier an der Schule unterrichte. Ich war vorher in Hannover, müssen Sie wissen."

„Haben Sie öfters mit ihr zusammengearbeitet?"

Die Lehrerin schüttelte den Kopf.

„Nein, bis dahin noch nicht. Daher kannte ich sie nicht besonders gut. Sie war zwar freundlich, aber hielt sich eher für sich. Das ist ungewöhnlich, weil wir uns hier eigentlich alle ganz gut verstehen."

„Ja, dat haben wir schon gehört. Aber dann haben Sie doch ein Projekt mit ihr zusammen gemacht."

„Ja, zum Halbjahresbeginn. Ich biete in meiner AG, also Arbeitsgemeinschaft …", Williamson nickte, sie kannte das von ihren Töchtern, „… das Thema Ernährung an. Ich bin Lehrerin für Biologie und Erdkunde, müssen Sie wissen. Und das Thema Ernährung interessiert die jungen

Leute sehr, vor allem die Mädchen. Ich wollte es auch internationaler aufziehen. Wie ernähren sich die Menschen in anderen Ländern und Kontinenten? Was haben sie für Vorlieben? Wie sieht da überhaupt die Ernährungssituation aus …"

„Un' für Afrika kam dann die Frau Jansen in dat Spiel?", unterbrach die Kommissarin den Redefluss der Lehrerin.

„Ja, genau. Ich wusste ja, dass sie eine Zeit lang in Afrika, also in Angola, war, wie wir alle hier, auch wenn sie so gut wie nie darüber sprach. Also habe ich sie gefragt. Zuerst wollte sie nicht mitmachen. Sie meinte, es sei schon so lange her, dass sie da war, und da habe sich so viel geändert. Aber schließlich konnte ich sie überreden, mir zu helfen, und dann war unsere Zusammenarbeit auch sehr interessant und konstruktiv. Sie war sehr kompetent und kannte viele gute Methoden, den Jugendlichen das afrikanische Essen näherzubringen."

Williamson dachte an die spärlich eingerichtete Küche im Haus der Jansens.

„Frau Jansen hat gekocht? Mit den Schülern?"

Die Lehrerin sah Williamson erstaunt an, als ob sie sich fragte, wie die Kommissarin überhaupt auf so eine Frage kommen konnte.

„Aber ja", antwortete sie. „Wir haben mit ihr zusammen angolanisch gekocht und haben das dann mit einer kulinarischen Weltreise verbunden. Wussten Sie zum Beispiel, dass die angolanische Küche durch die Kolonisation durch Portugal geprägt ist? Die Portugiesen haben auch Gerichte aus anderen Kolonien, beispielsweise aus Brasilien, nach Angola gebracht, sodass wir auch brasilianisch gekocht haben. In Angola werden auch Insekten gegessen, Heuschrecken und Raupen mit Knoblauch …"

Vor Schreck weiteten sich Williamsons Augen.

„Dat haben Sie gegessen? Heuschrecken un' Raupen?"

Elke Nohnerscheid hob abwehrend die Hände, doch bevor sie antworten konnte, wurde sie von Grifo nach einem Seitenblick auf ihre Chefin unterbrochen.

„Äh, Frau Nohnerscheid, hat Frau Jansen Ihnen bei der gemeinsamen Arbeit irgendetwas über Angola erzählt?"

Die Lehrerin zuckte mit den Schultern und wischte sich mit dem Taschentuch durch das Gesicht. Diese Geste ähnelte auf erschreckende Weise der gestrigen von Cohen.

„Na ja, nicht viel. Nur dass die Ernährungssituation, auch zu der Zeit, als sie und ihr Mann da waren, erschreckend gewesen sei, vor allem durch den Bürgerkrieg. Und das Land war natürlich verarmt. Insofern konnte ich verstehen, dass Evelyn nicht gerne darüber sprach. Sie hat bestimmt Entsetzliches erlebt, und ihre Arbeit dort war vielleicht nur ein Tropfen auf den heißen Stein. Ich habe ihr Schweigen respektiert."

Williamson und Grifo wechselten einen Blick. Zusammen mit den Auskünften von Philipp Jansen lichtete sich der Nebel ein wenig, der den Aufenthalt der Jansens in Afrika betraf. Aber das Bild war bei Weitem noch nicht vollständig. Williamson hatte eher das Gefühl, dass sich weitere Abgründe auftaten, je mehr sie erfuhren.

„Dat kann ich verstehen. Haben Sie die Kinder von den Jansens auch unterrichtet?", nahm die Hauptkommissarin den Faden wieder auf.

Die Lehrerin nickte.

„Ja, beide. Nina in Biologie und Philipp in Erdkunde. Sie waren gut erzogen und begabt. Sie haben ein sehr gutes Abitur gemacht und hatten hier Freunde."

Wieder wurde das Bild einer perfekten Familie gemalt.

„Un' wie kamen Sie mit Frau Jansen aus?", fragte die Kommissarin weiter.

Die Lehrerin faltete die Hände in ihrem Schoß.

„Wir waren keine Freundinnen. Gute Kolleginnen würde ich sagen. Aber wir haben uns nie privat getroffen. Unser Umgang war auf die Schule und den Unterricht bezogen. Aber dennoch ...", sie holte tief Luft, und Tränen rannen ihre Wangen herunter, „... es nimmt mich, uns alle hier, sehr mit, was passiert ist."

Williamson sah sich um. In der Tat waren die Gespräche gedämpft, immer noch stand das Kollegium in Grüppchen zusammen.

„Sicherlich tut es Ihnen gut, in einer Trauerfeier Ihrer Kollegin zu gedenken", sagte Grifo mitfühlend und drückte die Hand der Frau. „Das hilft meistens."

„Ja, das glaube ich auch. Heute in die Klassenräume zu gehen war nicht einfach. Ich glaube, keiner von uns hat heute normalen Unterricht gemacht, sondern mit den Schülerinnen und Schülern Gespräche geführt."

„Danke, Frau Nohnerscheid. Sie haben uns sehr geholfen", sagte Williamson und stand auf. „Wir wollen Sie nit länger von der Arbeit abhalten."

Die Lehrerin sah von einer Kommissarin zur anderen.

„Wirklich, Frau Kommissarin? Ich weiß doch gar nichts."

Lächelnd schüttelte Grifo den Kopf.

„Das kann man nie wissen. Alles könnte wichtig sein, vielen Dank und alles Gute."

Gerade als sich die beiden Polizistinnen anschickten, das Lehrerzimmer zu verlassen, wurde die Tür mit einem Knall aufgestoßen und ein Mann in mittleren Jahren mit einer hohen Stirn und einer ledernen Hüfttasche stapfte wutentbrannt in den Raum.

„Da steht irgend so ein Idiot auf meinem Parkplatz! Mit einem roten Ford Fiesta! Ich glaube es einfach nicht, unverschämt so was! War das einer von euch?"

Auffordernd sah er in die Runde, aber niemand sagte ein Wort.

Williamson zog den Kopf ein und verließ schleunigst, halb von der groß gewachsenen Grifo verdeckt, das Lehrerzimmer.

Draußen auf dem Gang drehte sich die Oberkommissarin schmunzelnd zu ihrer Vorgesetzten um und stemmte in gespieltem Entsetzen die Hände in die Hüften.

„Ja, wer tut denn so etwas? Sich einfach auf fremde Parkplätze stellen!"

Kapitel 9

Als sie das Schulgebäude verlassen hatten, atmete Williamson tief durch.

„Mann oh Mann, bin ich froh, dat ich nit mehr in die Schule muss", stöhnte sie und sah zu dem Gebäude zurück. „Obwohl dat hier wohl eher eine Idylle is' wie überall in Kleuthen."

Dann straffte sie die Schultern und wandte sich an ihre Kollegin.

„Un'? Wat halten Sie davon?"

Grifo holte ihr Notizbuch hervor und blätterte darin herum.

„Es bestätigt sich, dass Evelyn Jansen nicht gerne über die Zeit in Afrika gesprochen hat. Wenn, dann nur widerwillig und mit Sicherheit nur das, was sie rauslassen wollte. Aber das wenige, das sie berichtet hat, ist schon bitter genug."

„Nit nur über die Zeit in Afrika hat sie wenig gesprochen. Sie hat überhaupt wenig von sich berichtet. Oder von ihrer Familie. Un' dat, obwohl sogar ihre Kinder hier zur Schule gegangen sind."

„Die sich normal verhalten haben", ergänzte Grifo. „Soweit wir wissen."

„Wo wir gerade auf die Kinder zu sprechen kommen. Ich fahre jetz' zu Iris Grundler un' werde sie befragen.

Vielleicht begegne ich da auch den Kindern von den Jansens. Mal gucken, wie et ihnen geht un' ob ihnen noch wat eingefallen is'."

„Ich sollte zurück ins ZKD fahren", sagte Grifo. „Ich habe noch ein paar Recherchen zu erledigen."

Der Zentrale Kriminaldienst beherbergte das Kommissariat in der Waterloostraße.

Grifo fuhr fort: „Ich habe übrigens einen Termin gemacht. Mit der Kannichen Hoch- und Tiefbau GmbH. Wir werden um vierzehn Uhr erwartet." Als sie sah, dass Williamson die Stirn runzelte, schob sie hinterher: „Das war der aktuelle Arbeitgeber von Rudolf Jansen."

„Alles klar." Williamson sah auf die Uhr. „Danach sollten wir eine Besprechung abhalten, sagen wir, gegen sechzehn Uhr? Dann sollten auch der Michel un' die Frau Walter dabei sein."

„Geht klar, Chefin", nickte Grifo. „Ich leite alles in die Wege."

„Jut." Auf die junge Kommissarin konnte sich Williamson verlassen. „Ich bin gespannt, wat der Cohen alles ausgegraben hat."

Nachdem sich die beiden vor der Schule getrennt hatten, ließ sich Williamson von Tante Navi zum Haus von Iris Grundler führen, das sich im alten Teil Kleuthens befand. Es handelte sich um ein stilvolles Fachwerkhaus, das wahrscheinlich einmal ein Gutshof gewesen war. Allerdings war es um- und ausgebaut worden. Breite Fensterfronten bildeten den Eingangsbereich und gaben den Blick ins Innere frei, der offen und großzügig gestaltet war. Unterschiedliche Ebenen, die mit Treppenstufen miteinander verbunden waren, und schwere Holzbalken sorgten dafür, dass das Haus gemütlich und modern zugleich wirkte.

Auf Williamsons Klingeln hin erschien Iris Grundler hinter der Glasscheibe der Eingangstür. Sie trug eine weite Sommerhose und ein T-Shirt, die rotbraunen Locken wippten, als sie energisch die Tür öffnete.

„Frau Kommissarin“, begrüßte sie sie knapp.

„Juten Morgen, Frau Grundler“, sagte Williamson, „darf ich reinkommen?“

Die Frau öffnete die Tür und ging ohne ein weiteres Wort voran in den Wohnbereich. Alte und moderne Möbel wechselten einander ab. Alle Einrichtungsgegenstände wirkten sehr geschmackvoll und wohldurchdacht aufeinander abgestimmt.

„Schön haben Sie et hier“, kommentierte Williamson und sah sich um.

Zum ersten Mal sah sie die Freundin der Familie Jansen lächeln.

„Es ist das Haus meiner Eltern. Nach ihrem Tod haben mein Mann und ich es übernommen und modernisiert. Wir fühlen uns hier sehr wohl.“

Die Kommissarin blickte nach draußen in den Garten, der perfekt zu dem alten Fachwerkhaus passte. Es war ein alter Bauerngarten, verwinkelt und mit lauschigen Ecken versehen, soweit die Kommissarin das von ihrem Standpunkt aus beurteilen konnte. In einer Pergola erkannte sie Philipp Jansen und Felix Seidler, in ein angeregtes Gespräch vertieft. Nina Jansen war nicht zu sehen.

„Nina hat sich nach dem Frühstück wieder hingelegt", sagte Iris Grundler hinter ihr, als hätte sie die Gedanken der Kommissarin erraten. „Sie ist noch sehr mitgenommen."

„Ich hoffe, dat sie ihre Trauer überwinden kann. Aber dat wird noch eine Weile dauern", kommentierte Williamson und kam sich dabei sehr unbeholfen vor. „Aber dat macht nix, ich wollte eigentlich zu Ihnen."

„Zu mir?", entfuhr es ihrem Gegenüber. „Aber wieso? Ich weiß nichts!"

„Dat kann man nie wissen, außerdem waren Sie eng mit den Jansens befreundet", konterte Williamson. Warum sträubte sich die Frau so? War es nur die normale Abneigung, etwas mit der Polizei zu tun zu haben, oder steckte mehr dahinter?

Bevor Iris Grundler etwas erwidern konnte, kam ein Mann die frei stehende Treppe aus dem oberen Stock herunter. Er ging langsam und hielt sich am Treppengeländer fest. Sein schütteres Haar war grau. Er war groß gewachsen, ging aber gebeugt, so, als trage er eine große Last auf seinen Schultern.

„Ich kann meine Brille nicht finden. Oh …" Er hielt inne, als er die Kommissarin erblickte.

„Mein Mann Jochen", stellte Iris Grundler den Mann vor, der deutlich älter als sie sein musste.

Williamson nickte dem Mann zu. „Dat trifft sich jut, dann kann ich gleich Sie beide befragen. Wollen wir uns nit setzen?"

Iris Grundler zögerte leicht, gab dann aber nach.

„Natürlich, Frau Kommissarin. Darf ich Ihnen einen Kaffee anbieten?"

„Gern“, nickte Williamson und hoffte, dass dieser besser schmeckte als der Kaffee in der Schule.

„Also, ich weiß nicht“, Jochen Grundler warf einen sehnsüchtigen Blick in den Garten. „Ich wollte den Garten wässern, der hat es nötig.“

„Et wird nit lange dauern“, beschwichtigte die Beamtin den Ehemann. „Dann können Sie zu Ihren Pflanzen.“

Jochen Grundler seufzte. „Na gut.“

Unmut stieg in Williamson hoch. Immerhin war ein grausiger Doppelmord in Kleuthen geschehen und dann auch noch an guten Freunden des Ehepaares. Da hätte sie ein wenig mehr guten Willen erwartet. Und das sagte sie auch, als Iris Grundler sie alle mit Kaffee versorgt hatte.

Die Frau war gerade dabei, Zucker in Williamsons Kaffee zu schaufeln, hielt dann aber mitten in der Bewegung inne. Rasch wechselte sie einen Blick mit ihrem Mann, der diesen mit ausdrucksloser Miene erwiderte.

„Vielleicht stehen wir auch ein bisschen unter Schock.“ Ihre Miene wurde weich. „Wir können es immer noch nicht begreifen.“

Williamson nickte. Angehörige und Freunde reagierten immer wieder anders auf einen Verlust, zumal wenn er durch ein Gewaltverbrechen hervorgerufen wurde. Aber insbesondere Jochen Grundler schien merkwürdig desinteressiert und abwesend zu sein.

„Also jut, dann wollen wir mal. Wie oft haben Sie sich getroffen, un‘ wie eng waren Sie mit den Jansens befreundet?“

„Evelyn und ich haben uns mindestens einmal in der Woche gesehen. Oft haben wir uns, wenn sie mit der

Schule fertig war, zu einem Kaffee im Ort getroffen oder bei ihr oder bei mir. Das war unterschiedlich."

„Haben Sie sich auch zu viert getroffen?"

„Ja, natürlich", antwortete Iris Grundler und warf dann einen Seitenblick auf ihren Mann. „In letzter Zeit allerdings nicht mehr so oft. Jochen …" Sie führte den Satz nicht zu Ende. Jochen Grundler schwieg und rührte gedankenverloren in seinem Kaffee.

Iris Grundler straffte sich.

„Jochen geht nicht mehr so gern unter Leute. Früher waren wir oft wandern oder haben zusammen gefeiert, Silvester zum Beispiel, entweder bei uns oder bei ihnen."

„Wurde da auch zusammen gekocht?", entfuhr es Williamson. Die spärlich eingerichtete Küche der Jansens ging ihr nicht aus dem Kopf. Das passte nicht zu den afrikanischen Kochkünsten von Evelyn Jansen in der Schule.

Die Freundin der Familie hob verblüfft die Augenbrauen.

„Gekocht?" Sie schüttelte den Kopf. „Nein, und schon mal gar nicht zusammen. Evelyn kochte nicht so gern. An Silvester gab es meistens Raclette, da muss man nicht so viel vorbereiten, also am Herd, meine ich. Ich habe schon gern etwas aufwendiger gekocht, aber bei den Jansens gab es meistens schnelle, einfache Sachen."

„Hm", Williamson schwieg. Sie fand das seltsam, konnte aber nicht sagen, wieso.

„Ich muss jetzt den Garten wässern", murmelte Jochen Grundler und kam mühsam auf die Beine. Keine der beiden Frauen hielt ihn auf. Die Kommissarin war sich nun sicher, dass mit dem Mann etwas nicht stimmte.

Er schlurfte zur Terrassentür und machte Anstalten, sie zu öffnen, bekam es aber nicht hin. Stirnrunzelnd sah er die Tür an. Seine Frau sprang ihm zur Seite und öffnete die Tür für ihn. Bevor er in den Garten ging, streichelte sie ihm über den Rücken. Williamson registrierte diese zärtliche Geste, die auf den ersten Blick nicht zu der energischen Frau passen wollte.

Iris Grundler setzte sich wieder, seufzte und fuhr sich durch die Locken.

„Sie müssen meinen Mann entschuldigen. Die Ärzte haben eine beginnende Demenz diagnostiziert. Noch geht es einigermaßen, aber es wird schlimmer werden. Da mache ich mir nichts vor."

Williamson nickte mitfühlend.

„Verstehe", sagte sie knapp. Sie hätte noch gerne etwas Einfühlsames gesagt, wusste aber nicht, was. Verdamp, sie wünschte, Grifo wäre an ihrer Seite. Ihre Kollegin wusste immer das Passende für jede Situation zu sagen.

Iris Grundler nickte knapp und nippte schweigend an ihrem Kaffee.

„Dann waren Sie gestern allein beim Wandern?", fragte die Hauptkommissarin in die Stille hinein.

Iris Grundler seufzte.

„Ja, manchmal muss ich einfach für ein paar Stunden raus. Das war sehr schön. Bis der Anruf von Felix kam." Sie blickte nach draußen, wo ihr Mann versuchte, den Wasserschlauch anzustellen. Felix Seidler war an seiner Seite und half ihm dabei.

„Verstehe", sagte Williamson erneut und nahm den Faden wieder auf. „Wir waren vorhin in der Schule, an der

Frau Jansen unterrichtet hat. Sie war allgemein beliebt, aber et hieß auch, sie sei verschlossen gewesen. Wie war dat bei Ihrer Freundschaft? Wussten Sie viel von ihr?“

Zögernd schüttelte die Frau den Kopf, dass ihre Locken wippten.

„Ehrlich gesagt nein. Philipp kam gestern ganz verstört hier an, aber es war nicht nur der Tod seiner Eltern. Er sagte, ihm sei erst durch Ihre Fragen aufgefallen, wie wenig er und Nina von den Eltern wussten, und ehrlich gesagt geht es mir nicht anders. Wir waren befreundet, ja, aber ich frage mich jetzt, wie eng und vertrauensvoll unser Verhältnis wirklich war. Ich meine, wir haben früher über die Kinder gesprochen, als sie noch klein waren, später über deren Ausbildung und Studium, über die Arbeit an der Schule oder bei mir in der Versicherung.“ Sie hob den Kopf. „Ich habe früher in Teilzeit bei einer Versicherung gearbeitet, bis mein Mann erkrankte.“

„Wie haben Sie sich denn kennengelernt?“

„Das war im Jugendklub, den Evelyn und ich mit aufgebaut haben. Wir haben eine Tochter, Sarah. Sie ist so alt wie Philipp. Als es Pläne gab, diesen Jugendklub zu gründen, war ich von Anfang an dabei, genauso wie Evelyn.“

Williamson nickte nachdenklich. Evelyn Jansen war anscheinend eine sehr engagierte Frau gewesen. Sie hatte die Mädchenschule in Angola ehrenamtlich aufgebaut und in Kleuthen den Jugendklub.

„Aber sie hat nie viel von sich erzählt, schon gar nicht über Afrika“, fuhr Iris Grundler fort. „Da musste man sie schon gezielt darauf ansprechen, aber selbst dann hat sie meist ausweichend und sehr allgemein geantwortet.

Ebenso Rudolf. Da machten die beiden dicht. Wir haben es irgendwann aufgegeben, weil wir angenommen hatten, die Erinnerungen seien zu schrecklich. Es muss eine sehr schlimme Zeit gewesen sein in Angola."

„Wobei ging et denn bei den Gesprächen? Um Politik un' den Bürgerkrieg? Oder um die tägliche Arbeit in der Schule un' beim Straßenbau?"

„Sowohl als auch. Wir haben versucht, alle Themen anzuschneiden, die uns in Bezug auf Angola interessiert haben. Vor allem Jochen. Er war früher ...", Iris Grundler schluckte und blickte nach draußen, wo ihr Mann unbeholfen den Gartenschlauch hin und her schwenkte. Felix Seidler stand noch immer neben ihm und half unauffällig. „Er war früher an allem sehr interessiert, vor allem an Politik und Geschichte. Aber auch er hat irgendwann akzeptiert, dass Evelyn und Rudolf einfach nicht über ihre Zeit in Angola sprechen wollten." Sie zog die Schultern hoch. „Und dann war es irgendwann normal geworden, dass wir andere Themen hatten."

Williamson hob den Kopf, um die nächste Frage zu stellen.

„Wie würden Sie die Ehe der Jansens bezeichnen? War sie harmonisch oder gab et Konflikte?"

Iris Grundler schlang die Arme um ihren Oberkörper, als wäre ihr kalt, was bei der Hitze nicht sein konnte.

„Sehr harmonisch, würde ich sagen. Sie waren sich sehr zugetan. Es gab nie irgendwelche Konflikte oder Streitereien, wenn wir dabei waren ..."

Mitten im Satz hielt Iris Grundler inne und runzelte die Stirn. Dann winkte sie ab.

„Das hat bestimmt nichts zu bedeuten.“

Die Kommissarin schüttelte so heftig den Kopf, dass nun ihre Strubbelhaare flogen.

„Alles kann wichtig sein, Frau Grundler, also?“

Zögernd hob die Freundin des ermordeten Ehepaares den Kopf. „Es war an letztem Silvester. Wir … wir haben bei uns zusammen gefeiert, das war schon gute Tradition. Es ist auch einiges an Alkohol geflossen, und wir waren schon ein bisschen beschwipst. Na ja, zumindest Evelyn, Rudolf und ich. Jochen war schon im Bett. Ich bin in die Küche gegangen, um noch eine Flasche Sekt zu holen. Als ich wieder zurück ins Wohnzimmer kommen wollte, waren die beiden in ein Gespräch vertieft. Na ja, es war ehrlich gesagt eher ein Streitgespräch.“

Williamsons Brauch kribbelte.

„Worüber haben sich die beiden gestritten?“, fragte sie gespannt.

„Es war kein richtiger Streit, wie gesagt. Sie haben sich halblaut in einem etwas schärferen Ton unterhalten. Rudolf wollte nicht, dass Evelyn ‚so weitermacht‘, wie er sich ausdrückte. Evelyn sagte daraufhin …“, sie runzelte die Stirn, als sie sich an den genauen Wortlaut zu erinnern versuchte, „… so etwas wie ‚nur noch zwei Jahre, dann ist es vorbei, ich verspreche es dir‘. Ich habe dann gesehen, wie sie ihm die Hand aufs Knie gelegt hat. Sic haben sich dann angeguckt, ganz vertieft. Ich wollte die beiden nicht länger belauschen und bin ins Zimmer getreten. Sie haben mich bemerkt und sofort das Thema gewechselt. Es war dann alles wie immer. Das war's.“

„Nur noch zwei Jahre, dann is' et vorbei, ich verspreche et dir", wiederholte Williamson die Worte Evelyn Jansens nachdenklich und sah Iris Grundler an. „Wissen Sie, wat damit gemeint sein könnte?"

Iris Grundler schüttelte entschieden den Kopf.

„Ich habe keine Ahnung. Ich kann mir nicht vorstellen, dass Evelyn irgendetwas gemacht haben könnte, womit Rudolf nicht einverstanden gewesen sein sollte. Andererseits ...", sie hielt inne.

„Ja?", hakte Williamson nach.

„Na ja, wie ich schon sagte: Ich bin mir inzwischen unsicher, ob ich sie überhaupt richtig kannte. Sie haben nicht viel rausgelassen, sie waren sehr kontrolliert."

„Vielleicht hat et nix zu bedeuten", sagte die Kommissarin leichthin, „vielleicht ging et nur darum, dat sich Frau Jansen ständig Schuhe gekauft hat un' Rudolf Jansen wollte, dat dat aufhört."

Lächelnd schüttelte Iris Grundler den Kopf.

„Evelyn war immer adrett gekleidet, aber unauffällig. Sie ging nicht mit der Mode, ihre Kleidung war immer gleich: hübsch, aber langweilig. Und für teure Markenklamotten oder Schuhe hatte sie gar nichts übrig."

„Verstehe." Williamson nickte. Damit hatte Evelyn Jansen zumindest eine Gemeinsamkeit mit ihr. Auch sie hatte nicht viel für Mode übrig und verstand auch nichts davon.

Plötzlich wurde mit einem Ruck die Terrassentür aufgeschoben. Die beiden Frauen fuhren zusammen. Felix Seidler erschien, Jochen Grundler im Schlepptau. Dahinter kam Philipp Jansen zur Tür herein.

„So, wir haben den ganzen Garten gegossen“, sagte der Freund von Nina Jansen. Wieder trug er den Männerdutt, worüber Williamson innerlich nur den Kopf schütteln konnte. Sie hatte sich gestern Abend von Nicola aufklären lassen, dass diese Frisur „total angesagt“ war. Er war auch an beiden Armen und sogar an einem Bein tätowiert. Williamson versuchte sich vorzustellen, wie sie reagieren würde, wenn ihre Töchter mit einem Freund nach Hause kämen, der so aussähe. Besser, sie stellte es sich nicht vor. Carolas Ubbo schien nicht tätowiert zu sein, soweit sie das hatte feststellen können, und einen Dutt hatte er auch nicht. Immerhin.

„War nötig“, kommentierte Jochen Grundler und sah seine Frau mit diesem seltsamen ausdruckslosen Gesicht an. „Ich bin müde.“

„Du solltest dich bis zum Mittagessen hinlegen, mein Schatz.“ Iris Grundler war aufgesprungen und hatte sich bei ihrem Mann untergehakt. Sie wandte sich an die Kommissarin.

„Ich muss mich jetzt um meinen Mann kümmern. Wir sind fertig, nehme ich an?“

Williamson nickte. „Ja, Frau Grundler, vielen Dank.“

Die Freundin der Jansens neigte knapp den Kopf, führte ihren Mann aus dem Zimmer hinaus und die Treppe nach oben.

Die Polizistin und die jungen Männer warteten schweigend, bis das Ehepaar Grundler nach oben verschwunden war. Dann nahm Williamson die beiden ins Visier.

„Wie geht et Ihnen heute, Herr Jansen? Un‘ Ihrer Schwester?“

Philipp Jansen hatte die Hände tief in den Hosentaschen seiner Shorts vergraben und machte ein ernstes Gesicht.

„Wie soll es uns schon gehen? Nicht gut ist noch gelinde ausgedrückt. Nina ist gar nicht in der Lage, sich der Situation zu stellen." Er fuhr sich durch seine blonden Locken. „Und ich auch nicht, wenn ich ehrlich bin."

„Dat kann ich mir denken. Un' et tut mir sehr leid, glauben Sie mir. Wir versuchen, uns immer noch ein Bild von Ihren Eltern zu machen. Sie entziehen sich uns bis jetz' noch. Mehr kann ich nit sagen."

Philipp Jansen lachte auf. Es klang eher wie ein Schluchzen.

„Ehrlich gesagt, Nina und mir geht es genauso. Wir haben gestern Abend noch kurz darüber gesprochen. Wir wissen so wenig von ihnen." Ungläubig schüttelte er den Kopf, über sich selbst verwundert. „Dass uns das nicht früher aufgefallen ist!"

Williamson war aufgestanden und zu dem Sohn der Jansens getreten. Sie legte eine Hand auf seinen Arm, so, wie es Grifo immer tat, um jemanden zu trösten.

„Sie sind so aufgewachsen. Für Sie war dat völlig normal, dat Sie nix wissen, weil Sie et nit anders kannten. Machen Sie sich keine Vorwürfe."

Der junge Mann sah sie an und nickte knapp.

„Danke, Frau Kommissarin. Wir werden damit leben müssen."

Williamson war stolz auf sich. Wenn sie Grifo erzählte, wie einfühlsam sie heute gewesen war, ihre Kollegin würde es vermutlich nicht glauben!

Aber hier endete ihre Feinfühligkeit. Wenn sie weiterkommen wollte, musste sie auch dem Sohn auf den Zahn fühlen.

„Herr Jansen, Frau Grundler hat mir erzählt, dat Ihre Eltern an Silvester ein Streitgespräch hatten."

Überrascht sah Philipp Jansen auf.

„Was meinen Sie?"

Williamson wiederholte das, was Iris Grundler ihr erzählt hatte.

„Wissen Sie, um wat et da gegangen sein könnte?"

Entschieden schüttelte der junge Mann den Kopf.

„Nein, keine Ahnung. Die beiden waren ein eingespieltes Team und hatten, soweit ich das beurteilen kann, dieselben Interessen."

„Un' wat war dat genau? Außer Angola, meine ich."

„Das ehrenamtliche Engagement."

„Ja, dat wissen wir", sagte Williamson und machte sich eine Notiz, dass sie die Vereinsvorstände zu dem Ehepaar befragen mussten. „Un' sonst?"

Philipp Jansen schüttelte langsam den Kopf.

„Sonst nichts. Meine Mutter schwamm gerne zum Ausgleich, mein Vater aber nicht. Mit uns ist sie früher regelmäßig schwimmen gegangen, als wir klein waren. Das hat sie beibehalten. Sie ist zwei- oder dreimal die Woche hier in Kleuthen ins Schwimmbad gegangen."

„Danke, Herr Jansen, dat war et auch schon."

Sie wandte sich an Felix Seidler, der einen seiner muskulösen Arme um die Schultern von Philipp gelegt hatte.

„Hier sind Sie jut untergebracht. Kümmern Sie sich um die beiden. Einer braucht hier einen klaren Kopp, un‘ dat sind Sie!“

Felix Seidler nickte und lächelte wieder. Sein Bart zitterte. „Mach‘ ich, Frau Kommissarin. Sie können sich auf mich verlassen.“

Wieder war sie mächtig stolz auf sich. So viel Empathie auf einmal konnte sie sonst nicht zeigen. Das musste an der Hitze liegen.

Sie drehte sich um, um in Richtung Haustür zu marschieren, als ihr doch noch etwas einfiel, sodass sie sich noch einmal dem Sohn des ermordeten Ehepaares zuwandte.

„Sagen Sie mal, Herr Jansen, wurde in Ihrer Familie eigentlich viel gekocht? Ich meine, sowohl afrikanisch als auch so?“

Langsam schüttelte Philipp Jansen den Kopf.

„Ehrlich gesagt gehörte Kochen nicht zu den Stärken meiner Eltern. Weder meine Mutter noch mein Vater legten darauf besonderen Wert.“ Er machte eine Pause. „Angolanisch schon mal gar nicht. Wir haben nie etwas Afrikanisches gegessen, haben das aber auch nicht vermisst. Wir kannten es ja nicht.“ Er lächelte schwach. „Wir haben eigentlich immer nur Sachen gegessen, die schnell und praktisch zuzubereiten waren. Später, als wir größer wurden, hat jeder für sich selbst etwas gemacht. Gemeinsame Essenszeiten gab es dann gar nicht mehr.“

Williamson konnte sich nicht vorstellen, innerhalb einer Familie so zu leben, aber das sagte sie natürlich nicht.

Die Diskrepanz zu dem, was ihr Elke Nohnerscheid in der Schule erzählt hatte, hätte nicht größer sein können.

„Nina hat richtig gutes Essen erst durch mich kennengelernt", warf Felix Seidler ein. „Ich koche sehr gerne und probiere auch schon mal etwas aus. Das kannte Nina bis dahin gar nicht."

Williamson nickte. Auch Bernd-Karl war ein hervorragender Koch und versorgte sie mit Gerichten, die sie besonders gern mochte, vor allem, wenn sie in einem Fall steckte, so wie im Moment. Und sie mochte am liebsten deftige rheinische Hausmannskost – die gab es aber nicht immer, leider.

„Dat is' jut, Herr Seidler. Reden Sie mal mit Frau Grundler, vielleicht können Sie hier auch mal wat machen. Dat tut Ihrer Freundin un' auch Philipp bestimmt jut. Dat entlastet Frau Grundler womöglich auch, sie hat ja genug mit ihrem Mann zu tun. Un' grüßen Sie Nina von mir. Ich hoffe, et geht ihr bald besser."

Mit diesen Worten verabschiedete sie sich von den jungen Männern und verließ das Haus.

Draußen atmete sie tief durch. Ihr schwirrte der Kopf. Sie hatte heute Morgen schon viele Informationen bekommen, von denen sie nicht wusste, wie sie sie einordnen sollte. Noch nicht. Aber ihr Bauch kribbelte wie verrückt.

Kapitel 10

Gerade als Williamson in ihre Marianne steigen wollte, um wieder nach Hannover zu fahren, ertönte die Torhymne des 1. FC Köln und besang das Kölner Trömmelchen. Es dauerte eine Weile, bis sie „dat verdampte Ding" fand, aber schließlich hämmerte sie auf der Tastatur ihres Handys herum.

„Ja?", blaffte sie ungehalten in das Gerät.

„Frau Kollegin, wir haben etwas gefunden", ertönte Alina Walters melodiöse Stimme. „Vielleicht wollen Sie es sich ansehen? Es handelt sich um einen weiteren Tresor, diesmal allerdings sehr gut getarnt. Wo sind Sie?"

„Ob Sie et glauben oder nit, in Kleuthen bei Frau Grundler un' den Kindern", antwortete Williamson aufgeregt. „Ich bin hier gerade fertig geworden un' kann in zwei Minuten bei Ihnen sein."

„Perfekt", kommentierte Alina Walter und legte ohne ein weiteres Wort auf.

Am Eingang des Hauses der Jansens streifte Williamson wie immer mit einiger Mühe Überzieher und Handschuhe über und ging dann in den hinteren Bereich des Bungalows, vor das Bad der Jansens, das neben dem Schlafzimmer lag. Dort wartete Alina Walter auf sie.

„Es war Zufall", sagte die Kriminaltechnikerin und lächelte hinter ihrer Schutzmaske triumphierend. „Meine

Leute haben die Gefriertruhe ausgeräumt. Einem von ihnen fiel eine Tüte Pommes in die Hände. Sie hatte ein kleines Loch, was er merkwürdig fand, denn die Tüte war ansonsten voll und schien unberührt zu sein. Also hat er die Tüte geöffnet." Sie sprach nicht weiter und legte stattdessen einen schmalen Schlüssel in Williamsons Hand. „Dieser Schlüssel war darin."

Die Kommissarin besah sich den Schlüssel genauer. Er war nicht mehr als ein schlanker Zylinder und wies kaum Einkerbungen auf.

„Dies", Alina Walter deutete auf den Schlüssel, „ist ein typischer Schlüssel für einen versteckten Tresor, genauer gesagt für einen Steckdosentresor."

„Ein Steckdosentresor?", wiederholte Williamson ratlos. Sie kramte in ihrem Gedächtnis. Vage erinnerte sie sich, bei irgendeiner Fortbildung schon einmal etwas davon gehört zu haben.

„Ja, ein Tresor, getarnt als Steckdose. Bekommen Sie problemlos im Internet."

„Da frage ich mich doch, wann man auch Atomwaffen im Internet bestellen kann", kommentierte die Kommissarin sarkastisch. „Dat heißt jetz', dat wir nur die passende Steckdose finden müssen, die eigentlich gar keine Steckdose is'", kam sie zurück auf den Fall.

Die Kriminaltechnikerin schüttelte den Kopf.

„Nein, die haben wir schon gefunden."

Sie führte die Kommissarin zur Badezimmertür, die am Ende des Flurs lag. Neben dem Türstock prangte eine Steckdose, die genauso aussah wie alle anderen im Haus.

„Wenn man weiß, wonach man suchen muss, ist es eigentlich gar nicht so schwer." Auffordernd ruckte sie mit dem Kopf in Richtung Schlüssel, den Williamson immer noch in den behandschuhten Händen hielt.

„Versuchen auch Sie es! Wir haben es schon ausprobiert und alles dokumentiert."

Problemlos ließ sich der Schlüssel drehen, und der Kommissarin war es möglich, die getarnte Steckdose mitsamt einem Behälter, woran sie befestigt war, herauszuholen. Ein weiteres Gehäuse steckte noch in der Wand. Der Behälter war oben offen, und darin befand sich – ein weiterer Schlüssel.

„Ein Schlüssel", bemerkte sie überflüssigerweise und holte ihn vorsichtig heraus. „Ein Schlüssel wozu?"

„Das ist eine gute Frage, Frau Kollegin. Er sieht nach einem Schlüssel für ein Schließfach aus. Dieses müssen aber jetzt Sie finden."

„Wir ziehen nach, dat verspreche ich Ihnen." Mit diesen Worten holte die Kommissarin ihr Handy hervor und machte unter Fluchen ein Foto von dem Schlüssel, nachdem Alina Walter ihn in einem durchsichtigen Asservatenbeutel verstaut hatte. Sie schickte es, wieder unter Fluchen, sowohl an Grifo als auch an Cohen mit der Aufforderung, herauszufinden, wozu der Schlüssel gehören könnte.

Williamson verabschiedete sich und hastete auf ihren kurzen Beinen zum Hauseingang. Im Vorbeilaufen registrierte sie, dass die Spurensicherung mit Hochdruck im Wohnzimmer arbeitete. In Rekordgeschwindigkeit streifte sie die Überzieher und Handschuhe ab und warf sie in einen am Eingang dafür vorgesehenen Müllsack.

Es ging auf Mittag zu, und die Sonne stand hoch am Himmel. Als Williamson aus dem Haus trat, traf sie die Hitze wie ein Schock. In ihrer Umhängetasche kramte sie nach einer Wasserflasche, die sie sich am Morgen in weiser Voraussicht eingepackt hatte, und trank einen großen Schluck.

Aus dem Augenwinkel sah sie, dass Julian und ein weiterer Junge auf Fahrrädern die Straße entlangsausten. Sie fuhren in Schlangenlinien nebeneinander, riefen sich gegenseitig Beleidigungen zu und lachten. Die Kommissarin duckte sich, aber zu spät – Julian hatte sie bereits entdeckt.

„Hallo, Frau Polizistin", rief er, winkte und fuhr geradewegs auf sie zu. Und zu dem Jungen gewandt: „Tschüss, Timo, bis heute Nachmittag beim Training."

Da werde ich beim Training wohl Gesprächsthema Nummer eins sein, dachte die Kommissarin bei sich. Aber wat soll et? Es war nun ohnehin zu spät.

„Hallo Julian", sagte sie und ging auf den Jungen zu. „Fertig mit der Schule?"

„Klar", sagte Julian und grinste. „Es gab hitzefrei, deshalb war nach der vierten Stunde Schluss. Aber ich habe montags sowieso nur vier Stunden." Er verzog das Gesicht. „Eigentlich hab' ich gar nichts davon."

Williamson lachte.

„Ich wünschte, ich hätte auch hitzefrei. Aber bei uns gibt et so wat leider nit!"

„Du bist ja auch erwachsen", sagte Julian mit überwältigender Kinderlogik. „Und außerdem musst du die Bösen fangen. Hast du sie schon?"

„Wat? Nee, noch nit. So schnell geht dat nit. Sonst fängt man womöglich die Falschen, un‘ dat wäre nit jut.“

Julian nickte überschwänglich und grinste.

„Ich hab‘ was für dich. Hab‘ ich extra für dich gemalt. Warte, ich hol’s dir.“ Und schon sauste er los zum Haus seiner Eltern, bevor die Kommissarin ihn davon abhalten konnte.

Oh Jottohjott, nit schon wieder ein Gemälde, dachte sie bei sich. Freudestrahlend kam Julian mit einem Blatt Papier zurück, das er ihr hinhielt.

„Ein Lieferwagen“, verkündete er strahlend. „Die finde ich besonders schön! Und daneben habe ich einen Polizeiwagen gemalt, und da drin bist du!“

Williamson seufzte. Sie fand Julians Begeisterung wirklich nett, und der Junge war reizend, aber eine Gemäldesammlung von Lieferwagen wollte sie nun wirklich nicht eröffnen. Flüchtig warf sie einen Blick darauf. Wieder war der Lieferwagen mit der Robbe abgebildet, dahinter hatte Julian einen Polizeiwagen mit Blaulicht gemalt. „TATÜTATA“ stand in ungelenker Kinderschrift darüber. In dem Wagen saß eine … was war das? Sie besah sich die Zeichnung genauer. Es war eine unförmige Person mit rundem Gesicht und wirrem rotem Gekringel auf dem Kopf. Sollte das etwa sie sein? Das konnte ja wohl nicht wahr sein!

„Äh, schön, Julian, wirklich“, meinte sie, faltete das Papier einmal in der Mitte und steckte es in ihre Handtasche. „Da hast du dir wirklich Mühe gegeben“, fügte sie etwas lahm hinzu.

Julian strahlte.

„Findest du? Toll, dass es dir gefällt. Ich habe vor allem versucht, dich genau hinzukriegen."

„Ja ... dat is' dir wirklich ... jut gelungen. Aber jetz' muss ich los ... un' so ... halt."

„Mach's gut, Frau Polizistin", verabschiedete sich Julian und winkte. Sie zwinkerte ihm zu, stieg in ihre Marianne und fuhr los.

Kinder waren wirklich toll – aber anstrengend! Oder empfand sie das nur so, weil sie älter wurde?

Verdamp.

Kapitel 11

Um Punkt vierzehn Uhr stand Williamson zusammen mit Grifo vor einem funktionalen Gebäude unweit der Vahrenwalder Straße. Hinter dem Bürohaus lugten weite Garagenflächen hervor, die mit schweren Baugeräten bestückt waren. Männer und Frauen waren damit beschäftigt, die Geräte zu warten oder hin und her zu fahren. Eine Weile beobachtete Williamson das Treiben, dann seufzte sie.

Sie sagte zu Grifo: „Also los. Nütz' ja nix!"

Auf der Fahrt hatte Grifo Williamson über das Unternehmen in Kenntnis gesetzt.

„Die Kannichen GmbH gibt es seit vierzig Jahren. Seit drei Jahren wird sie vom ehemaligen Juniorchef, Alexander Kannichen, geführt. Er hat die Firma modernisiert und um den Hoch- und Leitungsbau erweitert. Das Unternehmen hat einen guten Ruf und brummt, das kann man nicht anders sagen."

„Wie lange hat denn der Jansen für die Firma gearbeitet?"

„Seitdem er wieder aus Angola zurück ist, also seit sechsundzwanzig Jahren."

„Dat is' eine lange Zeit. Da können uns die Herrschaften hoffentlich wat Aufschlussreiches über den Jansen sagen."

Jetzt standen sie in einer modernen und klimatisierten Eingangshalle, die von einer massiven, in Mattweiß gehaltenen Theke beherrscht wurde. Dahinter saß eine adrette junge Dame mit einem Dutt auf dem Kopf, der Williamson an Felix Seidler denken ließ. Hinter ihr prangte der Firmenname in großen Lettern. Mit einem strahlenden Lächeln sah sie den Kommissarinnen entgegen und fragte höflich: „Wie kann ich Ihnen helfen?"

„Williamson un' Grifo, Kripo Hannover." Während Williamson ihr Anliegen vorbrachte, sah sie sich unauffällig um. Sie hatte in Hannover schon einige Eingangsbereiche von Firmen gesehen, und dieser unterschied sich nicht wesentlich von den anderen, außer dass mehrere große, geschickt im Raum verteilte Ausstellungsvitrinen und Modelltische die Geschichte der Firma und ihre bedeutenden Bauprojekte illustrierten.

Da is' jemand stolz auf seine Erfolge, dachte die Kommissarin.

„Herr Kannichen kommt sofort", flötete die Dame und zeigte einladend auf eine Sitzgruppe in hellgrauem Leder. „Wenn Sie so lange Platz nehmen wollen?"

Williamson winkte ab.

„Wir stehen lieber, so lange wird et ja hoffentlich nit dauern." Sie wippte von den Fersen auf die Zehen und wieder zurück.

„Ob Herrn Jansen hier auch gedacht wird?", flüsterte Grifo ihr zu.

„Dat werden wir gleich wissen", flüsterte sie zurück.

Die Tür zum Treppenhaus wurde mit Schwung aufgestoßen, und ein attraktiver junger Mann Mitte dreißig betrat das Foyer. Er kam mit ausgebreiteten Armen auf sie zu.

„Guten Tag meine Damen! Mein Name ist Alexander Kannichen, ich bin der Geschäftsführer unserer schönen Firma. Ich stehe Ihnen zur Verfügung."

Überschwänglich schüttelte er erst Williamson, dann Grifo die Hand, wobei er diese einen Moment länger festhielt als nötig und ihr auch einen Moment zu lange in die Augen blickte.

Wieder einer, der Grüffelo nit widerstehen kann, dachte die kleine Kommissarin bei sich und grinste innerlich. Soweit sie wusste, ließ ihre junge Kollegin alle Avancen abblitzen wie damals der berühmte Eisberg die Titanic. Das tat ihr ganz besonders für den Michel leid, der, da war sie sich sicher, unsterblich in Grifo verliebt war. Sie glaubte nicht, dass ausgerechnet Alexander Kannichen ihren Panzer durchstoßen konnte.

Sie besah sich den jungen Geschäftsmann genauer. Er war groß und durchtrainiert, trug ein weißes, eng anliegendes Hemd mit aufgekrempelten Ärmeln zu einer Designerjeans und Markenturnschuhen. Lässig und trotzdem angezogen wie die meisten jungen Leute heutzutage. Die dunklen Haare waren modisch geschnitten und erinnerten an die Frisuren von Fußballspielern. Sein Lächeln, das zwei blitzweiße Zahnreihen offenbarte, war in das gut geschnittene Gesicht gemeißelt. Williamson war sich sicher, dass er sich seiner Wirkung mehr als bewusst war, wie ihm sein Umgang mit Grifo verriet, die wie immer unbeeindruckt blieb.

„Darf ich vorausgehen?", fragte er und eilte schon durch die Glastür voran ins Treppenhaus und die Stufen hinauf, immer zwei auf einmal nehmend. Grifo folgte ihm mühelos, während Williamson schnell zurückblieb und schnaufend eine Stufe nach der anderen erklomm. Wie man bei dieser Hitze in der verdamp dünnen Luft Niedersachsens so leichtfüßig sein konnte, war ihr schleierhaft.

Alexander Kannichen führte sie an einer attraktiven Sekretärin, die er als „meine Assistentin Caroline“ vorstellte, vorbei in sein Büro. Es war genau so eingerichtet, wie es Williamson erwartet hatte. Viel Chrom und Marmor, anthrazitfarbene Lederpolster und moderne Kunst an den Wänden, die Williamson scheußlich fand. Wieder musste sie an das stilvolle Ambiente des Arbeitszimmers von Dr. Ansgar Storch denken, der „Gefährte“ ihrer Freundin Janina Mohwinkel. Was für ein Unterschied!

Der Geschäftsführer dirigierte sie zu den Besucherstühlen vor seinem bombastischen chromglänzenden Schreibtisch, die fürchterlich unbequem waren. Er selbst setzte sich auf seinen gepolsterten Chefsessel und verschränkte die Arme. Hinter ihm gab eine hohe Fensterfront den Blick auf den Fuhrpark frei.

Wahrscheinlich kontrolliert er so seine Truppen, die unten brav an den Maschinen werkeln, dachte Williamson bei sich.

Mit einem gewinnenden Lächeln sah er sie an.

„Darf ich Ihnen etwas anbieten? Kaffee, Tee, Wasser?“

„Wasser wäre toll, danke“, antwortete Grifo schnell, noch bevor Williamson etwas sagen konnte.

„Aber natürlich“, sagte Kannichen, stand auf und versorgte sie mit Wasser aus einer Karaffe, die zusammen mit mehreren Gläsern auf einem Sideboard gestanden hatte.

Dann setzte er sich wieder auf seinen wuchtigen Schreibtischstuhl.

„Wie kann ich Ihnen helfen, meine Damen?"

Williamson entschloss sich zu einem Frontalangriff. Es war an der Zeit, mit dem freundlichen Geplänkel aufzuhören.

„Herr Kaninchen, ich will nit unhöflich sein, aber is' dat nit offensichtlich?", fragte sie zurück und schnaubte. „Immerhin is' Ihr langjähriger Mitarbeiter Rudolf Jansen tot, un' er is' nit friedlich in seinem Bett gestorben, dat kann ich Ihnen versichern."

Der Geschäftsführer erstarrte, ebenso Grifo neben ihr. Was war los? So unhöflich war sie nun auch wieder nicht gewesen!

Grifo beugte sich zu ihr hinüber.

„Kannichen", flüsterte sie kaum hörbar und ruckte mit dem Kinn in Richtung des Mannes auf der anderen Seite des Schreibtischs. „Er heißt …"

„Jaja, schon jut", winkte Williamson ab und wandte sich wieder dem Geschäftsführer zu. „Also, dann fangen wir mal an, Herr … Kannichen."

Alexander Kannichen stützte die Arme auf den Lehnen seines Stuhls ab und sah sie erwartungsvoll an. Grifo hatte wie immer ihr Notizheft hervorgeholt und einen Stift gezückt.

„Herr Jansen war hier bei Ihnen als Ingenieur beschäftigt. Wie lange war er hier, un' wat war genau sein Aufgabengebiet?"

Williamson wusste die Antwort auf die erste Frage schon, aber sie wollte sehen, was der Geschäftsführer sagte und wie er es sagte – und vor allem, was er nicht sagte.

Der junge Mann lehnte sich zurück, hob die verschränkten Hände vor sein Gesicht und tat, als dächte er nach.

„Er war sehr lange hier beschäftigt. Ich habe extra heute Morgen nachgesehen, als uns …", er schluckte, ein wenig zu theatralisch, wie die Hauptkommissarin fand, „… die schreckliche Nachricht erreichte. Es waren tatsächlich sechsundzwanzig Jahre. Unglaublich. So etwas gibt es heutzutage eigentlich gar nicht mehr. Mein Vater hat ihn eingestellt, als Rudolf aus Afrika zurückkam. Er war Tiefbauingenieur, und als solcher hat er hier auch gearbeitet."

„Wat genau hat er gemacht?"

„Er war der Leiter unserer Tiefbauabteilung und als solcher für die Planung, die Entwürfe, Konstruktion und die Berechnung für Baumaßnahmen im Erd- und Grundbau zuständig. Wir machen alles, was mit Tiefbau zusammenhängt, Frau Kommissarin, sowohl Wasserbau als auch Verkehrs- und Straßenbau. Selbstverständlich hat er auch die Bauausführung geleitet und die Bauarbeiten mit seinem Team überwacht."

„Verstehe", sagte Williamson, obwohl sie höchstens die Hälfte verstand. „War er jut in seinem Job?"

Alexander Kannichen zuckte mit den Schultern und zögerte – einen Moment zu lange, wie sie registrierte.

„Eigentlich schon", antwortete er nach einer Weile.

Williamson hob ihre Augenbrauen.

„Wat is' dat denn für eine Antwort – ‚eigentlich schon'?"

„Na ja", der Geschäftsführer atmete tief durch und beugte sich dann zu den Kommissarinnen vor.

„Man soll ja nicht schlecht über die Toten reden, aber …"

„Herrjott noch mal, Herr Kaninch… Kannichen, wir sind hier, um wat rauszufinden, wat dazu beiträgt, dat wir dat Verbrechen an den Eheleuten Jansen aufklären. Da können wir auf Feinheiten keine Rücksicht nehmen! Also!? Wat war mit dem Jansen?", schnaubte die kleine Kommissarin.

„Also gut. Ja, er war gut, die ersten Jahre auf jeden Fall. Mein Vater hat mir versichert, als er mich als Juniorchef eingearbeitet hat, dass Jansen ein sehr guter Mitarbeiter und fantastischer Ingenieur gewesen sei. Aber mit den Jahren ließ das nach."

„Wann war dat genau? Un' wissen Sie, warum?"

Der junge Mann schüttelte den Kopf.

„Es gab keinen konkreten Zeitpunkt, wenn Sie das meinen. Es war mehr … schleichend. Sein Engagement wurde einfach weniger, und er machte sozusagen Dienst nach Vorschrift. Warum, weiß ich nicht. Wir standen uns nicht besonders nahe."

„Un' Ihr Vater? Könnte er wat wissen?"

„Nein, er ist schon verstorben. Mein Vater und Herr Jansen hatten ein normales Arbeitgeber-Arbeitnehmer-Verhältnis, sie waren nicht befreundet oder standen sich näher. Herr Jansen war … unauffällig. Er machte seine Arbeit, war höflich, aber distanziert. Er nahm zwar an allen Firmenfeiern teil, aber … wie soll ich sagen? Er war zwar da, aber nicht mittendrin, wenn

Sie verstehen, was ich meine. Dadurch konnten unsere Mitarbeiter auch kein enges Verhältnis zu ihm aufbauen."

Wie seine Frau, schoss es Williamson durch den Kopf. Sie dachte an das Bild im Wohnzimmer der Jansens. Der gut aussehende Mann, der sie da von den Bildern aus den Jahren in Afrika angeschaut hatte, hatte Lebensfreude und Zuversicht ausgestrahlt. Was sie hier erfuhr, passte nicht zu diesen Bildern, die allerdings dreißig Jahre alt waren. Hier im Büro des Arbeitgebers von Rudolf Jansen fiel ihr auf, dass die Bilder auf der Kommode, auf denen Evelyn und Rudolf abgebildet waren, alle älter gewesen waren. Auf den Bildern der letzten Jahre waren ausschließlich die Kinder der Jansens zu sehen gewesen, das Ehepaar aber nicht. Ihr Zwerchfell kribbelte wie verrückt, auch wenn sie noch nicht wusste, wieso.

Sie blickte wieder Alexander Kannichen an.

„Hatte er mit irgendjemandem Streit?"

Entschieden schüttelte der Geschäftsführer den Kopf.

„Nein, nicht dass ich wüsste. Er gab nie Anlass dazu. Er war freundlich, aber zurückhaltend, machte seine Arbeit okay, aber ohne großes Engagement oder Esprit. Dabei hat mein Vater früher davon geschwärmt, wie einfallsreich Rudolf sein konnte. Schließlich war er lange in Afrika. Dort werden die Dinge oftmals etwas anders geregelt. Wenn Baumaterial fehlte, dann mussten Alternativen beschafft oder mit dem improvisiert werden, was vorrätig war. Von diesen Erfahrungen konnte unsere Firma in den ersten Jahren profitieren. Mein Vater hat erzählt, dass Rudolf Lösungen für komplizierte technische Probleme parat hatte, da kämen wir nicht einmal in zehn Jahren darauf. Leider war davon schon lange nichts mehr zu merken gewesen."

„Hmmm", machte Williamson und fuhr sich nachdenklich durch ihr Strubbelhaar. „Hat Ihr Vater mal erwähnt, ob Rudolf Jansen von seinen Erlebnissen in Angola berichtet hat? Wie man da komplizierte Probleme gelöst hat beispielsweise?"

Alexander Kannichen hob den Kopf und sah der Kommissarin in die Augen.

„Worauf wollen Sie hinaus?"

„Is' dat so schwer zu erraten? Korruption zum Beispiel", sagte die ältere Polizistin direkt.

Der Geschäftsführer versteifte sich.

„Ist das alles, woran Sie denken können, wenn Sie an Afrika denken? An Korruption? Ich kann Ihnen versichern, Frau Kommissarin, dass mein Vater niemals etwas in dieser Richtung erwähnt hat. Oder Rudolf selbst, mit dem ich persönlich ohnehin nie über seine Erlebnisse in Angola gesprochen habe. Und wenn Sie andeuten wollen, dass unser Unternehmen …"

„Ich will gar nix andeuten", unterbrach die Kommissarin den Redeschwall des empörten Geschäftsführers. „Aber Rudolf Jansen is' tot, brutal ermordet, ebenso wie seine Frau. Dafür muss et einen Grund geben. Wenn wir den haben, sind wir dem Täter oder den Tätern schon ein ganzes Stück nähergekommen, verstanden?"

Alexander Kannichen atmete aus.

„Verstanden. Ich muss unser Unternehmen und seinen guten Ruf schützen, da bitte ich um Verständnis."

„Geschenkt“, antwortete Williamson, schüttelte aber innerlich den Kopf. Es war immer dasselbe. Wie so viele war der Geschäftsführer nur auf seinen Ruf bedacht und auf die blinkende Fassade nach außen – dass zwei Menschen tot waren und eines der Opfer einer seiner leitenden Mitarbeiter gewesen war, schien eine untergeordnete Rolle zu spielen. Eigentlich sollte sie sich nach so vielen Dienstjahren nicht mehr darüber aufregen, aber sie tat es dennoch.

„Werden Sie Rudolf Jansens gedenken?“

Überrascht hob der Geschäftsführer den Kopf.

„Was meinen Sie?“

„Na, eine Gedenkfeier durchführen, ein Bild mit einem Trauerflor aufstellen, ein Kondolenzbuch einrichten, so wat in der Art. Die Schule, in der Frau Jansen gearbeitet hat, macht dat. Dat gehört sich doch so, oder nit?“

Sie blickte sich demonstrativ um.

„Bisher habe ich weder Bild noch Buch gesehen, aber ich bin sicher, dat kommt noch, nit wahr?“

Grifo neben ihr gluckste, hielt sich dann eine Hand vor den Mund und tat so, als müsste sie husten.

Alexander Kannichen erstarrte. Für einen kurzen Moment entglitten ihm die Gesichtszüge, dann hatte er sich wieder im Griff.

„Natürlich, Frau Kommissarin, das machen wir noch. Meine Assistentin arbeitet … äh … daran.“

„Na, dann is‘ et ja jut. Ich wusste doch, dat Sie wissen, wat Anstand bedeutet. Schönen Tag noch, Herr Hase.“

Williamson zwinkerte ihm grinsend zu und rauschte hoch erhobenen Hauptes aus dem Büro, Grifo im Schlepptau.

Schweigend schritten die Kommissarinnen die Treppe hinunter und verließen das Gebäude. Draußen kniff Williamson angesichts des grellen Sonnenlichts die Augen zusammen und fuhr sich durchs reichlich verschwitzte Strubbelhaar. Grifo setzte sich eine Sonnenbrille auf.

„Wat für'n aalglatter Typ", kommentierte die kleine Kommissarin und schüttelte sich, als ihr ein Schweißtropfen den Rücken herunterrann.

„Er tut so, als ob ihm seine Mitarbeiter am Herzen liegen, schafft es aber nicht einmal, für seine tote Führungskraft eine Möglichkeit des Gedenkens für seine Leute einzurichten", kommentierte Grifo und schüttelte sich ebenfalls.

Inzwischen waren sie am Auto angekommen, das auf dem Firmenparkplatz vor dem Bürogebäude stand. Der Fuhrpark des Unternehmens war als großes U um das Hauptgebäude herum angelegt worden. Aus dem Augenwinkel sah die Kommissarin, dass sich an der linken Seite ein Mann in einem orangefarbenen Overall an einem Bagger zu schaffen machte. An der Seite des Baggers war eine Tür geöffnet und ließ den Blick in den Innenraum des Baufahrzeugs zu. Der Mann schraubte an dem Motor herum und murmelte vor sich hin.

Williamson bedeutete Grifo zu warten und schlenderte zu dem Mann hinüber.

„Gleich, mein Bruno, schnurrst du wieder wie ein Kätzchen", hörte sie den Mann brummen.

„Bruno heißt er also?", fragte sie in seinem Rücken.

Der Mann erstarrte, richtete sich auf und drehte sich dann langsam um.

Williamson sah in ein wettergegerbtes, jetzt von der Sonne gerötetes und schweißüberströmtes Gesicht. Unter der orangefarbenen Latzhose, die ölverschmiert war, trug er ein weißes Feinrippunterhemd, aus dem graue Brusthaare hervorkamen. Seine Oberarme waren so muskulös, dass sie so dick waren wie seine Oberschenkel. Die Haut war von Leberflecken übersät. Graues, gelocktes Haar quoll unter einer Basecap mit dem Logo und in den Farben von Hannover 96 hervor. Eine Zigarette klebte am linken Mundwinkel, die er mit einer seiner schwieligen, großen Hände in die schmutzigen Finger nahm, bevor sie ihm vor Überraschung aus dem offen stehenden Mund fallen konnte. Gelbe Zähne blitzten hervor.

„Wer bist denn du?", fragte er ruppig, aber Williamson konnte hinter seiner Schroffheit einen amüsierten Unterton entdecken.

„Williamson", sagte sie, grinste und wies mit einem Kopfrucken auf den Bagger. „Bruno is' ein schöner Name. Passt zu ihm."

„Weiß gar nicht, wovon du sprichst", knurrte ihr Gegenüber, steckte sich die Zigarette zurück in den Mundwinkel und wandte sich wieder zu dem Bagger um. Er fühlte sich ertappt, und damit war das Gespräch anscheinend für ihn beendet.

„Mein Auto heißt Marianne", sagte Williamson schlicht und ignorierte seine abweisende Körpersprache. „Sie un' Bruno sollten sich mal kennenlernen."

Langsam drehte sich der Mann wieder um. Ein Grinsen breitete sich auf seinem Gesicht aus, das ihn gleich jünger aussehen ließ.

„Dann müssen wir das mal in die Wege leiten, Williamson“, antwortete er. Dann sah er von ihr zu Grifo, die lässig am Dienstwagen lehnte und in ihren Notizen blätterte.

„Ihr seid von den Bull… von der Polizei“, stellte er fest. Dann sah er ihr in die Augen. „Ihr kommt wegen dem Rudolf.“

„So is‘ et“, nickte Williamson. „Kanntest du den Rudolf näher?“

Der Mann zuckte mit den Schultern.

„Wir haben über zwanzig Jahre zusammengearbeitet. Ich bin fast ebenso lange hier, wie der Rudolf es war. Viel wusste ich aber nicht von ihm. Ich bin übrigens der Hubert“, stellte er sich unvermittelt vor, „aber alle nennen mich Hubbi.“

„Also jut, Hubbi“, sagte Williamson und ergriff seine ausgestreckte Hand. Sie spürte die Schwielen von der harten körperlichen Arbeit, „wat kannst du mir über den Rudolf sagen?“

„Der Rudolf war in Ordnung“, meinte Hubbi und rieb sich mit einem ölverschmierten Lappen die Hände, die danach genauso schmutzig waren wie zuvor. Williamson wischte sich daraufhin unauffällig, so hoffte sie jedenfalls, die Hand an ihrem Rock ab.

„Er hat nie raushängen lassen, dass er was Besseres ist“, fuhr Hubbi fort. „Er hat nie gezeigt, dass er studiert hat und so. Nicht so wie andere hier in der Firma.“ Er sah die Fassade des Firmensitzes nach oben in die Richtung, in der das Büro von Alexander Kannichen lag.

„Außerdem war er ein guter Vorgesetzter. Er hat meistens klare Anweisungen gegeben, wusste, was er wollte, und hat uns gut behandelt, nicht so von oben herab.“

Plötzlich sah er Williamson in die Augen.

„Aber manchmal … manchmal war er gar nicht richtig da. Abwesend, wenn du verstehst, was ich meine. Dann war er ziemlich konfus. Hat falsche Berechnungen gemacht oder Pläne mitgebracht, die nicht gestimmt haben. Hat Dinge vergessen, die er uns schon gesagt hatte. Oder hat uns falsche oder unklare Order gegeben. Oder gar keine. Als ob ihm alles egal gewesen wäre. Dann …"

Hubbi brach ab und fuhr sich übers Gesicht.

„Dann?", hakte Williamson nach.

„Dann hat er nur dagesessen. An den Baustellen, irgendwo am Rand, und hat in die Ferne geguckt. Völlig weggetreten."

„Hm", machte die Hauptkommissarin und sah zu, wie Hubbi die Seitentür von Bruno schloss. „Hast du eine Erklärung, warum er dat gemacht hat?"

„Na ja." Hubbi hob eine Hand, formte sie so, als ob er ein Glas hielte, und fuhr sich damit an den Mund. „Gluck, gluck", machte er und sah sie erwartungsvoll an.

„Gluck, gluck?", fragte Williamson zurück. „Du meinst, er hat getrunken?"

Hubbi zuckte wieder mit den Schultern.

„Ab und zu. Dann hat er nach Alkohol gerochen und war ziemlich durch den Wind. Man hat es ihm auch angesehen. Rote Augen und zittrige Hände. Ich weiß, wovon ich rede, hab' früher auch 'ne Menge getrunken. Aber das ist lange vorbei."

Williamson nickte.

„Verstehe", sagte sie knapp. „Is' dat bei dem Rudolf in letzter Zeit häufiger vorgekommen als früher?"

Hubbi schüttelte entschieden den Kopf.

„Nee, das war schon immer so. In letzter Zeit war es vielleicht ein bisschen mehr als früher."

„Hat er mal von Afrika erzählt?"

„Afrika?" Hubbi runzelte die Stirn. „Nee, nie. Wir wussten zwar alle, dass er mal in Afrika war, aber er hat nie darüber geredet. Es hat auch keiner gefragt. Es ist einfach niemand auf die Idee gekommen."

Wie bei Evelyn Jansen, dachte Williamson bei sich. Da hat auch niemand gefragt.

Laut sagte sie: „Danke, Hubbi. Du hast mir sehr geholfen."

Sie verabschiedete sich von Hubbi, der sich auf Bruno schwang und sich anschickte, diesen in die Garage zu fahren.

Die Kommissarin kehrte zu Grifo zurück, die sie schmunzelnd betrachtete.

„Na, eine neue Freundschaft geschlossen?", fragte sie.

„Ja, dat kann man wohl sagen", grinste ihre Vorgesetzte und ließ sich in den Sitz plumpsen, nur um einen neuerlichen Hitzeschock zu bekommen, denn das Auto war in der Zeit, in der es auf dem Parkplatz stand, zu einem Glutofen mutiert.

Hektisch fächelte sie sich Luft zu.

„Klimaanlage!", keuchte sie.

Grifo grinste und drückte die entsprechenden Knöpfe.

„Haben Sie etwas Interessantes herausgefunden?"

„Könnte sein", antwortete Williamson und berichtete der jungen Kommissarin in knappen Sätzen, was sie von Hubbi erfahren hatte. Was sie nicht sagte, war noch viel bedeutsamer: Ihr Bauch kribbelte wie verrückt.

Kapitel 12

Die Hitze forderte ihren Tribut. Diesen Eindruck gewann zumindest Williamson, als sie in die Runde sah, die sich im Besprechungsraum versammelt hatte. Während sich Cohen zum wiederholten Male mit seinem wohl inzwischen wieder nassen Taschentuch durchs Gesicht wischte, das trotzdem vor Schweiß glänzte – eine inzwischen Williamson vertraute Geste –, schüttete Michel literweise Wasser in sich hinein und seufzte. Selbst Alina Walter wirkte erschöpft. Nur Grifo sah aus, als ob ihr die Hitze nichts anhaben könnte. Sie hatte, als sie ins ZKD zurückgekehrt waren, leichtfüßig wie eh und je die Besprechung vorbereitet und auch für Getränke und Kekse gesorgt. Nicht zum ersten Mal fragte sich die kleine Kommissarin, wie ihre Kollegin es anstellte, frisch und gestylt auszusehen wie der frühe Morgen.

„Dann fangen wir mal an, nütz' ja nix!", begann Williamson. Sie öffnete gerade den Mund, um fortzufahren, als die Tür aufging und ihr Vorgesetzter, Kriminalrat Dr. Rico Habernickel, den Raum betrat. Wie immer war er wie aus dem Ei gepellt. Er trug einen taubengrauen Sommeranzug, der perfekt zu seinen silbergrauen Haaren passte, dazu ein weißes, offenes Hemd und leichte Lederschuhe. Ebenso wie Elena Grifo schien ihm die Hitze nichts auszumachen, nicht der kleinste Schweißtropfen war zu sehen. Williamson fühlte sich bei seinem Anblick nur noch zerknitterter und verschwitzter. Verstohlen wischte sie sich über die Stirn. Habernickel nickte ihr aufmunternd zu und setzte sich direkt neben sie.

Na toll, dachte sie, war ja klar, dat der hier auftauchen muss! Inzwischen wusste sie, dass Dr. Habernickel gerne unangemeldet zu Besprechungen stieß, meistens einige Minuten, nachdem sie angefangen hatten. Dies war seine indirekte und trotzdem unverblümte Art zu signalisieren, dass ihm nichts entging.

Sie nickte zurück, berichtete kurz über ihren und Grifos Besuch in der Schule, bei Iris Grundler und beim Arbeitgeber von Rudolf. Sie erwähnte auch das Streitgespräch zwischen den Eheleuten, das Iris Grundler an Silvester mit angehört hatte. Auch das, was Hubbi zu erzählen hatte, ließ sie nicht aus.

„Was könnte das bedeuten, dass der Mann manchmal Aussetzer hatte? Hing das mit seinem Alkoholkonsum zusammen?", fragte Dr. Habernickel und beugte sich gespannt nach vorn.

Williamson zuckte mit den Schultern und dachte an das Bild auf der Kommode, das einen strahlenden Rudolf Jansen gezeigt hatte. Das, was Alexander Kannichen und Hubbi zu erzählen hatten, passte nicht zu dem glücklichen Gesicht des Mannes auf dem Foto.

„Ich weiß et nit. In jedem Falle schien ihn wat bedrückt zu haben, un' dat so sehr, dat er ziemlich viel getrunken hat, jedenfalls von Zeit zu Zeit."

„Quartalstrinker", sagte Grifo knapp. Sie war ein wenig blass um die Nase, wie Williamson feststellte.

„Vielleicht", meinte ihre Vorgesetzte leichthin. „Aus dem, wat der Hubbi erzählt hat, könnte man schließen, dat er depressiv gewesen is'."

Alle schwiegen. Dann hob Cohen den Kopf.

„Und die Frau Jansen hat keinen an sich rangelassen."

„Genau. Sie war kompetent, aber distanziert. Sobald et persönlicher wurde, hat sie zugemacht", stimmte Williamson zu. Sie sah Grifo an. In gewisser Weise war die junge Kollegin genauso, nur sehr viel herzlicher. Evelyn Jansen schien ein eher kühler Mensch gewesen zu sein. Grifo hatte wieder etwas Farbe bekommen.

„Dieselbe Distanz hat Iris Grundler erwähnt. Und sogar die Kinder."

„Und dann noch der Streit", ergänzte Sven Michellsen, der sich über die Kekse hergemacht hatte und sich gespannt vorbeugte. „Was könnte es damit auf sich haben?"

„Keine Ahnung! Et is' zum Verrücktwerden!", stieß Williamson aus. Es war zum Haareraufen, was sie dann auch ausgiebig tat.

Dann blickte sie fragend in die Runde.

Michellsen stand auf und ging zum Whiteboard. Bilder des toten Rudolf Jansen flammten auf. „Also, Rudolf Jansen wurde in seinem Bett erschossen, und zwar in den Kopf, genauer gesagt, mitten in die Stirn", hob Michel wieder an. „Er, ebenso wie seine Frau, wurden mit Patronen Kaliber 9 mm Luger erschossen." Er drückte auf dem Laptop herum, die Munition erschien auf dem Whiteboard.

„Das sind Patronen, die für sehr gängige Waffen genutzt werden", ergänzte Alina Walter von ihrem Platz aus. „So zum Beispiel für die Beretta Px4 Storm, eine BUL

Cherokee, eine Walther P 99 und eine Smith & Wesson Military & Police. Auch in Maschinenpistolen findet diese Munition Verwendung."

„Was mir Ingo Bruhns bestätigt hat", ergänzte Michellsen und fuhr sich durch die verschwitzten Haare.

Williamson nickte. Ingo Bruhns war der Leiter des SEK, mit dem sie und ihre Kollegen schon bei ihrem ersten Fall in Hannover zusammengearbeitet hatten. Sie schätzte ihn sehr, auch wenn sie sich von ihm nie wieder in eine Schutzweste würde pressen lassen.

„Die Frau wurde mit derselben Munition und daher wohl mit derselben Waffe erschossen, ebenfalls in die Stirn." Michellsen zögerte kurz, bevor er fortfuhr: „Auf Rudolf wurde dann zusätzlich brutal eingeschlagen, und zwar, nachdem er tot war. Es sind typische Spuren von Faustschlägen und Tritten zu sehen – allerdings mit massiver Gewalt und einer Intensität, wie ich es bis jetzt noch nicht erlebt habe, ebenso wenig wie meine Kolleginnen und Kollegen."

Er holte tief Luft.

„Es sind quasi alle typischen Verletzungsmerkmale vorhanden: von Riss-Quetsch-Wunden der Lippen, der Nasenhaut, des Jochbeins, Zahnabbrüche, Frakturen im Gesicht und am Körper, sowohl durch Faustschläge als auch durch Fußtritte. Es sind auch Fußabdrücke zu sehen."

„Die sich auch vom Schlafzimmer über den Gang am Rande des Wohnzimmers in den Flur bis hin zur Haustür abbilden", ergänzte Alina Walter, die aufgesprungen war und sich nun ebenfalls am Laptop zu schaffen machte, bis die entsprechenden Bilder auf das Whiteboard projiziert wurden.

„Danke, Sven, ich übernehme", meinte sie an den Rechtsmediziner gewandt, der kurz nickte und sich auf seinen Platz setzte. Er schaute kurz zur Kommissarin.

„Ergänzend möchte ich hinzufügen, dass der Tod des Ehepaares gegen halb neun oder neun Uhr morgens eingetreten ist. Mein Bericht ist schon in Ihrem Posteingang."

„Danke", sagte Williamson knapp, weil sie sich zum wiederholten Male fragte, wer Sven war.

„Das sind massive Arbeitsstiefel, Größe 46", nahm Alina Walter den Faden wieder auf. „Sie stammen also mit an Sicherheit grenzender Wahrscheinlichkeit von einem Mann, es sei denn, eine mutmaßliche Täterin lebt auf sehr großem Fuß und hat dazu noch die Kraft und die Technik, so brutal auf Rudolf Jansen einzuschlagen."

Sie projizierte einen Grundriss des Hauses auf das Whiteboard. Die Körper der toten Eheleute waren darauf ebenso eingezeichnet wie die Spuren, die vom Schlafzimmer ins Wohnzimmer und zum Eingang führten.

„Wir gehen von folgendem Szenario aus. Am Sonntagmorgen gegen halb neun oder spätestens neun Uhr klingelt es an der Tür. Evelyn Jansen steht auf, zieht ihren Morgenrock über und öffnet nichts ahnend die Tür. Vielleicht dachte sie, es wäre eine Nachbarin oder so."

„Andrea Dornholz möglicherweise", nickte Williamson, „sie hat ausgesagt, dat sie un' Frau Jansen sich beim Einkaufen getroffen hatten un' sie angekündigt hatte, Kuchen vorbeizubringen."

„Gut, also, Frau Jansen öffnet die Tür", fuhr Alina Walter fort, „aber da steht nicht Frau Dornholz, sondern der oder die Täter…In und …"

„Die wat?“, fuhr Williamson dazwischen.

„Der oder die Täter…In“, wiederholte die Kriminaltechnikerin und lächelte wieder, wobei kleine Fältchen in ihren Augenwinkeln entstanden. „Was ist das Problem?“

„Haben Sie Atemprobleme?“, fragte die Kommissarin, „wat is‘ dat für’n Wort ‚Täter…In‘?“

„Damit, liebe Frau Kollegin, bringen wir sprachlich zum Ausdruck, dass es ein weibliches und ein männliches Geschlecht gibt und wir zudem die Menschen erfassen, die sich nicht den Gruppen ‚Frau‘ oder ‚Mann‘ zuordnen wollen oder können“, mischte sich nun Dr. Rico Habernickel ein, der bis jetzt geschwiegen hatte.

„In der Schriftsprache wird dies mit dem Gender-Stern ausgedrückt. Haben Sie meine Rundmail dazu nicht gelesen?“

Das hatte Williamson in der Tat nicht, sondern gleich auf „Löschen“ gedrückt, als sie eingegangen war, was sie grundsätzlich mit allen Rundmails tat, die der Kriminalrat verschickte.

Sprachlos starrte sie von Habernickel zu Alina Walter und wieder zurück. Bis auf ihren Vorgesetzten hielten die Mitglieder der Besprechungsrunde den Atem an, da sie einen neuerlichen Ausbruch der Kommissarin befürchteten.

Diese klappte den Mund auf und zu, holte tief Luft und – schwieg. Stattdessen nickte sie mit dem Kopf und sagte mit einem Anflug von Resignation: „Ah so, alles klar, dat is‘ jut.“ Sie hatte kein Wort verstanden, aber sie wollte sich jetzt nicht damit aufhalten.

Bis auf Habernickel stießen alle in der Runde erleichtert den Atem aus.

Majestätisch richtete sich die kleine Kommissarin auf, schob das Kinn vor, faltete die Hände vor sich auf dem Tisch und nickte der Kriminaltechnikerin zu.

„Fahren Sie fort, Frau Walter."

„Ja, also, der oder die Täter...In standen vor der Tür. Frau Jansen hat keine Zeit zu reagieren, sondern wird sofort erschossen, mitten in die Stirn. Die Wucht schleuderte sie zurück in den Flur, wo wir sie dann gefunden haben."

Alina Walter deutete auf die Umrisse des Körpers im Eingangsbereich des Hauses.

„Der oder die Täter...In oder die Täter ...", Williamson seufzte hörbar, sodass wieder alle den Atem anhielten, aber wieder schwieg sie, „... steigen über sie hinweg und gehen dann in den hinteren Bereich des Hauses. Ob sie gewusst haben, wo das Schlafzimmer liegt oder ob sie noch gesucht haben, können wir nicht sagen. In jedem Falle finden sie das Schlafzimmer und erschießen Rudolf Jansen in seinem Bett, vielleicht hat er sogar noch geschlafen und nichts mitbekommen. Und dann geschieht das Ungewöhnliche ..."

„Der Overkill", unterbrach Grifo.

Alina Walter nickte zustimmend.

„Genau. Auf Rudolf Jansens Leiche wird brutal eingeschlagen und -getreten. Das passt überhaupt nicht zu der professionellen, ja kaltblütigen Tötung der Ehefrau und von Jansen selbst."

„Profikiller mit einer gespaltenen Persönlichkeit?", fragte Cohen augenzwinkernd.

„Ausschließen können wir im Moment nix", kommentierte Williamson, rügte aber die ironische Bemerkung ihres Mitarbeiters nicht. Manchmal mussten die Polizisten einen Scherz machen, um das Unvorstellbare zu verarbeiten. „Aber dat is‘ schon janz schön verrückt."

„Das lässt auf eine persönliche Beziehung zwischen Täter und Opfer schließen", meinte Grifo.

„Jedenfalls passt et nit zusammen", schloss ihre Vorgesetzte und fuhr sich durchs Strubbelhaar.

„In jedem Falle hinterlassen die Täter dadurch blutige Spuren", nahm die Kriminaltechnikerin den Faden wieder auf. Wieder erschienen die Schuhabdrücke auf dem Whiteboard. „Da sie ansonsten keine hinterlassen haben, denke ich, dass das nicht geplant war."

„Wieso sprechen Sie jetzt von ‚den Tätern'?", fragte Grifo dazwischen, die aufmerksam zugehört hatte.

„Weil wir zwei verschiedene Abdrücke gefunden haben", antwortete Alina Walter und sah mit einem Anflug von Triumph in die Runde.

„Warum sagen Sie dat denn nit gleich?", brummte Williamson. „Dann hätten wir uns dat ganze Sternchen-Gedöns sparen können!"

Das brachte ihr einen rügenden Blick von Dr. Habernickel ein.

Alina Walter ging nicht darauf ein, sondern zoomte zwei Abdrücke größer heran, wobei einer der beiden vielleicht nur zu einem Viertel zu sehen war. Es handelte sich um den vorderen Teil eines Schuhprofils.

„Wie Sie sehen können, ist dieses Profil nicht vollständig abgebildet. Aber wir können berechnen, dass es einem anderen Schuh und damit Fuß zuzuordnen ist. Genauer gesagt handelt es sich hier um Schuhgröße siebenundvierzig, also eine Nummer größer als die anderen Abdrücke. Und demnach …"

„… müssen es mindestens zwei Täter gewesen sein", schlussfolgerte Grifo aufgeregt.

„Dat is' schon mal wat", freute sich Williamson, „wir haben also mindestens zwei Täter, die Profis sind un' denen dann beim Rudolf, warum auch immer, die Sicherungen durchgebrannt sind."

„Oder nur einem von ihnen", ergänzte Alina Walter.

„Auf dem Körper von Rudolf Jansen haben wir nur einen Abdruck gefunden, und zwar den von Schuhgröße sechsundvierzig", rief Michel von seinem Platz aus.

„Daher auch die Abdrücke von Größe sechsundvierzig auf dem Boden. Größe siebenundvierzig ist in einen dieser Abdrücke getreten, und beim nächsten Auftreten hat sich ein Teil von dieser Größe ebenfalls abgebildet", trug die Kriminaltechnikerin vor.

„Es finden sich auch Blutstropfen auf dem Weg vom Schlafzimmer bis zum Flur, sogar noch auf dem geplätteten Weg im Vorgarten der Jansens, aber nicht an der Klinke der Eingangstür, was darauf schließen lässt, dass nur eine oder einer der beiden auf Rudolf Jansen eingeschlagen hat."

„Ich fresse einen Besen aus unserer Besenkammer, wenn dat nit derselbe …", Williamson unterbrach sich und warf einen Seitenblick auf Habernickel, der sie stirnrunzelnd betrachtete, „… Tschuldigung, der- oder dieselbe war, der oder die auf Rudolf Jansen eingeschlagen hat. Eine oder einer von den Täterinnen oder Tätern is' durchgedreht."

Sie seufzte. Gendern war ganz schön anstrengend!

„Das denke ich auch“, nickte Alina Walter, „und der- oder diejenige …“, sie zwinkerte der Kommissarin zu, „… hatte demnach ein persönliches Motiv. Ein sehr persönliches, wenn Sie mich fragen.“

„Womit wir bei der nächsten Frage wären“, stöhnte die Kommissarin. „Danke, Frau Walter.“

Die Kriminaltechnikerin setzte sich auf ihren Platz, ordnete ihre Papiere und schaute dann noch einmal auf. „Hinzufügen möchte ich noch, dass das Blut, das in Form von Fußspuren und Flecken vom Schlafzimmer bis auf den Weg im Vorgarten zu finden ist, ausschließlich von Rudolf Jansen stammt. Fingerabdrücke, die nicht den Jansens oder ihren Kindern zugeordnet werden konnten, gibt es ebenfalls keine, nur die von der Putzfrau der Familie. Und die ist fünfundsechzig Jahre alt sowie klein und zierlich. Sie wird es wohl kaum gewesen sein.“

„Eine Putzfrau als Profikillerin?“, grinste Williamson und steckte sich einen Keks in den Mund. „Warum nit? Wär‘ mal wat anderes!“, kaute sie.

„In jedem Fall müssen die Killer irgendwie gekommen und wieder gefahren sein, und das möglichst unauffällig“, nahm Grifo den Faden wieder auf, „an einem Sonntagvormittag in einem beschaulichen Neubaugebiet in einem kleinen Dorf auf dem Land rückt ein Killerkommando an, und niemand bekommt es mit? Ich meine, die Mörder werden einen Schalldämpfer benutzt haben, denn keiner hat Schüsse gehört, okay, aber darüber hinaus? Wie sind sie gekommen und wieder gefahren? Das muss sehr unauffällig gewesen sein.“

„Lassen wir dat vorläufig auf sich beruhen", entschied die Hauptkommissarin und sah in die Runde. „Wenden wir uns einem möglichen Motiv zu. Un' dazu hätte ich gerne wat über die Hintergründe der Eheleute gewusst. Wie waren ihre Finanzen?"

„Darum habe ich mich gekümmert, Chefin", sagte Cohen. „Ihre Finanzen waren in Ordnung. Das Haus ist abbezahlt, und sie haben ein Vermögenspolster von ungefähr fünfhunderttausend Euro angespart."

„Dat is' ordentlich", nickte Williamson anerkennend.

„Ja, aber auch nicht ungewöhnlich, wie mir der Kollege Lissenbach versicherte. Er und zwei seiner Kollegen haben mir übrigens geholfen, die Dokumente zu sichten. Er wollte auch unbedingt an der Besprechung teilnehmen, aber …"

„Dat wird nit nötig sein", sagte die Kommissarin schnell und steckte sich noch einen Keks in den Mund. Lissenbach! Der hatte ihr gerade noch gefehlt!

„Das habe ich ihm auch gesagt", mischte sich Grifo mit einem breiten Grinsen ein. Das ganze ZKD wusste, dass Horst Lissenbach, Leiter des Dezernats für Wirtschaftskriminalität, eine große Schwäche für Williamson entwickelt hatte – bis auf Habernickel, der auch prompt intervenierte.

„Frau Kollegin, Herr Lissenbach ist ein hervorragender Kriminalbeamter. Wenn er Ihnen seine Hilfe anbietet, sollten Sie diese annehmen", mahnte er prompt.

„Ja, ich weiß, Herr Dr. Habernickel, un' ich schätze den Kollegen Lissenbach sehr, aber noch deutet nix darauf hin, dat die finanziellen Verhältnisse der Grund für die Morde sind. Sollte sich dat ändern, also dann … äh …"

„Dann müssen Sie ihn hinzuziehen!“, entschied der Kriminalrat und wandte sich an Cohen. „Bitte, fahren Sie fort!“

Wieder wischte sich Cohen über seine schweißglänzende Stirn, sodass die spärlichen Haare, die er sorgsam über seine Glatze gekämmt hatte, in Unordnung gerieten.

„Ja, also, wie ich schon sagte, sind die finanziellen Verhältnisse geordnet, soweit wir das überblicken konnten. Wir müssen natürlich die Kinder fragen, ob irgendetwas fehlt.“

„Unbedingt“, stimmte seine Vorgesetzte zu. „Wat is‘ mit den Wertpapieren, die wir in dem Tresor gefunden haben?“

„Es handelt sich um sogenannte historische Wertpapiere, die an keiner Börse mehr gehandelt werden können. Diese Zertifikate können nur noch als Sammelgegenstand oder für Dekorationszwecke gekauft werden. Die Zertifikate, die in dem Tresor der Jansens waren, waren welche aus der Baubranche, beispielsweise von den Kempischen Betonwerken aus den 20er-Jahren oder von der Österreichischen AG für Bauunternehmungen, ebenfalls aus den 20ern. Nichts von Bedeutung. Nur eine Liebhaberei, wahrscheinlich von Rudolf.“

„Also eine Sackgasse?“, fragte Williamson nach.

Cohen nickte und sah sie mit seinem ausdruckslosen Blick an.

„Ja, Chefin. Die Wertpapiere sind wertlos.“ Er verzog die Lippen wegen seines Scherzes zu einem sarkastischen Lächeln.

Niemand lachte. Hier kamen sie nicht weiter.

„Bliebe also noch die Frage, wozu der Schlüssel gehört, den Frau Walter und ihr Team gefunden haben“, nahm der Baron den Faden wieder auf.

Alle Augen wandten sich Alina Walter zu, die wieder aufgestanden war und mit wenigen Klicks ein Bild des Schlüssels und des Steckdosentresors auf das Whiteboard projiziert hatte.

„Wir gehen davon aus“, referierte sie, „dass der Schlüssel zu einem Schließfach in einer Bank gehört.“

Grifo übernahm.

„Wir haben verschiedene Banken in und um Hannover angefragt, aber noch kein positives Ergebnis. Wir hoffen aber, dass wir bald fündig werden.“

„Na hoffentlich“, knurrte Williamson. Geduld war nicht unbedingt ihre Stärke.

„Eines ist jedenfalls klar“, bemerkte Grifo und sah Alina Walter an, „Steckdosentresore kann man ganz leicht im Internet bestellen. Dann wissen Einbrecher auch, dass es so etwas gibt – genauso wie Profikiller. Und soweit wir das überblicken, fehlen weder Geld noch Schmuck, wobei es da auch nicht viel zu holen gab. Aber trotzdem, danach haben die Mörder also nicht gesucht.“

Williamson schüttelte so heftig den Kopf, dass die Strubbelhaare flogen.

„Janz bestimmt nit. Aber wat war dann der Grund für die Morde?“ Sie klatschte mit der flachen Hand auf den Schreibtisch, dass Wassergläser und Keksteller flogen. „Herrjott noch mal, et muss doch einen Grund geben! Verdamp!“

Kapitel 13

Eine Weile sagte keiner der Anwesenden ein Wort. Cohen hatte sich ein Glas mit Wasser bis an den Rand vollgeschüttet und trank es in tiefen Zügen leer. In die Stille hinein war nur sein Schlürfen und Glucksen zu hören.

„Afrika“, sagte Williamson schließlich und sah ihren Mitarbeiter an. „Wat haben Sie da ausgegraben?“

Cohen setzte das Glas ab, unterdrückte einen Rülpser und sah in die Runde. Dann ordnete er seine Papiere, wischte sich noch einmal über die Stirn und holte tief Luft.

„Die Jansens waren insgesamt sechs Jahre in Angola, von 1990 bis 1996. Ende des Jahres 1996 gingen sie zurück nach Deutschland, weil Evelyn schwanger war. Im März 1997 kam dann ihr Sohn Philipp zur Welt, drei Jahre später ihre Tochter Nina. Aber zurück zu Angola: Es liegt im Südwesten Afrikas am Atlantik und ist etwa dreimal so groß wie Deutschland und damit eines der größten Länder Afrikas. Die Hauptstadt heißt Luanda. Die Amtssprache ist Portugiesisch – Portugal war die dortige Kolonialmacht. Es werden aber noch über vierzig weitere Sprachen gesprochen.“

Cohen hielt inne, trank noch einen Schluck Wasser und wischte sich den Mund ab.

„Seit 1975 ist Angola unabhängig von Portugal. Die Konkurrenz zwischen den Unabhängigkeitsbewegungen führte das Land dann jedoch in einen siebenundzwanzig

Jahre andauernden Bürgerkrieg mit circa einer Million Toten. Über vier Millionen flüchteten in Nachbarländer oder innerhalb ihrer Heimat, viele sind mittlerweile zurückgekehrt."

Williamson sah auf. „Dat heißt, als die Jansens nach Angola kamen, herrschte da noch Krieg?"

Cohen nickte. „Ja. Der Bürgerkrieg hatte den Charakter eines Stellvertreterkrieges zwischen dem Ostblock und Kuba auf der einen Seite und den Westmächten einschließlich Südafrikas auf der anderen. Die Jansens kamen 1990 zu einem Zeitpunkt ins Land, als zeitgleich zu einer Friedensmission der Vereinten Nationen eine dreizehnjährige Militärpräsenz der Kubaner in Angola zu Ende ging. Es wurden nicht nur die Soldaten abgezogen, sondern auch Zivilisten, vor allem Fachleute wie Lehrer und Ärzte. Der Abzug war 1991 abgeschlossen und …"

„… die Jansens kamen ins Land, um beim Wiederaufbau zu helfen", schlussfolgerte Grifo. „Ich nehme mal an, dass Lehrer und Ingenieure aus dem westlichen Ausland sehr gefragt waren."

„So ist es", nickte Cohen. „Das Land war vollkommen verarmt und zerstört. Was ein Hoffnungsschimmer bedeuten sollte, hatte aber kein Ende des Krieges zur Folge. Die von der Sowjetunion unterstützte MPLA-Regierung kämpfte gegen die vom Westen unterstützten UNITA-Rebellen in einem grausamen Bürgerkrieg. Der Stellvertreterkrieg der Westmächte und des Ostblocks ging also weiter. Es gab mehrfach Friedensgespräche und Waffenstillstandsabkommen, die jedoch ergebnislos blieben. Auch mehrere Friedensmissionen der UNO blieben erfolglos."

„Und in diesem Klima haben die Jansens gearbeitet?", fragte Dr. Habernickel fassungslos. „Unglaublich. Sie müssen sehr mutig gewesen sein."

Williamson sah ihren Vorgesetzten an.

„Sie haben nit viel darüber gesprochen. Vielleicht war et zu schmerzhaft, wat sie da erlebt haben."

„Rudolf Jansen hat bei einer Baufirma gearbeitet, die ihren Hauptsitz in Südafrika hatte, in Johannesburg. Ihr Name ist die Strauss Hoch- und Tiefbau GmbH. Die Firma gibt es immer noch, sie hat jetzt ihren Sitz in Winsen an der Luhe. Der Gründer und Geschäftsführer ist Wilhelm Strauss."

„Winsen an der Luhe?", fragte Williamson. „Wo is' dat?"

„Nördlich von Hannover, Richtung Hamburg", antwortete Grifo. „Ungefähr eineinhalb Stunden Fahrt."

„Da müssen wir unbedingt hin", entschied die Hauptkommissarin. Am liebsten wäre sie sofort aufgesprungen, aber das würde heute nichts mehr werden, das war ihr auch klar.

„Die Firma hat sich Anfang der 2000er-Jahre aus Afrika zurückgezogen und ist ausschließlich in Winsen ansässig", fuhr Cohen fort. „Jedenfalls war sie im Rahmen eines Entwicklungshilfeprojekts auch in Angola tätig, genauer gesagt im Nordosten des Landes, in Lucapa und in der Region rund um die Stadt."

„Un' die Frau?", fragte Williamson weiter.

„Evelyn Jansen war in Luanda an einer internationalen Schule tätig. Sie heißt ‚International School Angola – Luanda'. Sie hat aber noch mehr getan. Sie hat in Lucapa, in der Stadt, in der ihr Mann tätig war, eine Mädchenschule aufgebaut. Und das war nicht ungefährlich, denn Lucapa war UNITA-Gebiet, also unter der Kontrolle der Rebellen. Durch den Bürgerkrieg hat es Zwangsumsiedlungen gegeben sowie Vertreibungen."

„Mein Jott, dat is' ja Wahnsinn! Mir schwirrt schon der Kopp! Da waren die einen so jut wie die anderen – oder auch nit!"

Cohen zuckte mit den Schultern.

„Und das, obwohl Angola reich ist an Rohstoffen, so gibt es zum Beispiel Öl. Da wollten viele ein Stück vom Kuchen abhaben, und die Rohstoffe wurden genutzt, um den Krieg zu finanzieren, von beiden Seiten. Die Wirtschaft und die Bevölkerung in der Stadt und im ganzen Land haben sich nur langsam davon erholt. Der Prozess dauert noch an."

„Un' da hat Frau Jansen gearbeitet? Ehrenamtlich? Kein Wunder, dat sie ihr Kind nit in Angola bekommen wollte", murmelte Williamson.

„Heute Morgen habe ich mit den Rektorinnen der ‚International School' in Luanda und der ‚Angolan Girls School Lucapa' telefoniert", fuhr Cohen fort, „Beide Schulen gibt es nach wie vor. Die Damen, Senhora Manuel und Senhora Dias, waren zu der Zeit, als Evelyn Jansen an den Schulen tätig war, noch keine Rektorinnen, aber Senhora Dias war schon Lehrerin an der Mädchenschule und kann sich an Evelyn Jansen erinnern. Sie hat in höchsten Tönen von ihr gesprochen. Für sie ist – war – Frau Jansen so etwas wie eine Heilige. Dementsprechend war sie tief erschüttert, als sie von ihrem Tod erfuhr, genauso wie Senhora Manuel von der Internationalen Schule. Diese kannte Frau Jansen nur vom Hörensagen, aber auch hier das Gleiche: Lob in höchsten Tönen."

„Hat die Dings ... Frau Dias erwähnt, dat sie noch Kontakt zu Evelyn Jansen hatte?"

Cohen schüttelte den Kopf.

„Nein. Als Frau Jansen und ihr Mann nach Deutschland zurückgekehrt waren, hat sie nie wieder etwas von ihr gehört."

Williamson fuhr sich durch ihre Strubbelhaare.

„Is' et nit merkwürdig, dat Frau Jansen überhaupt keine Kontakte aus ihrer Zeit in Afrika hat? Die Kinder haben dat Gleiche erzählt."

„Na ja, die Kinder scheinen nicht viel über ihre Eltern zu wissen, vor allem nicht aus ihrer Vergangenheit in Angola", meinte Grifo leichthin.

„Ja, aber genau dat finde ich komisch. So eine intensive Zeit ... dat prägt doch ... un' so."

Sie machte eine kurze Pause.

„Ich finde dat auch noch aus einem anderen Grund komisch. Auf den Bildern im Wohnzimmer, die zu der Zeit entstanden sind, als dat Ehepaar in Angola war, sehen die nit unglücklich aus. Janz im Gegenteil."

Cohen zuckte mit den Schultern.

„Aber das kann doch sein. Sie können dort doch trotzdem glücklich gewesen sein, auch wenn es hart gewesen ist."

„Jaja, aber trotzdem", murrte Williamson.

So gut Sascha Cohen als Rechercheur war, so schlecht war er, Verbindungslinien zu ziehen, zwischen den Zeilen zu lesen oder Zusammenhänge einfach zu erspüren. Aber auch das gehörte zu einer erfolgreichen Ermittlungsarbeit, davon war die Kommissarin überzeugt.

Sie sah in die Runde.

„Ich habe gesehen, dat auch vor der Kommode, auf der die Fotos standen, Blutstropfen zu finden waren, sogar auf der Kommode selbst. Wat könnte dat bedeuten?"

„Die Täter sind, nachdem sie die Leiche von Rudolf Jansen malträtiert haben, zur Kommode gegangen", schlug Cohen vor.

„Oder nur einer der Täter, nämlich der, der auf Rudolf eingeschlagen hat", ergänzte Grifo.

Williamson erinnerte sich, dass ihr das Arrangement der Bilder auf der Kommode komisch vorgekommen war. Sie rief sich das Bild ins Gedächtnis, kam aber nicht darauf, was es war, was ihr so seltsam erschienen war. Sie verdrängte den Gedanken und sah wieder in die Runde.

„Sonst noch wat?", fragte sie.

Cohen hob den Kopf und nickte.

„Ja, ich war mit meinem Bericht über Angola noch nicht ganz fertig. Es gibt dort nicht nur Öl, sondern insbesondere Diamanten. Bis zum heutigen Tag hat Afrika weltweit mehr als fünfundsiebzig Prozent des Diamantenwertes produziert, und Angola ist der drittgrößte Produzent von Naturdiamanten in Afrika. Die Catoca-Mine im Nordosten Angolas ist die viertgrößte Diamantenmine der Welt."

Williamson sah in die Runde.

„Aber dat is' doch jut für dat Land – oder nit?"

Alle sahen Cohen an, der sich wieder einmal durch das Gesicht wischte.

„Wie man es nimmt", meinte er. „Oftmals profitieren vor allem große internationale Investoren und nicht so sehr die heimische Wirtschaft. Der Rohdiamantabbau bringt viele Probleme mit sich. Da sind natürlich die Umweltbelastung und die Arbeitsbedingungen, die regelmäßig Tote fordern. Und dann gibt es noch ein Problem, das gerade zu der Zeit, als die Jansens in Angola waren, extrem war."

„Und dat wäre?", schnaubte Williamson.

„Blutdiamanten", antwortete Cohen. „Im Bürgerkrieg wurden mit dem Erlös aus dem Handel mit Blutdiamanten Waffenkäufe finanziert, Kinder zu Kindersoldaten ausgebildet und ganz allgemein Rebellen, Gewalt und Chaos unterstützt. Dadurch wurde der Krieg nicht nur intensiviert, sondern auch verlängert."

Alle schwiegen betroffen.

Cohen fuhr fort: „Der Bürgerkrieg zwischen der MPLA-Regierung und der UNITA finanzierte sich zum größten Teil aus dem Diamanthandel. Wichtigste Finanzquelle der UNITA war der Verkauf von Blutdiamanten aus den von ihnen kontrollierten Diamantenfeldern auf oftmals verschlungenen Pfaden an ausländische Abnehmer. Der UNO-Sicherheitsrat verbot unter anderem der UNITA dann 1998 die Ausfuhr von Diamanten, um den Bürgerkrieg zu beenden. Aber erst seit 2003 gibt es ein System, den Handel mit Konfliktdiamanten durch staatliche Herkunftszertifikate zu unterbinden."

„Wat bedeuteten die … Dings … Zertifikate?", fragte Williamson dazwischen. Sie war erschüttert von dem, was sie soeben vom Baron gehört hatte.

„Damit müssen die Ausfuhrländer nachweisen, dass die Erlöse aus dem Verkauf afrikanischer Diamanten nicht zur Unterstützung krimineller Bewegungen eingesetzt wurden."

„Also sind die Diamantenvorkommen in den afrikanischen Ländern Fluch und Segen zugleich", sagte Grifo leise.

Stille breitete sich im Besprechungsraum aus. Alle starrten vor sich hin. Krieg war nie eine Lösung, und eine Finanzierung eines grausamen Krieges mit Diamanten war einfach nur verabscheuungswürdig.

Schließlich hob Williamson den Kopf.

„Eines is' klar. Als ab 1998 gegen die Blutdiamanten vorgegangen wurde, waren die Jansens schon nit mehr im Land. Sie haben et 1996 verlassen."

„Und was soll das heißen?", fragte Cohen schroff. Seine alte Angriffslust war zurückgekehrt.

Wieder knallte die Kommissarin ihre flache Hand auf den Tisch vor ihr. Alle zuckten zusammen.

„Dat weiß ich nit, vielleicht bedeutet et wat, vielleicht nit, Herrjott noch mal. Ich stelle et nur fest, klar?"

„Klar", meinte Cohen trocken und sah schnell auf seine Notizen.

Williamson holte tief Luft. Ihr Kollege hatte in kurzer Zeit gute Arbeit geleistet, das musste man ihm lassen, aber er brachte sie in Nullkommanix auf die Palme. Oder in ihrem Fall zu einem Magma-Ausbruch. Aber sie wollte mal nicht so sein.

„Danke, Herr Cohen. Dat war jute Arbeit … un' so."

Cohen sah sie mit seinen irritierenden Augen an und nickte knapp.

„Na ja, die Chefin hat ja recht. Die Jansens waren zu einer Zeit in Angola, als das Land im Bürgerkrieg versank. Als sich die Lage anfing zu beruhigen, waren sie wieder in Deutschland. Die Frage ist, wieso? Und gibt es überhaupt einen Zusammenhang?“, fragte Grifo in die Runde.

„Sie haben recht, das müssen wir herausfinden“, stimmte Kriminalrat Habernickel zu. Er sah in die Runde. „Was haben wir noch?“

Williamson sah Grifo an.

„Haben Sie die Alibis von den Kindern überprüft?“, fragte sie.

Bevor die attraktive Kommissarin antworten konnte, hob Cohen wie in der Schule seinen fleischigen Zeigefinger.

„Äh“, machte er, „ich war noch nicht ganz fertig. Vielleicht sollte ich noch erwähnen, dass Lucapa, die Stadt, in der Rudolf Jansen gearbeitet hat und in der dann Evelyn Jansen die Mädchenschule aufbaute, eine wichtige Rolle im Diamantenabbau spielte und spielt. Es gibt in ihrem Umkreis ergiebige Diamantenvorkommen mit den größten Diamanten, die in Angola abgebaut werden. Die Stadt Lucapa wurde vom Diamantenabbau geprägt, auch während des Bürgerkrieges. Dabei kam der Rebellenbewegung UNITA zugute, dass Diamantabbau relativ einfach funktioniert. Sie setzte verstärkt auf diese Einnahmequelle und intensivierte die Kampfhandlungen in der mineralienreichen Region rund um Lucapa. Auch das hatte zur Folge, dass die UNITA zwischen 1992 und 1998 weit über drei Milliarden Dollar mit Diamanten verdiente.“

Habernickel pfiff leise durch die Zähne, sodass Williamson ihn erstaunt anblickte. Dem so korrekten Kriminalrat hätte sie niemals zugetraut, dass er das konnte.

„Okay, dann hat man die Diamanten. Und dann? Wie werden sie zu Geld?", hakte er nach.

„Über Schmuggelpfade", antwortete Cohen schlicht und grinste triumphierend. „Entweder über Burkina Faso, Togo oder dem Kongo, die einen engen Kontakt zur UNITA pflegten und ihr Staatsterritorium für den Transfer zur Verfügung stellten – im Gegenzug bekam die UNITA Waffen aus Osteuropa. Oder aber die Diamanten wurden über Südafrika, Namibia oder Sambia bis nach Antwerpen geschmuggelt."

Erstaunt hob Williamson den Kopf.

„Antwerpen?"

Cohen nickte. „Ja. Neben London und Tel Aviv das Zentrum des Diamanthandels."

Die Kommissarin schüttelte den Kopf, der sich wie ein Bienenstock anfühlte, so viele unfassbare Informationen hatte sie soeben erfahren und mussten verarbeitet werden. Das Summen und Brummen wurde nur noch vom Kribbeln in ihrem Bauch übertroffen.

Es herrschte Stille. Die Anwesenden atmeten erst einmal tief durch.

Schließlich gab sich Grifo einen Ruck und sah Cohen an.

„Sind Sie fertig?"

Als ihr Kollege nickte, blickte sie in die Runde.

„Die Alibis der Kinder habe ich nach meiner Rückkehr aus Kleuthen überprüft. Nina Jansen und ihr

Freund Felix Seidler waren tatsächlich gestern Morgen um halb zehn mit zwei weiteren Pärchen in einem Café in Hamburg frühstücken. Ich habe mit den Freunden gesprochen, die das bestätigen, ebenso der Inhaber des Cafés. Es sind Stammkunden, sie kommen fast an jedem Sonntag. Sie können es also nicht gewesen sein. Und Philipp …", Grifo unterbrach sich kurz und blätterte in ihrem sorgfältig geführten Notizheft, „… er lebt allein in einer kleinen Wohnung in Aachen, und laut seiner Aussage war er am Samstagabend und Sonntagmorgen und -mittag dort, bis er informiert wurde, dass seine Eltern tot sind. Dann hat er sich in den nächstbesten Zug gesetzt und ist über Hannover nach Kleuthen gekommen. Das heißt, es kann niemand bestätigen, dass er wirklich dort war. Aber von Aachen nach Kleuthen? Das dauert mindestens drei Stunden, eher mehr. Dann müsste er wieder zurückgefahren und wieder nach Kleuthen gekommen sein, als er über den Tod seiner Eltern informiert wurde, was ja auch geschehen ist. Das war leicht zu überprüfen. Weitere Zugtickets hat er nicht gelöst. Ein Auto hat er nicht. Ausschließen können wir aber nichts."

„Wat is' mit dem Freund, diesem Volker?", fragte Williamson in die Runde.

Cohen bleckte seine Zähne. Kein schöner Anblick.

„Da kamen uns die Medien zu Hilfe. Überall wird über die Morde berichtet. Das hat die Ehefrau von dem Freund mitbekommen. Eine gewisse …", Cohen blätterte in seinen Unterlagen, die wie immer erstaunlich geordnet waren, wie Williamson mit einem Anflug von Neid feststellte, „... Petra Schenkendorf. Sie wohnt in Minden und kommt morgen früh her."

Seine Chefin nickte anerkennend.

„Sehr jut, Herr Cohen. Geht doch. Warum kommt der Mann nit selbst?"

„Volker Schenkendorf ist vor neun Monaten gestorben", antwortete der Kommissar. „Ich denke, dass ein Kommen für ihn dann wohl unmöglich ist", fügte er mit einem Anflug von Überheblichkeit hinzu.

„Danke, Herr Cohen, dat Sie mich da aufgeklärt haben. Wär' ich nit drauf gekommen!", schnaubte die Kommissarin. Sie bereute ihr Lob bereits.

Dr. Habernickel hob beschwichtigend die Hände.

„Liebe Kolleg...Innen, ich bitte Sie! Sie haben bis jetzt so konstruktiv zusammengearbeitet. So wollen wir doch weitermachen, nicht wahr?"

Schon wieder dieser Klicklaut! Williamson holte tief Luft und zählte an den Fingern ab. Sie wollte sich nicht ablenken lassen.

„Also jut. Die Befragung von der Frau ... Dings ... also die Frau von dem Volker machen wir als Erstes."

Dann wandte sie sich an Grifo. „Wir müssen unbedingt rausfinden, wat dat für'n Schlüssel is'. Machen Sie da gleich morgen früh mal ein bisschen Druck. Un' weiter: Die Jansens waren im Fußballklub un' im Jugendklub von Kleuthen aktiv. Da müssen die Vereinskolleg...Innen", wieder sah sie ihren Vorgesetzten an, der sie misstrauisch musterte, „befragt werden. Wie die Jansens da aufgetreten sind. Auch wenn ich die Antwort schon ahne: hilfsbereit, nett, aber unverbindlich. Aber fragen müssen wir trotzdem."

Grifo und Cohen schrieben mit.

„Dann müssen wir die Kinder von den Jansens fragen, ob wat in dem Haus un‘ von den Unterlagen fehlt.“ Sie wandte sich an Alina Walter. „Können Sie sich darum kümmern? Un‘ wenn Sie sich schon mit den Kindern beschäftigen: Stellen Sie fest, welche Schuhgröße der Sohn hat!“

Die Kriminaltechnikerin nickte und machte sich eine Notiz.

„Außerdem müssen wir nach Winsen an der Uhe, um diesen Vogel zu befragen, den Storch. Machen Sie da einen Termin!“

Grifo hielt sich ihr Notizheft vor das Gesicht, um ihr Lächeln zu verbergen, Cohen stieß ein Prusten aus und sah demonstrativ in die Luft.

Tief Luft holend strich sich Grifo durch die Haare.

„Strauss, Chefin. Die Firma heißt Strauss Hoch- und Tiefbau GmbH. Storch war die Rechtsanwaltskanz…“

„Von mir aus“, knurrte Williamson. Sie war mit ihrer Geduld am Ende, „dat sind eindeutig zu viele Vögel hier!“

Totenstille breitete sich im Besprechungsraum aus. Sven Michellsen war plötzlich mit seinem Laptop beschäftigt, und Alina Walter kramte in ihrer Handtasche herum. Erstickte Laute waren rund um den Tisch zu hören.

„Und es heißt Winsen an der Luhe“, fügte Dr. Habernickel hinzu, der als Einziger völlig ungerührt geblieben war, „nicht Winsen an der Uhe. Es gibt noch ein Winsen an der Aller, das liegt näher an Hannover, aber …“

„Un‘ wenn et Winsen am Amazonas wäre, et is‘ mir janz egal!“, raunzte Williamson empört. „Wir fahren jedenfalls in dat Winsen, wo der Vogel seine Firma hat, klar?“

Wieder breitete sich Stille aus. Habernickel fuhr zurück und zupfte an seinem Hemdkragen. Dieser Punkt ging an Williamson.

Kapitel 14

„Bin daheeem!“

Williamson lauschte in den Hausflur. Alles, was ihr entgegenschlug, war Stille. Mühsam streifte sie die Schuhe von den Füßen und schlüpfte in ihre geliebten Hausschuhe.

„Hallo?“ Sie steckte ihren Kopf durch die Küchentür und sah sich um. Nichts.

„Wo sind denn alle?“, rief sie in die Stille des Hauses hinein. Immer noch nichts.

„Ja, is‘ et denn wahr!“, schimpfte sie. Langsam verlor sie die Geduld. Normalerweise schlug ihr Küchendunst entgegen, Bernd-Karl klapperte mit Töpfen und Pfannen, die Mädels liefen treppauf, treppab, das Handy am Ohr oder wild diskutierend oder beides.

Plötzlich hörte sie ein Geräusch. Es kam von der Terrasse. Sie durchschritt das Wohnzimmer, und da sah sie durchs Wohnzimmerfenster ihre Familie im Garten versammelt. Bernd-Karl stand am Grill, seine geliebte „Draußen-Schürze“ umgebunden, mit einer Grillzange in der Hand, Carola und Nicola deckten den Tisch und alberten dabei herum. Williamson wurde warm ums Herz.

Rasch trat sie durch die Terrassentür ins Freie.

„Hach, dat is‘ aber schön!“, rief sie und klatschte begeistert in die Hände. Carola drückte ihrer Mutter ein Glas Kölsch in die Hand.

„Ah, dat tut jut!“, seufzte Williamson und schmatzte. „Dat war ein Tag! Aber da denken wir jetz‘ nit dran. Jetz‘ is‘ Familienzeit.“

„Äh, also …“, begann Carola und wechselte einen Blick mit ihrem Vater, der Williamson nicht entging. „Was das angeht …“

Die Kommissarin sah von Bernd-Karl zu Carola und wieder zurück. Ihr Mann widmete sich plötzlich mit Hingabe dem Grillgut und Carola dem Salat, den sie zum wiederholten Male mit dem Salatbesteck durchmischte.

„Wat is‘ los?“, fragte Williamson gefährlich leise, „Carola, jetz‘ lass den Salat in Ruhe, dem wird noch janz schwindelig, wenn du ihn noch mehr durchwühlst!“

„Na ja“, druckste Carola herum, „ich möchte nach dem Essen noch mal los.“

Williamson öffnete den Mund, um zu protestieren. Sie fühlte, wie das Magma in ihr hochstieg.

Carola kam ihrer Mutter zuvor.

„Wir wollen nur noch mal für ein Stündchen in den Stadtpark. Ein bisschen Musikhören. Ich bin dann in zwei Stunden wieder da.“

„Wer is‘ ‚wir‘?“, fragte ihre Mutter mühsam beherrscht. Das Magma stand kurz vor dem Ausbruch.

„Na ja, die Aikido-Leute und ein paar Freunde aus der Schule. Eine große Gruppe“, stieß Carola schnell hervor. Sie ordnete das Geschirr auf dem Tisch, obwohl dieser akkurat gedeckt war.

„Deshalb also die Idee mit dem Grillen“, sagte Williamson immer noch gefährlich leise.

„Alle passen aufeinander auf. Es sind echt nette Leute." Carolas Tonfall wurde flehentlich. „Komm schon, Mom, es ist alles ganz harmlos."

„Dat wäre ja auch noch schöner, wenn et nit harmlos wär'!", stieß Williamson empört hervor. „Is' der Ubbo auch dabei?"

Carola runzelte die Stirn. „Wer?"

„Na, der Dings … der Aiki-Mann oder eher Aiki-Junge!"

„Ole, Mienchen, er heißt Ole", warf Bernd-Karl ein.

Die Kommissarin wirbelte zu ihrem Mann herum.

„Du bist mal janz still", zischte sie, „dat is' doch ein abgekartetes Spiel hier. Du hast doch längst erlaubt, dat Carola mit dem Dings … Ulrich … und den anderen mitgehen kann. Ich bin hier mal wieder die Böse, die alles verbietet! Oder zumindest mal nachfragt!"

Dann wirbelte sie herum und rannte, so schnell es ihre kurzen Beine zuließen, ins Haus, die Treppe hinauf und in ihr Schlafzimmer. Mit Schwung knallte sie die Tür zu und ließ sich auf ihr Bett plumpsen. Das hatten sich die lieben Familienmitglieder ja fein ausgedacht! Sie mit einem schönen, abendlichen Grillen bestechen zu wollen, um ihr dann hinterrücks den Dolch in den Rücken zu stoßen!

Leise öffnete sich die Tür, und dann tauchte Bernd-Karl in ihrem Blickfeld auf, immer noch die Schürze umgebunden. Er beugte sich über sie, die Stirn gerunzelt.

„Bist du jetzt bereit, vernünftig über die Sache zu reden, oder explodierst du wieder? Wohin willst du dann rennen? Zu unseren Nachbarn, die du dann um Asyl bittest?", fragte er sanft, aber auch mit leichter Ironie.

Williamson verzog das Gesicht.

„Bloß nit zu den Trimmels", antwortete sie, „dann muss ich mir anhören, dat unser Gartenhaus den Blick auf die zwei Eichen versperrt un' dat ihr Grill viel schöner is' als unserer un' …"

Bernd-Karl schüttelte lächelnd den Kopf und legte sich neben sie.

„Das kann nicht sein", meinte er leichthin. „Unser neuer Grill ist viel größer als ihrer. Ich habe es geschafft, ich glaube, ich habe den größten Grill in der ganzen Straße!" Er ballte die Hand triumphierend zur Faust. „Yeah", fügte er noch hinzu.

Gegen ihren Willen musste Williamson lachen.

„Herzlichen Glückwunsch, minge Schatz. Ich wusste zwar nit, dat du so viel Wert darauflegst, den größten … Grill zu haben, aber ich gönne ihn dir von Herzen!"

Ihr Mann strich ihr übers Haar.

„Magst du jetzt wieder runterkommen und mit uns essen? Und dann geht Carola zwei Stunden mit ihren Freunden weg. Ole bringt sie sicher nach Hause, das hat mir Carola versprochen." Er sah sie eindringlich an. „Was willst du tun? Sie einsperren, bis sie zweiundvierzig ist?"

„Am liebsten ja", seufzte Williamson und legte den Kopf an die Brust ihres Mannes, der die Arme um sie schlang. Eine Weile blieben sie so liegen.

Bernd-Karl zog sie fester an sich.

„Mienchen, ich weiß. Du hast jeden Tag nur mit dem Schlimmsten zu tun, was Menschen Menschen antun können. Aber das ist nicht die Realität, sondern nur ein Ausschnitt davon. Es gibt auch gute Menschen."

„Un‘ wie lernt man, die einen von den anderen zu unterscheiden?“, fragte seine Frau mit leiser Stimme.

„Indem man vertraut, Mienchen. Ohne Vertrauen geht es nicht. Auch wenn man mal verletzt wird. Und wenn die Mädels mal verletzt werden, sind wir da, um ihnen zu helfen. Wir können ihnen nur Wege aufzeigen …“

„… gehen müssen sie sie selber“, vollendete Williamson den Satz und rückte noch ein wenig näher an Bernd-Karl heran. Seine Haare rochen nach gegrilltem Fleisch, was ihr die Tränen in die Augen trieb, sie wusste nicht, wieso. Hastig wischte sie sie weg. „Aber sie werden so verdamp schnell erwachsen! Dat macht mich janz verrückt!“

Bernd-Karl lachte.

„Sieh es mal von der positiven Seite. Wenn sie aus dem Haus sind, haben wir mehr Zeit für uns.“

Williamson klimperte mit ihren Knopfaugen.

„Un‘ wat machen wir dann? Du gehst als Vogelliebhaber wohl in einen Ornithologen-Verein. Dann müssen wir nur noch wat für mich finden.“

Bernd-Karl grinste in sich hinein, während er zusah, wie sich seine Frau umzog und in ihren geliebten Hausanzug schlüpfte. Das würde schwer werden. Ohne ihre Arbeit und ihre Kinder konnte er sich sein Mienchen nicht vorstellen. Aber wat soll et? Kommt Zeit, kommt Leberwurst, wie seine Frau zu sagen pflegte.

Als Williamson am nächsten Morgen in ihrer Marianne saß und sich von ihr Richtung ZKD schaukeln ließ, wurde ihr ganz warm ums Herz, als sie an den vergangenen Abend dachte. Nachdem sie sich bei Carola offiziell für ihr ungestümes Verhalten entschuldigt hatte, hatten sie ein harmonisches Abendessen auf der Terrasse genossen. Bernd-Karl hatte sie mit Grillgut versorgt, wobei er nicht müde wurde, jedes einzelne Stück Fleisch oder auch den vegetarischen Mix, den sich Carola und Nicola gewünscht hatten, vorzustellen und ausführlich zu beschreiben.

Nicola hatte erwähnt, dass sie zum Friseur müsste, da sie so eine „coole“ Frisur bei irgend so einer Mango-Frau gesehen hatte, die sie auch „unbedingt“ haben müsste. Nach dem Essen war Carola entschwunden, aber Punkt halb elf Uhr wieder erschienen, mit geröteten Wangen und einem entrückten Lächeln auf den Lippen. Williamson hatte geseufzt. Carola war ganz eindeutig verliebt. Verdamp.

Sie seufzte auch jetzt. So ganz hatte sie sich noch nicht damit abgefunden, dass sich Carola mehr und mehr ihrem Einflussbereich entzog. Sie war doch immer noch ihr kleines Mädchen – oder nit?

„Wahrscheinlich nit mehr“, sagte sie jetzt zu ihrer Marianne, als sie auf dem Parkplatz des ZKD schwungvoll in eine Parklücke fuhr. „Verdamp, Marianne, ich weiß noch, wie sie sooooo klein war.“ Damit zeigte sie ungefähr fünfzig Zentimeter an. Jetzt war Carola über ein Meter siebzig und eine bildschöne junge Frau. Kein Wunder, dass die Herren der Schöpfung auf sie aufmerksam wurden, ob mit Dings .... Aiki-Anzug oder ohne.

„Wat gibt et Neues?“, fragte sie wenig später, als sie in ihr Büro gestürmt war.

„Leider nichts Neues“, beantwortete Grifo die Frage der kleinen Kommissarin. „Frau Walter hat ihren Bericht geschickt, er befindet sich in Ihrem E-Mail-Postfach, genauso wie der Bericht von Sv… des Rechtsmediziners."

„Wie, is' dat alles? Dat gibt et doch nit!", schnaubte Williamson und wischte sich über die Stirn. Es war noch nicht einmal neun Uhr morgens und schon wieder verdamp heiß. Ihre Mitarbeiter hatten die beiden großen Fenster geöffnet, die zum Parkplatz hinausgingen, aber obwohl dadurch kühle Luft ins Zimmer strömte, war es sehr drückend. Sie atmete tief durch.

„Wat is' mit dem Schlüssel? Haben Sie dat dazu passende Schließfach gefunden?"

Grifo schüttelte bedauernd den Kopf.

„Leider noch nicht. Bei den Banken, die sich inzwischen zurückgemeldet haben, sind keine Schließfächer vorhanden, zu denen der Schlüssel passt."

„Dat Schließfach hat absolute Priorität", sagte Williamson. „Wir müssen et unbedingt finden."

Sie wandte sich ihrem Computer zu und rief unter einigem Fluchen die Bilder auf, die sie im Wohnzimmer der Jansens gemacht hatte. Grifo hatte sie dankenswerterweise auf den PC überspielt. Nun betrachtete sie sie genauer und runzelte die Stirn. Wieder kam ihr irgendetwas komisch vor, aber sie kam nicht dahinter, was es war. Sie rief ihre Mitarbeiter zu sich und drehte den Bildschirm so, dass Cohen und Grifo ebenfalls die Bilder betrachten konnten.

„Dat sind die Bilder von der Kommode im Wohnzimmer", erklärte die Kommissarin. „Finden Sie nit, dat die irgendwie merkwürdig angeordnet sind?"

„Das eine steht separat von den anderen", murmelte Cohen und deutete mit seinem fleischigen Finger auf das ganz links stehende Bild, das tatsächlich ein ganzes Stück isoliert von den anderen aufgestellt war. „Und das Bild ist zur Wand gerichtet, nicht nach vorn."

„Ja, dat sehe ich auch!", knurrte die Kommissarin. „Die Frage is': warum?" Deutlich waren auch die Blutspuren auf der Kommode und dem Fußboden davor zu sehen.

Plötzlich wurde die Tür so schwungvoll aufgestoßen, dass sie an die Wand krachte. Alle drei Kommissare fuhren auf. Eine junge Polizistin, mit einem weizenblonden Pferdeschwanz, betrat so „dynamisch", wie Williamson sagen würde, den Raum, dass der Pferdeschwanz hin und her schwang und ein frischer Luftstrom das Zimmer ausfüllte.

„Guten Morgen!", rief sie und stemmte die Hände in die Hüften. „Ich soll Bescheid sagen, dass Frau Schenkendorf da ist!"

„Wer soll dat sein?", brummte die Hauptkommissarin.

Grifo trat mit einer fließenden Bewegung um den Schreibtisch herum.

„Das ist die Frau von Volker Schenkendorf, dem Freund von Rudolf Jansen. Sie sollte um neun Uhr hier sein." Sie sah auf die Uhr. „Pünktlich auf die Sekunde."

„Na, dat is' ja prima!", freute sich Williamson. „Vielleicht geht jetz' mal wat voran! Danke, Frau … Dings. Sie können die Dame reinbringen!"

Der Polizistin nickte und ging mit wippendem Pferdeschwanz hinaus. Dabei schlug sie die Tür krachend ins Schloss.

Die drei Kommissare zuckten zusammen.

„Die Frau hat Power", bemerkte Williamson und klimperte mit ihren Knopfaugen. „Dann wollen wir mal, nütz' ja nix!"

Daraufhin verteilten sich ihre Kollegen sofort im Raum. Grifo holte ihr Notizbuch und platzierte sich auf einen der Besucherstühle, Cohen hinter seinen Schreibtisch. Er würde wie immer die Rolle des Beobachters einnehmen, während Grifo protokollierte.

Wieder wurde die Tür mit ungebärdiger Kraft aufgerissen, und der blonde Pferdeschwanz wippte herein, eine magere, verhärmt aussehende Frau im Schlepptau.

„Frau Schenkendorf ist da!", verkündete die junge Polizistin und schritt festen Schrittes hinaus. Wiederum fiel die Bürotür krachend ins Schloss.

Williamson machte die Besucherin mit Grifo und Cohen bekannt und bot ihr den zweiten Besucherstuhl an. Nachdem die Formalien geklärt waren, begann sie die Befragung.

„Frau Schenkendorf, danke, dat Sie gekommen sind. Wie ich gehört habe, haben Sie von dem Tod von dem Ehepaar Jansen aus den Medien erfahren."

„Allerdings", sagte Petra Schenkendorf und strich sich das halblange, dunkelblonde Haar aus dem Gesicht, das offen auf ihre Schultern fiel. Es war glanzlos und strähnig, die Frau selbst ungeschminkt. Tiefe Falten hatten sich in ihr Gesicht gegraben, ebenso faltig war ihr Hals, soweit Williamson das sehen konnte. Sie trug eine kurzärmelige Bluse, die trotz der Hitze fast bis obenhin zugeknöpft war, einen knöchellangen Faltenrock und abgewetzte flache Halbschuhe. Die Kleidung war ebenso unscheinbar wie die Frau selbst. Ihre Stimme hatte einen leicht genervten Unterton.

„Ich habe mich dann sofort gemeldet, denn schließlich war mein verstorbener Mann mit Rudolf befreundet."

„Dafür sind wir Ihnen auch sehr dankbar", warf Grifo schnell dazwischen und wechselte einen Blick mit ihrer Vorgesetzten, die schon die nächste Frage auf den Lippen hatte. Für soziale Kompetenz war die junge Oberkommissarin zuständig.

Williamson sah der verhärmten Frau in die Augen. „Woran is' Ihr Mann denn gestorben?"

Petra Schenkendorf erstarrte und verschränkte dann die Arme vor ihrem Oberkörper. Ihre Abweisung war mit Händen zu greifen.

„Er hatte einen Herzinfarkt", antwortete sie steif. Wieder strich sie sich die Haare aus dem Gesicht. „Ich war nicht zu Hause, als es passierte. Als ich kam, war es zu spät."

„Das tut uns sehr leid", sagte Grifo schnell. Zum wiederholten Male war Williamson froh, dass sie die junge Kommissarin an ihrer Seite hatte, die genau wusste, was in solchen Momenten zu sagen war.

„Danke", sagte die Witwe knapp, „aber manchmal frage ich mich …", sie brach ab und schaute in die Ferne, „… ob es nicht besser so war." Sie hob den Kopf. „Dass er tot ist, meine ich."

Erstaunt sahen sich die beiden Kommissarinnen an.

„Wie meinen Sie dat?", fragte Williamson scharf.

Ihr Gegenüber zuckte mit den Schultern.

„Na ja, Volker hatte kein leichtes Leben, oder vielleicht kann man es so ausdrücken: Er machte es sich schwer. Sie müssen wissen …", wieder brach sie ab, und ihr Blick verlor sich, „… dass Volker schwer depressiv war. Es ging ihm nicht gut, seit Jahren nicht. Das war schon so, als ich ihn kennenlernte."

„Wann haben Sie ihn kennengelernt?", fragte Williamson.

Die Antwort kam wie aus der Pistole geschossen.

„1996, im Herbst. Direkt, nachdem er aus Angola zurückgekommen war. Es war bei einer Geburtstagsfeier bei gemeinsamen Freunden. Er hat mir später erzählt, dass er zuerst gar nicht hingehen wollte."

Wieder sahen sich Williamson und Grifo an, und Cohen kam um seinen Schreibtisch herum. Er zog einen Stuhl heran und setzte sich zu ihnen. 1996! In dem Jahr war auch das Ehepaar Jansen aus Angola zurückgekommen. Das konnte natürlich ein Zufall ein, aber derselbe Zeitpunkt war doch auffällig.

„Hat er gesagt, warum er aus Angola zurückgekommen is'?", stellte die Hauptkommissarin die nächste Frage.

Petra Schenkendorf runzelte die Stirn und überlegte.

„Ich glaube, er hat gesagt, dass es zu unsicher war. Dass er das Land verlassen musste."

Williamson klimperte mit ihren Knopfaugen.

„Aber unsicher war et doch schon die ganze Zeit über! Wieso ausgerechnet dann?"

„Das kann ich Ihnen nicht beantworten", stieß die Witwe ungehalten hervor, „das hat er nie gesagt. Er hat überhaupt nie besonders viel über seine Zeit in Afrika gesprochen. Er wurde dann immer ganz still. Er bekam einen ganz komischen Blick, irgendwie … melancholisch."

Die Hauptkommissarin setzte gleich nach: „Er hat also nit viel über seine Vergangenheit in Afrika geredet. Aber er hatte einen Freund aus der Zeit – Rudolf Jansen. Der Sohn von Rudolf, Philipp, hat berichtet, dat sich sein Vater un' Ihr Mann öfters getroffen haben. Wie oft war dat, und worüber haben sie gesprochen?"

Petra Schenkendorf machte ein undefinierbares Geräusch, das irgendwo zwischen Lachen und Weinen lag.

„Sie haben sich alle paar Wochen getroffen. Rudolf kam immer zu uns. Dann haben sie sich in Volkers Arbeitszimmer eingeigelt und …" Sie brach ab und schluckte.

„Un' wat?", bohrte Williamson ungeduldig nach. Grifo stieß sie unter dem Tisch mit dem Fuß an. Sie solle die Geduld bewahren, sollte das heißen. Die Frau war in Trauer, das begriff die Kommissarin schon, aber Geduld war nun einmal nicht ihre Stärke.

Die Witwe holte tief Luft. „Sie haben sich dann immer betrunken", stieß sie unwillig hervor. „Jedes verdammte Mal, wenn Rudolf da war. Deshalb habe ich es gehasst, wenn er kam."

Wieder wechselten die drei Kommissare einen Blick. Rudolf war also nicht der Einzige, der Alkoholprobleme gehabt hatte. Gleichzeitig passte es zu Hubbis Erzählung, dass Rudolf trank.

„Das kann ich verstehen", sagte Grifo leise und legte leicht ihre Hand auf den Unterarm der Frau neben ihr. „Wissen Sie, ob es dafür einen bestimmten Grund gab?"

Vehement schüttelte Petra Schenkendorf den Kopf.

„Nein, überhaupt nicht, aber eines weiß ich: Rudolf ging es genauso schlecht wie Volker. Im Gegensatz zu ihm konnte er zwar noch arbeiten, aber ich weiß wirklich nicht, wie er das geschafft hat.“

„Ihr Mann arbeitete also nit mehr?“, fuhr Williamson dazwischen. „Er war auch Ingenieur, nit wahr?“

Die Frau nickte.

„Ja, er war in Afrika bei derselben Firma wie Rudolf beschäftigt gewesen. Und nein: Arbeiten konnte er schon kurz nach unserer Hochzeit nicht mehr, es ging ihm psychisch zu schlecht. Und Rudolf … ehrlich gesagt, wie er es geschafft hat, sich jeden Morgen zur Arbeit zu schleppen, ist mir ein Rätsel. Ihm ging es seelisch nämlich genauso dreckig wie Volker, glauben Sie mir. Ich habe einen Blick dafür entwickelt.“

Und nach einer kleinen Pause fügte sie hinzu: „Wahrscheinlich hat ihn Evelyn zur Arbeit geprügelt.“

„Wie meinen Sie dat?“, fragte Williamson schnell. Sie wollte ihrem Gegenüber keine Zeit zum Nachdenken lassen.

Petra Schenkendorf lehnte sich zurück und verschränkte wieder die Arme vor ihrer Brust. Ihr Blick war eisig.

„So, wie ich Evelyn kennengelernt habe, hatte die nicht viel für ‚Gefühlsduseleien‘ übrig. Sie hat es nicht so genannt, aber ich bin mir sicher, dass das ihre Einstellung war.“

„Wie un‘ wann haben Sie Evelyn kennengelernt?“

Petra Schenkendorf schnaubte abfällig.

„Ich habe sie nur ein einziges Mal getroffen. Das war auf unserer Hochzeit. Die Frau war kalt wie eine Hundeschnauze, wenn Sie mich fragen. Mir war sofort klar, dass ich mit ihr nichts zu tun haben wollte. Und ihren Mann hatte sie voll im Griff. Er konnte sich nur entspannen, wenn er bei uns war, da bin ich mir sicher. Und mit Alkohol. Wobei ich glaube, dass Rudolf und Volker etwas bedrückt hat. Und das konnten sie nur mit Alkohol betäuben. Aber es hat sie nicht losgelassen, nie. Daran ist Volker gestorben, verstehen Sie? Es hat ihm das Herz gebrochen, buchstäblich."

Die Witwe schluchzte auf und kramte in ihrer Handtasche nach einem Taschentuch. Ihre unnahbare Fassade bröckelte.

„Sie konnten sich nur bei uns gehen lassen", flüsterte sie, „Evelyn hätte das in ihrem Haus niemals zugelassen. Die Nachbarn hätten ja was mitkriegen können", fügte sie sarkastisch hinzu.

„Sie meinen, sie wollte Ihren Mann wegen der Nachbarn nicht bei sich haben?", fragte Grifo nach und beugte sich vor.

„Auch, aber nicht nur", flüsterte die Witwe schließlich mit erstickter Stimme, „natürlich auch wegen der Kinder und weil man sich ganz allgemein nicht gehen lässt. Das tut man einfach nicht, verstehen Sie? Man muss stark sein!"

Petra Schenkendorf lachte kurz auf. Es klang bitter.

„Auch Volker hat durchblicken lassen, dass die Frau eiskalt ist – war. Außerdem musste man sich Rudolf nur ansehen – er konnte bei uns mal alles rauslassen, wenn auch nur mit Alkohol. Warum, meinen Sie, haben sich die beiden ausschließlich bei uns getroffen?"

Williamson lehnte sich zurück. Dass die Jansens nicht viel von sich preisgegeben hatten, passte zu dem, was sie bis jetzt in Erfahrung gebracht hatten, ebenso, dass sie sehr distanziert gewesen waren, besonders Evelyn. Aber dass sie nach Einschätzung der Witwe so kalt war, überraschte dann doch.

„Ihr soziales Engagement passt dann aber nit so richtig zu dem Bild, wat Sie von der Frau zeichnen, oder nit?"

Petra Schenkendorf lachte auf. Es klang beinahe zynisch.

„Wieso nicht? Nicht alle, die sich sozial engagieren, sind warmherzig oder eben sozial, ist Ihnen das noch nie aufgefallen? Evelyn Jansen war ein Gutmensch! Sie wahrte den Schein, aber in Wirklichkeit war sie gar nicht in der Lage, Gefühle zu empfinden, davon bin ich überzeugt!"

Es klang sehr bestimmt.

Williamson runzelte die Stirn.

„In Bezug auf Jutmenschen widerspreche ich Ihnen nit. Alles andere müssen wir überprüfen. Aber mal wat anderes. Ihr Mann un' Rudolf waren Kollegen aus der Zeit in Afrika. Haben sie sich dort kennengelernt?"

Die Witwe nickte. „Ja. Sie haben sich auf Anhieb gut verstanden und sich schnell sehr eng angefreundet. Das hat mir Volker erzählt. Viel mehr aber auch nicht."

„Hatten Rudolf un' Volker noch Kontakt zum ehemaligen Arbeitgeber der beiden? Zu dem Herrn …" Williamson sah Hilfe suchend zu Grifo. Ihr lag „Albatros" auf den Lippen, sie war sich aber nahezu sicher, dass das nicht der richtige Name war.

„Strauss", half Grifo.

„Strauss“, echote Williamson, „oder zu anderen Kollegen aus der Zeit?“

Bestimmt schüttelte Petra Schenkendorf den Kopf, dass ihre strähnigen Haare flogen.

„Nein, da bin ich mir sicher. Da waren nur die beiden. Volker hatte ...“, wieder schluckte sie, „... außer zu Rudolf überhaupt keine sozialen Kontakte nach außen. Er hat sich vollständig zurückgezogen. Nur ich und eben Rudolf waren seine Bezugspersonen.“ Tränen traten in ihre Augen.

Wieder legte Grifo eine Hand auf ihren Arm.

Wortlos stand Cohen auf und brachte der Witwe ein Glas Wasser. Überrascht sah ihn Williamson an. So viel Feingefühl hatte sie ihm gar nicht zugetraut.

„Mehr weiß ich nicht“, fuhr Petra Schenkendorf fort. „Manchmal denke ich, es wäre besser gewesen, wenn Volker nie nach Angola gegangen wäre. Was immer er dort erlebt hat – er konnte nicht darüber sprechen, und es hat ihn aufgefressen, ganz langsam und Stück für Stück. Bei Rudolf war es genauso.“

„Die Umstände in Angola zu der Zeit waren furchtbar“, meinte Grifo, „es muss sie sehr belastet haben, vielleicht sogar traumatisiert.“

Petra Schenkendorf nickte und schwieg.

„Gibt et aus der Zeit in Angola noch Aufzeichnungen Ihres Mannes oder sonst irgendwelche Unterlagen?“, fragte Williamson.

Sie hatte diese Frage ins Blaue hinein gestellt, ohne rechte Überzeugung, dass es tatsächlich noch Papiere gab. Immerhin lag der Aufenthalt in dem afrikanischen Land schon weit über zwanzig Jahre zurück. Doch zu ihrer Überraschung nickte die Witwe.

„Ja, das könnte ich mir vorstellen, auch wenn ich sie nie gesehen habe, aber Volker war ein Sammler, wissen Sie. Er konnte sich schlecht von irgendetwas trennen. Das gab ihm vermutlich Sicherheit. Wenn es noch Unterlagen gibt, dann in seinem Arbeitszimmer oder auf unserem Dachboden. Ich ...", sie schluchzte erneut auf, „... ich habe noch nicht die Kraft gefunden, das alles durchzusehen."

„Wir müssten uns die Unterlagen ansehen", bestimmte die Hauptkommissarin, „wären Sie damit einverstanden? Dann würden wir ...", wieder sah sie zu Grifo, „... heute Nachmittag vorbeikommen."

Die Augen der Witwe wurden immer größer. „Heute?", fragte sie ungläubig. Hilflos sah Petra Schenkendorf von Williamson zu Grifo und weiter zu Cohen. Schließlich atmete sie tief durch, als sie sah, dass es die Kommissare ernst meinten. „Also gut. Ich muss heute noch einige Dinge in Hannover erledigen und bin ab circa fünfzehn Uhr zu Hause. Passt Ihnen das?"

„Perfekt", antwortete Williamson schnell. Sie wollte keinesfalls, dass es sich die Frau noch anders überlegte.

„Also gut", murmelte Petra Schenkendorf resigniert. „Dann erwarte ich Sie in meinem Haus."

Sie stand auf, es wurden noch einige Formalien erledigt, dann verabschiedete sie sich rasch. Plötzlich hatte sie es eilig, aus dem Raum zu kommen.

Eine Weile sagte keiner der drei Kommissare ein Wort. Schließlich blickte Cohen auf und bleckte wieder einmal die Zähne. „Das nenne ich mal einen Überraschungsangriff“, meinte er trocken.

Kapitel 15

Alles in allem war Williamson mit der soeben zu Ende gegangenen Pressekonferenz sehr zufrieden. Die neue Pressereferentin Anja … irgendwas hatte sie souverän geleitet und Williamson schon im Vorfeld effizient und umfassend gebrieft. Dementsprechend waren auch keine Überraschungen, vor allem keine unangenehmen, vorgefallen. Den Bericht übernahmen diese Anja … Dings und Dr. Habernickel, der auch fast alle Fragen, die seitens der Journalisten aufgekommen waren, beantwortet hatte. Williamson hatte nur dabeigesessen, als Staffage sozusagen.

Zurück im Büro, zog Williamson die Schuhe aus, die nun unter dem Schreibtisch verstreut herumlagen, und hoffte, dass ihre Füße nicht zu sehr geschwollen waren, damit sie die Schuhe auch wieder anziehen konnte. Sie ließ ihre Gedanken schweifen, die sich um die Befragung von Petra Schenkendorf drehten.

Dass Evelyn Jansen eine kühle Person war, hatte sie aufgrund der Schilderungen aus dem Umfeld der Ermordeten schon vermutet, aber die Kälte, die Petra Schenkendorf beschrieben hatte, hatte sie dann doch überrascht. Es schien fast so, als ob Rudolf Jansen aus seiner Ehe und dem beschaulichen Kleuthen regelmäßig geflohen und dann mit seinem Freund Volker eine Art Schicksalsgemeinschaft eingegangen war. Dass die beiden sich bei ihren Zusammenkünften fast zwanghaft betrunken hatten, bestätigte den Eindruck, dass Rudolf und auch Volker unter irgendetwas gelitten hatten, etwas, das sie verzweifeln ließ. Auch sah es so aus, als ob beide Depressionen gehabt hatten, aus eben dieser Verzweiflung heraus. Was der Auslöser dafür war, war die alles entscheidende Frage. Williamson hoffte inständig, auf dem Dachboden oder im Arbeitszimmer der Schenkendorfs Antworten zu finden.

Aus einem Impuls heraus griff sie zum Hörer und rief Alina Walter an.

„Ah, Frau Kommissarin, das nenne ich mal Gedankenübertragung. Ich wollte Sie auch gerade anrufen!", begrüßte sie die Kriminaltechnikerin.

„Ja, äh, Frau Walter, ich hab' mal eine Frage. Hat sich in den Unterlagen der Jansens aus dem Arbeitszimmer irgendwat Merkwürdiges ergeben?"

„Also ehrlich gesagt nein. Es sind die üblichen Unterlagen: zum Haus, zu Versicherungen und Banken, zu Vermögensanlagen und Steuern und so weiter. Außerdem jede Menge Materialien für den Unterricht und zur Unterrichtsvorbereitung und auch ein Stapel Klausuren aus der zwölften Jahrgangsstufe, die wir noch der Schule zurückgeben müssen. Das gehörte vermutlich Evelyn Jansen. Nichts Außergewöhnliches. Worauf wollen Sie hinaus, Frau Kollegin?"

Williamson seufzte. „Ich weiß et auch nit. Is' wat aus der Zeit in Angola dabei?"

Sie hörte die Kriminaltechnikerin einige Tasten an ihrem Computer drücken.

„Ich schau‘ mal in die Liste. Warten Sie, wir haben alles ordentlich vermerkt. Also, aus Angola waren noch die Arbeitsverträge von Rudolf und Evelyn vorhanden und außerdem einige Ehrungen für Frau Jansen als beste Lehrerin der Schule und für ihr ehrenamtliches Engagement. Und noch ein Ordner mit selbst gemalten Bildern von Schülerinnen.“

„Dat is‘ alles?“, fragte die Hauptkommissarin. Sie konnte ihre Enttäuschung nicht verbergen.

„Bedauerlicherweise ja. Aber ich habe etwas anderes für Sie: Wir haben die Schuhgrößen von Philipp Jansen und Felix Seidler überprüft, nur so, zur Sicherheit.“

„Un‘?“, fragte die Kommissarin gespannt, obwohl sie eigentlich nicht damit rechnete, dass diese Information sie weiterbringen würde.

„Felix Seidler hat Schuhgröße vierundvierzig und Philipp dreiundvierzig. Demnach …“

„… waren sie et nit oder sie haben Schuhe getragen, die viel zu groß waren“, vollendete Williamson den Satz. „Danke, Frau Walter. Ich hab‘ sowieso nit wirklich geglaubt, dat die Schuhgrößen passen. Un‘ selbst wenn, dat wäre nur ein Indiz.“

„Außerdem möchte ich Sie noch darüber informieren, dass heute Nachmittag die Kinder vorbeikommen, um sich die Sachen anzuschauen, die wir im Haus sichergestellt haben, unter anderem auch die Unterlagen aus dem Arbeitszimmer. Wollen Sie dabei sein?“

„Dat wär‘ ich wirklich gern, Frau Walter, aber Frau Grifo un‘ ich fahren zu der Witwe von dem Freund von Rudolf Jansen, diesem Volker Schenkendorf. Sie hat noch alte Unterlagen aus der Zeit in Afrika auf dem Dachboden un' im Arbeitszimmer. Die wollen wir uns angucken. Vielleicht finden wir wat, wat uns weiterbringt."

Alina Walter lachte. „Na dann Waidmannsheil!" Damit legte sie auf.

Williamson schüttelte den Kopf und schaute wieder den Hörer an, als wäre er ihr persönlicher Feind. Schon wieder diese Jägersprache! Was sie Alina Walter nicht gesagt hatte, war die Tatsache, dass sie wirklich keine Ahnung hatte, in welche Richtung sich die Ermittlung entwickeln würde, nur dass sie bei den Jansens ein ganz komisches Gefühl hatte. Sie witterte eine Fassade, die Problematisches verbergen sollte. Die Alkoholprobleme Rudolfs waren so etwas Problematisches unter der Oberfläche. Alles andere war mehr so ein Gefühl, ein Kribbeln unterm Zwerchfell. Nichts Konkretes, verdamp!

In Gedanken versunken saß sie an ihrem Schreibtisch, die Finger in ihren Strubbelhaaren vergraben, als die Tür aufgerissen wurde und Cohen und Grifo in den Raum traten.

Grifo sah auf die Uhr. „Wenn wir pünktlich sein wollen, müssen wir jetzt los."

„Ach, echt?" Williamson sprang auf und schnappte sich ihre Handtasche.

„Dann wollen wir mal!"

„Äh … Chefin, haben Sie nicht etwas vergessen?" Grifo deutete auf ihre Füße, die nach wie vor unbeschuht waren.

„Ach verdamp, meine Schuhe!", rief die Kommissarin aus und sah sich suchend um. Wo waren die verdampten Dinger nur?

Wortlos deuteten sowohl Cohen als auch Grifo auf den Bereich unter ihrem Schreibtisch, wo die Schuhe ihrer Vorgesetzten verstreut herumlagen.

„Da sind sie ja un' sagen nix!", schnaufte Williamson, bückte sich und kroch auf allen vieren unter ihren Schreibtisch.

Genau in diesem Moment öffnete sich die Tür, und Kriminalrat Dr. Rico Habernickel betrat, wie immer gemessenen Schrittes, den Raum. Seine Contenance schwand bei dem Anblick, der sich ihm bot: Die Kommissarin steckte mit dem Kopf voran auf allen vieren unter dem Schreibtisch, ihre weniger vorteilhafte Seite dem Kriminalrat zugewandt. Dr. Habernickels Gesichtszüge entglitten ihm kurzzeitig, doch dann straffte er sich, warf Cohen und Grifo, die beide zu Eis erstarrt waren, einen strengen Blick zu, atmete tief durch und meinte leichthin: „Na, Frau Kollegin, Sport sollten Sie außerhalb des Kommissariats treiben. Es könnte sonst zu Missverständnissen kommen."

Die Gestalt unter dem Schreibtisch, die nach den Schuhen gegriffen hatte, hielt inne. Langsam wandte sich Williamson um – und stieß sich den Kopf an der Schreibtischplatte.

„Verdamp!", entfuhr es ihr, sie verzog das Gesicht und rieb sich die schmerzende Stelle. „Äh, ich meine … Juten Tag, Herr Dr. Habernickel. Wat kann ich für Sie tun?"

Mit diesen Worten richtete sie sich mit aller Würde, die sie aufzubringen imstande war, auf und versuchte aufzustehen, was ihr weniger elegant gelang, als sie es sich vorgenommen hatte. Sie strich sich die Haare aus dem Gesicht, das knallrot angelaufen war. Cohen und Grifo starrten betont unbeteiligt in die Luft, wobei vor allem bei der Oberkommissarin die Mundwinkel verräterisch zuckten.

Der Kriminalrat musterte die Kommissarin von oben bis unten. Williamson fühlte sich zunehmend unbehaglich unter seinem stechenden Blick. Sie hielt es nicht mehr aus und durchbrach das Schweigen.

„Also, ich … äh … also, wir wollen nach Minden fahren, also Frau Grifo und ich. Herr Cohen bleibt hier und recherchiert weiter."

Ihr Vorgesetzter nickte. War da ein verräterisches Blitzen in seinen Augen?

„Sehr gut, Frau Kollegin. Ich hoffe sehr, Sie kommen voran. Ich bin auch nur hier, um Ihnen zu sagen, dass Frau Dr. Schling sehr zufrieden war mit unserer Pressekonferenz."

Es entstand eine peinliche Stille, weil sich Williamson fragte, wen der Kriminalrat meinte.

„Gut, also dann … weitermachen!", sagte Dr. Habernickel schließlich und wandte sich zum Gehen. In der Tür drehte er sich noch einmal um. „Und – Frau Kollegin!"

Erschrocken hob Williamson den Kopf. Sie hatte sich gerade gefragt, wie sie die Schuhe über ihre geschwollenen Füße streifen sollte.

„Bevor Sie diesen Raum verlassen, rate ich Ihnen, dies vollständig bekleidet zu tun – von oben bis unten!"

Mit diesen Worten rauschte der Kriminalrat aus dem Büro.

„Genau dat hatte ich ja gerade vor, als du reingekommen bist!", knurrte die Kommissarin und versuchte verzweifelt, auf einem Bein hüpfend, ihre Schuhe anzuziehen. Als es ihr schließlich gelungen war, wieder unter den mühsam unbeteiligten Blicken ihrer Mitarbeiter, war sie schweißgebadet.

„Also jut, dat hätten wir!", stieß sie erleichtert aus und wandte sich an den Baron. „Herr Cohen, versuchen Sie weiter rauszufinden, zu welchem Schließfach der Schlüssel gehört! Außerdem kommen heute Nachmittag die Kinder der Jansens un' gucken bei der Kriminaltechnik zusammen mit Frau Walter die Unterlagen durch, die die Kollegen mitgenommen haben. Ich möchte, dat Sie bei dem Termin dabei sind."

Cohen sah sie mit seinen blauen Glubschaugen an.

„Mache ich, Chefin", antwortete er schließlich nach einer Pause.

Williamson bedachte ihn mit einem scharfen Blick.

„Dat is' wirklich nett von Ihnen, Herr Cohen", sagte sie sarkastisch. Noch immer schien es ihrem Mitarbeiter schwerzufallen, Anweisungen von ihr entgegenzunehmen. „Los geht's!", forderte sie ihre Kollegin auf.

„Dat der Habernickel aber auch ausgerechnet in dem Moment reinkommen musste, als ich die Schuhe gesucht habe!", murrte Williamson, als sie neben Grifo im Auto saß und die flache Landschaft rechts der A2 betrachtete. Allerdings starrte sie zumeist auf Lkws, die wie an der Perlenschnur aneinandergereiht einer nach dem anderen die rechte Fahrspur entlangschlichen. Dann und wann scherte einer aus und überholte einen noch langsameren, sodass sich der Verkehr dahinter staute und Grifo gezwungen war, auf die linke Spur auszuweichen.

„Da würde ich mir keine Sorgen machen. Er ist ein Fan von Ihnen, Chefin", meinte Grifo leichthin und warf ihr einen Blick zu. „Er zeigt es Ihnen gegenüber nur selten. Aber er schwärmt immer und bei jeder Gelegenheit von Ihnen. Und wie ich finde: völlig zu recht!"

Die kleine Kommissarin war wie vom Donner gerührt.

„Wie, wat? Dat is' mir unangenehm, un' dat braucht er auch gar nit. Da fühle ich mich unter Druck gesetzt, dat ich immer jut sein muss. Un' dat will ich ja auch, ich mach' mir da schon genug Gedanken … un' so halt. Außerdem …" Sie biss sich auf die Unterlippe. „Außerdem könnten die Kollegen im ZKD glauben, dat ich seine Hilfe brauche. Dat er mich irgendwie … na ja, protegieren muss. Weil er mich ja nach Hannover geholt hat. Dat könnte … man als Zeichen von Schwäche auslegen."

Nun war es heraus.

Die Reaktion von Elena Grifo überraschte Williamson. Sie fing an zu lachen und schüttelte dann den Kopf.

„Chefin, sicherlich gibt es viele Kommentare zu Ihnen und Ihrer Arbeitsweise. Und auch viele Einschätzungen. Aber dass Sie als schwach angesehen werden, nein, das gehört nun wirklich nicht dazu. Eher das Gegenteil!"

Die Bestimmtheit in der Stimme der jungen Kommissarin rührte ihre Vorgesetzte.

„Dat freut mich zu hören", schmunzelte sie und sah wieder zum Fenster hinaus. Gerade konnte sie einen Blick zwischen den Lkws hindurch auf flache Wiesen und Felder erhaschen, so weit das Auge reichte.

„Da weiß man schon, wer einen nächste Woche besuchen kommt", kommentierte sie. Sie zeigte nach draußen.

Grifo lachte.

„Solange es nicht Dr. Habernickel ist, ist es ja gut!"

Williamson stimmte in das Lachen ein.

„Da würden mir noch ein paar andere aus dem ZKD einfallen, glauben Sie mir."

Das Haus der Schenkendorfs lag in einer ruhigen Straße am Ende eines Wendehammers. Es war ein kleines Häuschen, das im Stile der 80er-Jahre erbaut war und sehr düster wirkte. Dies lag daran, dass die obere Hälfte mit dunklem Holz verkleidet war, während die untere Hälfte aus Putz bestand, der schon abbröckelte. Es schien, als ob die obere Hälfte die untere niederdrücken würde.

„Das Haus sieht ja nicht unbedingt einladend aus", flüsterte Grifo Williamson zu.

„Un' trotzdem hat sich Rudolf Jansen hier wohler gefühlt als in seinem eigenen Haus in Kleuthen", flüsterte die Kommissarin zurück, um dann hinzufügen: „Warum flüstern wir eigentlich?"

„Ich weiß nicht", antwortete Elena Grifo laut, „es muss an der Stimmung liegen, die das Haus ausstrahlt."

Noch bevor sie klingeln konnten, wurde die Tür geöffnet, und Petra Schenkendorf stand im Rahmen. Sie musste sie von der Straße aus beobachtet haben. Ihre Haare wirkten noch strähniger als am Vormittag, und die Falten in ihrem Gesicht und am Hals noch tiefer.

„Sie haben gesagt, Sie sind um fünfzehn Uhr da. Ich habe mich extra beeilt, um pünktlich hier zu sein", sagte die Frau statt einer Begrüßung mit einem vorwurfsvollen Unterton in der Stimme und verzog ungehalten den Mund.

Williamson schaute auf die Armbanduhr.

„Et is‘ zehn nach drei, Frau Schenkendorf. Sie wissen doch selbst, wie et auf der Autobahn aussieht.“

„Ja, deshalb habe ich mich auch beeilt!“, konterte die Witwe und wandte sich um. Williamson und Grifo wechselten einen Blick. Die junge Kommissarin schüttelte leicht den Kopf, und Williamson nickte.

Wat soll et?, dachte sie. Die Frau war so verhärmt, dass man ihr wahrscheinlich nicht viel recht machen konnte.

„Da ist zum einen das Arbeitszimmer meines Mannes, das Sie durchsehen können. Und dann noch der Dachboden. Fangen wir mit dem Arbeitszimmer an“, sagte Petra Schenkendorf übergangslos und ging voraus einen dunklen Flur entlang. Die Einrichtung im Haus war genauso düster wie die Fassade. Dunkle, schwere Möbel und unzähliger Kleinkram standen überall herum, sodass der Gang zum Arbeitszimmer einem Hindernislauf gleichkam. Dennoch wirkte das Haus penibel aufgeräumt und sauber. Es hatte nur keinen Stil, so wie die Frau selbst.

Petra Schenkendorf öffnete die Tür und ließ sie eintreten. Das Zimmer roch muffig. Ein wuchtiger Schreibtisch aus dunklem Holz mit einem altmodischen Ledersessel beherrschte den Raum. Der übrige Platz war bis zum letzten Quadratzentimeter mit Regalen vollgestellt, die mit Ordnern, Büchern und Zeitschriften vollgestopft waren. Auch die beiden Stühle waren mit Papieren übersät. Die hohen Regale sorgten dafür, dass das Zimmer wie eine Höhle wirkte. Staubflocken tanzten im Sonnenlicht, das schräg aus dem einzigen Fenster hineinschien.

Die Witwe blieb an der Tür stehen und hatte die Arme vor ihrem Körper verschränkt.

„Brauchen Sie mich noch? Ich …", sie schluckte, „… es fällt mir immer noch schwer, den Raum zu betreten. Ich erwarte immer noch, dass Volker hinter seinem Schreibtisch sitzt und mich ansieht." Sie blickte zur Seite.

„Nein, Sie können uns auch allein lassen", antwortete Elena Grifo sanft. „Wir kommen schon zurecht, und wenn wir etwas brauchen, melden wir uns."

Petra Schenkendorf nickte knapp und verließ ohne ein weiteres Wort den Raum.

„Puh, wat für 'ne Atmosphäre", stöhnte Williamson und sah zur Tür, die die Witwe soeben geschlossen hatte. „Da kann man aber auch depressiv werden."

Ihre Kollegin band sich die Haare zu einem Zopf zusammen und räumte einen Stuhl frei.

„Sie ist in Trauer. Das macht das alles hier noch trister." Sie reichte ihrer Vorgesetzten ein paar dünne Handschuhe und zog sich auch selbst welche über.

Bevor ihre Chefin etwas erwidern konnte, wurde die Tür wieder geöffnet und Petra Schenkendorf brachte ihnen ein Tablett mit zwei Kaffeebechern und zwei Gläsern Wasser.

„Bei dem Staub haben Sie bestimmt Durst", meinte sie, stellte das Tablett auf einen Stapel Zeitschriften auf dem Schreibtisch ab, drehte sich um und verschwand ohne ein weiteres Wort. Die Polizistinnen hatten noch nicht einmal Gelegenheit, sich für die Getränke zu bedanken. Achselzuckend öffnete Elena Grifo das Fenster, was ihr nur unter Mühen gelang. Hier war schon lange nicht mehr gelüftet worden.

„Dann wollen wir mal, nütz‘ ja nix!“, seufzte Williamson und schnappte sich den Stapel Papiere, der ihr am nächsten war.

Zwei Stunden später waren sie genauso schlau wie zuvor. Sie hatten sich systematisch vom Schreibtisch über die Stapel der Unterlagen auf dem Boden bis hin zu den Regalen vorgekämpft und auch die Bücher und Ordner durchgesehen. Anfangs waren sie noch akribisch vorgegangen, später hatten sie die Unterlagen nur noch durchgeblättert und innegehalten, wenn ihnen etwas interessant erschienen war. Gefunden hatten sie – nichts.

„Dreimal nix is‘ immer noch nix“, stöhnte Williamson und knallte den letzten Ordner mit einem festen Ruck ins Regal zurück. „Dat gibt et doch nit: nix über Angola un‘ den Aufenthalt da, wat von Interesse sein könnte! Verdamp!“

Sie hatten einige Bildbände über Afrika im Allgemeinen und über Angola im Speziellen gefunden, genauso wie unzählige Zeitschriften, die zum Teil traumhaft schöne Fotos des Kontinents beinhalteten. Volker Schenkendorf hatte sich anscheinend sehr für die Nationalparks und Landschaften Afrikas interessiert. In einigen Ordnern hatten sie das Übliche gefunden: Versicherungs- und Bankunterlagen, Renten- und Steuerbescheide. Das Vermögen der Schenkendorfs war bei Weitem nicht so üppig wie das der Jansens, aber die Verhältnisse waren geordnet.

„Dat is‘ doch komisch, oder?“, fragte Williamson und stürzte den Rest des Wassers in einem Zug hinunter. „Ich meine, et müssen doch irgendwo Unterlagen von der Zeit in Afrika zu finden sein. Dat is' wie bei den Jansens."

„Als ob die Zeit in Angola getilgt worden wäre", stimmte ihr Elena Grifo zu. „Vielleicht bringt uns der Dachboden weiter."

Sie öffnete die Tür und rief in den dunklen Flur: „Frau Schenkendorf? Wir sind hier unten fertig. Sie sagten …"

Weiter kam sie nicht. Wie aus dem Nichts tauchte die Witwe direkt vor ihrer Nase auf, als ob sie nur die ganze Zeit darauf gewartet hätte, dass sich die Kommissarinnen meldeten.

„Dann der Dachboden", meinte Petra Schenkendorf und wandte sich ohne ein weiteres Wort um. Die Polizistinnen folgten ihr den dunklen Flur entlang und zur Treppe in das obere Stockwerk. Diese war ebenfalls aus dunklem Holz gehalten und knarzte bei jedem Schritt. Eine Stiege führte auf den Dachboden. Die Witwe kletterte die schmalen Stufen hinauf, stieß die Dachluke auf und ging voran.

Der Dachboden war noch muffiger als der Rest des Hauses und noch düsterer. Licht fiel nur durch ein schmales Dachfenster hinein, in dem die Staubflocken einen stummen Tanz aufführten. Der Raum war erstaunlich leer, es standen nur ein paar alte Möbel und Kisten herum und auch ein paar Skulpturen, die afrikanisch aussahen und Williamson an diejenigen in dem Haus der Jansens erinnerten.

Petra Schenkendorf führte sie an die hintere Wand zu einem Umzugskarton, der so brüchig war, dass er auseinanderzufallen drohte.

„Bitte sehr“, sagte sie trocken und deutete auf den Karton, „da sind noch alte Unterlagen von Volker drin. Vielleicht werden Sie da fündig.“

Mit diesen Worten drehte sie sich um und verließ fluchtartig den Dachboden.

Williamson sah ihr kopfschüttelnd hinterher.

„Ich werde aus der Frau einfach nit schlau“, bemerkte sie und stemmte die Hände in die Hüften.

„Sie trauert um ihren Mann und ist noch nicht bereit loszulassen“, meinte Grifo und zog zwei alte, zerschlissene Sessel heran. Sie ließ sich auf einen fallen und schob den Karton zwischen die beiden Sitzmöbel. Einladend deutete sie auf den zweiten Sessel.

„Bitte sehr, Chefin, machen Sie es sich bequem.“

„Also, nach der Aktion habe ich von altem Papier und Staub die Nase voll!“, kommentierte Williamson naserümpfend und plumpste in den zweiten Sessel.

„Im wahrsten Sinne des Wortes“, meinte Grifo und nieste. Dann öffnete sie vorsichtig den Karton.

Als Erstes fielen ihnen einige Bilder in die Hände. Sie zeigten Volker Schenkendorf und Rudolf Jansen bei der Arbeit. Sie beaufsichtigten einige Angolaner, die eine Art Kanal aushoben. Ein anderes Bild war genau das gleiche, das Williamson auf der Kommode im Wohnzimmer der Jansens gesehen hatte. Beide Männer lachten Arm in Arm in die Kamera, wieder ein anderes Bild zeigte sie in einer Art Lokal, jeweils eine Bierflasche vor sich.

„Schauen Sie sich das einmal an, Chefin“, sagte Grifo und hielt der Kommissarin ein weiteres Bild hin. Es war wie alle anderen Fotos schon sehr vergilbt. Es zeigte Evelyn Jansen, die von den beiden Männern links und rechts flankiert wurde. Sie hatte die Arme um die Schultern von Rudolf und Volker gelegt, die Bierflaschen in der Hand hielten. Alle drei strahlten in die Kamera.

„Dat scheint im selben Restaurant gemacht worden zu sein wie dat Foto von den beiden am Tisch“, meinte Williamson.

„Sie sehen glücklich aus“, murmelte Grifo und kniff die Augen zusammen, um in dem dämmrigen Licht des Dachbodens die drei Gestalten auf dem Foto genauer zu betrachten. „Irgendwie unbeschwert.“

„Dat is‘ komisch, immerhin war et dort wahnsinnig gefährlich“, sagte Williamson. „Un‘ ihr Verhalten hier lässt eher darauf schließen, dat sie mit der Zeit in Angola nix mehr zu tun haben wollten. Dat die hier so glücklich aussehen, passt nit, oder?“ Sie schüttelte leicht den Kopf.

Währenddessen hatte Grifo ein weiteres Bild aus dem Karton geholt. Es zeigte eine verschwommene, männliche Gestalt in einer Uniform.

„Wer könnte das sein?“, fragte die junge Kommissarin und hielt das Bild so, dass Williamson es ebenfalls betrachten konnte.

Der uniformierte Afrikaner hatte ein rotes Barrett auf. Undeutlich waren vier Punkte an der Seite zu sehen, ebenso auf der Uniform, darunter ein Schriftzug, den die Frauen nicht lesen konnten.

„Könnten Sterne sein“, meinte Grifo und deutete auf die Punkte.

Das Gesicht hatte der Mann von der Kamera abgewandt.

„Als ob er nit fotografiert werden wollte", murmelte Williamson. Beide Frauen sahen sich an. Grifo drehte das Foto um in der Hoffnung, dass auf der Rückseite eine Notiz geschrieben stand, aus der zu ersehen war, wer die Person auf dem Bild war und wo und wann es gemacht worden war, aber ebenso wie auf den vorherigen war nichts notiert worden.

„Wat is' dat?", fragte Williamson und hielt ein Papier in Händen, das so brüchig war, dass es auseinanderzufallen drohte. Es war eine handschriftliche Notiz. Williamson konnte sie nicht entziffern und reichte sie an Grifo weiter.

„You will be picked up tomorrow at 11 a.m., I have some beautiful Types IIb for you. Bring enough money with you", las die junge Frau mit wachsender Aufregung vor. Dann legte sie den Kopf schräg. „Da ist noch etwas am Rand vermerkt, in einer anderen Handschrift: 15 Stück, alle Typ IIb, jeder mind. 1ct."

„Wat is' dat denn?" Ratlos runzelte die kleine Kommissarin die Stirn.

Grifo legte einen Zeigefinger an ihre Nasenspitze und las den Text noch einmal.

„Hört sich für mich so an, als ob etwas verkauft werden soll. Etwas sehr Wertvolles." Sie hob den Kopf. „Und sehen Sie hier." Sie deutete auf eine Stelle der Notiz. „‚ct'. Das könnte Karat heißen. Und mit Karat bestimmt man die Masse von Edelsteinen, wie beispielsweise …"

„… Diamanten", vollendete Williamson den Satz und fuhr sich aufgeregt durchs zerzauste Strubbelhaar. Dann blickte sie Grifo an.

„Heißt dat, dat der Volker Schenkendorf in den Handel von Diamanten verwickelt war?“ Sie hatte vor Aufregung lauter gesprochen als beabsichtigt. Nun hielt sie inne, und beide Kommissarinnen lauschten auf Geräusche von unten. Es blieb ruhig.

„Nein“, antwortete Grifo langsam, „das heißt nur, dass in seinen Unterlagen Notizen zu finden sind, die auf Diamanthandel schließen lassen – vielleicht legal, unter Umständen illegal. Aber wir könnten einen Schriftenabgleich mit seinen Notizen aus dem Arbeitszimmer vornehmen lassen.“

Williamson schaute den Karton an, dann ihre Kollegin und wieder den Karton. Sie holte tief Luft.

„Vielleicht finden wir ja noch mehr“, krächzte sie, weil sie in diesem Moment den Staub von Jahrzehnten, der sich auf dem Dachboden angesammelt hatte, einatmete. Sie nieste zweimal kräftig und griff dann beherzt in die Kiste.

„Noch mehr Zeitschriften über Afrika“, seufzte sie und wog den Stapel in der Hand. „Der Schenkendorf war echt ein Fan von den ganzen Parks.“ Sie knallte die Zeitschriften auf den Boden, sodass der Staub in dichten Wolken aufwirbelte.

„Was ist das?“, fragte Grifo und beugte sich nach einem kleinen Zettel, der durch die heftige Bewegung ihrer Chefin aus einem der Magazine geflattert war und nun auf dem Boden lag.

„Wat is‘ wat?“, gab Williamson zurück und sah ratlos zu Grifo, die das Papier mit weit aufgerissenen Augen überflog.

„Chefin“, rief sie aufgeregt aus, „schauen Sie sich das an! Das ist ein Telex. Dass ich so was mal zu sehen bekomme! Das ist ja schon antik!“ Sie hielt ihrer Vorgesetzten das ebenfalls schon sehr mitgenommene und vergilbte Papier hin.

Die kleine Kommissarin kniff die Augen zusammen, um das Geschriebene zu entziffern.

„When will you be in South Africa again? The prices für IIb are exploding! Bring with you as much as you can!“, las sie stockend.

„Südafrika, Chefin!“, entfuhr es Grifo, die sich nun auch aufgeregt durch die Haare fuhr. „Hatte die Firma von Schenkendorf und Jansen nicht ihren Hauptsitz in Südafrika?“

Sie nahm ihrer Vorgesetzten das Telex aus der Hand.

„Erinnern Sie sich an das, was Cohen berichtet hat! Viele Schmugglerwege für Diamanten führten von Angola über Südafrika nach Europa“, stieß die junge Kommissarin aus. „Sehen Sie den Absender! Jan van Wyk aus Johannesburg!“

Williamson nickte bedächtig.

„Dat is‘ richtig, Frau Grifo, aber dat heißt noch nix. Dat könnte auch alles bloß Zufall sein, oder nit?“

„Aber irgendwie müssen die Schriftstücke in den Besitz von Volker Schenkendorf gelangt sein“, sagte Grifo entschieden, legte das Telex zu der handschriftlichen Notiz und spähte in den Karton.

„Da sind noch ein paar Zettel“, bemerkte sie und griff mit einer geschmeidigen Bewegung nach den Papieren, die mit einer rostigen Büroklammer zusammengehalten wurden. Grifo zeigte sie Williamson. Es waren einige abgegriffene und zum Teil eingerissene Papiere, auf denen einzelne Wörter geschrieben standen.

„Sollen dat Namen sein?", fragte Williamson ratlos und runzelte die Stirn, während sie die Papiere durchblätterte. „Gucken Sie mal hier, da steht ‚Portugal'."

Doch Grifo schüttelte den Kopf und besah sich das Wort genauer.

„Nein, das heißt ‚Portugália'."

„Is' dat nit datselbe?", brummte die Hauptkommissarin und sah sich den nächsten Zettel an.

„Nzagi", las sie leise vor, „kann man kaum aussprechen, und hier: Chabumba."

„Dundo", machte Grifo weiter, „Sanama."

Die beiden Frauen sahen sich ratlos an.

„Da ist noch einer", sagte Grifo schließlich und bückte sich, um ganz am Boden des Kartons einen zerrissenen Zettel herauszufischen.

„ambu", stand darauf, die ersten Buchstaben waren nicht mehr zu sehen, weil genau dort die Reißkante war.

„Sieht merkwürdig aus", kommentierte die Hauptkommissarin und fuhr über das brüchige Papier. „Wat is' über den Buchstaben? Is' dat die Fahne von Angola?"

„Keine Ahnung, aber ich glaube nicht. Ich habe unten im Arbeitszimmer in einer der Zeitschriften die Fahne von Angola gesehen, meine ich. Die sah anders aus, so ähnlich wie die Fahne der Sowjetunion, nur zweifarbig in Rot und Schwarz, aber auch mit werkzeugähnlichen Symbolen. Aber das hier? Das ist wirklich merkwürdig."

Die Kommissarinnen beugten sich über das Emblem, das ebenfalls aus zwei Farben bestand: rot, in der Mitte grün und unten wieder rot. Eine Art rote Sonne mit spitzen Strahlen ging im grünen Bereich auf. Links davon war ein schwarzes Tier zu sehen, eine Art …

„Soll dat ein Huhn sein?", entfuhr es Williamson. Sie drehte das Papier hin und her.

„Vielleicht eher ein Hahn, wobei der Schwanz fehlt", antwortete Grifo.

Die Reißkante des Papiers ging durch den Körper des abgebildeten Tieres, das dadurch nur noch halb zu sehen war. Dadurch wirkte es irgendwie unvollkommen und seltsam schwerelos vor den zackigen Strahlen der roten Sonne.

„Wir nehmen den ganzen Kram mit", entschied Williamson schließlich. „Dat müssen wir genauer untersuchen lassen, sowohl von der Kriminaltechnik als auch von Cohen, der uns mit seinen Recherchekünsten sicher weiterhelfen kann. Un' auch der …", Williamson schluckte, denn es fiel ihr nicht leicht, das auszusprechen, was ihr unumgänglich schien, „… der Kollege Lissenbach un' seine Leute sollen sich dat mal angucken. Kann ja nit schaden. Hören Sie auf zu lachen, Frau Grüff… Grifo!"

Die junge Kommissarin hatte angefangen zu grinsen, kaum dass ihre Chefin den Namen des liebestollen Kollegen von der Wirtschaftskriminalität in den Mund genommen hatte.

„Wird gemacht, Chefin", sagte sie immer noch lächelnd und packte die Unterlagen wieder in den Karton. Williamson half ihr dabei, aber nicht, ohne vorher alle Bilder und auch die vergilbten Notizen mit dem Handy zu fotografieren.

Als sie die schmale Stiege und schließlich die Treppe, die zum Erdgeschoss führte, heruntergekommen waren, erwartete sie die Hausherrin an deren Fuß mit hochgezogenen Schultern und verschränkten Armen. Sie sah aus, als ob Minusgrade herrschten und ihr furchtbar kalt wäre. Williamson, die völlig verschwitzt war, konnte das überhaupt nicht verstehen. Aber was wusste sie schon?

„Wir nehmen dat mit, wenn Sie damit einverstanden sind“, sprach sie Petra Schenkendorf an und deutete auf den Karton. Die Witwe zog den Kopf noch mehr zwischen die Schultern, falls das überhaupt möglich war.

„Wenn es Ihnen weiterhilft, warum nicht?“, meinte sie tonlos.

Williamson hätte ihr gerne noch Fragen zu dem Inhalt des Kartons gestellt, aber sie beherrschte sich. Zunächst sollten die Kollegen die Papiere sichten und analysieren.

„Eine Frage haben wir noch. Können Sie uns eine handschriftliche Notiz oder ein Schriftstück Ihres Mannes überlassen?“, bat Grifo.

Petra Schenkendorf starrte sie einige Sekunden ausdruckslos an. Hinter ihrer Stirn arbeitete es, das konnte Williamson erkennen. Aber die Witwe sagte nichts, drehte sich wortlos um und ging in das Arbeitszimmer ihres Mannes. Eine Minute später trat sie mit einem Schriftstück wieder zu ihnen und reichte das Papier der jungen Kommissarin.

„Zufrieden?“, fragte sie unwirsch. „Das hat er wenige Tage vor seinem Tod geschrieben. Er hat sich Notizen gemacht, weil er bei unserer Haftpflichtversicherung irgendetwas nachgefragt hat.“

Unvermittelt schluchzte sie auf. „Als ob das jetzt noch eine Rolle spielt!“

Ihr Kopf fiel nach vorne, und die strähnigen Haare schlossen sich wie eine Gardine vor ihrem Gesicht.

„Vielen Dank.“ Grifo nickte der verzweifelten Frau kurz zu, und beide Kommissarinnen verabschiedeten sich.

Williamson atmete tief durch, als sie vor dem Haus standen, und blickte kurz zurück.

„Puh, bin ich froh, aus dem alten Kasten raus zu sein. Dat is‘ nix für mich!“

Grifo schüttelte sich.

„Für mich auch nicht. Und wenn Frau Schenkendorf da nicht bald von loskommt, wird sie womöglich selbst noch depressiv.“

„Wenn sie et nit schon is‘!“, meinte die kleine Kommissarin und schritt auf ihren kurzen Beinen energisch Richtung Auto. „Kommen Sie, Frau Grifo, nix wie weg hier!“

Kapitel 16

Während der Rückfahrt hing jede der beiden Frauen ihren Gedanken nach. Außerdem waren sie erschöpft, durstig und abgekämpft. Jede von ihnen rang zudem mit der Atmosphäre des Hauses, die sie gespürt, und mit den Gesprächen, die sie geführt hatten. Und mittendrin eine Witwe, die mit ihren Erinnerungen kämpfte und nicht abschließen konnte. Das war kein schönes Erlebnis gewesen.

Natürlich dachten sie auch über den Inhalt des Kartons nach, der sich nun auf ihrem Rücksitz befand. Was hatten die Notizen und die afrikanischen Bezeichnungen zu bedeuten? Was war das für eine Flagge?

Dat muss uns einfach weiterbringen, verdamp, überlegte Williamson, lehnte sich erschöpft zurück und schloss die Augen.

Nur einen Moment, dachte sie.

Ein sanftes Rütteln ließ Williamson aufschrecken.

„Chefin, wir sind da", sagte eine angenehme Stimme. „Sie haben etwas … gedöst."

Williamson schlug die Augen auf und sah direkt in die großen braunen Augen ihrer jungen Kommissarin.

Verwirrt und ein wenig verlegen setzte sie sich mit einem Ruck auf. Sie hoffte inständig, dass sie nicht geschnarcht hatte, wobei das natürlich nicht sein konnte! Sie schnarchte doch nicht!

„Dann is‘ et ja jut. Kommen Sie, bringen wir dat Zeug erst mal zur Frau Walter. Cohen kann sich dat morgen früh genauer angucken.“

Und schon war Williamson aus dem Auto gesprungen und mit energischen Schritten in Richtung ihres Büros vorausgelaufen, während Grifo samt Karton zur Kriminaltechnik weiterging. Cohen war nicht mehr da, sein Arbeitsplatz verwaist. Williamson sah auf die Uhr. Es war schon nach sieben. Kein Wunder, dass der Baron beschlossen hatte, Feierabend zu machen.

Auf ihrem Schreibtisch sah sie ein Stillleben von gelben Klebezetteln. Sie erkannte die kleine, reinliche Handschrift Cohens. Wie immer war sie überrascht, dass ein so massiger Mann eine so kleine, saubere Handschrift haben konnte, die an ein junges Mädchen erinnerte. Aber wenigstens konnte sie sie so lesen.

Nina und Philipp Jansen waren da. Frau Walter lässt ausrichten, dass ihrer Meinung nach keine Unterlagen fehlen, stand auf einem der Zettel.

Williamson war nicht überrascht. Sie hatte genau das erwartet.

Bezüglich des Schlüssels nichts Neues. Wir sind dran, stand auf einem zweiten Zettel.

Das ärgerte sie. Wie lange sollte das noch dauern, verdamp!?

Auf einem dritten Zettel stand: *Frau Walter lässt ausrichten, dass die Kinder nichts von dem Steckdosentresor und dem Schlüssel wussten.*

Das wiederum fand Williamson nicht verwunderlich. Die Kinder wussten noch nicht einmal irgendetwas Nennenswertes über das Leben ihrer Eltern in Angola.

Soweit wir es überprüfen konnten, hat Philipp Jansen die Wahrheit gesagt: Er ist am Sonntagmittag in den Zug gestiegen und von Aachen nach Hannover und von da aus weiter nach Kleuthen gefahren. Kein Hinweis darauf, dass er sich ein Auto von Freunden oder einen Mietwagen geliehen hat, konnte Williamson mit Mühe entziffern.

Die Tür öffnete sich und Grifo streckte ihren hübschen Kopf in den Raum.

„Ich habe den Karton in der Kriminaltechnik abgeliefert. Frau Walter war schon weg, aber ein Kollege hat ihn in Empfang genommen. Ich habe Cohen eine Nachricht geschickt, dass die Kiste dort ist, er kann sich gleich morgen früh damit beschäftigen."

„Danke, Frau Grifo. Ich gucke nur die Nachrichten durch, die mir der Cohen hinterlassen hat, is' aber nix Neues dabei. Ich mache dann auch Schluss. Schönen Abend, junge Frau!"

„Das wünsche ich Ihnen auch, bis morgen!"

Und weg war Grifo.

Williamson war zu erschöpft, um noch sinnvolle Gedanken aneinanderzureihen. Außerdem war sie verschwitzt und unfassbar durstig. Hunger hatte sie auch. Einen Bärenhunger. Plötzlich sehnte sie sich danach, sich an Bernd-Karls grillschürzenbewehrte Brust zu werfen und sich in eine lange Umarmung fallen zu lassen. Sie sprang auf, schnappte sich ihre Handtasche und verließ das Büro.

Nachdenklich stieg Williamson vor ihrem Haus aus ihrer Marianne und ging auf die Haustür zu. Normalweise freute sie sich auf ihr Zuhause und die Familie, aber heute war sie nicht richtig bei der Sache. Sie musste daran denken, wie sie vor knapp zwanzig Minuten das Kommissariat verlassen hatte und zum Parkplatz gegangen war, um in ihr Auto zu steigen. Plötzlich war es wieder da gewesen: das Kribbeln zwischen den Schulterblättern und das untrügliche Gefühl, beobachtet zu werden. Sie hatte sich abrupt umgedreht, aber es war niemand da gewesen. Der Parkplatz hatte verlassen im abendlichen Sonnenlicht gelegen, nur noch wenige Autos hatten in den Parkbuchten gestanden. Aufmerksam hatte sie jeden Winkel, jeden Busch mit den Augen abgesucht, aber sie konnte nichts und niemanden erspähen. Und doch war sie sich sicher gewesen, dass irgendjemand sie beobachtet hatte. Das Kribbeln hatte das Gefühl einer latenten Bedrohung ausgelöst, nicht greifbar und indifferent, aber es war vorhanden.

Nun stand sie vor der Tür ihres Hauses und fummelte am Schloss herum, um nach diesem anstrengenden Tag endlich den Abend mit ihrer Familie zu genießen. Doch noch bevor sie den Schlüssel ins Schloss stecken konnte, wurde die Tür von innen aufgerissen und sie sah sich Bernd-Karl gegenüber, der dicht vor ihr stand. Williamson ging ihrem Mann bis zur Brust, und genau auf diese starrte sie jetzt. Er trug eines seiner Lieblings-T-Shirts mit dem Konterfei des Fußballspielers Thierry Henry von der Fußball-WM 1998. Und so fand sich Williamson Auge in Auge mit dem ehemaligen französischen Nationalspieler wieder.

„Hallo Mienchen, schön, dass du da bist, toll!“, stieß Bernd-Karl etwas zu hastig aus.

„Ja, ich freue mich auch, minge Schatz", antwortete sie langsam. Was war denn jetzt los? Sofort witterte sie Ungemach. Etwas stimmte nicht, wenn Bernd-Karl sie schon an der Haustür abfing.

Außerdem konnte er ihr nicht in die Augen sehen.

„Wat is' los? Darf ich nit rein?"

„Doch, doch, natürlich, es ist nur …"

Sie hatte hinter seinem Rücken eine Bewegung erspäht und machte einen Ausfallschritt, um an ihm vorbei in den Flur zu schlüpfen. Bernd-Karl reagierte einen Moment zu spät, und schon war sie drin. Im nächsten Moment wünschte sie sich, sie wäre draußen geblieben.

Die Bewegung, die sie wahrgenommen hatte, war von der Treppe gekommen. Dort kam gerade ein Monster die Stufen herunter. Das Monster hatte wilde Haare. Und diese Haare erstrahlten in einem leuchtenden Pink.

Williamson und das Monster standen sich nun von Angesicht zu Angesicht gegenüber. Erst da erkannte die Kommissarin, um wen es sich handelte: um ihre Tochter Nicola.

„Nicola, wat soll dat? Nimm die Perücke vom Kopp, du musst dich ja totschwitzen bei der Hitze!"

„Äh, Mienchen, das … also, das geht nicht. Das ist keine Perücke, leider."

Langsam drehte sich Williamson zu ihrem Mann um.

„Wie? Wat? Wat soll dat denn heißen?"

„Das soll heißen, dass das meine neue Frisur und meine neue Haarfarbe ist. Ich hatte doch gesagt, dass ich heute zum Friseur gehe."

Nicola hatte mit kaum zu verhehlendem Trotz in der Stimme gesprochen.

„Pink." In dieses eine Wort legte Williamson ihre ganze Verachtung. „Du hast deine Haare pink färben lassen. DAT IS' DOCH WOHL NIT DEIN ERNST!"

Sie hatte so laut geschrien, dass Bernd-Karl schnell die Haustür schloss und sich entsetzt an seine Frau wandte.

„Mienchen, du willst doch nicht, dass die ganze Nachbarschaft mitbekommt, was hier los ist!"

Sie wirbelte zu ihrem Mann herum.

„Wieso nit? Sie wird et sowieso mitbekommen, nämlich dann, wenn Nicola auf die Straße marschiert, wat schon morgen der Fall sein wird, weil sie dann nämlich zur Schule muss. MIT PINKEN HAAREN!"

Nicola verschränkte die Arme vor ihrer Brust und schob ihr Kinn vor.

„Ich wollte das so! Ich finde das schön! Wie die Figuren in den Manga!"

„Et is' aber nit schön! Wie kann man sich nur mit voller Absicht so verschandeln lassen! Un' hör' endlich mit dem Obst auf! Ich kann dat mit dem Mango nit mehr hören!"

Nicola machte einen Schritt auf ihre Mutter zu, immer noch die Arme verschränkt.

„Ach nee! Das sagt die Richtige! Du lässt dir doch auch die Haare färben!"

Williamson schnaubte wie ein Drache. Ihr Hals und ihr Gesicht waren dunkelrot angelaufen. Der Magma-Ausbruch war noch nicht zu Ende.

„WAT! Hab' ich dat richtig gehört? Dat is' doch wat janz anderes!"

Nicola richtete sich kerzengerade auf und schaute ihrer Mutter in die Augen.

„Finde ich nicht. Es gibt auch Frauen in deinem Alter, die lassen die Haare einfach grau. Außerdem ist deine Haarfarbe auch sehr auffällig!"

„Rot, Nicola! Meine Haare sind rot! Nit pink! Dat is' ein großer Unterschied!"

„Gehört zur selben Farbfamilie!", kommentierte Nicola kalt.

„Komm mir nit so, Fräulein! Du bist fünfzehn Jahre alt, also noch MINDERJÄHRIG. Weißt du, wat dat heißt? Du brauchst unsere Zustimmung für …", sie wedelte mit den Armen, „… für so wat!"

„Äh, Mienchen, genau genommen braucht sie das …", mischte sich Bernd-Karl ein, kam aber nicht weit.

Williamson stach mit ihrem rechten Zeigefinger nach ihm.

„Du fällst mir hier jetz' nit in den Rücken! Hast du dat etwa gewusst?" Die Lautstärke ihrer Stimme war von fortissimo zu pianissimo gewechselt.

Bernd-Karl hob abwehrend die Hände.

„Nein. Ich bin genauso überrascht wie du. Und genauso entsetzt!"

Williamsons Zeigefinger stach in Richtung ihrer Tochter.

„Darüber reden wir noch, Mädchen. Wolltest du am Wochenende nit in einen Mango-Kurs?"

Sie hatte zuckersüß gesprochen, wie sie das bei Befragungen manchmal machte.

Erschreckt sah Nicola sie an.

„Ja", hauchte sie leise, zum ersten Mal verunsichert.

„Sehr jut. Gestrichen. Un‘ nun kannst du nach oben gehen un‘ zeichnen so viel, wie du willst. Aber allein, ohne Kurs. Tschööö.“

Damit drehte sie sich um und schritt hoch erhobenen Hauptes, ohne ihre Tochter noch eines Blickes zu würdigen, an ihr vorbei in die Küche. Dort ging sie schnurstracks zum Kühlschrank und entnahm ihm ein Kölsch, öffnete es und trank in langen, durstigen Zügen direkt aus der Flasche.

Bernd-Karl war hinter sie getreten und umarmte sie fest. Sie ließ den Kopf nach hinten auf seine Brust fallen, mitten auf Thierry Henry, der davon unbeeindruckt weiter mit einem Ball jonglierte.

„Wat is‘ nur los, minge Schatz? Deine älteste Tochter kann vor Verliebtheit nit mehr gerade gehen, und die andere Tochter sieht aus wie ein Kuscheltier. Wie so ein Pompon.“

„Pokémon“, verbesserte Bernd-Karl zärtlich und versenkte sein Gesicht in ihrem Strubbelhaar.

„Von mir aus. Sie machen, wat sie wollen! Jedenfalls machen sie nit dat, wat ich will!“

Die Brust von Bernd-Karl bebte vor Lachen.

„Genau das ist das Problem. Hast du in ihrem Alter genau das gemacht, was deine Mutter wollte?“

Williamson schüttelte den Kopf, dass die Haare flogen und Bernd-Karl zurückschreckte.

„Daran will ich jetz‘ nit denken. Dat waren andere Zeiten, dat musst du doch am besten wissen.“

Wieder lachte Bernd-Karl auf.

„Das sagen Altrocker auch, die in ihrer Jugend Drogen genommen und mehr Alkohol getrunken haben, als ihnen gutgetan hat, wenn sie auf die Erziehung ihrer Kinder angesprochen werden und als Väter einen eher konservativen Erziehungsstil pflegen: Das waren andere Zeiten damals!“

Ertappt drehte sich seine Frau in seinen Armen um und sah ihm in die Augen.

„Trotzdem sehen die pinken Haare grauenhaft aus. Oder nit?“

Bernd-Karl nickte.

„Natürlich. Das wird sie schon selbst irgendwann merken. Und wenn sie dann in zehn Jahren Bilder von sich anguckt, wird sie sich an den Kopf fassen und entsetzt stöhnen: Wie konnte ich nur so blöd sein! Du weißt doch: Wir können ihnen nur Wege aufzeigen. Gehen müssen sie sie selber.“

„Ja, ich weiß.“ Resigniert ließ sie ihren Kopf auf Thierry Henry sinken. Warum nur mussten diese Wege oftmals so verdamp steinig sein – vor allem für die Eltern?

Kapitel 17

„Also, die Bäckerei an der Ecke hat sich so unglaublich verschlechtert!“, schimpfte Bernd-Karl am nächsten Morgen und biss in sein Dänisches Brötchen. „Entweder sind die Brötchen klumpig oder zu hart oder zu weich! Am Anfang waren sie so schön knusprig und trotzdem fluffig. Erinnerst du dich, Mienchen?“

„Hmmm …“, die Angesprochene rührte gedankenverloren in ihrem Kaffee. Bernd-Karls allmorgendlicher Brötchentirade war sie heute noch weniger gefolgt als sonst.

„Hörst du mir überhaupt zu? Die Brötchen sind …“

„Jaja, ich habe et verstanden!“, unterbrach Williamson ihren Mann und fuhr sich durch die Haare, die auch jetzt schon nach allen Seiten abstanden.

Bernd-Karl sah sie mit schräg gelegtem Kopf an.

„Wie hast du geschlafen?“, fragte er sanft.

„Janz schlecht“, antwortete Williamson und seufzte. Es war nicht der erste Seufzer an diesem Morgen. Nicola und sie hatten sich keines Blickes gewürdigt, und ihre jüngste Tochter hatte mit einem lauten Knall der Eingangstür das Haus verlassen.

Hinzu kam, dass Williamson ständig aufgewacht war, sich hin und her gewälzt und zudem auch noch schlecht geträumt hatte. Ständig hatte sie Nicolas pinke Haare vor sich gesehen, die sie bis in ihre Träume verfolgt hatten.

Kein Wunder, dass sie nun schlecht gelaunt war.

„Denn wenn et Trömmelche jeht, dann stonn mer all parat …"

Die Eheleute zuckten zusammen. Das Handy der Kommissarin meldete sich und rettete sie aus dem Blickduell mit ihrem Mann.

„Ja!", bellte sie in das Gerät. Für Höflichkeitsfloskeln hatte sie gerade nicht den Nerv.

„Guten Morgen, Chefin", flötete Grifo in ihr Ohr. „Wir haben das Schließfach gefunden."

Vor lauter Aufregung schmiss Williamson ihren Becher um, sodass sich der Kaffee über den Tisch ergoss.

„Wo?"

„Bei einer Bank in der Innenstadt. Kurt-Schumacher-Straße."

„Ich komme da direkt hin. Wir treffen uns da, bringen Sie Cohen mit. Tschööö, Frau Grifo."

Williamson sah ihren Mann an, der dabei war, die Kaffeepfütze auf dem Küchentisch zu beseitigen.

„Ich muss los. Et hat sich wat ergeben, wat wichtig sein könnte."

Bernd-Karl nickte.

Williamson legte ihre Hand auf Bernd-Karls, die den Wischlappen hielt. Er war immer noch mit den Kaffeespuren beschäftigt.

„Un', minge Schatz? Danke, dat du da bist."

Bernd-Karl grinste und gab ihr einen Kuss auf die Nase.

„Pass auf dich auf, Mienchen."

„Du auf dich auch. Bis später."

Einen Parkplatz in der Kurt-Schumacher-Straße zu finden glich einem Ding der Unmöglichkeit, zumal dort auch noch Straßenbahnverkehr herrschte. Schließlich parkte Williamson ihre Marianne kurzerhand in der zweiten Reihe hinter einem Streifenwagen der Kollegen direkt vor der Bank. Vor dem Streifenwagen erspähte sie den alten Audi von Cohen.

Sie eilte auf ihren kurzen Beinen in die Bank und nickte kurz den uniformierten Kollegen zu, genauer gesagt der jungen Frau mit dem weizenblonden Pferdeschwanz, der wie immer hin und her wippte. Sie fand Cohen und Grifo in ein Gespräch mit einem kleinen Mann mit schütterem Haar in einem viel zu großen Anzug vor. Wahrscheinlich klärten sie gerade die Formalien. Der Krawattenknoten des Mannes war zwar korrekt gebunden, saß aber so locker, dass sie den faltigen Hals erkennen konnte. Der Kopf war viel zu groß für den kleinen Körper und stand ein wenig vor. Williamson erinnerte der Anblick an einen Geier. Sie trat zu der Gruppe und stellte sich vor.

„Manfred Weinscheid, ich bin der Geschäftsstellenleiter der Bank", sagte der Mann und gab ihr die Hand. „Ich habe die Polizei direkt informiert, als ich die Anfrage las." Er lispelte leicht.

„Warum erst jetz'?", fragte Williamson. „Die Anfrage haben wir vor zwei Tagen gestartet."

Der Geschäftsstellenleiter schaute betrübt drein. „Ich hatte Montag und Dienstag Urlaub", antwortete er, „und für die Schließfächer sind meine Stellvertreterin und ich zuständig. Meine Kollegen haben mir die Anfrage weitergeleitet, aber ich habe sie erst heute Morgen gesehen, und meine Stellvertreterin ist krank."

Die Hauptkommissarin seufzte. Der Klassiker.

„Na jut, Herr Weinscheid. Auf wen is' dat Schließfach eingetragen?"

„Auf Evelyn Jansen, sie hat es seit drei Jahren", antwortete der Geschäftsstellenleiter wie aus der Pistole geschossen.

Die Kommissarin riss überrascht die Augen auf. Auch wenn sie nicht wusste, wieso, hätte sie gedacht, dass es auf Rudolf Jansen zugelassen war.

„Wie oft kam Frau Jansen denn, um an dat Schließfach zu gehen?"

„Sie kam ungefähr einmal im Monat, manchmal mehr, und dann gleich an zwei Tagen hintereinander. Das ist ganz normal, viele Schließfachinhaber kommen mehrmals im Monat."

„Na jut, Herr Weinscheid", sagte Williamson, „dann wollen wir mal. Öffnen wir dat entsprechende Schließfach."

„Wenn ich vorausgehen darf?", fragte der kleine Mann und eilte auch schon auf Trippelschritten in den hinteren Bereich der Bank und dort eine enge Treppe hinunter in den unteren Stock. Die Kommissare folgten ihm. Hier war es angenehm kühl. Rechter Hand trennte eine Gitterwand die Schließfächer von dem Eingangsbereich ab, in dem ein kleiner Tisch mit zwei Stühlen an der gegenüberliegenden Wand stand. In die Gitterwand war eine Tür mit einem elektronischen Schloss eingelassen. Manfred Weinscheid öffnete sie, indem er die Zahlenkombination eingab. Er musste seine ganze Kraft aufbringen, um die schwere Tür zu öffnen, Cohen half ihm dabei.

„Bitte sehr", sagte der Geschäftsstellenleiter und machte eine einladende Geste in Richtung der grauen Schließfächer. „Es ist die Nummer 12036."

Die drei Kommissare betraten nacheinander den Raum. Wie in den meisten Banken üblich besaß die Bank einen Schlüssel zur Öffnung des äußeren Faches. Der Geschäftsstellenleiter öffnete es und zog die sich darin befindende Box heraus. Stumm streifte sich Grifo Handschuhe über, steckte den Schlüssel in das Schloss und öffnete die Box, während sich Manfred Weinscheid diskret zurückzog.

Grifo hob die Box heraus, ging damit aus dem gesicherten Bereich zu dem Tisch am Eingang und legte sie vorsichtig, als enthielte sie Dynamit, darauf ab. Langsam hob sie den Deckel an.

„Wat is' drin?", keuchte Williamson, die ihr hinter Cohen gefolgt war.

Die drei Kommissare standen um den Tisch und die Box herum, die nun offen vor ihnen lag.

„Dat is' alles?", fragte Williamson enttäuscht.

„Noch ein Schlüssel", seufzte Grifo.

Cohen sagte gar nichts, sondern kratzte sich nur stirnrunzelnd am Kopf. Grifo holte einen Asservatenbeutel aus ihrer Tasche. Vorsichtig nahm sie den Schlüssel, der unschuldig und allein in dem Behälter lag, und ließ ihn in den Beutel fallen. Williamson nahm ihn ihr aus der Hand und besah sich den Schlüssel von allen Seiten.

„Sieht anders aus als der Schlüssel für dat Schließfach hier“, meinte sie und zeigte ihn dem Geschäftsstellenleiter der Bank.

„Der is‘ nit von hier, oder?“

Manfred Weinscheid nahm vorsichtig den durchsichtigen Plastikbeutel in die Hand und untersuchte den Schlüssel genau.

„Nein“, meinte er langsam, „von uns ist er sicher nicht. Ich bezweifle, dass er überhaupt zu einen Bankschließfach gehört. Das sieht mir eher wie ein gewöhnlicher Schließfachschlüssel aus. Sehen Sie, hier ist eine Zahl eingestanzt. Eine Fünfzehn.“

Williamson nahm ihm den Beutel aus der Hand und reichte ihn an Grifo weiter.

„Dat heißt, dat er zu irgendeinem Schließfach gehören könnte?“, fragte sie nach.

Der Geschäftsstellenleiter nickte.

„Das vermute ich, ja. Eines mit der Nummer fünfzehn. Aber das kann überall sein.“

„Ach du lieber Himmel!“, stieß die Kommissarin aus. „Dann suchen wir noch bis zum Sankt-Nimmerleins-Tag.“

„Das finden wir nie!“, stöhnte Cohen und wischte sich wieder einmal mit einem großen Taschentuch über die Stirn, obwohl es im Untergeschoss der Bank angenehm kühl war. Wenigstens schien das Taschentuch frisch zu sein.

„Dat is‘ wie bei einer verdampten Schnitzeljagd und der Nadel im Heuhaufen!“, murrte Williamson und raufte sich die Haare, sodass sie mehr denn je einer Medusa glich. „Dat darf doch nit wahr sein!“

Ein Schritt vor, zwei Schritte zurück. Sie hatte das Gefühl, dass diese Ermittlung einem Krebsgang gleichkam.

„Also jut“, meinte sie schließlich, „wat soll et? Wir müssen weitermachen, nütz ja nix!“

Mit diesen Worten marschierte sie aus dem Tresorraum und die Treppe hinauf in den oberen Stock, gefolgt von dem Rest der Gruppe.

Draußen standen die drei Kommissare noch eine Weile auf dem Bürgersteig vor der Bank zusammen. Williamson wusste auch nicht, was sie sich von dem Schließfach erhofft hatte, aber auf jeden Fall nicht einen weiteren Schlüssel, der auch noch ins Nichts zu führen schien.

„Wir dürfen uns jetz‘ nit entmutigen lassen!“, meinte sie betont munter, obwohl ihr nicht danach war. „Wir haben den Karton mit den Hinweisen aus Angola von dem Volker Schenkendorf. Dat könnte ein Ansatzpunkt sein. Kommt, Leute, wir fahren erst mal in dat Kommissariat und überlegen unsere nächsten Schritte!“

Auf dem Weg zur Waterloostraße kaufte Williamson belegte Brötchen. Sie musste irgendetwas tun, um die Stimmung ihrer Leute, inklusive ihrer eigenen, zu heben. Übertrieben beschwingt riss sie die Tür zu ihrem Büro auf und stürmte in das Zimmer. Als ob Grifo es geahnt hätte, stellte sie für ihre Vorgesetzte gerade einen Becher dampfenden Kaffees auf den Tisch.

Williamson packte die belegten Brötchen aus, die auf große Zustimmung stießen. Während sie aßen, ließen die drei Kommissare die letzten Entwicklungen Revue passieren.

„Auf jeden Fall ist klar, warum Frau Jansen an zwei aufeinanderfolgenden Tagen in die Bank kam“, meinte Grifo schließlich, „sie hat an einem Tag den Schlüssel geholt, um irgendetwas aufzuschließen, und ihn am nächsten Tag wieder zurückgebracht.“

„Ist das nicht sehr auffällig?“, fragte Cohen mampfend und schob sich gleich noch ein Stück Schinken-Käse-Brötchen in den Mund. „Das ist doch sicherlich ungewöhnlich, dass ein Kunde oder eine Kundin …“, er grinste, „… an zwei aufeinanderfolgenden Tagen in die Bank kommt.“

Seine Vorgesetzte trank einen Schluck Kaffee und spülte damit den Brötchenrest in ihrem Mund hinunter.

„Et scheint keinem in der Bank aufgefallen zu sein. Sie haben ja gehört, wat der Dings … Weinstein …“

„… Weinscheid“, korrigierte Grifo sanft.

„Is‘ ja auch egal, also, wat der gesagt hat, nämlich dat dat für die Bank nit ungewöhnlich is‘.“

Sie wandte sich an den Baron, der sich noch ein Brötchen genommen hatte.

„Herr Cohen, bringen Sie den Schlüssel zur Frau Walter, mal gucken, wat die rausbekommt. Dann können Sie auch gleich nach dem Karton fragen, den wir gestern aus Minden mitgebracht haben, un‘ auch nach dem Vergleich von den Schriftproben, die wir bekommen haben. Un‘ denken Sie an den Fußballklub und an den Jugendklub in Kleuthen, auch wenn ich nit viel Hoffnung habe, dat sich da wat Neues ergibt. Aber man weiß nie.“

Williamson sah Grifo an.

„Wir zwei Hübschen fahren nach Winsen an der Uhe. Zu dem ehemaligen Arbeitgeber von dem Rudolf Jansen und dem Volker Schenkendorf. Da will ich schon die ganze Zeit hin.“

„Luhe“, korrigierten Grifo und Cohen wie aus einem Mund.

„Oder so.“

Kapitel 18

Während der Fahrt nach Winsen an der Luhe wusste Williamson nicht, ob sie sie genießen oder sich aufregen sollte. Die flache Landschaft faszinierte und verwunderte sie gleichermaßen, und sie konnte sich nicht daran sattsehen, ebenso wenig an den verklinkerten roten Häusern mit den hübschen Vorgärten, die so typisch für die norddeutschen Ortschaften waren. Andererseits war sie verärgert über die vielen Baustellen auf der A7, die nur noch von der Anzahl der Blitzer auf dem Weg von der Autobahn nach Winsen übertroffen wurden.

„Dat is' dat reinste Fotostudio hier!", ärgerte sich Williamson, als Grifo wieder einmal vor einem der grauen Kästen abbremste, der unauffällig neben einem Baum am Straßenrand platziert war.

Schließlich beschloss die Hauptkommissarin, die Fahrt mit ihrer jungen Kollegin zu genießen, die sie rasant, aber sicher durch die norddeutsche Ebene kutschierte. Außerdem liebte sie die Befragungen mit Grifo, die oftmals spitze, kleine Nadelstiche setzen konnte. Das war allemal besser, als im Büro zu hocken, langweilige Recherchearbeiten durchzuführen und dabei noch auf Cohens wenig attraktive Gestalt zu starren. Ihn zum Spezialisten für diese Aufgabe gemacht zu haben, war ein Schachzug, für den sich Williamson insgeheim beglückwünschte. Dann konnte sie mit Grifo ungestört ermitteln.

Die Strauss Hoch- und Tiefbau GmbH lag an einer der Hauptverkehrsstraßen von Winsen, an der dennoch rechts und links zum Teil stattliche Wohnhäuser prangten, die wie ehemalige Gutshäuser aussahen. Auch die Baufirma war in einem solchen Hof untergebracht. Die Kommissarinnen fuhren durch einen Torbogen auf einen gepflasterten Innenhof, der hufeisenförmig von drei Gebäuden umschlossen wurde. Das größte Gebäude schien der Firmensitz zu sein, rechts davon war der Fuhrpark mit einigen Baumaschinen und Lieferwagen untergebracht, denen der Firma Kannichen nicht unähnlich. Bauarbeiter waren keine zu sehen, viele der Parkplätze waren leer. Offensichtlich befanden sich Mensch und Maschine bei diversen Baustellen.

Links befand sich ein kleineres Gebäude. Es war eines dieser hübschen Häuser mit rotem Klinker und weißen Fensterläden, die Williamson so mochte. Es diente offensichtlich als Wohnhaus. Davor stand ein dunkler Jeep.

Anstelle einer Klingel gab es am Hauptgebäude einen messingbeschlagenen Klopfer auf einer grün lackierten Tür. Das Firmenschild mit einem stilisierten Strauß verriet, dass sie richtig waren. Williamson hoffte, dass der Firmeninhaber da war. Sie hatten sich nicht angekündigt, da die Kommissarin das Überraschungsmoment nutzen wollte.

Williamson klopfte energisch.

Es dauerte nicht lange und die Tür wurde aufgerissen. Eine mollige Frau mit gewelltem, dunkelbraunem Haar starrte sie an. Sie trug Jeans und ein T-Shirt, auf dem ein großer Glitzerstern prangte. Ihre Füße steckten in bequemen Turnschuhen. Misstrauisch beäugte sie die beiden Frauen, die vor ihr standen, von oben bis unten.

„Ja, bitte?"

„Ich bin Elena Grifo, das ist Hauptkommissarin Williamson, Kripo Hannover", stellte sich Grifo freundlich vor, und sie und ihre Vorgesetzte hielten der Frau ihre Ausweise unter die Nase.

„Können wir Ihren Chef sprechen, den Herrn ...", Hilfe suchend sah Williamson zu Grifo.

„Wilhelm Strauss", half Grifo ihrer Chefin.

Unwillkürlich trat die Frau einen Schritt zurück.

„Sie haben Glück, Herr Strauss ist gerade von einer Baustelle zurückgekehrt. Bitte kommen Sie."

Sie ließ die Kommissarinnen eintreten. Williamson sah sich neugierig um. Im Gegensatz zur Firma Kannichen war dieser Unternehmenssitz tatsächlich wie ein traditioneller Gutshof mit weiß getünchten Wänden, viel Holz, schweren Balken und weiteren Naturmaterialien eingerichtet. Williamson erinnerte das Ambiente an das Haus von Iris Grundler und ihrem Mann.

Die Frau führte sie durch ein helles, freundliches Büro, in dem zwei Frauen und ein Mann emsig an Computern arbeiteten, zu einer offenen Tür linker Hand.

„Wilhelm, hier sind zwei Frauen, die dich sprechen wollen. Von der Polizei."

„Sollen reinkommen“, kam von innen eine tiefe, dröhnende Stimme.

Sie nickte den Kommissarinnen zu.

„Danke.“ Grifo lächelte sie an.

„Kannst du uns drei Kaffee bringen, Anke?“, fragte der Mann, der sich hinter einem wuchtigen Schreibtisch aus Holz erhob. Der Kommissarin fiel auf, wie groß er war, sicher an die ein Meter neunzig. Unwillkürlich fragte sie sich, welche Schuhgröße er hatte. Er war nicht nur groß, sondern auch ausgesprochen muskulös, und bewegte sich mit der Geschmeidigkeit einer Raubkatze. Sein Haar war militärisch kurz geschnitten und blond, aber mit grauen Strähnen durchsetzt, was jedoch durch die Helle der Haare kaum auffiel. Das braun gebrannte Gesicht war von feinen Falten durchzogen.

Seine stahlblauen Augen hefteten sich auf Williamson.

„Ich habe von den Morden in Kleuthen durch die Medien erfahren“, sagte er statt einer Begrüßung und schüttelte ihnen die Hände. „Bitte, setzen Sie sich.“

Der macht nit lange drumherum, dachte die Kommissarin wieder bei sich, der kommt direkt zur Sache!

Alle drei setzten sich um einen runden Holztisch, der in einer Ecke des Zimmers stand. Williamson betrachtete interessiert die Maserung. Strauss bemerkte es und lächelte leicht.

„Ein Schreiner hier aus dem Ort stellt diese Möbel her. Er hat unsere ganze Büroeinrichtung gemacht. Holz lebt, es …“, er zögerte kurz, „… strahlt Wärme aus und sorgt so für eine angenehme Arbeitsatmosphäre.“

„Sehr schön," sagte Williamson. „Aber deshalb sind wir nit hier. Wat können Sie uns über Herrn Jansen und auch über Volker Schenkendorf berichten?"

Bevor Wilhelm Strauss antworten konnte, öffnete sich die Tür und Anke kam mit drei großen, dampfenden Kaffeebechern herein. Der Firmeninhaber wartete, bis sie wieder draußen war und die Tür geschlossen hatte.

„Rudolf war ein sehr guter Ingenieur. Gewissenhaft, fachlich kompetent, zuverlässig. Dabei aber auch innovativ. In Afrika, zumal wenn die Umstände so waren wie in Angola, muss man das sein. Er hat quasi aus Spanbrettern stabile Gerüste bauen können, nur so als Beispiel."

„Ja, dat haben wir schon gehört", nickte Williamson und nippte an ihrem Kaffee. Er war gut, stark und cremig, fast so gut wie der aus dem Kommissariat. Sie schmatzte ein wenig, bevor sie fortfuhr.

„War er manchmal … sagen wir mal, melancholisch?"

Überrascht sah Wilhelm Strauss sie an und schüttelte dann den Kopf.

„Nein, nie. Wie kommen Sie darauf?"

„Weil er in den letzten Jahren wohl Anzeichen von Melancholie oder Depression gezeigt hat."

Strauss war sichtlich erstaunt.

„Das höre ich zum ersten Mal. In Angola war das nicht so."

„Wat war mit Volker Schenkendorf?"

Der Firmeninhaber faltete seine Hände auf dem Tisch.

„Volker war ein ruhiger Typ. Sensibler als Rudolf. Ist er denn auch depressiv?"

„Er war sogar schwer depressiv, als er starb."

Wilhelm Strauss riss die Augen auf und fuhr sich dann mit der Hand über das Gesicht.

„Er ist tot? Mein Gott, das wusste ich nicht. Wir hatten lange keinen Kontakt mehr, seitdem er Angola verlassen hatte."

„Wat war mit Rudolf Jansen? Hatten Sie zu ihm noch Kontakt?"

Strauss schüttelte vehement den Kopf.

„Nein, ebenso wenig wie zu Volker. Beide haben Angola ziemlich überstürzt verlassen, seitdem habe ich lange Zeit nichts von ihnen gehört oder gesehen."

Aufgeregt beugte sich Williamson nach vorn.

„Wieso haben die beiden so plötzlich Angola verlassen?"

„Das weiß ich nicht. Nachdem zwei meiner fähigsten Ingenieure fort waren, habe ich die Niederlassung in Angola ein Jahr später geschlossen. Es lohnte sich einfach nicht und war auch zu gefährlich. Wir waren dann noch bis zum Jahr 2000 in Südafrika, nach dem Ende der Apartheid boomte das Geschäft. Aber dann ... nun, ich wollte einfach zurück nach Deutschland, habe in Johannesburg alles aufgegeben und bin dann hierher nach Winsen gezogen. Ich komme von hier, müssen Sie wissen. Das hier ...", er machte eine große Geste, die den gesamten Raum umschloss, aber er meinte wohl das gesamte Anwesen, „... ist wie ein Refugium für mich, wie das Paradies. Wenn man so lange in verschiedenen Krisengebieten in Afrika war, kann man kaum glauben, dass es einen so friedlichen Ort gibt."

Williamson lächelte leicht.

„Meiner Erfahrung nach sind die friedlichsten Orte oftmals die gefährlichsten. Die Gefahr is‘ nur nit so offensichtlich, sondern eher unter der friedlichen Oberfläche zu finden. Wie in Kleuthen. Auch so ein paradiesischer Ort. Aber die Jansens sind jetz‘ tot. Kannten Sie Evelyn Jansen auch jut?“

Wilhelm Strauss lehnte sich zurück, verschränkte die Hände vor seinem Oberkörper und sog seine Unterlippe ein. Williamson beobachtete ihn genau.

„Ja, natürlich kannte ich Evelyn Jansen.“

„Sie mochten sie nicht besonders“, bemerkte die Hauptkommissarin. Es war eher eine Feststellung als eine Frage.

Strauss sah sie mit einem undurchdringlichen Gesichtsausdruck, aber sehr intensiv an. Die hellen Augen schienen sich in ihre zu bohren. Seine Kiefermuskeln traten hervor.

„Nein“, sagte er langsam, „ich mochte sie nicht besonders, da haben Sie recht. Ich empfand sie immer als …“, er schluckte, bevor er fortfuhr, „… kalt.“

Williamson wechselte einen Blick mit Grifo. Diese Einschätzung des Charakters von Evelyn Jansen hörten sie nicht zum ersten Mal.

„Sie hat viel für die Bildung der Kinder in Angola getan“, sagte Williamson und ließ ihn dabei nicht aus den Augen. „Sie hat sogar eine Mädchenschule in Lucapa ehrenamtlich aufgebaut. Die Schulleiterinnen sowohl in Luanda als auch in Lucapa haben sie quasi zu einer Heiligen erklärt.“

Eine Weile hingen ihre Worte im Raum. Wilhelm Strauss starrte sie immer noch an, nun regte sich kein Muskel mehr in seinem Gesicht.

„Das mag sein“, antwortete er schließlich, „ich kann Ihnen nur schildern, wie ich sie empfand.“

„Schien Ihnen die Ehe der beiden intakt zu sein?“, fragte die Hauptkommissarin weiter.

Nun kam Leben in den Geschäftsführer.

„Ja, sicher“, sagte er zwar in einem gleichmütigen Tonfall, aber mit einem bekräftigenden Nicken, „sie waren ein gutes Team. Ich empfand ihre Beziehung als harmonisch.“

„Mal wat anderes“, Williamson ließ die Beine baumeln, „wissen Sie wat darüber, dat Rudolf Jansen un‘ Volker Schenkendorf vielleicht in den Handel mit Diamanten verstrickt waren? Womöglich illegal?“

„Was?“ Der Geschäftsführer breitete die Arme aus, nur um sie wieder vor seinem Körper zu verschränken. Wieder hatte er die Augen weit aufgerissen vor Verwunderung. „Das kann ich mir nicht vorstellen. Rudolf und Volker im Diamanthandel? Nein, das passte nicht zu ihnen!“ Er hatte das sehr bestimmt gesagt.

„Immerhin haben die beiden für Ihre Firma im Diamantengebiet von Angola gearbeitet, im Nordosten“, warf Grifo ein, die bis dahin geschwiegen hatte. „Es war zudem UNITA-Gebiet.“

Wilhelm Strauss lachte auf. Es klang bitter.

„Das müssen Sie mir nicht sagen. Wir haben sogar die Minen mit ausgebaut und haben so manchen UNITA-Offizier, sagen wir mal, mit monetären Mitteln ‚überreden‘ müssen, mit uns zu kooperieren. Das war ganz normal. Aber Diamanthandel, auch noch illegal? Das ist eine ganz andere Nummer. Das kann ich mir bei den beiden absolut nicht vorstellen.“

„Und Evelyn?“, fragte Grifo sanft.

Jut so, Mädchen, dachte ihre Vorgesetzte und grinste innerlich. Wieder einmal wusste sie, warum sie so gerne mit ihrer jungen Kollegin Befragungen durchführte.

Strauss schlug die Beine übereinander und sah nun Grifo eindringlich an.

„Evelyn? Nein, also wirklich! Sie war Lehrerin an der Schule in Lucapa, die sie mitgegründet hatte! Wie sollte sie an Diamanten kommen?“

„Über ihren Mann zum Beispiel?“ Williamson fuhr sich durchs Strubbelhaar und beugte sich dann nach vorne. „Sie haben selbst gesagt, dat Sie sie als kalt empfunden haben. Sie hätte vielleicht keine Skrupel gehabt.“

Heftig schüttelte Strauss den Kopf.

„Das kann ich mir beileibe nicht vorstellen“, sagte er tonlos. Er war sichtlich erschüttert.

„Sie sagten vorhin, dass Sie Rudolf und Volker lange nicht gesehen haben, nachdem Sie Angola den Rücken gekehrt hatten. Das heißt aber nicht, dass Sie sie nie wiedergesehen haben, habe ich recht?“ Grifo sah Wilhelm Strauss mit schräg gelegtem Kopf an.

„Sie haben recht“, sagte der muskulöse Mann. „Wir haben uns wiedergesehen. Einmal. Das war 2006 bei der Fußball WM in Deutschland. Angola hatte sich dafür qualifiziert. Das war eine große Sache, denn der Bürgerkrieg war zu dem Zeitpunkt erst seit vier Jahren beendet. Die angolanische Nationalmannschaft hat eines ihrer Spiele in Hannover ausgetragen. Gegen Mexiko. Deutsche mit Geschäftsbeziehungen – oder auch ehemaligen Geschäftsbeziehungen, so wie Rudolf, Volker und ich – oder deutsche

Staatsangehörige, die sich um das Land verdient gemacht hatten, so wie Evelyn, wurden zu diesem Spiel eingeladen. Mit einem Essen davor, das Spiel wurde in der VIP-Loge geguckt. Das war etwas Besonderes."

„Un' da waren Sie, die Jansens un' Volker Schenkendorf?", versicherte sich Williamson.

„Ja", sagte er schlicht. „Es war ein schöner Abend, aber mehr auch nicht. Wir haben uns wiedergetroffen, den Abend miteinander verbracht und sind wieder auseinandergegangen."

„Sie haben dat Treffen also nit zum Anlass genommen, den Kontakt wiederaufleben zu lassen?"

„Nein …", der Geschäftsführer schüttelte den Kopf, „… wissen Sie, die Zeit in Afrika war nicht einfach. Der Kontinent prägt, das ist einfach so. Ich wollte das alles hinter mir lassen. Dazu gehörten auch die Bekanntschaften mit den Jansens und Volker."

Eine leichte Bewegung in der linken hinteren Ecke ließ Williamson aufschauen. Die Besucherinnen hatten bisher nicht gesehen, dass sich dort ein weiterer Raum anschloss, der sanft beleuchtet war. Was sie dort erblickte, ließ sie erschauern und zur Salzsäule erstarren. Der Raum war mit einer Schiebetür versehen, die zur Seite geschoben war und so den Blick auf das freigab, was sich in dem Raum befand. Es war ein großes, sehr großes Terrarium, das fast die gesamte hintere Wand des Raumes einnahm, und darin bewegten sich …

„Schlangen", flüsterte Williamson und sprang auf. Entsetzt starrte sie Wilhelm Strauss an. „Sie haben Schlangen?"

Auch Grifo war aufgesprungen und starrte zu dem Terrarium hinüber.

Ruhig blickte der Geschäftsführer die Kommissarin an. Dann verzog sich sein Gesicht zu einem leichten Lächeln.

„Ja", sagte er schlicht, „ich liebe diese Tiere. Kommen Sie, ich zeige sie Ihnen."

Er stand auf, ging gemäßigten Schrittes voran in den Raum und blieb vor dem Terrarium stehen. Zögernd folgten ihm die Kommissarinnen.

Mit einer Mischung aus Faszination und Abscheu starrte Williamson auf die sich windenden Leiber. Es waren, soweit sie das sehen konnte, zwei Stück. Sie waren grau-braun, schlank und lang, sehr lang. Eine der beiden riss das Maul genau in dem Moment auf, als die Hauptkommissarin zu ihr hinschaute. Es lief ihr kalt den Rücken herunter. Das Maul war schwarz. Sie hatte kürzlich mit Bernd-Karl eine Dokumentation über die gefährlichsten Schlangen der Welt gesehen. Diese Schlange war auch darin vorgekommen, es war …

„Eine Schwarze Mamba", flüsterte sie. Der Schock fuhr ihr in die Glieder. Sie konnte den Blick nicht von den Schlangen abwenden. Schließlich zwang sie sich dazu und sah Strauss an.

„Sie halten hier Giftschlangen? Schwarze Mambas? Mein Jott!"

Mit einem entrückten Lächeln blickte Wilhelm Strauss auf die Schlangen. Sein Blick war beinahe zärtlich.

„Ja, das sind Schwarze Mambas. Schön, gefährlich und sehr giftig. Schwarze Mambas kommen sowohl in Südafrika als auch in Angola vor."

Grifo und Williamson starrten gebannt auf das Terrarium. Wieder öffnete die eine der Schwarzen Mambas ihr Maul.

„Na komm, Alekto, was ist?“, murmelte er beruhigend, als sei die Schlange ein Hund, ein Kuscheltier, das gleich auf seinen Schoß hüpfen würde.

„Schwarze Mambas sind normalerweise Einzelgänger, außer in der Paarungszeit. Das ist einer der Gründe, warum das Terrarium so groß ist“, erklärte Strauss den Polizistinnen.

Immer noch gebannt stierte Williamson in das Terrarium. Jedes Härchen ihres Körpers hatte sich aufgestellt. Plötzlich schien sich einer der Äste eines dicken Stamms, der dekorativ im Terrarium platziert war und an dem sich die Schlangen hochwinden konnten, zu bewegen. Entsetzt machte die Kommissarin einen Satz zurück, sodass sie gegen Grifo prallte.

„Wat is‘ dat, um Himmels willen?“

Geradezu entzückt schaute Wilhelm Strauss von ihr zum Terrarium.

„Darf ich vorstellen? Das ist eine Kap-Vogelnatter. Sie lebt ebenfalls in Südafrika und auch Angola und dabei am liebsten in Bäumen. Außerdem ist sie spitzenmäßig getarnt, weil sie wie ein Ast aussieht. Kaum davon zu unterscheiden. Sie ist hochgiftig. Wenn man von ihr gebissen wird, erleidet man innere Blutungen und Nierenversagen, bis zum Tod.“

„Oh mein Jott“, flüsterte Williamson. Grifo neben ihr war gespannt wie eine Feder, die Kommissarin konnte ihre Abscheu förmlich spüren.

Plötzlich wandte die Schlange den Kopf und schien die Menschen anzustarren. Ihre Kehle blähte sich auf wie ein Ball, sodass der Kopf doppelt so groß und breit erschien.

„Sie fühlt sich bedroht", erklärte Strauss. „Sie bläht die Kehle auf, damit sie größer erscheint."

„Nett", kommentierte Grifo trocken und wandte sich ab.

„Ist schon gut, Tisiphone, schon gut", murmelte Wilhelm Strauss beruhigend in Richtung der Schlange.

Williamson schüttelte den Kopf. Ihre Tierliebe hörte genau hier auf und auch ihr Verständnis für den Geschäftsführer.

„Dürfen Sie überhaupt Giftschlangen halten?", fragte sie und zwang sich, den Blick von den Schlangen ab- und ihn Wilhelm Strauss zuzuwenden.

„Aber ja, auch wenn die Haltung von Giftschlangen grundsätzlich verboten ist. Aber es gibt Ausnahmeregelungen, die ich alle einhalte", erklärte ihr Gastgeber.

Er erläuterte den Kommissarinnen, dass man Giftschlangen halten durfte, wenn keine Gefahr für Dritte entstand und Gegenmittel bereitstanden, die er selbstverständlich hatte. Ebenso einen abschließbaren Giftschlangenraum mit allen Vorkehrungen.

„Ich habe in Angola und Südafrika ehrenamtlich Schlangen gefangen und kann einen entsprechenden Sachkundenachweis beibringen", so Strauss.

„Ich finde Schlangen faszinierend", fuhr er fort, als ob er nicht bemerkte, dass Williamson und Grifo das Adrenalin durch die Körper schoss. Aber vielleicht genoss er nur ihren Schockzustand.

„Sie töten nur, um zu überleben, aber mit einer Präzision und Gnadenlosigkeit, die ihresgleichen suchen. Dazu sind sie elegant und schön", ergänzte er und schaute wieder mit diesem entrückten Gesichtsausdruck zu den Tieren.

Um sich abzulenken, ließ Williamson den Blick schweifen. Wie bei den Jansens waren viele Devotionalien aus Afrika an den Wänden: Masken, Bilder und Gegenstände, die wie Werkzeug aussahen. So ganz von seiner afrikanischen Vergangenheit loslassen konnte Wilhelm Strauss dann doch nicht.

Die Hauptkommissarin nickte knapp.

„Verstehe. Welche Schuhgröße haben Sie?"

Falls ihn die Frage verwunderte, ließ es sich Wilhelm Strauss nicht anmerken.

„Ich lebe auf großem Fuß: Tatsächlich habe ich Größe sechsundvierzig."

Die Kommissarinnen wechselten einen Blick. Die Größe kam hin.

Schließlich legte Williamson ihren Kopf schräg.

„Beeindruckend. Wat haben Sie am Sonntagmorgen in der Zeit von circa acht Uhr dreißig bis, sagen wir mal, zehn Uhr gemacht?"

Der Bauunternehmer verschränkte die Hände vor der Brust, dass seine Unterarmmuskeln hervortraten, und lächelte.

„Sie verdächtigen mich? Na gut, also, mein Mitarbeiter Dieter Clerken und ich waren gegen acht Uhr dreißig am Sonntagmorgen zum Frühstück bei mir in der Wohnung verabredet. Das ist das kleine Häuschen links, wenn Sie auf den Hof fahren. Anschließend waren wir hier und haben die Unterlagen für unseren Steuerberater vorbereitet. Wir sind spät dran mit der Steuer und müssen uns ranhalten in diesem Jahr."

„Ich nehme an, dat kann Herr … Dings …"

„Clerken", half Grifo aus,

„… Clerken, danke, Frau Grifo, bestätigen?"

Jetzt lachte Strauss auf.

„Aber selbstverständlich, Frau Kommissarin!", grinste er. „Fragen Sie ihn! Er ist gerade auf einer Baustelle unterwegs. Soll ich ihn anrufen?"

„Nein, dat is' nit nötig, dat machen wir selbst. Können Sie uns bitte seine Handynummer geben?"

„Aber selbstverständlich."

Strauss diktierte aus dem Kopf die Nummer, Grifo schrieb mit.

Anschließend wechselte diese einen Blick mit ihrer Vorgesetzten, die sich straffte.

„Dat war et auch schon, Herr Strauss. Hat doch gar nit wehgetan."

Sie wandte sich zum Gehen, drehte sich dann aber noch einmal um.

„Ach, da fällt mir noch wat ein."

Sie zückte ihr Handy, wischte unter Fluchen darauf herum und hielt Strauss schließlich eines der Bilder, das sich in dem Karton auf dem Dachboden der Schenkendorfs befunden hatte und von dem sie ein Handyfoto geschossen hatte, unter die Nase. Es war das Bild von Evelyn Jansen, umrahmt von ihrem Mann und Volker Schenkendorf.

„Kennen Sie dat Bild? Wissen Sie, wo dat gemacht worden is'?"

Zu ihrer Überraschung nickte Wilhelm Strauss.

„Ja, das Bild kenne ich, denn ich habe es gemacht. Es ist in einem Restaurant in Lucapa entstanden."

„Dann is' dat Foto auch von Ihnen gemacht worden?"

Williamson zeigte ihm das Bild von Rudolf Jansen und Volker Schenkendorf am Tisch desselben Restaurants sitzend, jeweils mit einer Flasche Bier vor sich.

Wilhelm Strauss schüttelte den Kopf.

„Nein, das Bild hat Evelyn gemacht. Aber ich stand daneben. Ich kann mich nicht mehr genau erinnern, aber ich glaube, ich habe die drei zufällig getroffen. Da haben sie mich gebeten, das Foto zu schießen."

„Ach so. Also jut, na dann … un' kennen Sie den?"

Sie hatte das Bild von dem afrikanischen Soldaten aufgerufen.

Wilhelm Strauss warf einen flüchtigen Blick darauf.

„Nein, den kenne ich nicht. Den habe ich noch nie gesehen."

Er hatte mit der Antwort gezögert, nur einen Bruchteil einer Sekunde, aber Williamson war es nicht entgangen.

„Sind Sie sicher? Gucken Sie noch mal genau hin!"

Strauss betrachtete das Bild noch einmal und schüttelte den Kopf.

„Ich bin mir sicher. Ich kenne den Mann nicht. Er trägt eine UNITA-Offiziersuniform und scheint ranghoch gewesen zu sein. Mehr kann ich Ihnen nicht sagen."

Die Kommissarin schaute ihn noch eine Zeit lang durchdringend an, Strauss erwiderte ihren Blick mit unbewegter Miene.

„Dat war et auch schon. Danke für Ihre Zeit, Herr Strauss, und auf Wiedersehen", sagte sie schließlich. Sie war sich sicher, dass der Mann log.

Im Großraumbüro stand die Frau namens Anke an einem Schreibtisch, einige Papiere in der Hand, und lächelte.

„Fertig?", fragte sie freundlich.

„Fertig", antwortete Williamson und sah die Frau neugierig an. „Sagen Sie mal, Frau … Anke, haben Sie eigentlich keine Angst?"

Die Frau hob erstaunt die Augenbrauen.

„Angst? Wovor sollte ich – oder wir – Angst haben?"

„Na, vor den Schlangen!", platzte es aus der Kommissarin heraus. „Ich mein', dat sind doch gefährliche Giftschlangen! Wat is', wenn die mal aus ihrem Dings … Aquarium …"

„… Terrarium", verbesserte Grifo sanft.

„Also jut, Terrarium ausbrechen? Wat dann? Dann können Sie nur noch rennen, dat sage ich Ihnen!"

Die Frau lachte und machte eine abwehrende Geste.

„Aber nein! Wilhelm kennt sich aus, er war Schlangenfänger in Afrika. Da kann nichts passieren, da sind wir alle ganz sicher."

„Na, Sie haben aber ein Jottvertrauen!", brummte Williamson, verabschiedete sich und wandte sich kopfschüttelnd ab.

Draußen vor der Tür atmeten die Kommissarinnen tief durch und sahen sich dann an. Eine Weile sagte keine von beiden ein Wort, bis Grifo den Blick über die Idylle schweifen ließ.

„Ich frage mich", sagte sie langsam, „ob die Nachbarn wissen, dass sie Tür an Tür mit drei hochgefährlichen Giftschlangen leben!"

„Dann wäre et mit dem Refugium womöglich zu Ende, dann käme aber so wat von Leben in die Bude!", stieß Williamson aus und stemmte die Hände in die Hüften. „Giftige Schlangen im Arbeitszimmer! Mitten in Deutschland! Ich fass' et nit!"

Gerade als Grifo etwas erwidern wollte, bog ein Auto von der Hauptstraße ab und fuhr durch den Torbogen auf den Hof. Es war ebenfalls ein Jeep, ähnlich dem, der vor dem Wohnhaus von Wilhelm Strauss stand. Er hielt direkt vor dem Haupthaus und damit vor den Kommissarinnen. Ein hochgewachsener Mann stieg aus und musterte die beiden Frauen misstrauisch. Auch er wirkte durchtrainiert, nur nicht ganz so muskulös wie der Geschäftsführer. Die hellbraunen Haare waren ebenfalls sehr kurz geschnitten.

Grifo erfasste die Situation als Erste und ging strahlend auf den Mann zu.

„Herr Clerken? Das ist ja ein toller Zufall! Dann müssen wir Sie ja gar nicht mehr anrufen! Wir haben ein paar Fragen an Sie."

Sie stellte sich und ihre Chefin vor und baute sich mit ihrer schlanken Gestalt so vor dem hochgewachsenen Mann auf, dass dieser nicht ausweichen konnte.

„Wir waren gerade bei Herrn Strauss. Er erzählte uns, dass Sie am Sonntagmorgen hier zusammensaßen."

„Das stimmt. Wir haben uns um halb neun bei ihm zum Frühstück verabredet und dann die Steuer vorbereitet, damit unser Steuerberater alles fertig machen kann. Das hat ungefähr bis vier Uhr am Nachmittag gedauert. War ganz schön viel Arbeit."

Dieter Clerken hatte eine ungewöhnlich hohe Stimme.

Williamson sah ihn mit zusammengekniffenen Augen an.

„Kann dat noch jemand bestätigen? War noch eine Mitarbeiterin oder ein Mitarbeiter ...", Williamson war gendertechnisch sehr stolz auf sich, „... dabei?"

Dieter Clerken wandte sich ihr zu.

„Nein, tut mir leid, Frau Kommissarin, wir waren allein. Das sind vertrauliche Unterlagen, die nicht jeder einsehen sollte."

„Verstehe. Welche Schuhgröße haben Sie?"

Clerken starrte sie an. Für einen Moment war so etwas wie Abscheu auf seinem Gesicht zu erkennen, vermischt mit etwas, das Williamson nicht deuten konnte, es war fast etwas Animalisches.

„Ich habe Größe fünfundvierzig, manchmal sechsundvierzig, kommt darauf an."

„Danke, Herr Clerken, das war es auch schon", flötete Grifo, und sie und ihre Vorgesetzte verabschiedeten sich. Als sie langsam zu ihrem Auto gingen, spürten sie die Blicke von Clerken in ihrem Rücken.

„Wie praktisch, die beiden geben sich gegenseitig ein Alibi", murmelte Grifo so leise, dass es nur ihre Chefin hören konnte. „Und ebenso praktisch, dass die Schuhgröße nicht passt."

Bei Williamson setzte ein vertrautes Prickeln zwischen den Schulterblättern ein. Und auch in ihrem Bauch summte und brummte es, als wäre ein ganzer Bienenschwarm unterwegs.

Kapitel 19

„Strauss hat gelogen“, meinte Williamson, als Grifo den Wagen aus der Hofeinfahrt hinaus auf die Hauptstraße und von da stadtauswärts Richtung Autobahn gelenkt hatte. „Als wir ihn nach dem angolanischen Soldaten gefragt haben. Ich bin davon überzeugt, dat der den kannte.“

Grifo nickte.

„Ich weiß, was Sie meinen. Er hat mit der Antwort gezögert. Nur eine Winzigkeit, aber er hat gezögert. Zumal Lucapa im UNITA-Gebiet lag, ebenso die Minen. Und da will er den Offizier, der aller Wahrscheinlichkeit nach hochrangig war, nicht gekannt haben? Das ist doch komisch!“

„Ich hoffe ja, dat wir bald rausfinden, wer der Mann war. Un‘ noch ein paar Dinge mehr zu dem Inhalt von dem Karton.“ Williamson lehnte sich vor und ließ sich das Gesicht von der Klimaanlage kühlen.

„Wir müssen den Strauss un‘ auch den Clerken durchleuchten. Ich will alles über die beiden wissen. Irgendwat kommt mir bei denen seltsam vor.“

Grifo nickte.

„Mir geht es genauso. Ich finde es auch komisch, dass Strauss nie Kontakt zu den Jansens und zu Volker Schenkendorf hatte. Winsen an der Luhe und Hannover bzw.

Kleuthen liegen ja nicht so weit voneinander entfernt. Gut, Minden ist ein bisschen weiter weg, aber trotzdem. Anscheinend hatten sie kein so enges Verhältnis."

Williamson fuhr sich durch die verschwitzten Strubbelhaare.

„Anscheinend nit. Wat uns zu der einzigen Begegnung bringt, die die ganze Truppe miteinander hatte."

„Die WM 2006. Das war damals ein Megading. Die Welt zu Gast in Hannover! Da war vielleicht was los!"

Williamson nickte und lächelte in der Erinnerung an das „Sommermärchen".

„Ich weiß, ich kann mich erinnern. In Köln waren auch einige Spiele. Die ganze Stadt stand Kopf." Sie schwieg eine Weile. Ihre Gedanken rasten. Das war eine neue Spur, der sie nachgehen mussten.

Bevor sie weitersprechen konnte, klingelte ihr Handy. Auf dem Display sah sie, dass es Cohen war. Da das Handy mit der Freisprechanlage in ihrem Dienstwagen gekoppelt war, konnte Grifo das Gespräch mithören. Voraussetzung war, dass Williamson die richtigen Knöpfe drückte. Was nicht so einfach war.

„Verdamp, dat darf doch nit wahr sein!" Sie drückte hektisch einige Knöpfe vor ihr, aber es klingelte unerbittlich weiter.

In aller Seelenruhe betätigte Grifo einen Schalter an ihrem Lenkrad und stellte so die Verbindung her.

„Hallo? Chefin? Frau Grifo?"

Cohens tiefe und trotzdem leicht näselnde Stimme dröhnte überlaut aus den Lautsprechern des Wagens. Schnell drückte Grifo an ihrem Lenkrad herum, sodass seine Stimme nun deutlich leiser und damit angenehmer zu hören war.

„Hallo Herr Cohen. Wat gibt et?“, sprach Williamson ihren Mitarbeiter an.

„Hallo Chefin. Also, ich habe mit Vertretern vom Jugendklub und vom Fußballklub Kleuthen gesprochen. Wie Sie schon vermutet haben, haben die Herrschaften nur Gutes berichtet. Das Ehepaar Jansen war extrem engagiert. Rudolf Jansen war beim FC Kleuthen Trainer der E-Jugend und half auch manchmal bei der D-Jugend aus. Und Evelyn Jansen hat den Jugendklub mitgegründet, das wissen wir ja schon. Sie war bis zu ihrem Tod im Jugendklub engagiert und hat mehrere Gruppen geleitet, Fahrten und Veranstaltungen organisiert und einen Kochkurs für Jugendliche durchgeführt.“

„Wat? Sagen Sie dat noch mal!“

Williamson konnte es nicht glauben. Für die Jugendlichen und Schüler hatte Evelyn Jansen gekocht und sogar Kurse geleitet. Für ihre eigene Familie hatte sie noch nicht einmal ein Mittag- oder Abendessen zustande gebracht.

„Sie hat Kochkurse für Jugendliche durchgeführt“, wiederholte der Baron. „Was ist denn daran so ungewöhnlich?“

Die Kommissarin schwieg eine Weile. Dann sagte sie: „Ich weiß et auch nit. Vielleicht nix. Aber ich finde et einfach komisch, dat sie so viele Kochkurse gegeben hat, aber für ihre eigene Familie nit gekocht hat. Die Küche in dem Haus von den Jansens sah aus wie in einer Studenten-WG!“

Es passte einfach nicht zusammen. Gar nichts passte zusammen, am wenigsten die Persönlichkeit von Evelyn Jansen. Williamson konnte sie einfach nicht greifen.

„Mal wat anderes", nahm Williamson den Faden auf. „Wat wissen Sie über die Fußball WM 2006?"

„‚Die Welt zu Gast bei Freunden'", zitierte Cohen, und seine Stimme schwoll noch mehr an. „Das war ein Riesenereignis damals. Auch in Hannover hat es WM-Spiele gegeben."

„Ja. Un' eines war ein Spiel der angolanischen Nationalmannschaft. Gegen … Dings …"

„Mexiko", half Grifo aus.

„Mexiko", echote Williamson. „Wir haben erfahren, dat die Jansens, Volker Schenkendorf un' Wilhelm Strauss, der ehemalige Arbeitgeber von Jansen un' Schenkendorf, als VIP-Gäste der Angolaner dabei waren. Ich will alles über dat Spiel wissen. Wer von den Angolanern da war. Wie die VIP-Betreuung abgelaufen is'. Wer die übrigen Gäste waren. Einfach alles."

„Ja, Chefin, mache ich. Ich war übrigens auch bei dem Spiel."

„Bei welchem Spiel? Angola gegen … Dings … Mexiko?"

„Ja. Aber leider nur als normaler Zuschauer, nicht auf der VIP-Tribüne. Die angolanischen Zuschauer waren schier aus dem Häuschen. Wussten Sie, dass die Nationalmannschaft in Celle untergebracht war?"

„Wie? Wat? Die von Angola?"

„Ja, genau."

„Dann kriegen Sie raus, wo genau, un' fragen Sie da auch nach. Vielleicht hat et da auch Empfänge oder so gegeben. Sie sind doch kein Anfänger mehr, Sie kennen doch den ganzen Quatsch!"

„Wird gemacht, Chefin." Der Baron hörte sich ein wenig beleidigt an, sodass sein Näseln stärker wurde, aber das war Williamson herzlich egal.

„Un', Herr Cohen?"

„Ja?"

„Durchleuchten Sie mal den Wilhelm Strauss, den Firmeninhaber der Strauss Hoch- un' Tiefbau GmbH, un' seinen Mitarbeiter, den ...", Hilfe suchend sah Williamson zu Grifo hinüber, die sowohl konzentriert fuhr als auch zuhörte.

„Dieter Clerken", ergänzte die Oberkommissarin lächelnd.

„Dieter Clerken", echote die kleine Kommissarin wieder. „Auch da will ich alles wissen, bis hin zur Schuhgröße."

„Gut", sagte Cohen knapp. Es klang erstickt.

„Sagen Sie mal, Herr Cohen, gibt et schon wat Neues zu dem Inhalt von dem Karton von Volker Schenkendorf?"

Wieder war es eine Weile still. Williamson sah vor ihrem inneren Auge, wie der Baron an seinem Schreibtisch saß und sich missmutig mit einem übergroßen Taschentuch übers Gesicht wischte.

„Noch nicht. Die Auswertung läuft noch. Und ich recherchiere zu den Bildern und Notizen."

„Ein bisschen wat wissen wir schon. Zumindest ein Bild, dat im Restaurant in Lucapa entstanden is', hat Wilhelm Strauss gemacht. Dat hat er uns bestätigt. Alles andere is' aber noch unklar."

„Wie zum Beispiel, wer der angolanische Offizier auf einem der Bilder ist. Das konnte oder wollte uns Herr Strauss nicht sagen“, warf Grifo ein.

„Wir sind uns aber sicher, dat er et weiß“, ergänzte Williamson.

„Ich tue, was ich kann“, meinte Cohen mit einem Seufzer.

„Nur nit verzweifeln, Herr Cohen, Sie schaffen dat schon!“, munterte die Kommissarin ihren ungeliebten Mitarbeiter auf und zwinkerte dabei Grifo zu, die eine Hand vom Lenkrad nahm und ihr einen nach oben gereckten Daumen entgegenstreckte. Eine positive Ansprache als Motivationsspritze konnte nie schaden.

„Jaja“, brummte Sascha Cohen und legte ohne Verabschiedung auf. Vielleicht befürchtete er, noch mehr Aufträge aufgebrummt zu bekommen.

„Der is‘ erst mal beschäftigt!“, kommentierte Williamson, lehnte sich zufrieden zurück und faltete die Hände vor ihrem Bauch.

Eine Weile fuhren sie schweigend, und die flache Landschaft zog an ihnen links und rechts vorbei.

„Is‘ et nit komisch, dat keiner von den Menschen, die in Angola waren, noch großartig wat mit seiner Vergangenheit zu tun haben will? Weder der Wilhelm Strauss noch die Jansens“, durchbrach die Kommissarin schließlich die friedliche Stille zwischen ihnen.

„Und Volker Schenkendorf hat sich mit Bildern aus Nationalparks umgeben und sich damit eine Traumwelt aufgebaut: ein Afrika aus Hochglanzmagazinen“, ergänzte Grifo und fuhr sich mit einer Hand durch ihr dunkelbraunes Haar. „Als ob er sich seine Erinnerungen verschönern wollte."

Williamson nickte.

„Sie haben recht. Dat is' schon bemerkenswert. Wobei der Strauss auch schöne Bilder von afrikanischen Landschaften an den Wänden hatte. Die Wüsten, die Savannen, die Wasserfälle. Da waren schon tolle Motive dabei. Aber janz ohne Menschen. Un' ohne Tiere. Irgendwie wirkt dat … also, lachen Sie mich jetz' nit aus, aber dat is' wie ein Spiegelbild von seinem Leben. Ich finde, er wirkt einsam."

Grifo warf ihr einen kurzen Seitenblick zu, bevor sie sich wieder auf die Straße konzentrierte.

„Ja, das finde ich auch. Die einzigen Tiere, mit denen er sich umgibt, sind ausgerechnet Giftschlangen. Ich habe übrigens den Eindruck, dass alle Personen, die in Angola waren, einsam sind oder waren. Und dass sie, bis auf Rudolf Jansen und Schenkendorf, so gar keinen Kontakt zueinander hatten und ihn auch nicht wollten … schon komisch."

Während der restlichen Fahrt besprachen die Kommissarinnen weitere Details des Falles und kamen überein, dass das Alibi von Strauss und Clerken einer weiteren Überprüfung bedurfte, wobei sie wenig Hoffnung hatten, dass es sich von einer weiteren Person bestätigen ließ.

„Vielleicht weiß die Frau Anke wat", meinte Williamson, „die scheint die jute Seele in dem Laden zu sein."

„Ich werde sie anrufen, aber sie könnte natürlich inzwischen längst vorbereitet worden sein."

„Sie haben recht. Dat hätten wir gleich machen sollen." Williamson seufzte – heute war es wieder schlimm mit der Seufzerei.

Verdamp!

Kapitel 20

„Wie sieht et aus? Alles vorbereitet für die Besprechung?", brummte Williamson schlecht gelaunt am nächsten Morgen, als sie sich zusammen mit Grifo schon in der Nähe des ZKD befand.

Von Winsen an der Luhe hatte ihre Kollegin sie am gestrigen Abend gleich nach Hause gefahren. Marianne hatte sie am ZKD stehen lassen und mit Grifo vereinbart, dass diese sie heute Morgen abholen solle, was Grifo bereitwillig getan hatte.

Der Abend in ihrer Familie war schrecklich gewesen. Es war einer der wenigen Tage, an denen sich die Hauptkommissarin ganz weit weg gewünscht hatte. Beim Abendessen hatte eisige Stille geherrscht. Nicola und Williamson hatten beide dickköpfig in ihrem Essen herumgestochert und sich keines Blickes gewürdigt. Es gab zu allem Überfluss auch noch Lasagne, eine Mahlzeit, die Williamson nicht besonders mochte. Schließlich hatte sich Bernd-Karl ein Herz gefasst und über Brötchen, Vögel und den Garten gesprochen – ein dahinplätschernder Fluss nichtssagender Worthülsen, die er in einzigartiger Weise aneinanderreihte. Carola hatte währenddessen mit großen Augen von ihrer Mutter zu ihrer Schwester geblickt, als ob sie nicht wüsste, ob sie froh sein sollte, dass sie aus der Schusslinie geraten war.

Dementsprechend schlecht hatte Williamson geschlafen, und dementsprechend mies war ihre Laune am heutigen Morgen.

„Alles klar", nickte Grifo. „Frau Walter kommt auch, um über den geheimnisvollen Karton zu berichten, zusammen mit Cohen. Ich habe vorhin mit ihm telefoniert, er ist ganz aus dem Häuschen, jedenfalls für seine Verhältnisse, und tut sehr geheimnisvoll."

„Na, da bin ich ja mal gespannt", kommentierte Williamson süffisant. „Der Cohen is' im Moment sehr kooperativ. Fast schon außergewöhnlich. Wissen Sie, wat dahintersteckt?"

Die Oberkommissarin schüttelte den Kopf.

„Ehrlich gesagt nein. Vielleicht liegt es daran, dass Balustreit im Urlaub ist. Da ist er seinem unmittelbaren Einflussbereich entzogen."

„Hm", machte Williamson nachdenklich. „Dat kann sein. Wat aber schade wäre, denn dat würde bedeuten, dat dat Tauwetter vorbei is', wenn der Balustreit wieder da is'."

„Warten wir es ab", meinte Grifo leichthin. „Dann sind erst einmal Sie im Urlaub. Ich werde unseren Kollegen im Auge behalten, wenn Sie weg sind."

„Danke, Frau Grifo, dann kann ja nix schiefgehen", grinste Williamson, gerade als ihre Kollegin auf den Parkplatz des Kommissariats fuhr.

Als sie ausstiegen, spürte es die kleine Kommissarin wieder. Das Prickeln zwischen den Schulterblättern war wieder da. Sie wurden beobachtet, da war sie sich sicher! Sie wirbelte herum, so schnell, dass sie fast das Gleichgewicht verloren hätte. Grifo sah sie erstaunt an.

„Alles in Ordnung, Chefin?"

Grifo hatte anscheinend nichts wahrgenommen. Williamson antwortete nicht, sondern suchte mit den Augen den Parkplatz, die säumenden Büsche und die Straße samt gegenüberliegendem Bürgersteig ab. Auch die Eingänge der auf der anderen Seite angrenzenden Gebäude besah sie sich genau. Nichts.

„Ja, alles klar", antwortete sie langsam. Hatte sie sich getäuscht? Sie war sich sicher gewesen, dass sie beobachtet wurde, dass sich ein Augenpaar in ihren Rücken gebohrt hatte. Aber die feinfühlige Grifo schien nichts bemerkt zu haben.

„Kommen Sie, gehen wir rein", forderte sie ihre Mitarbeiterin schließlich auf und ließ ein letztes Mal ihren Blick über das Areal schweifen. „Wir haben viel zu tun."

Der Besprechungsraum hatte sich nach und nach gefüllt. Cohen und Grifo saßen auf ihren angestammten Plätzen, und gerade kam Frau Walter herein, die mit fließenden Bewegungen ihre Notizen auspackte. Habernickel war nicht zu sehen, was Williamson nur recht war, ebenso wenig der Kollege vom Wirtschaftsdezernat, der eigentlich auch kommen wollte. Aber auch hier hatte die Kommissarin nichts dagegen, wenn er durch Abwesenheit glänzte.

Grifo hob den Kopf.

„Der Kollege Lissenbach musste zu einem anderen Einsatz, aber er möchte nachkommen, so schnell er kann." Die Oberkommissarin zwinkerte ihrer Vorgesetzten zu.

Williamson stöhnte innerlich, laut räusperte sie sich.

„Äh, jut. Eilt ja nit. Er muss nit unbedingt dabei sein, Herr Cohen kann dat sicherlich genauso jut allein, nit, Herr Cohen!?“

Es war mehr ein Befehl als eine Frage.

„Dann fangen Sie mal an, Sie platzen ja gleich!“

„Natürlich, Chefin, klar!“, beeilte sich Cohen zu versichern. „Also, der Karton vom Dachboden der Schenkendorfs. Den haben der Kollege Lissenbach, Frau Walter und ich unter die Lupe genommen, wie man so schön sagt. Es gibt einige interessante Neuigkeiten hierzu.“

Er machte eine dramatische Pause.

Bevor der Baron fortfahren konnte, wurde die Tür aufgerissen, und Horst Lissenbach, Leiter des Wirtschaftsdezernats, stürmte herein. Schwer schnaufend ließ er sich auf einen freien Platz fallen – leider genau Williamson gegenüber.

„Tut mir leid, dass ich zu spät bin“, dröhnte er, und sein Vollbart, der nahezu sein ganzes Gesicht bedeckte, zitterte vor Aufregung. „Aber wir hatten noch einen Einsatz. Ich bin so schnell gekommen, wie ich konnte.“

„Sie hätten sich nit zu beeilen brauchen“, brummte Williamson und sah ihm in die grauen, kleinen Augen, die sie aufmerksam musterten. „Wir hätten et auch ohne Sie geschafft.“

„Aber, aber, Frau Kollegin, ich komme doch gerne! Den Rest schaffen meine Leute auch allein.“

Horst Lissenbach musterte sie von oben bis unten und lächelte, dass seine Zähne zwischen dem Bart hervorblitzten. Unter seinem wohlwollenden Blick wurde es Williamson zunehmend unbehaglich. Grifo, Cohen und Alina Walter wagten kaum zu atmen.

„Ich muss schon sagen, Frau Kollegin, Sie sehen wie immer hinreißend aus!", schmeichelte Lissenbach und warf ihr einen schmachtenden Blick zu.

Es war ihm anscheinend völlig egal, dass noch drei weitere Personen im Raum waren. Williamson aber nicht. Dieser Läusenmann konnte ihr gestohlen bleiben!

„Wat soll dat Gesülze, Herr Kollege? Ich seh' aus wie immer, klar?"

„Äh …", machte Grifo, „was halten Sie davon, wenn wir beginnen? Jetzt sind wir ja wirklich vollzählig."

Horst Lissenbach lehnte sich zurück und verschränkte die Hände vor seinem Bauch, so, wie es Williamson auch oft tat, und grinste. Wieder sah man seine Zähne zwischen dem Vollbart aufscheinen. Seine Augen blitzten und ruhten nach wie vor auf der Kommissarin. Ihre Kratzbürstigkeit schien ihn nur noch mehr zu reizen.

„Von mir aus beginnen wir. Ich habe jedenfalls den besten Blick!"

Williamson klappte den Mund auf, um eine wüste Beschimpfung loszulassen, doch Grifo kam ihr zuvor.

„Dann kann es ja losgehen! Herr Cohen, Sie wollten gerade anfangen", sagte sie betont munter und warf ihrer Chefin einen beruhigenden Blick zu.

Cohen räusperte sich und wischte sich mit einem Taschentuch wieder einmal durchs Gesicht.

„Äh, also, der Karton. Wir haben einiges Interessantes herausgefunden, fangen wir mit den Bildern an."

„Die Bilder von den Jansens und Volker Schenkendorf stammen alle aus einem Restaurant in Lucapa", warf Williamson ungeduldig ein. „Dat wissen wir schon. Dat Bild von den dreien hat der Wilhelm Strauss gemacht, der ehemalige Chef von Jansen und Schenkendorf."

Cohen nickte.

„Gut. Dann können wir gleich zu dem nächsten Bild gehen, das ist das von dem angolanischen Offizier. Genauer gesagt ist es ein UNITA-General, der in dem Gebiet um Lucapa das Kommando hatte. Und damit auch über die Diamantminen."

Alina Walter war aufgestanden und hatte das Bild auf das Whiteboard projiziert. Sie vergrößerte das Bild so, dass der Schriftzug unter den vier Sternen nun deutlich zu erkennen war. Dennoch kniff Williamson die Augen zusammen. Sie brauchte doch wohl nicht eine Brille?

„Wie heißt er?", fragte Williamson.

„Jonathan Nsimba. Er ist tot. Er starb 1997 während eines Feuergefechts mit Anhängern der MPLA auf der Flucht. Er war in dem Gebiet um Lucapa der unangefochtene Herrscher, wenn man so will, und beutete die Minen rücksichtslos aus. Hier kommen wieder die Blutdiamanten ins Spiel. Die UNITA verschaffte sich mit ihnen Waffen und anderes Kriegsgerät. Und rekrutierte natürlich auch Soldaten, unter anderem auch Kindersoldaten. Aber über Jonathan Nsimba wissen wir noch mehr, nämlich dass er im Verdacht stand, hochwertige Diamanten an der UNITA vorbei abgezweigt zu haben."

Williamson fuhr sich durch die Haare.

„Wahnsinn. Kann et denn dann sein, dat Leute, die in dem Gebiet gearbeitet haben un' sogar geholfen haben, die Minen sicherer zu machen un' immer weiter auszubauen, den General nit gekannt haben könnten?" Sie dachte an Wilhelm Strauss, der geleugnet hatte, Nsimba zu kennen.

„Das ist äußerst unwahrscheinlich", mischte sich nun Horst Lissenbach ein, „ohne seine Zustimmung ging in diesem Gebiet gar nichts."

„Vielleicht ist es noch interessant zu wissen, dass wir Fingerabdrücke auf dem Foto gefunden haben", ergänzte Alina Walter. „Natürlich die von Volker Schenkendorf, aber auch die von Rudolf Jansen."

„Damit haben wir eine Verbindung zu dem General!", rief Williamson aufgeregt aus. „Oder nit?" Sie sah auffordernd in die Runde.

„Wir wissen zumindest, dass neben Volker Schenkendorf auch Rudolf Jansen das Foto in den Händen hielt", meinte Grifo vorsichtig. „Mehr auch nicht."

„Immerhin", beharrte die Hauptkommissarin und lehnte sich zurück.

„Hier helfen vielleicht die Schriftstücke weiter, die sich ebenfalls in dem Karton befanden", warf Cohen ein. „Es sind handschriftliche Notizen, die darauf hindeuten, dass Diamanten verkauft werden sollten und wahrscheinlich auch wurden."

Wieder drückte Alina Walter einige Knöpfe an ihrem Laptop, und die Papiere, die Grifo und Williamson gefunden hatten, erschienen.

Lissenbach nickte.

„Allerdings, so viel können wir sagen. ‚ct' steht für Karat, und ‚IIb' steht für eine Diamantensorte, die besonders wertvoll und groß ist. Diese Diamanten zeichnen sich durch ihre besondere Reinheit und einen leicht bläulichen Schimmer aus."

„Und noch etwas ist wichtig", ergriff Alina Walter das Wort. Sie stand auf und ging zu dem Whiteboard. Mit einem Laserpointer markierte sie die handschriftliche Notiz am Rand. „15 Stück, alle Typ IIb, jeder mind. 1ct", stand da.

„Diese Schrift ist anders, wie Sie sehen können. Sie stammt aber nicht, wie zunächst vermutet, von Volker Schenkendorf."

„Sondern?", fragte Williamson aufgeregt dazwischen. „Herrjott, nun machen Sie et doch nit so spannend!"

„Von Rudolf Jansen!" Es fiel der sonst so souveränen Kriminaltechnikerin schwer, den Triumph aus ihrer Stimme herauszuhalten.

„Wat? Dat is' ja ein Ding!", rief die kleine Kommissarin aus. „Damit haben wir die Verbindung!"

„Ja, und es geht noch weiter!", fuhr Cohen nicht ohne Stolz fort. „Sie haben auch ein Telex gefunden, das ebenfalls auf … sagen wir mal … Diamanthandel hindeutet. In diesem Telex wird darauf hingewiesen, dass die Preise für IIb-Diamanten explodierten. Es wird gefragt, wann der Adressat wieder in Südafrika sei."

„Der Hauptsitz der Firma Strauss, für die die beiden Ingenieure tätig waren, war in Johannesburg, und beide pendelten zwischen Südafrika und Angola hin und her", übernahm Lissenbach. „Weiterhin wissen wir, dass sich Entwicklungshelfer in Afrika relativ frei bewegen konnten, jedenfalls freier als Einheimische. Da sah man schon mal nicht so genau hin. Also …"

„… könnte dat heißen, dat Jansen und Schenkendorf Diamanten nach Südafrika geschmuggelt haben, sagen wir doch, wie et is'!", rief Williamson aus und klatschte begeistert in die Hände. „Ich glaube et nit!" Sie vergaß sogar für kurze Zeit ihre Abneigung gegenüber Cohen und Lissenbach. „Jute Arbeit, meine Herren!"

„Noch ein weiteres Indiz deutet darauf hin", fuhr nun wieder Cohen fort. „Wir haben in der Kiste versteckt in den Zeitschriften auch alte Flugtickets gefunden, sechs Stück, um genau zu sein. Es handelt sich um Tickets für Hin- und Rückflüge von Luanda nach Johannesburg, ausgestellt auf Rudolf Jansen und Volker Schenkendorf. Beide sind regelmäßig nach Johannesburg geflogen, nicht zur selben Zeit, versteht sich, immer schön abwechselnd. Wahrscheinlich sind sie noch viel mehr hin und her gependelt, aber mehr Tickets haben wir nicht gefunden."

„Wichtig ist auch der Absender des Telexes. Jan van Wyk", warf Horst Lissenbach ein und schaute die Hauptkommissarin intensiv an.

Sie schüttelte sich.

„Er war im Diamanthandel aktiv. Offiziell ein Zwischenhändler, aber auch dubiosen Geschäften nicht abgeneigt. Er kaufte Diamanten auf und verkaufte sie weiter. Von da gelangten die geschmuggelten Diamanten nach Europa, hauptsächlich nach London und Antwerpen. Auch diese Verkäufe hat Jan van Wyk übernommen. Er starb übrigens bei einem Autounfall in der Nähe von Kapstadt im Jahre 2002. Wenige Monate nach dem Ende des Bürgerkrieges in Angola. Das könnte natürlich ein Zufall sein – oder auch nicht."

Eine Weile sagte keiner ein Wort. Schließlich öffnete Williamson ihren Mund, um den Faden wiederaufzunehmen, als sich die Tür öffnete und Dr. Rico Habernickel eintrat. Wieder seufzte sie innerlich.

Habernickel nickte allen Anwesenden kurz zu.

„Lassen Sie sich nicht aufhalten", meinte er und schaute in die Runde. „Machen Sie weiter!"

Aber natürlich musste er erst einmal ins Bild gesetzt werden, was zum größten Teil Grifo übernahm. Williamson war ihr dafür sehr dankbar und schenkte sich noch einen Kaffee ein, der bei Weitem nicht so gut war wie der aus dem Monstrum auf ihrer Etage.

Schließlich war der Kriminalrat auf demselben Stand wie alle anderen. Für die kleine Kommissarin das Zeichen, weiterzumachen.

„Da waren noch Zettel", bemerkte sie, „mit einzelnen Namen oder Begriffen drauf. Wir konnten nix damit anfangen."

Wie von Zauberhand erschienen die vergilbten Papiere auf dem Whiteboard.

„Es handelt sich um Namen", erklärte Cohen und wischte sich wieder übers Gesicht, das vor Schweiß glänzte. „Genauer gesagt sind es Ortsnamen, alle rund um das Gebiet von Lucapa, im Grenzgebiet zum Kongo. Ich habe zunächst nichts damit anfangen können und habe einfach mal Lucapa bei Google Maps eingegeben. Da erschienen die Namen wie von selbst."

„Es könnten Übergabeorte sein", erklärte Horst Lissenbach und breitete die Arme aus, „um die Diamanten an Jansen und Schenkendorf weiterzugeben, die sie dann nach Südafrika schmuggeln."

„Also von dem General … Dings …"

„Nsimba", half Grifo.

„Nsimba, danke, Frau Grifo, oder seinen Leuten zu unseren Ingenieuren. Wissen Sie, wat dat is', meine Herrschaften?"

Williamson sah grinsend in die Runde.

„Dat is' ne Spur! Oder nit?"

„Na, na, Frau Kollegin, immer langsam", ergriff nun Dr. Habernickel das Wort. „Dem oder den Mördern …"

„Oder der Mörderin", unterbrach ihn die kleine Kommissarin süffisant. So viel Zeit musste sein.

„Oder der Mörderin, danke, sind wir damit noch kein Stück nähergekommen."

„Noch nit, Herr Dr. Habernickel. Aber so langsam ergibt sich ein Bild, zumindest von Jansen un' Schenkendorf. Wir müssen nur noch Evelyn Jansen da reinkriegen."

Sie tippte sich an die Nase.

„Kennen Sie diese russischen Puppen? Die man ineinandersteckt?"

Es war ein Bild, das sie schon länger beschäftigte.

„Matrjoschkas", sagte Grifo.

„Wat?"

„Matrjoschkas, so nennt man diese Puppen."

„Ah, ja, so is' et. So kommen mir die Personen in diesem Fall vor. Wenn man eine Hülle entschlüsselt hat, kommt die nächste zum Vorschein, un' immer so weiter. Wissen Sie, wat ich meine?"

Schweigen.

„Ich glaube, ich verstehe, was Sie meinen, Chefin", sagte ausgerechnet Cohen. „Es sind verschiedene Charaktere, die ineinandergeschachtelt sind. Zunächst meint man, man hat den Charakter von, sagen wir mal, Rudolf Jansen und Volker Schenkendorf erfasst, dann entdeckt man wieder etwas Neues, das darunterliegt, und immer so weiter."

Williamson nickte.

„Genau. Mit der Evelyn Jansen geht et mir janz genauso. Ich bin gespannt, wat wir da noch finden, wenn wir weitergraben."

Elena Grifo schaute wieder zum Whiteboard und deutete auf den letzten Zettel in der Reihe. Es war der halb zerrissene, auf dem nur noch einzelne Buchstaben zu erkennen waren: ‚ambu' und die merkwürdige Fahne mit dem Vogel darauf, der ein Huhn oder einen Hahn darstellen mochte.

„Was ist damit?", fragte sie. „Konnten Sie dazu etwas herausfinden?"

„‚ambu' könnte der Hinweis auf einen weiteren Ort sein", erklärte Cohen, „vielleicht Cambulo, das liegt in der Nähe von Nzagi."

„Un' die Fahne?", fragte Williamson. „Die is' mehr als merkwürdig!"

„Das ist die Flagge der UNITA", erläuterte Cohen stolz. Er sah zu Alina Walter, und schon erschien die vollständige Fahne auf dem Whiteboard.

„Un' wat bedeutet der schwarze Vogel da?", fragte Williamson.

„Es soll ein Hahn sein. Er repräsentiert das Erwachen der Völker Afrikas gegen die Fremdherrschaft und die aufgehende Sonne das Erwachen der unterdrückten Völker in der ganzen Welt. Die sechzehn Strahlen der Sonne wiederum symbolisieren die sechzehn Provinzen Angolas zum Zeitpunkt der Unabhängigkeit und damit die Einheit des angolanischen Volkes."

Cohen lehnte sich zufrieden zurück und trank einen großen Schluck Wasser.

„In jedem Falle deutet das Papier darauf hin, dass die UNITA im Spiel war und dass Jansen und Schenkendorf Kontakte zu ihr hatten", schloss er nach einem weiteren Schluck.

„Und für sie oder ihre Vertreter Diamanten schmuggelten", ergänzte Grifo.

„Eines verstehe ich nicht. Wieso hat Schenkendorf die Unterlagen aufbewahrt? Ich meine, das belastet ihn doch", warf Alina Walter ein.

Grifo zuckte mit den Schultern.

„Er war depressiv. Er hat sich mit vielen Dingen umgeben, und so, wie sein Arbeitszimmer aussah, konnte er sich von nichts trennen. Das erklärt es wohl ein Stück weit."

„Wat is' mit der Frau? Wusste Petra Schenkendorf wat?", warf Williamson ein und sah nacheinander Cohen und Grifo an. „Haben Sie sie noch mal dazu befragt?"

„Ich habe sie vorhin angerufen", erklärte der Baron. „Sie war erstaunt über meine Frage, ob sie den Inhalt des Kartons kannte. Sie versicherte mir, dass sie zwar wusste, dass auf ihrem Dachboden ein Karton stand, der aus der Vergangenheit ihres Mannes herrührte, dass sie aber in Bezug auf den Inhalt keine Ahnung gehabt habe und dies auch nicht habe wissen wollen. Schließlich sei die Zeit in Angola, so betonte sie, der Grund für seine Depression gewesen."

„Wow", machte Lissenbach nach einer Weile und sah Williamson bewundernd an. „Da haben Sie aber einen Fund gemacht, liebe Frau Kollegin. Das nennt man wohl einen Volltreffer. Darauf müssten wir eigentlich anstoßen!"

Williamson hob blitzschnell ihren Zeigefinger und stach damit nach ihrem Kollegen.

„Wagen Sie et ja nit, mir mit so wat zu kommen! Wir stecken mitten in einer Ermittlung, da fängt man nit an zu feiern!"

„Nun, ich dachte eher daran, dies nach Aufklärung des Falles zu tun. Es müssen ja auch keine weiteren Kolleginnen und Kollegen …", hier zwinkerte Lissenbach ihr tatsächlich zu, „… dabei sein."

„Kommen Sie mir nit zu nah", zischte die Kommissarin.

Habernickel hob beschwichtigend beide Arme und breitete sie aus. Er sah damit dem Papst nicht unähnlich.

„Aber, aber, ich muss doch sehr bitten. Bitte bewahren Sie Contenance!"

„Conte… wat? Kenn ich nit!", knurrte Williamson.

„Selbstbeherrschung, Frau Kollegin, Selbstbeherrschung!", erklärte Habernickel.

„Die habe ich. Ich bin so wat von selbstbeherrscht, jeder Buddhist beneidet mich! Sagen Sie dat dem Kollegen!"

Damit rauschte sie aus dem Raum.

„Zehn Minuten Pause", sagte der Kriminalrat resigniert.

Kapitel 21

Genau zwölf Minuten später saßen alle wieder an ihrem Platz. Alle – bis auf Horst Lissenbach. Als Williamson aus dem Waschraum kam, sah sie, dass am Ende des Ganges Kriminalrat Habernickel und Lissenbach miteinander sprachen. Eigentlich redete Habernickel auf Lissenbach ein, der immer wieder heftig mit dem Kopf nickte. Plötzlich, so nahm Williamson aus den Augenwinkeln wahr, lief er tiefrot an, soweit sie das unter dem struppigen Bart erkennen konnte.

Als sie schon wieder an ihrem Platz saß und sich die übrigen Kollegen langsam einfanden, kam der Leiter des Dezernats für Wirtschaftskriminalität hereingeschossen und sammelte hektisch seine Notizen zusammen.

„Ich muss zurück zu meinem Team“, murmelte er vor sich hin. Und weg war er.

Williamson konnte sich ein Grinsen nicht verkneifen. Lissenbach hatte anscheinend auch bei Habernickel eine Grenze überschritten. Wieder einmal überraschte sie der Kriminalrat.

Als alle saßen, herrschte Schweigen. Schließlich betrat Habernickel würdevoll den Raum, strich sich noch einmal über sein akkurat geschnittenes, graues Haar und setzte sich hin. Er saß sehr aufrecht und schaute in die Runde.

„Kollege Lissenbach musste sich verabschieden. Seine Leute brauchen ihn bei der Nachbearbeitung des Einsatzes von heute Morgen. Was haben wir noch?"

„Gibt et wat Neues zur Tatwaffe?", fragte Williamson und schaute Alina Walter an.

„Ja, mittlerweile liegen die Laborergebnisse vor. Die gefundenen Munitionsteile können keiner bei einem früheren Verbrechen verwendeten Tatwaffe zugeordnet werden. Die Spezialistinnen und Spezialisten sind sich aber sehr sicher, dass das verwendete Modell eine Walther P 99 ist."

Die Kriminaltechnikerin machte eine kleine Pause und trank einen Schluck Wasser.

„Das ist ein sehr gängiges Modell", fügte sie hinzu.

„Machen wir mit der Fußball WM 2006 weiter", drängte Williamson schließlich.

Habernickel sah sie erstaunt an.

„Wie bitte?", fragte er. „Habe ich das richtig verstanden? Was hat die WM 2006 mit unserem Fall zu tun?"

Die kleine Kommissarin erklärte es ihm.

„Daraufhin haben wir uns gestern Abend und heute Morgen Videoaufnahmen von dem Spiel Angola gegen Mexiko in Hannover angesehen. Insbesondere von der VIP-Tribüne", schloss Grifo an.

Williamson nickte bekräftigend. Sie hatte vor der Besprechung die Aufnahmen ebenfalls gesichtet.

„Und wir sind fündig geworden", fuhr die Oberkommissarin fort. „Das Ehepaar Jansen, Volker Schenkendorf und Wilhelm Strauss saßen auf der Tribüne neben den Offiziellen der angolanischen Delegation."

Grifo gab einige Befehle in ihr Tablet ein, und wie von Geisterhand erschien die Tribüne vor ihren Augen auf dem Whiteboard. Deutlich waren die deutschen Gäste neben der angolanischen Delegation zu erkennen. Die Männer starrten starr geradeaus, während sich Evelyn Jansen, die direkt neben den Angolanern saß, angeregt mit dem Herrn neben ihr unterhielt. Dann und wann lachte sie auf.

„Wir haben noch mehr", bemerkte Cohen. „Die angolanische Mannschaft hatte 2006 in Celle ihr Quartier, genauer gesagt im Hotel Celler Tor. Auch da gibt es Bilder im Internet und sogar Videoaufnahmen. Und auf einer dieser Aufnahmen ist Evelyn Jansen zu erkennen. Sie ist in ein Gespräch mit einem Mann vertieft, der nicht auf der VIP-Tribüne dabei war, zumindest haben wir ihn nicht gesehen."

Cohen nickte Grifo zu, und das entsprechende Video tauchte auf dem Whiteboard auf. Der Ton war abgestellt. Eine etwas jüngere Evelyn Jansen führte tatsächlich ein angeregtes Gespräch mit einem Mann mit dunkler Hautfarbe. Beide hatten einen Aperitif in der Hand. Die Lehrerin wirkte gelöst und schien sich prächtig zu amüsieren. Von den Männern war nichts zu sehen, was aber nicht hieß, dass sie nicht auch bei dem Empfang zu Gast waren.

Williamson kannte diese Aufnahmen nicht. Anscheinend hatte Cohen diese zurückgehalten, um jetzt seinen großen Auftritt zu haben. Und Grifo half ihm noch dabei! Das durfte ja wohl nicht wahr sein!

„Kann man verstehen, wat sie da reden?", fragte sie und versuchte, ihren Ärger zu verdrängen.

Cohen schüttelte den Kopf.

„Leider nein. Es ist nur ein Gemurmel zu hören.“

Die Hauptkommissarin sah Alina Walter an.

„Können Ihre Leute da wat machen?“

„Wir können es versuchen. Schicken Sie mir das Video, ich sehe zu, was meine Leute herausholen können.“

„Seht euch mal das Kleid an, das sie trägt“, entfuhr es der Oberkommissarin und zeigte in Richtung der Aufnahmen. „Ein ganz schön elegantes Designerkleid. Ziemlich ausgefallen für eine Lehrerin aus Kleuthen. So etwas haben wir nicht bei ihr zu Hause in ihrem Kleiderschrank gefunden. Steht ihr ausgezeichnet. Sie trägt es so selbstverständlich, als ob sie nie etwas anderes angezogen hätte.“

Unisono schüttelten die Kriminaltechnikerin und die Oberkommissarin den Kopf.

Grifo schaute wieder zum Whiteboard und zu Evelyn Jansen, die mit lässiger Eleganz ihr Champagnerglas hielt. „Das Besondere liegt darin, es selbstverständlich aussehen zu lassen!“

Williamson kapierte gar nichts mehr. Das Besondere war, dass es selbstverständlich aussah? Was sollte das denn? War es nicht immer selbstverständlich, dass man Kleidung trug, wenn man aus dem Haus ging? Sie blickte ebenfalls auf die Aufnahme. Einen Unterschied in der Haltung von Evelyn Jansen zu ihr konnte sie nicht ausmachen.

Bevor sie sich verlor, straffte sie sich.

„Wissen wir, wer der Mann is‘?“

Cohens Aufgeblasenheit fiel augenblicklich in sich zusammen.

„Nein", gab er zu. Man sah ihm an, wie schwer es ihm fiel, das zuzugeben. „Aber wir arbeiten daran", schob er eilig hinterher.

Dr. Rico Habernickel richtete sich auf.

„Das schaffen Sie schon, meine Herrschaften!"

„Muss et nit ‚Damschaften' un' ‚Herrschaften' heißen?", fragte Williamson süffisant.

Alle im Raum hielten den Atem an.

Habernickel, der begonnen hatte, seine Unterlagen zusammenzupacken, erstarrte.

„Also, Frau Kollegin, ich muss doch sehr bitten! Wir sind doch auf einem so guten Weg und …"

Die Hauptkommissarin winkte ab.

„Schon jut, Herr Dr. Habernickel, war nur ein Spaß!"

Der Kriminalrat bekam ein gequältes Lächeln zustande.

„Ah, so, ja. Sehr schön. Sehr witzig. Ja, also dann: gute Arbeit, von allen. Machen Sie weiter!"

Er schickte sich an aufzustehen.

„Wir sind noch nit fertig", schnurrte die Kommissarin und klimperte gleichzeitig mit ihren Knopfaugen. „Aber wenn Sie einen Termin haben, wollen wir Sie nit aufhalten. Sie sind viel beschäftigt."

Habernickel hielt mitten in der Bewegung inne, was außerordentlich komisch aussah, weil er halb stand und halb saß und dabei seinen verlängerten Rücken herausstreckte.

Williamson grinste. Das war ihre kleine Rache für vorgestern, als ihr Vorgesetzter sie unter ihrem Schreibtisch erwischt hatte.

„Ah, so? Ja, also dann …", stotterte der Kriminalrat und setzte sich wieder hin. „Was gibt es noch?"

„Wilhelm Strauss und Dieter Clerken", antwortete Cohen anstelle von Williamson, die sich zurückgelehnt und die Arme über ihrem Bauch gefaltet hatte. „Fangen wir mit Wilhelm Strauss an."

„Geboren 1958 in Winsen an der Luhe."

„'58 geboren? Dann ist er jetzt über sechzig. So sieht er nicht aus, Respekt", warf Grifo ein.

„Er is' jut in Form, dat muss man ihm lassen", pflichtete Williamson ihr bei.

„Er ging dort zur Schule, bis zur Mittleren Reife. Dann wurde er Polizist."

„Wat?", keuchte die Hauptkommissarin. „Er is' ein Kollege?"

Cohen nickte. Der Triumph ob des Überraschungscoups war ihm anzusehen.

„So ist es. Ab 1977 Ausbildung zum Polizeivollzugsbeamten bis Ende 1979. Ab 1984 Bauingenieurwesen im zweiten Bildungsweg. 1989 gründete er eine eigene Baufirma, die Strauss Hoch- und Tiefbau GmbH, die sich auf Südafrika spezialisierte, sie hatte aber auch eine Niederlassung in Angola. Aber das wissen wir …"

„Stopp!", fuhr Williamson dazwischen und sah Cohen scharf an. „Sie haben wat ausgelassen. Wat is' zwischen 1979 un' 1984 mit ihm passiert? Oder haben Sie dat vergessen?"

Cohen schüttelte vehement den Kopf, dass seine Schweißperlen flogen. Grifo, die direkt neben ihm saß, wich zurück.

„Oh nein, das habe ich nicht vergessen! Aber zu diesem Zeitraum ist nichts zu finden."

„Wie: nix zu finden?“, echote Williamson. „Wat soll dat denn heißen?“

„Dass dazu eben nichts zu finden ist. Nothing. Nada. Niente“, beharrte Cohen.

„Sie können dat auch noch auf Japanisch sagen, dat macht et nit besser“, raunzte die kleine Kommissarin. „Dat heißt, wir wissen nit, wat er in der Zeit gemacht hat?“

Cohen nickte.

„Das kann vieles heißen“, mischte sich Dr. Habernickel ein und faltete die Hände vor sich auf der Tischplatte. „Dass er untertauchen musste. Dass er ein Zeuge in einem wichtigen Fall war. Dass er einer Spezialeinheit angehörte, dass er …“

Resigniert hob Williamson die Hände.

„Jaja, schon jut, ich hab‘ et verstanden, et gibt viele Möglichkeiten. Wie finden wir raus, wat zutrifft?“

Habernickel straffte sich, sodass er noch aufrechter dasaß.

„Ich kann einmal meine Kontakte spielen lassen. Mal sehen, ob ich etwas in Erfahrung bringen kann.“

„Tun Sie dat!“, nickte die kleine Kommissarin amüsiert. Kontakte waren für den Kriminalrat sehr wichtig, und er wurde nicht müde, darauf hinzuweisen, wie gut er vernetzt war.

Dr. Habernickel nickte würdevoll, als würde er eine königliche Parade abnehmen.

„Sehr gern, Frau Kollegin, ich helfe, wo ich kann.“

„Er blieb bis 2000 in Südafrika, hat da noch den Aufschwung nach der Apartheid mitgenommen. Dann kehrte er nach Deutschland zurück, samt der Firma. Ab da ist er dann wieder in Winsen an der Luhe, da ist auch sein Bauunternehmen ansässig", beendete der Baron seinen Bericht.

„Dat wissen wir, wir waren ja gestern da", raunzte Williamson. „Er hat sich auf einem alten Jutshof jut eingerichtet, samt der Schlangen." Die gingen der Kommissarin nicht aus dem Kopf.

Alina Walter zog die Augenbrauen nach oben.

„Schlangen?", fragte sie nach.

Grifo erklärte es ihr.

Die Leiterin der Kriminaltechnik schüttelte den Kopf.

„Ich weiß nicht, ob ich entsetzt oder fasziniert sein soll. Das Gift der Schwarzen Mamba und auch der Kap-Vogelnatter ist außerordentlich effizient. Da hat ein Mensch ohne Gegengift keine Chance. Und soweit ich richtig informiert bin, gibt es für das Gift der Kap-Vogelnatter überhaupt kein Gegengift, weil Bisse sehr selten sind. Solche gefährlichen Schlangen hier bei uns, Tür an Tür mit ahnungslosen Nachbarn!"

„Uns hat er gesagt, dat er ein Gegengift da hat!", rief die kleine Kommissarin aus. „Dann hat er uns da angelogen!"

„Ja, für die Schwarzen Mambas", bestätigte Alina Walter, „aber für die Kap-Vogelnatter ist das nicht möglich."

„Dann wäre die Haltung der Kap ... Dings ja illegal, oder nit?", hakte Williamson nach.

Alina Walter wiegte den Kopf hin und her.

„Könnte sein. Ich kann einmal bei den zuständigen Behörden nachfragen."

„Tun Sie dat", nickte die Hauptkommissarin. „Wenn Sie Luft dafür haben. Der Fall hat Vorrang."

„Vielleicht hat er die Tiere deshalb, weil er allein ist", mischte sich Grifo ein.

„Na ja, Schoßhündchen sind die Viecher ja nit gerade!", gab ihre Vorgesetzte zurück.

„Das war er nicht immer. Allein, meine ich", sagte Cohen und sah Grifo an. „Er war verheiratet, aber seine Frau ist 2000 gestorben. Schlaganfall. Bis sie schließlich im Krankenhaus war, war es zu spät. Danach ist er nach Deutschland zurückgekehrt."

Williamson lehnte sich zurück. Das konnte die Einsamkeit erklären, die der Bauunternehmer ausgestrahlt hatte und die sie und Grifo gespürt hatten, als sie bei ihm waren.

„Verstehe", sagte sie knapp. Ihr Bauch fing an zu kribbeln, auch wenn sie nicht wusste, wieso.

Schließlich hob sie den Kopf und sah den Baron an.

„Wat is' mit seinem Partner? Diesem Clerken?"

„Jetzt wird es noch interessanter. Seine Lebensgeschichte ist fast ein Abbild von der von Strauss, nur zeitversetzt. Dieter Jürgen Clerken, so sein voller Name, ist zehn Jahre jünger als sein Chef, also 1968 geboren. Auch er machte nach der Schule eine Ausbildung zum Polizeivollzugsbeamten, und zwar bis 1989. Ab da: nichts zu finden. Er tauchte erst 1997 in Südafrika plötzlich wieder auf, heuerte bei Strauss an und stieg schnell zu seinem engsten Mitarbeiter und Partner auf. Ein Studium wie Strauss hat er laut den mir zur Verfügung stehenden Unterlagen allerdings nicht."

Williamson raufte sich die Haare.

„Dat darf doch nit wahr sein! Auch bei ihm is' ein gewaltiges Loch in der Lebensgeschichte! Ich glaube et nit!"

„Ich werde mich auch nach ihm umhören", kam es von Dr. Habernickel.

„Dat is' jut." Die Hauptkommissarin sah in die Runde. „Könnte et sein, dat die beiden datselbe gemacht haben, nur zu unterschiedlichen Zeiten? Ich mein', wenn sie beide Polizisten waren?"

„Könnte sein", stimmte Cohen zu. „Ich kann mich ja mal bei ihren ehemaligen Dienststellen erkundigen." Er sah den Kriminalrat an. „Ich will Ihnen natürlich nicht vorgreifen, Herr Dr. Habernickel, aber …"

„Schon gut", Habernickel winkte mit großzügiger Geste ab. „Je mehr wir in Erfahrung bringen können, umso besser. Wir greifen sozusagen von zwei Seiten an."

Williamson atmete tief durch. Das Getue ging ihr gehörig auf die Nerven.

„Jut. Weiter: Gibt et wat Neues zu dem Schlüssel?"

Die Kommissarin sah, wie Cohen, Grifo und auch Alina Walter in ihren Sitzen zusammensanken. Wäre die Lage nicht so ernst gewesen, sie hätte lachen müssen.

„Nein", gab Grifo schließlich kleinlaut zu. Das kleine Wort hing einen Moment in der Luft.

„Es gibt einfach zu viele Möglichkeiten", erklärte Alina Walter schließlich und hob in einer resignierenden Geste die Arme. „Wir können nur mit Sicherheit ausschließen, dass ein Bank- oder ein Postschließfach infrage kommen."

Williamson klatschte mit der flachen Hand auf den Tisch, dass die Anwesenden zusammenzuckten.

„Verdamp, dat darf doch nicht wahr sein!"

War es aber.

Kapitel 22

„Darf ich?“, fragte Williamson der Form halber und war auch schon im Büro ihres Vorgesetzten Dr. Habernickel. Dieser saß am Schreibtisch und blätterte in einer Zeitschrift. Es war ein Golf-Magazin, wie die Kommissarin in Sekundenbruchteilen feststellte, denn er klappte es sofort zu, als sie näher trat, und ließ es in einer Schreibtischschublade verschwinden. Eine zarte Röte hatte sein Gesicht überzogen.

Ertappt, dachte sie bei sich und grinste innerlich. Golf war die absolute Leidenschaft des Kriminalrats.

„Äh, was kann ich für Sie tun, Frau Kollegin?“, fragte er und setzte sich aufrecht hin. Wie schon in der Besprechung faltete er die Hände vor sich auf dem Schreibtisch. Williamson wusste inzwischen, dass er mit dieser Geste besonders würdevoll aussehen wollte.

„Ich möchte Ihnen danken, Herr Dr. Habernickel“, eröffnete sie das Gespräch.

Erstaunt zog Habernickel die Augenbrauen nach oben, was sein Gesicht auf groteske Weise verlängerte.

„Wie komme ich zu der Ehre?“

Williamson holte tief Luft. Es fiel ihr nicht leicht, das Gespräch auf Dinge zu bringen, die nicht unmittelbar mit ihren Ermittlungen zu tun hatten. Jedenfalls gegenüber ihrem Vorgesetzten.

„Na ja, weil Sie dem Kollegen Läusenm… Lissenbach Bescheid gestoßen haben. Et fing gerade an, unangenehm zu werden.“

Dr. Habernickel betrachtete sie eine Weile schweigend mit unbeweglichem Gesicht. Williamson fühlte sich zunehmend unwohl in ihrer Haut. Er würde ja wohl nicht ihr die Verantwortung für den kleinen Zwischenfall in die Schuhe schieben? Sie hatte nichts getan, was den Läusenmann dazu hätte veranlassen können, sich auf sie zu fokussieren. Aber genau das schien gerade zu geschehen. Oder war schon geschehen.

„Setzen Sie sich!“, forderte Habernickel die kleine Kommissarin auf.

„Wissen Sie, Frau Kollegin, es gibt einige Dinge im zwischenmenschlichen und kollegialen Bereich, die ich von vornherein ausschließe und die ich demzufolge nicht dulde.“

Er machte eine Pause.

„Ich schätze den Kollegen Lissenbach, bitte verstehen Sie mich nicht falsch. Aber es gibt Grenzen, die auch er zu akzeptieren hat. Eine dieser Grenzen hat er heute überschritten. Seit dem Tod seiner Frau ist er nicht mehr derselbe.“

Williamsons Kopf ruckte hoch. Dass die Frau von Horst Lissenbach verstorben war, wusste sie nicht. Wie auch? Unwillkürlich musste sie an Wilhelm Strauss denken.

„Anscheinend“, fuhr Habernickel nach einer Pause fort, „sieht er in Ihnen jemanden, auf den er seine … nun, sagen wir mal, Sehnsüchte projizieren kann und möchte.“

Er hatte das in einem neutralen Ton gesagt, wofür Williamson ihm sehr dankbar war. Sie erinnerte sich an Grifos Einschätzung, die diese vor Monaten einmal getätigt hatte, nämlich, dass Habernickel ein guter Chef sei.

„Aber …", der Kriminalrat atmete tief durch, „… das geht natürlich nicht. Er darf Ihnen nicht zu nahe treten, muss ein Nein akzeptieren. Das habe ich ihm unmissverständlich klargemacht."

„Wofür ich Ihnen sehr dankbar bin, Herr Dr. Habernickel", sagte die kleine Kommissarin schnell und fügte dann in einem ebenso neutralen Ton hinzu: „Der Verlust von dem Kollegen tut mir sehr leid. Aber wie Sie wissen, bin ich verheiratet un' dat sehr … glücklich."

So schwer es ihr fiel, über persönliche Dinge zu sprechen und das auch noch mit ihrem Vorgesetzten, hier ging es nicht anders.

Habernickel sah sie mit seinen grauen Augen intensiv an.

„Ich weiß. Das habe ich auch dem Kollegen Lissenbach gesagt. Sehr eindringlich. Ich denke, er hat es verstanden."

Williamson atmete tief durch.

„Nochmals danke, Herr Dr. Habernickel. Ich hoffe sehr, dat die Angelegenheit damit erledigt is'."

„Das hoffe ich auch." Habernickel nickte ihr kurz zu, als sie aufstand und sich anschickte, das Büro zu verlassen. Er hatte schon die Hand am Griff der Schublade, in der er die Golf-Zeitschrift hatte verschwinden lassen, als sich Williamson, die Türklinke in der Hand, noch einmal umdrehte.

„Kennen Sie eigentlich einen Alexander Kaninch... Kannichen?"

Habernickel erstarrte, die Hand am Schubladengriff.

„Soweit ich weiß, ist er der Arbeitgeber von Rudolf Jansen gewesen, nicht wahr?"

Wie immer war der Kriminalrat auf dem Laufenden, auch wenn er oftmals den Eindruck erweckte, er sei es nicht. Auch ein Manöver von ihm, das Williamson inzwischen durchschaut hatte. Sie nickte.

„Ich bin ihm dann und wann begegnet. Golf spielt er nicht, wenn Sie darauf anspielen wollen. Bei anderen Anlässen, so zum Beispiel beim jährlichen Pferderennen auf der Bult."

Williamson wusste nicht, was „Die Bult" war, es war ihr auch egal. Sie klimperte mit ihren Knopfaugen.

„Wie is' Ihr Eindruck von dem jungen Mann?"

Habernickel wiegte den Kopf hin und her.

„Jung, ehrgeizig, will zu schnell zum Erfolg kommen, ohne wirklich etwas dafür zu tun, nimmt Abkürzungen, wenn sie sich ihm bieten. Liebt das schnelle Geld und den Luxus."

Williamson war erstaunt. So dezidiert, genau und vernichtend hatte sie Habernickels Einschätzung nicht erwartet.

„Kurzum: ein Blender", brachte sie es auf den Punkt.

Der Kriminalrat nickte schweigend, ein leichtes Lächeln umspielte seine Lippen.

„So ist es", stimmte er ihr schlicht zu.

„Danke, Herr Dr. Habernickel", sagte die Kommissarin, und weg war sie.

„Na, Sie sind mir ja eine!“, stieß Williamson aus, als sie die Tür zu ihrem Büro aufgerissen hatte und Grifo an ihrem Computer sitzen sah. Vom Baron war nichts zu sehen. Die Oberkommissarin, die konzentriert auf den Bildschirm gestarrt hatte, blickte erschrocken auf. Sie fing sich aber schnell und zog ihre wohlgeformten Augenbrauen nach oben.

Ein leichtes Lächeln umspielte ihre Lippen.

„Was meinen Sie?“

Wahrscheinlich wusste sie es ganz genau, ließ die Hauptkommissarin aber das Wort ergreifen.

Diese baute sich vor dem Schreibtisch ihrer Kollegin auf.

„Als ob Sie dat nit wüssten! Dem Cohen auch noch helfen, seine Show abzuziehen! Ich glaube et nit!“

Grifos Lächeln wurde breiter. Sie lehnte sich zurück.

„Manchmal muss man dem Kollegen seine Bühne lassen. Dann ist er verträglicher und kooperativer. Und außerdem, na ja, er sitzt hier tagein, tagaus und ist mit seinen Recherchen beschäftigt. Während wir …“

„… die interessanten Dinge machen, durch die Gegend fahren un‘ die spannenden Leute treffen“, vollendete Williamson den Satz und grinste. „Sie haben wie immer recht, Frau Grüff… Grifo.“

„Nennen Sie mich ruhig ‚Grüffelo‘, Chefin. Es ist okay.“

„Nee“, ihre Vorgesetzte schüttelte den Kopf. „Ich will dat vermeiden, wenn ich et kann, aber danke für Ihre … Toleranz.“

Sie würde es nicht vermeiden können, das war beiden klar.

„Wenn Sie mich ‚Grüffelo' nennen, kann ich mich rächen. Dann kann ich Sie ‚Chefin' nennen, oder ich denke mir noch etwas weitaus Prägnanteres aus, einen schönen Vornamen zum Beispiel …"

Wieder hob die Kommissarin drohend ihren Zeigefinger.

„Wagen Sie et nit, Frau Grifo. Sonst räche ich mich noch mal janz anders!"

Ihre Kollegin lehnte sich in ihrem Stuhl zurück.

„Apropos Rache. Haben Sie schon mal etwas von den ‚Erinnyen' gehört?"

Williamson runzelte die Stirn. Ihre Töchter besuchten ein altsprachliches Gymnasium, daher kam ihr die Bezeichnung vage bekannt vor.

„Dat sind Göttinnen, oder?"

Grifo nickte anerkennend.

„Nicht schlecht. Das sind die Rachegöttinnen in der griechischen Mythologie. ‚Erinnyen' bedeutet auf Deutsch ‚Die Rasenden'. Und wissen Sie, wie die drei Göttinnen heißen? Sie heißen ‚Alekto, die Unaufhörliche', ‚Megaira, der neidische Zorn' und ‚Tisiphone, die Vergeltung' oder auch ‚die den Mord Rächende'. Kommen Ihnen die Namen bekannt vor?"

Wieder runzelte die Hauptkommissarin die Stirn.

„Die Namen hab' ich schon mal gehört, ich komm jetz' nur nit auf den Zusammenhang."

„Zwei der Schlangen hat Wilhelm Strauss gestern mit Namen angesprochen. Er hat sie ‚Alekto' und ‚Tisiphone' genannt. Und …"

„… wir fressen einen Besen aus unserer Besenkammer, wenn die dritte Schlange nit ‚Meghan' heißen würde", vollendete Williamson den Satz. „Nit schlecht, Frau Grifo, nit schlecht."

„Megaira", verbesserte Grifo und grinste so breit, dass ihre weißen Zähne in dem braun gebrannten Gesicht aufblitzten. Sie war sichtlich zufrieden mit sich, was selten genug vorkam. „Mir haben die Namen keine Ruhe gelassen. Ich habe sie einfach gegoogelt."

„Jut, dann wissen wir dat jetz'. Aber wat hat dat zu bedeuten?"

„Vielleicht bedeutet es etwas, vielleicht bedeutet es nichts, das wissen wir jetzt noch nicht", zitierte Grifo einen von Williamson sehr oft genutzten Satz und zwinkerte ihr zu.

Die Hauptkommissarin musste lachen.

„Eins zu null für Sie, Frau Grifo. Sie haben recht. Et kann wat bedeuten – oder auch nit. Wir behalten et auf jeden Fall im Hinterkopp."

Sie drehte sich um, ging zu ihrem Schreibtisch und starrte auf den Computer.

„Mist. Jetz' habe ich vergessen, Frau Walter zu fragen, wat mit den Bildern im Haus von den Jansens is'. Ob da Blutspuren drauf waren oder nit."

„Das kann ich Ihnen beantworten. Es waren nur Blutspuren auf dem Bild, das etwas abseits steht. Das Mädchen."

Grifo benötigte nur ein paar Klicks, winkte ihre Vorgesetzte heran und drehte den Bildschirm so, dass Williamson auf das Bild des Mädchens schaute, das ernst in die Kamera blickte.

„Is' dat jetz' komisch oder nit?", sinnierte Williamson.

Grifo strich ihr braunes Haar zurück.

„Ich weiß es nicht. Was ist in diesem Fall nicht komisch?"

Williamson atmete tief aus.

„Sie haben recht, wat is' nit komisch? Wie heißen die russischen Puppen noch mal?"

„Matrjoschkas."

„Genau. Der Strauss und der Clerken – dat sind auch so Matrjoschkas."

Grifo lachte.

„Komische Vorstellung."

Williamson schickte sich an, das Büro zu verlassen.

„Wo wollen Sie hin?", fragte die Oberkommissarin.

Ihre Chefin drehte sich um und klimperte mit ihren Knopfaugen.

„Ich muss mir einmal den Kopp durchpusten lassen. Ich gehe jetzt spazieren."

Wenig später fuhr Williamson durch die ruhigen Wohnviertel Kirchrodes und bog schließlich mit Schwung auf den Parkplatz des Tiergartens ein. Während sie durch die großzügige Anlage schlenderte, ließ sie ihren Gedanken freien Lauf. Sie sah die Wildtiere wie Rotwild und Wildschweine, sah junge Mütter mit ihren Kindern und Kinderwagen, Väter, die hinter dem Nachwuchs herliefen, ältere Pärchen, die sich an der Hand hielten, und doch sah sie nichts, denn so viele Eindrücke der letzten Tage purzelten in ihrem Gehirn durcheinander: Diamanten, Schlüssel, das viele Blut, Bilder, immer wieder Bilder, Schließfächer, Evelyn Jansen mit einem Champagnerglas,

Lücken in Lebensläufen, eine VIP-Tribüne, Schlangen, ein Designerkleid, der Dachboden Schenkendorfs, Matrjoschkas, billige Handtaschen im Kleiderschrank, Notizen von Ortsnamen in Angola, eine spärlich eingerichtete Küche, eine Hecke zwischen zwei Grundstücken, Blutspuren auf dem Parkett, die UNITA-Flagge, Ubbo in seinem Aiki-Anzug, ein Steckdosentresor, Kinderzeichnungen, Kollege Lissenbach, ein Jeep, Iris Grundler und ihre Wanderschuhe, die pinken Haare ihrer Tochter, Hubbi und sein Bagger Bruno, Fliegen, viele Fliegen, Bierflaschen auf einem Tisch in einem Restaurant, Flugtickets, afrikanische Skulpturen …

Williamson seufzte. So kam sie nicht weiter. Sie war an einer Lichtung angelangt. Zwei Rehe strichen nicht weit von ihr durchs Gras. Es war ein friedlicher Anblick, und das mitten in der Stadt. Sie war immer wieder erstaunt, wie grün Hannover war. Das hatte sie vor ihrem Zuzug in die niedersächsische Landeshauptstadt nicht gewusst, und es faszinierte sie immer wieder aufs Neue. Der Frieden, der sich ihr hier bot, stand in so krassem Gegensatz zu ihren Ermittlungen und zu dem, was sie bisher herausgefunden hatten, dass ihr trotz der Hitze fröstelte.

Sie kramte ihr Handy hervor und hämmerte darauf herum, bis eine Verbindung hergestellt war.

„Frau Grifo, bestellen Sie die beiden Kinder Nina und Philipp für heute Nachmittag in dat Kommissariat. Ich will sie noch mal sprechen. Nee, nur die beiden. Un‘ ich bring‘ wat zum Essen mit.“

Ohne Grifos Antwort abzuwarten, unterbrach sie die Verbindung, sah noch einmal zu den Rehen hinüber, die ebenfalls den Kopf hoben und sie mit ihren großen braunen Augen direkt anzuschauen schienen.

„Wollt ihr nit meine Arbeit übernehmen un‘ ich bleib‘ hier un‘ leg mich in dat Gras?“, fragte sie die beiden Tiere.

Die Rehe schauten sie reglos an.

Williamson winkte ab.

„Schon jut. An eurer Stelle hätte ich auch abgelehnt.“

Tiere waren alles andere als blöd.

Verdamp.

Kapitel 23

Williamson hatte eine bunte Auswahl an Sandwiches besorgt, die alle unterschiedlich belegt waren. Sie liebte das Überraschungsmoment, wenn sie in ein Sandwich biss und dann den jeweiligen Belag schmeckte, der bei jedem der Brote anders war. Genüsslich kaute sie auf einer Thunfisch-Mayonnaise-Kapern-Füllung herum und lehnte sich zufrieden zurück. Von der Mitte des Tisches angelte sie sich eine Serviette, wischte sich sorgfältig den Mund ab und nahm einen großen Schluck aus ihrem Wasserglas.

„Gibt et wat Neues zu dem Schlüssel?" Wenn sie das passende Schloss zu diesem vermaledeiten Schlüssel gefunden hatten, kamen sie ein großes Stück weiter, davon war sie überzeugt.

Erwartungsgemäß schüttelten beide Oberkommissare den Kopf. Resigniert fuhr sich Williamson durch ihr Strubbelhaar.

„Wäre ja auch zu schön gewesen", murrte sie.

Grifo und Cohen wechselten einen Blick.

„Äh, Chefin, dafür haben wir etwas anderes", begann Cohen, brach ab und schaute unsicher zu Grifo, die übernahm.

„Wir haben herausgefunden, wer der Gesprächspartner von Evelyn Jansen in dem Video ist", bemerkte die Oberkommissarin wie nebenbei und biss von ihrem Sandwich ab, das mit getrockneten Tomaten, Rucola, Schafskäse und Pinienkernen belegt war.

„Wie? Wat? Un' dat sagen Sie mir erst jetz'?", keuchte Williamson und beugte sich ungeduldig nach vorn. „Wer is' et?"

„Sein Name war Armando Gamboa", antwortete Cohen. „Er war eine, sagen wir mal, dubiose Figur. Er war kein offizielles Mitglied der angolanischen Delegation, aber er hatte exzellente Verbindungen bis in die obersten Regierungskreise hinein. Es gab viele Gerüchte über ihn, so zum Beispiel auch, dass er während des Bürgerkrieges ein Verbindungsmann für die UNITA beim Diamantschmuggel war und noch viele andere illegale Aktivitäten beging. Menschenschmuggel gehörte auch dazu. Nachweisen konnte man ihm freilich nie etwas. Da haben wohl seine guten Verbindungen eine nicht unerhebliche Rolle gespielt."

„Obwohl er so eine zwielichtige Figur war, war er zumindest bei dem Empfang dabei", ergänzte Grifo und verzog das Gesicht vor Abscheu. „Und Evelyn Jansen hat sich mit ihm glänzend unterhalten. Von Frau Walter übrigens noch nichts Neues, offenbar ist das mit dem Ton nicht so einfach."

„Dann wollen wir den Herrschaften gleich mal ein bisschen Feuer unter dem … Sie wissen schon. Aber mal wat anderes. Sie haben von dem Armando … Dings …"

„Gamboa", half Grifo aus,

„… in der Vergangenheit gesprochen. Wat is' mit ihm? Lebt er nit mehr?"

„So ist es", nickte Cohen. „Er starb bei einem Autounfall auf dem Weg vom Flughafen Luandas zu seinem Haus in der Hauptstadt am 3. Juli 2006. Er war gerade aus Deutschland zurückgekehrt. Ein unglaublicher Zufall." Er zog vielsagend die Augenbrauen nach oben.

Williamson fuhr sich nachdenklich übers Gesicht.

„Da haben Sie recht, Herr Cohen. Wat für'n Zufall!"

„Ist es nicht Wahnsinn, dass Evelyn Jansen so vertraut mit diesem Mann war?", entfuhr es Grifo. „Ich kann das immer noch nicht glauben. Sie schien ihn fast ein wenig anzuhimmeln."

„Ich habe noch einmal mit dem Hotel in Celle telefoniert", warf Cohen ein. „Ich konnte mit dem Besitzer sprechen. Er konnte sich gut an den Empfang erinnern, das war ja ein Riesenereignis damals, als die angolanische Mannschaft in Celle ihr Quartier hatte. Jedenfalls hat er sogar eine alte Gästeliste des Empfangs ausgegraben. Und die …", mit großer Geste wandte er sich wieder seinem Schreibtisch zu, drückte ein paar Tasten an seinem Computer und drehte den Bildschirm so, dass die beiden Frauen ihn sehen konnten, „… hat er mir gemailt. Und auf dieser Liste stehen Evelyn Jansen und Armando Gamboa drauf. Nicht aber Rudolf Jansen, Volker Schenkendorf oder Wilhelm Strauss!"

Konzentriert legte Williamson einen Finger an ihre Nase.

„Hm. Dat bestätigt, wat wir auf dem Bild gesehen haben. Jetz' stellt sich die Frage, warum die Männer nit da waren. Waren sie nit eingeladen oder wollten sie nit dabei sein?"

„Der Einzige, der das beantworten kann, ist Wilhelm Strauss", meinte Grifo. „Ich rufe ihn sofort an. Soll ich ihn auch gleich nach der Lücke im Lebenslauf fragen?"

Energisch schüttelte Williamson den Kopf.

„Nee. Ich will dat unabhängig von dem Strauss und dem Clerken rauskriegen. Die würden uns nur irgendeine verrückte Geschichte auftischen un‘ wären gewarnt, wenn da wat sein sollte.“

Schließlich wählte Grifo die Nummer von Wilhelm Strauss, und gespannt hörten Williamson und Cohen zu, wie Grifo das Telefonat führte. Sie machte Strauss zunächst einige Komplimente zu seinem Anwesen, das Arbeit und Wohnen vereinte, zeigte sich fasziniert von den Schlangen und ihm als Person und kam schließlich zur Sache.

Wie eine Spinne, die ihr Opfer einkreist, dachte Williamson bei sich. Nit schlecht. Wieder einmal wusste die Kommissarin zu schätzen, was sie an Grifo hatte.

Die Fragen der Oberkommissarin wurden immer gezielter. Zwischendurch hörte sie konzentriert zu und machte sich Notizen, um sich schließlich überschwänglich und mit einem abschließenden Kompliment zu Strauss‘ Jeep, der vor seiner Tür gestanden hatte, zu bedanken und das Gespräch zu beenden. Sandwich-Taktik nannte man das.

Grifo kam zum Tisch zurück, an dem Cohen und die Hauptkommissarin saßen, und runzelte die Stirn. Sie setzte sich, breitete ihre Notizen aus und schwieg eine Weile.

„Ich weiß nicht, ob uns das nun weiterhilft oder nicht“, meinte sie schließlich. „Zunächst wollte er gar nicht viel sagen. Schließlich meinte er, dass er und auch die anderen Männer zum Empfang eingeladen gewesen waren, sie aber nicht hingehen wollten. Sie wollten mit ihrer Zeit in Angola nichts mehr zu tun haben. Das Fußballspiel wollten sie sich nicht entgehen lassen, wann sieht man schon mal ein WM-Spiel von der VIP-Tribüne? Aber zum Empfang wollten sie nicht, das sei zu viel des Guten, so drückte er sich aus. Er hat dann auch von sich aus den Tod seiner Frau angesprochen. Sie sei in Südafrika gestorben, und von daher seien sowohl Südafrika als auch Angola für ihn mit diesem schmerzlichen Verlust verbunden. Das glaube ich ihm sogar. Ich habe ihn auch auf Armando Gamboa angesprochen. Er wich zunächst der Frage aus, bis er schließlich meinte, er habe den Namen schon mal gehört und dies sei ein Mensch, von dem man sich fernhalten sollte. Dass er tot war, wusste er angeblich nicht."

Grifo machte eine kurze Pause.

„Darauf angesprochen, warum Evelyn Jansen so vertraut mit Gamboa war, hat er allerdings etwas Interessantes gesagt. Anscheinend war er überrascht, dass ich wusste, dass sie auf dem Empfang war und wie sie sich dort verhalten hatte. Er hat dann gesagt, dass das typisch für Evelyn war. Dass sie immer mit den Strippenziehern vertraut war, wenn es ihrem Vorteil nutzte. Ohne Rücksicht auf Verluste, so drückte er sich aus."

„Wat für'n Vorteil denn?", schnaubte Williamson. Es war zum Verrücktwerden. Immer, wenn sich ein Sachverhalt lichtete, tat sich eine neue, vertrackte Information auf, die wieder ein anderes Licht auf die in den Fall verwickelten Personen oder Umstände warf, mit denen sie es zu tun hatten. Matrjoschkas, in der Tat.

„Das hat er nicht gesagt. Da hat er zugemacht. Mehr wüsste er auch nicht, hat er immer wieder gesagt, aber ich bin überzeugt, dass das nicht stimmt."

„Wat jetz'?", schnaufte die Hauptkommissarin. „Wie geht et jetz' weiter? Wann kommen die Kinder von den Jansens?"

Grifo sah auf die Uhr.

„Um sechzehn Uhr dreißig. Wir sollten noch besprechen, wie wir bei der Befragung vorgehen."

Williamson öffnete den Mund, um zu antworten, als die Tür mit einem Ruck aufgestoßen wurde und Alina Walter mit hochrotem Kopf erschien, einen ihrer Mitarbeiter im Schlepptau, der einen Laptop trug.

„Wir haben getan, was wir konnten", gab die Leiterin der Kriminaltechnik atemlos von sich und wandte sich an den jungen Mann, der dicht hinter ihr war.

„Herr Jürgens, zeigen Sie den Kollegen, was wir erreicht haben."

Sie wandte sich an die Hauptkommissarin.

„Viel ist es nicht, aber einige Bruchstücke der Unterhaltung von Frau Jansen und dem Angolaner konnten wir hörbar machen."

„Er heißt Armando Gamboa", warf Grifo ein und half dem jungen Kollegen, den Laptop anzuschließen.

„Das passt", nickte dieser. „Sie nennt ihn ‚Armando'."

Der junge Mann strich sich die langen Locken aus der Stirn und strahlte Grifo an.

Wieder ein Opfer von Grüffelo, dachte die Kommissarin amüsiert. Sie sollten eine Liste einführen.

„Danke, Frau Kollegin", sagte er. Er hatte eine sehr melodische Stimme, die zu seinem engelhaften Äußeren passte.

„Gern geschehen", antwortete Elena Grifo knapp und lächelte zurück. Er drückte ein paar Tasten, und das Video erschien auf dem Bildschirm des Laptops. Evelyn Jansen und Armando Gamboa unterhielten sich angeregt. Zunächst war nur ein Rauschen zu hören, dann einzelne Wortfetzen. Sie sprachen auf Englisch miteinander.

„… tolle Zeit in Lucapa", sagte Evelyn Jansen gerade.

„Das war es in der Tat. Und sehr lukrativ", antwortete Armando Gamboa grinsend und prostete Evelyn Jansen zu. Diese antwortete irgendetwas, das aber im Rauschen unterging.

„Leider konnten wir nicht alles rekonstruieren", entschuldigte sich der junge Kollege und sah dabei Grifo an.

„Nicht schlimm, Wally", beruhigte diese ihn.

Williamson hörte nicht zu. Sie war völlig auf die Aufnahme fokussiert.

„… noch viele Jahre weitermachen. Solange es nicht zu heiß wird", sagte Evelyn Jansen nun. Sie hatte sehr leise gesprochen und sich zu Armando Gamboa vorgebeugt. Die Kommissare beugten sich ihrerseits über den Laptop.

„Du wirst vorsichtig genug sein, meine Liebe. Deine Umsicht habe ich schon immer sehr geschätzt", flüsterte Armando Gamboa und stieß wieder mit ihr an. „Du siehst übrigens hinreißend aus", fuhr er fort.

Evelyn Jansen fuhr sich geziert durch die rotbraunen Locken. Ihr Lachen perlte durch den Raum. Dann war wieder ihre Stimme zu hören.

„Du weißt, warum ich mir so etwas …", sie strich über ihr Abendkleid, „… leisten kann. Sicherlich nicht von meinem Gehalt als Lehrerin."

Beide lachten und stießen wieder miteinander an. Hier endete die Aufnahme.

Die Kommissare und Alina Walter fuhren zurück und ließen sich auf die freien Stühle fallen. Williamsons Bauch kribbelte wie verrückt.

„Dat is‘ genial!“, entfuhr es ihr. „Jute Arbeit, Frau Walter. Un‘ auch janz besonders von Ihnen, Herr …“

„Jürgens“, half Grifo.

„Genau. Dat is‘ ja irre. Jetz‘ wissen wir, dat die Frau noch eine Einnahmequelle hatte. Un‘ dat sie und dieser … Dings …“

„Armando Gamboa“, half Grifo wieder.

„Genau, der Gamba, dat die zusammen in Lucapa ein einträgliches Geschäft miteinander hatten. Un‘ wenn ich mal vermuten dürfte, bezieht sich dat auf den Schmuggel von Diamanten. Darauf deutet jedenfalls alles hin. Jetz‘ müssen wir Beweise finden. Un‘ dafür müssen wir wissen, zu welchem Schließfach dieser verdampte Schlüssel passt!“

Sie überlegten noch eine Weile hin und her, aber sie konnten einfach nicht nachvollziehen, zu welchem Schloss der gefundene Schlüssel gehörte. Es gab einfach zu viele Möglichkeiten, wie Alina Walter nicht müde wurde zu betonen. Schließlich verabschiedeten sie und ihr langhaariger Kollege sich, der noch beim Hinausgehen schmachtende Blicke in Richtung Elena Grifo sandte.

„Wenn dat so weitergeht, müssen wir hier eine Krankenstation mit lauter gebrochenen Herzen einrichten“, konnte sich Williamson nicht verkneifen anzumerken, als Cohen ebenfalls den Raum verlassen hatte, um wieder einmal den Kampf mit der Kaffeemaschine aufzunehmen.

Grifo klimperte unschuldig mit ihren großen braunen Augen, wie es sonst nur ihre Vorgesetzte konnte.

„Ich weiß wirklich nicht, was Sie meinen", sagte sie in einem gleichmütigen Tonfall.

Williamson hob drohend ihren Zeigefinger und stach damit nach ihrer Mitarbeiterin.

„Dat wissen Sie janz genau, un' hören Sie auf, meine Methoden gegen mich zu verwenden! Dat Augenklimpern gehört mir, suchen Sie sich wat Eigenes!"

Grifo lachte, und Williamson stimmte mit ein. Das tat so gut! Auch wenn sie nicht weiterkamen und das, was sie ausgruben, nicht schön war, den Humor durften sie nicht verlieren!

Cohen kam mit einem triumphierenden Grinsen zurück, drei Kaffeebecher balancierend.

„Ich habe es geschafft! Das klappt immer besser!"

Eine Weile nippten alle drei Kommissare an ihrem Kaffee und schwiegen.

„Immerhin wissen wir jetz' definitiv, dat Evelyn Jansen nit nur als Lehrerin tätig war, sondern auch noch andere Dinge tat, vermutlich illegale", beendete Williamson schließlich das Schweigen. „Und dat zumindest bis 2006 un' wahrscheinlich darüber hinaus weiterverfolgt hat."

„Sie ist definitiv nicht die, die sie zu sein scheint", pflichtete Grifo ihrer Vorgesetzten bei. „Aber wirklich weiter hilft uns das auch nicht. Denn die Frage ist doch: Liegt hier das Mordmotiv? Bis jetzt sind wir davon ausgegangen, dass Rudolf Jansen im Fokus des oder der Mörder stand. War es aber doch vielleicht Evelyn? Oder liegt das Motiv ganz woanders?"

Williamson klatschte mit der flachen Hand auf den Tisch, dass das Geschirr in die Höhe hüpfte.

„Verdamp, Sie haben recht. Et sind lauter lose Fäden, die wir nit zusammenknüpfen können. Aber irgendwo muss et einen Anfang geben! Un' ich fresse einen Besen aus der Besenkammer von unserer Etage, wenn der Anfang von all den Fäden nit in Angola zu finden is'! Dafür haben wir schon zu viel ausgegraben!" Außerdem kribbelte ihr Bauch wie ein ganzer Ameisenhaufen. Aber das sagte sie natürlich nicht.

Da fiel ihr etwas ein.

„Haben Sie mit der Anke … Dings, der Assistentin von dem Strauss, gesprochen?"

Cohen nickte.

„Allerdings. Ihr Name ist Anke Manden. Sie ist von Anfang an, also seit 2000, bei Wilhelm Strauss. Sie singt ein Loblied nach dem anderen auf ihn. Sie kann das Alibi von Strauss und Clerken aber weder bestätigen noch widerlegen. Sie war am vergangenen Sonntag nicht in der Firma. Allerdings lagen am Montagmorgen Unterlagen für die Steuer auf ihrem Schreibtisch, und tatsächlich gibt es im Computersystem den Nachweis, dass angeblich am Sonntagmorgen in der Zeit von zehn bis sechzehn Uhr am Computer von Strauss gearbeitet worden ist, zum Teil parallel auch am Computer von Clerken. Der letzte Eintrag bei Strauss ist um fünfzehn Uhr vierundfünfzig und bei Clerken um fünfzehn Uhr achtunddreißig. Anke Manden hat mir Screenshots davon geschickt."

Der Baron drückte ein paar Tasten und drehte wiederum den Bildschirm so, dass seine Kolleginnen mitschauen konnten.

„Aber das ist kein Beweis, das kann man ganz leicht manipulieren", meinte er.

Eine Weile schwiegen alle drei.

Schließlich hob Williamson den Kopf.

„Wat is' mit den Lücken in den Lebensläufen? Wissen wir da schon wat?"

Cohen ließ den Kopf hängen.

„Noch nicht. Ich habe bei den damaligen Dienststellen von Strauss und Clerken nachgefragt, aber von den Kollegen, die da jetzt tätig sind, war damals noch keiner da. Sie haben mir versprochen, in den alten Personalakten nachzuschauen, aber das dauert. Die waren damals noch nicht digital. Ich bleibe dran."

„Un' Habernickel?"

„Still ruht der See", sagte Grifo schlicht.

Williamson hätte schreien können, beherrschte sich aber gerade noch.

Da flog die Tür auf und die junge Kollegin mit dem wippenden blonden Pferdeschwanz kam hereingestürmt.

„Ich soll Ihnen sagen, dass Nina und Philipp Jansen da sind. Und noch so'n Typ, der sieht voll hip aus."

„Das muss Felix Seidler sein", sagte Grifo. Sie klang amüsiert.

„Dann holen Sie die Herrschaften mal rein", forderte sie die Kollegin auf, die sich daraufhin schwungvoll umdrehte und mit wippendem Pferdeschwanz den Raum verließ, nur um sofort wieder mit den Geschwistern Jansen und mit Felix Seidler hereinzukommen. Williamson stellte sich Letzterem in den Weg.

„Wir müssen mit Nina un‘ Philipp alleine sprechen“, sagte sie und klimperte mit ihren Knopfaugen. „Dat verstehen Sie doch, oder nit?“

Dem Gesichtsausdruck nach verstand der Freund von Nina Jansen nicht. Sein Blick wanderte zwischen der Kommissarin und seiner Freundin hin und her.

„Ja, aber … ich kann Nina doch nicht alleine lassen. Sie braucht meine Unterstützung.“

„Dat is‘ leider nit möglich“, widersprach die Kommissarin.

Verunsichert schaute Felix Seidler zu Nina Jansen hinüber.

„Na ja, also, dann … kommt ihr zurecht?“

Mit einer müden Geste signalisierte Nina Jansen ihrem Freund, dass er sie allein lassen konnte.

„Geh nur, Felix. Ich komme schon klar. Philipp ist ja auch noch da.“

Ihr Bruder hatte schützend einen Arm um sie gelegt.

„Na gut, also dann.“ Widerstrebend folgte Felix Seidler der Polizistin mit dem blonden Pferdeschwanz auf den Flur.

Als er den Raum verlassen hatte, setzte sich Williamson an ihren Schreibtisch, dem Geschwisterpaar gegenüber. Grifo hatte etwas abseits Platz genommen, ihr großes Notizheft auf den Knien und mit gespitztem Stift. Cohen saß wie immer im Hintergrund an seinem Schreibtisch. Grifo klärte die Formalien.

Die Hauptkommissarin fixierte die jungen Leute vor ihr. Nina Jansen sah nicht gut aus. Sie war kalkweiß, und schwarze Ringe hatten sich unter ihre Augen gegraben.

Den Kopf hielt sie gesenkt, die Haare fielen ihr in langen Strähnen in die Stirn. Ihr Bruder schien gefasster zu sein, aber das konnte täuschen.

Williamson begann: „Zunächst einmal möchte ich Sie fragen, wie et Ihnen geht? Kommen Sie zurecht?"

Philipp Jansen schluckte, und seine Schwester senkte den Kopf noch tiefer auf ihre Brust, sodass nahezu nichts mehr von ihrem Gesicht zu sehen war. Schließlich gab sich ihr Bruder einen Ruck.

„Nein, wir kommen nicht zurecht. Wir bringen einen Tag nach dem anderen hinter uns. Es ist … hart."

Mitfühlend nickte Williamson mit dem Kopf.

„Dat kann ich verstehen. Un' et tut mir sehr leid, auch dat wir Sie noch einmal herbestellen müssen. Aber wir müssen Ihnen wat zeigen, un' dazu brauche ich Ihre Meinung."

Grifo legte, wie sie das gerne tat, um jemanden zu trösten, eine Hand auf den Unterarm von Nina Jansen, die neben ihr saß.

„Wir wollen Sie nicht quälen, aber wir wollen den Mord an Ihren Eltern aufklären. Dazu benötigen wir Ihre Einschätzung zu einem Video, das wir im Internet gefunden haben. Es stammt aus dem Jahre 2006 und zeigt Ihre Mutter und einen angolanischen Mann."

Philipp Jansen lachte bitter auf.

„2006? Da waren wir neun und sechs Jahre alt! Was sollen wir da schon wissen? Wir waren Kinder damals, wohnten noch nicht einmal in Kleuthen!"

Grifo nickte verständnisvoll.

„Das wissen wir. Das Video ist während der Weltmeisterschaft, die damals in Deutschland stattgefunden hat, aufgenommen worden, genauer gesagt in Celle im Mannschaftshotel der angolanischen Mannschaft. Wir konnten teilweise den Ton rekonstruieren."

Nina Jansen blickte auf.

„Fußball? Dafür hat sich meine Mutter nie interessiert. Mein Vater war der Fußballverrückte bei uns. Und Philipp. Aber meine Mutter? Sie konnte mit Fußball gar nichts anfangen."

„Sie konnte aber wat mit Angola anfangen", warf die Hauptkommissarin ein und nickte Grifo zu, die aufsprang und einige Tasten an Williamsons Computer drückte. Das Bild von Evelyn Jansen und Armando Gamboa erschien. Es war eingefroren und zeigte die beiden einander zugewandt und lachend. Die Champagnergläser in ihren Händen funkelten. Grifo startete das Video. Wieder flossen die Stimme und das Lachen von Evelyn Jansen durch den Raum, zwischendurch war die dunklere Stimme des Mannes zu hören.

Nachdem das Video zu Ende war, herrschte Schweigen, das schließlich von einem herzzerreißenden Schluchzer von Nina Jansen durchbrochen wurde. Wortlos reichte Grifo ihr ein Taschentuch.

„Das … das ist unglaublich!", brach es aus Philipp Jansen heraus. „Das kann nicht sein. Das kann nicht unsere Mutter sein. So hat sie sich nie, niemals verhalten!" Nach einer Weile fügte er leiser hinzu: „Jedenfalls nicht in unserer Gegenwart."

„Ich denke, genau dat is' dat Problem", meinte Williamson. Sie versuchte es mit vorsichtigen Formulierungen. „Dat is' eine Seite von Ihrer Mutter, die auch uns überrascht hat. Wir haben gehofft, dass Sie uns wat dazu sagen können. Ob Ihnen wat einfällt, vielleicht wat, dat Ihnen bis jetz' nit wichtig vorgekommen is'."

Philipp Jansen schüttelte den Kopf.

„Nein, mir fällt dazu absolut nichts ein. Dir?" Fragend schaute er zu seiner Schwester, die ebenfalls den Kopf schüttelte.

„Überhaupt nichts", flüsterte sie. „Aber hast du ihr Kleid gesehen? Das ist ein Designerkleid und hat bestimmt mehrere Tausend Euro gekostet. Das kauft man doch nicht einfach so. Und schon gar nicht unsere Mutter. Sie hat sich doch nie viel aus Mode gemacht!" Die Stimme der Tochter der Jansens war immer kräftiger geworden. Wut schwang darin mit. Wut auf ihre tote Mutter, die sie gar nicht richtig gekannt zu haben schien.

„Das Kleid ist uns auch aufgefallen", warf Grifo ein.

„Sie sagt es ja auch!", fuhr Nina Jansen fort, Empörung schwang in ihrer Stimme mit. „Sie sagt, dass sie sich so ein Kleid nicht von ihrem Gehalt als Lehrerin leisten kann. Da muss noch etwas anderes sein." Sie wandte sich an die Kommissarinnen. Auch Philipp schaute die Polizistinnen an.

Williamson holte tief Luft. Was sie jetzt zu sagen hatten, würde den Kindern noch mehr Leid zufügen. Sie wechselte einen Blick mit Grifo, die schließlich das Wort ergriff.

„Wir haben Grund zu der Annahme, dass Ihre Eltern in illegale Geschäfte verstrickt waren", sagte sie ruhig.

Die Augen der Geschwister wurden immer größer. Alle Farbe war aus dem Gesicht von Philipp gewichen, und

Nina war noch blasser geworden, sofern das überhaupt möglich war.

„Was? Was meinen Sie damit?", fragte Philipp Jansen schließlich scharf.

„Wir haben starke Indizien dafür gefunden, dass Ihre Eltern und auch Volker Schenkendorf in den illegalen Handel mit Diamanten verstrickt waren."

Wieder lachte Philipp Jansen auf. Es klang traurig und zynisch zugleich.

„Was? Sind Sie verrückt geworden? Unsere Eltern? Das soll wohl ein Witz sein!"

Nun legte Nina eine Hand auf den Arm ihres Bruders.

„Philipp. Sie sagt es in dem Video doch selbst. Sie hat irgendetwas ‚Lukratives' gemacht, etwas, das ihr viel Geld eingebracht hat."

Philipp fuhr sich durch seine blonden Locken.

„Aber das muss doch nichts Kriminelles sein! Es könnte, was weiß denn ich …", er brach ab und verbarg sein Gesicht in den Händen.

Nina Jansen setzte sich zum ersten Mal aufrecht hin und sah die Kommissarinnen direkt an.

„Wissen Sie, wer der Mann in dem Video ist?"

Williamson sagte es ihr.

Fassungslosigkeit machte sich auf dem Gesicht der jungen Frau breit.

„Sie hatte Umgang mit solchen Menschen? Das ist … Gott, das ist einfach …", auch sie brach ab. Wortlos stand Elena Grifo auf, holte Gläser und eine Flasche Wasser und schenkte ein. Dankbar tranken die Geschwister schweigend ein paar Schlucke.

„Wie gesagt, dat is‘ nit der einzige Hinweis. Auch Ihr Vater scheint darin verstrickt gewesen zu sein“, nahm die Hauptkommissarin den Faden wieder auf. „Wussten Sie, dat er ein massives Alkoholproblem hatte un‘ unter Depressionen litt?“

Unisono schüttelten die Geschwister den Kopf.

„Zu Hause hat er wenig getrunken, ganz selten mal ein Bier oder so“, meinte Philipp Jansen schließlich.

„Einmal habe ich ihn betrunken erlebt“, warf Nina Jansen ein und erntete dafür einen erstaunten Blick ihres Bruders.

„Wirklich?“

Die junge Frau nickte.

„Ja. Es ist schon ein paar Jahre her. Sie kamen von Tante Iris, es muss eine Feier oder ein Abendessen oder so gewesen sein. Ich bin nachts aufgewacht, weil es gepoltert hat. Ich bin dann heimlich aufgestanden und habe um die Ecke geguckt. Papa ist im Wohnzimmer herumgeschwankt und gegen die Möbel gestoßen. Und er hat geschluchzt.“

Sie stockte. Tränen standen in ihren Augen, sie wischte sie zornig weg.

„Schließlich ist er gegen die Kommode gepoltert, du weißt schon, auf der die Bilder aus Angola stehen. Da hat er die Bilder von der Kommode gefegt und …“, sie schluckte, bevor sie fortfuhr, „… geweint. Furchtbar geweint.“

Erstaunt sah Philipp Jansen seine Schwester an.

„Davon weiß ich ja gar nichts! Du hast nie etwas darüber erzählt.“

Nina Jansen schüttelte leicht den Kopf, als wollte sie die Erinnerung damit fortwischen.

„Was hätte ich erzählen sollen? Dass Papa betrunken war und geweint hat? Ich … ich habe mich geschämt, irgendwie. Vor allem, weil Mama mit ihm geschimpft hat." Sie sah ihren Bruder an. „Sie hat ihn sogar angeschrien. Dass er ein Schlappschwanz sei, das hat sie geschrien. Und dass er …"

Sie zog die Stirn in Falten, als sie sich an den genauen Wortlaut zu erinnern suchte.

„… dass er genauso mitgemacht hätte wie sie. Dann hat sie ihn unter die Arme gegriffen und ins Schlafzimmer geschleift. Am nächsten Morgen war alles wie immer. Die Bilder standen an ihrem Platz, und die beiden sind miteinander umgegangen, als ob nichts gewesen wäre. Schließlich …", wieder schluckte sie, „… habe ich gedacht, ich hätte mir die ganze Szene wohl nur eingebildet. Oder geträumt."

Sie hob den Kopf. „Bis heute."

Erschöpft lehnte sie sich zurück und schloss die Augen. Tränen rannen ihre Wangen hinab. Wieder legte Grifo ihre Hand auf den Unterarm der jungen Frau.

„Danke, Nina. Das hilft uns weiter, denn es passt ins Bild, das wir uns in den letzten Tagen von Ihren Eltern machen konnten."

Williamson nickte. Sie war erschüttert. Anscheinend war die Ehe doch nicht so perfekt gewesen, wie alle Welt geglaubt hatte. Und Rudolf Jansen hatte gelitten. Ihn hatte irgendetwas belastet, wahrscheinlich schwere Schuldgefühle. Sie ergriff das Wort.

„Frau Grifo hat recht. Wir möchten Ihnen noch wat zeigen. Et is' auch ein Video, dat bei dem Spiel Mexiko gegen Angola von der VIP-Tribüne im Stadion gemacht worden is'."

Sie nickte Grifo zu, die das Video unverzüglich auf den Bildschirm zauberte.

Schweigend sahen sie es sich zusammen mit den Geschwistern an.

Schließlich schüttelte Philipp Jansen den Kopf.

„Wir erkennen nur unsere Eltern, oder, Nina?" Als diese das bejahte, fuhr er fort: „Wer sind die Männer?"

„Der eine ist Volker Schenkendorf, der andere ist ein Mann namens Wilhelm Strauss. Er war der Arbeitgeber Ihres Vaters und von Herrn Schenkendorf in Afrika."

„Der Name sagt uns gar nichts. Ich bin mir sicher, dass meine Eltern ihn uns gegenüber niemals erwähnt haben. Was meinst du?", wandte sich der junge Mann an seine Schwester.

„Nein, nie", bestätigte diese, „da bin ich mir absolut sicher. Unser Vater sieht übrigens aus, als ob er sich sehr unwohl fühlt", meinte sie dann und schaute aufmerksam auf das Standbild, das noch auf dem Bildschirm zu sehen war, „ganz im Gegensatz zu unserer Mutter."

„Dat is' uns auch aufgefallen", bestätigte die Hauptkommissarin. „Genauso wie bei dem Empfang im Hotel. Da waren die Männer übrigens nit dabei."

„Noch etwas anderes", wechselte Elena Grifo das Thema. „Wir folgen seit einigen Tagen einer Spur von Schließfächern, angefangen von dem Steckdosentresor hin zu einem Schließfach in der Kurt-Schumacher-Straße. Darin war ein weiterer Schlüssel zu finden, nach dem passenden Schloss suchen wir noch. Haben Sie irgendeine Ahnung, was es damit auf sich haben könnte? Haben Sie Ihre Eltern jemals über ein oder mehrere Schließfächer sprechen hören?"

Die Geschwister sahen sich zweifelnd an. Williamson blickte von Philipp zu Nina und wieder zurück. Die Ahnungslosigkeit stand beiden ins Gesicht geschrieben. Sie wirkte echt.

Nach einer Weile schüttelte Nina Jansen den Kopf.

„Nein", flüsterte sie fast unhörbar. „Wir wissen nichts von diesen Schließfächern. Schon der Steckdosentresor hat uns aus der Fassung gebracht. Wir wussten nur von dem ganz normalen Wandtresor, in dem Sie die alten Wertpapiere gefunden haben."

Wieder standen Tränen in ihren Augen. Die Geschwister lehnten sich zurück. Beide sahen zu Tode erschöpft aus. Sie litten, das war offensichtlich.

„Ich fasse es einfach nicht", ergriff Philipp Jansen wieder das Wort. „Da kennt man seine Eltern sein ganzes Leben lang, und dann ist plötzlich alles anders. Nicht nur, dass sie brutal ermordet wurden, das ist schon schlimm genug, aber dann stellt sich heraus, dass sie nicht die sind, für die wir sie gehalten haben."

Wieder schluchzte Nina Jansen auf. Philipp nahm sie in die Arme, und eine Weile hielten sich die beiden einfach nur fest und weinten still vor sich hin. Die Kommissarinnen ließen sie in Ruhe. Vielleicht war es gut, dass all der Schmerz und die Verzweiflung aus ihnen herausbrachen.

„Jut, dat war et auch schon", sagte Williamson betont munter, als sich die jungen Leute wieder ein wenig gefasst hatten. „Vielen Dank, dat Sie gekommen sind. Jetz' fahren

Sie zu Frau Grundler un' ihrem Mann und legen sich ein bisschen hin. Sie brauchen alle Kraft, die Sie kriegen können."

Nachdem sie die Geschwister verabschiedet hatten, die von einem sehr besorgten Felix Seidler in Empfang genommen worden waren, saßen die drei Kommissare zusammen und ließen das Gespräch Revue passieren.

„Et verdichten sich die Hinweise, dat Evelyn Jansen in die ganzen kriminellen Machenschaften nit nur verstrickt war, sondern vielleicht sogar die treibende Kraft gewesen is'", meinte Williamson schließlich.

„Und dass sie damit nicht aufgehört, sondern hier in Deutschland weitergemacht hat. Aber ihr Mann hat das nicht so gut verkraftet", ergänzte Elena Grifo.

„Nur dass wir dafür keinen Beweis haben", wagte Cohen einzuwenden. Womit er zweifellos recht hatte.

„Wir brauchen dat Schließfach zu dem verdampten Schlüssel!", bekräftigte Williamson zum wiederholten Male. „Dann kommen wir weiter, da bin ich mir sicher."

Sie hatten das passende Schließfach dazu aber nicht.

Verdamp.

Kapitel 24

Elena Grifo sammelte die Gläser und Becher ein, um sie in die Küche zu bringen. Mit einem raschen Seitenblick auf ihre Vorgesetzte meinte sie: „Chefin, gehen Sie nach Hause. Ihre Familie wird sich freuen, wenn Sie auch einmal daheim sind."

Williamson musste lachen. „Wissen Sie wat, Frau Grifo? Genau dat mache ich jetz' auch!"

Sie packte ihre Sachen zusammen und machte Anstalten, das Büro zu verlassen. Im Hinausgehen warf sie einen Blick auf Grifo und Cohen, die beide konzentriert an ihren Schreibtischen saßen.

„Sie machen eine jute Arbeit, Sie beide. Wir lösen den Fall, dat spür' ich. Früher oder später lösen wir ihn! Wir müssen weitermachen, nütz' ja nix!"

Die Oberkommissare schauten auf und nickten schweigend. Was hätten sie auch sonst tun sollen? Williamson hatte zuversichtlicher geklungen, als sie sich fühlte. Es war zum Haareraufen! Was sie dann auch ausgiebig tat.

„Bin daheem!", rief sie beschwingt in den Flur hinein und erntete – Stille.

Die sind bestimmt wieder auf der Terrasse, dachte sie, schleuderte ihre Schuhe von sich, die sie dann achtlos im Flur in verschiedenen Ecken liegen ließ, durchquerte barfuß das Wohnzimmer und betrat die Terrasse. Ein liebevoll gedeckter Tisch erwartete sie dort, aber von ihren Töchtern und ihrem Mann keine Spur.

„Hey, wo seid ihr denn?", rief sie, und da ertönte es dreistimmig hinter ihrem Rücken: „Schön, dass du schon da bist!"

Ihre Töchter umarmten sie stürmisch, Nicola anfangs zaghaft, dann jedoch genauso innig wie Carola. Williamson zog ihre jüngere Tochter in die Arme und murmelte: „Nicola, wir müssen noch mal darüber sprechen. Ich war am Anfang halt so geschockt, weißt du, daher …"

„Halt", unterbrach Bernd-Karl energisch und hob die Grillzange wie eine Lanze in die Höhe, „heute nicht, Mienchen. Heute wird nicht diskutiert, problematisiert, und es werden auch keine tiefgehenden Konflikte aufgearbeitet. Das könnt ihr morgen machen. Heute Abend ist Harmonie angesagt. Klar!?"

Williamson zog den Kopf ein. Wenn Bernd-Karl, der sonst immer so ruhig und besonnen war, diesen Ton anschlug, wusste sie, dass eine Grenze erreicht war. Und sie fügte sich.

„Klar", sagte sie brav. Dann setzte sie sich still auf ihren Platz.

Das Grillen war ein voller Erfolg.

„Fisch!", strahlte Bernd-Karl und kam mit einer Platte voller Scampispieße, Forelle, Lachs und Oktopus auf seine Mädels zu. Anschließend gab es Lamm, Rinderspieße und Iberico-Schwein. Außerdem hatten Carola und Nicola eine Gemüsepfanne und einen Salat vorbereitet.

„Wer soll dat alles essen?“, stöhnte Williamson und hielt sich den Bauch. „Et schmeckt fantastisch, aber et is‘ viel zu viel!“

„Wir können morgen Reste essen“, schlug Carola vor, „und ich kann Ole etwas mitnehmen! Er liebt Gegrilltes.“

Ihre Mutter stöhnte innerlich. Der Olaf! Der hatte ihr gerade noch gefehlt! Aber sie hielt sich an Bernd-Karls unmissverständliche Anweisung, heute Abend nichts zu problematisieren.

Schließlich lehnten sich alle zufrieden zurück und hielten sich die Bäuche.

„Es war sooooo lecker!“, stieß Nicola aus und sah dann ihre Schwester an. „Was hältst du von einer Folge ‚Sherlock‘? Wir hätten den Fernseher ganz für uns allein und müssten nicht auf einen Laptop starren!“

Die Familie Williamson war geradezu süchtig nach dem Londoner Privatdetektiv, insbesondere in der modernen Variante mit Benedict Cumberbatch, der durch diese Rolle zum Weltstar avanciert war. Auch Williamson konnte sich der Ausstrahlung des britischen Schauspielers und der Serie überhaupt nicht entziehen und hatte die Folgen geradezu verschlungen.

„Du bist ja eine richtige ‚Cumberbitch‘“, hatte Carola schmunzelnd zu ihr gesagt.

„Wat bin ich?“, hatte ihre Mutter fassungslos gefragt.

„So nennt man die Fans von Benedict Cumberbatch“, hatte Carola ihr erklärt. „Cumberbitches.“

Williamson hatte nur mit den Schultern gezuckt und sich wieder in die „Sherlock“-Serie vertieft. Sie liebte den genialen Privatdetektiv und ließ sich normalerweise keine Folge entgehen. Aber heute? Schließlich war heute ihr Familientag!

„Heute?“, fragte sie daher missbilligend. „Ich dachte, wir sitzen noch ein bisschen zusammen un‘ … reden un‘ so.“

„Ach, komm, Mienchen, lass sie doch. Wir trinken noch eine schöne Flasche Rotwein, und die zwei lassen den Abend mit ‚Sherlock‘ ausklingen. Es ist auch mal schön, dich ganz für mich allein zu haben“, schmunzelte Bernd-Karl.

Williamson lächelte. Mit dieser Argumentation hatte ihr Mann gewonnen.

„Wie kann ich da widerstehen, minge Schatz? Also jut, viel Vergnügen mit dem Benedict!“

Und weg waren ihre Töchter. Bernd-Karl holte eine Flasche guten spanischen Rotweins, der Williamson in einen leichten, aber nur leichten beschwipsten Zustand versetzte. Sie und ihr Mann starrten abwechselnd in die Flammen der Kerzen auf ihrem Tisch und in ihren Garten. Es war einfach traumhaft.

Als die Kommissarin den Alkohol zu spüren begann, ging sie hinein, um noch eine Flasche Wasser zu holen, und kam im Wohnzimmer an ihren Töchtern vorbei, die wie paralysiert auf den Bildschirm starrten. Sie saßen dicht bei dicht und hatten sich in die Arme genommen. Sie sahen so zerbrechlich aus. Und so jung. Warum konnte Williamson nicht die Zeit anhalten? Diesen perfekten Moment einfrieren? Sie wusste natürlich, dass dies nicht möglich war, seufzte und starrte auf den Bildschirm.

Sherlock alias Benedict Cumberbatch traf zum ersten Mal in der Serie auf seinen Erzfeind Moriarty. Die Szene spielte in einem Schwimmbad. Der kongeniale Partner von Sherlock, Dr. Watson, war mit einer Sprengstoffweste zu sehen, Moriarty stand dahinter und gab seine zynischen Kommentare ab. Schließlich zielte Sherlock mit einer Pistole auf Moriarty. Hinter Sherlock befanden sich Schränke und Schließfächer zur Aufbewahrung von Wertgegenständen. Williamson musste aufpassen, dass sie nicht an der Serie hängen blieb. Draußen saß immer noch Bernd-Karl, und sie wollte den Abend mit ihrem Mann verbringen. Also lächelte sie ihren Töchtern zu, holte das Wasser und ging wieder nach draußen, um den Tag ausklingen zu lassen.

Die Kommissarin war am nächsten Morgen schlecht gelaunt. Obwohl sie durch den Alkoholkonsum genügend Bettschwere gehabt hatte, hatte sie fast gar nicht geschlafen, und wenn, dann hatte sie wild geträumt. Von Benedict Cumberbatch, in dessen Gesicht sich das Wasser des Schwimmbads gespiegelt hatte. Von seinem Widersacher Moriarty, der spöttisch die Augenbrauen nach oben gezogen und Sherlock mit hoher Stimme verhöhnt hatte. Von dem Privatdetektiv, der auf seinen Feind gezielt hatte, von dem verzweifelten Gesichtsausdruck von Watson, fantastisch gespielt von Martin Freeman.

Bernd-Karl gab seine üblichen Brötchen-Kommentare ab, ergänzt von seinen Vogelbeobachtungen. Vögel waren ein großes Steckenpferd von ihm.

„Hast du den Amselmann gesehen, der, der den weißen Fleck auf der Brust hat? Er glaubt, er sei der König in unserem Garten, der totale Gockel! Und so singt er auch!“, schwärmte er gerade und lächelte versonnen.

„Hm, hmm“, machte Williamson. Sie konnte mit den verschiedenen Vogelarten nicht viel anfangen. Schön, wenn sie in ihren Garten kamen, wenn nicht, auch okay. Heute Morgen waren ihr die Vögel noch ferner als sonst. Gedankenfetzen schossen durch ihr Hirn. Und plötzlich, gerade als Bernd-Karl jeden einzelnen Kürbiskern auf seinem Brötchen zu zählen begann, fügten sich die verschiedenen Gedanken zu einem einzigen zusammen.

„Ich muss los!“, unterbrach sie den Redefluss ihres Mannes abrupt und sprang unvermittelt auf. Bernd-Karl hielt inne, starrte sie einen Augenblick lang verblüfft an, lächelte dann aber. Nach fast fünfundzwanzig Jahren Ehe mit einer Polizistin, speziell mit dieser, überraschte ihn so schnell nichts mehr.

„Okay“, sagte er daher leichthin, stand ebenfalls auf und gab ihr einen Kuss auf die Nase.

„Pass auf dich auf, Mienchen. Bis heute Abend.“

„Ja, bis dann“, murmelte Williamson. Sie hörte schon nicht mehr richtig zu, drückte ihren Mann flüchtig an sich und war auch schon durch die Tür. Während sie ihre Schuhe zusammensammelte, die sie gestern Abend achtlos in verschiedene Ecken des Flurs geschleudert hatte, zückte sie ihr Handy, hämmerte darauf herum, bis eine Verbindung hergestellt war und schrie hinein: „Frau Grifo, sind Sie et? Jut. Gucken Sie mal nach, wat die Geschwister Jansen über die Hobbys von ihren Eltern gesagt haben, speziell von der Mutter. Wat steht da genau?“

„Ich schaue nach, warten Sie einen Moment. Okay, also, Nina Jansen hat gesagt, dass die Mutter Städtereisen liebte, vor allem war sie oft in Brügge oder London.“

Das löste bei Williamson ein unbestimmtes Kribbeln aus, aber sie schob es beiseite. Sie suchte etwas anderes.

„Wat noch?“

„Sie hat den Jugendklub gegründet und verbrachte mit ihrer ehrenamtlichen Arbeit viel Zeit …“

„Jaja, dat wissen wir alles, dat meine ich nit. Un‘ noch?“

Wieder dauerte es einen Moment, bis Grifos Stimme an ihrem Ohr zu hören war.

„Ah, hier steht noch etwas“, hörte sie ihre schöne Mitarbeiterin schließlich sagen. „Philipp Jansen hat ausgesagt, dass seine Mutter gerne schwamm. Sie hat das regelmäßig in Kleuthen gemacht.“

Jetzt war Williamson elektrisiert.

„Wo?“, fragte sie atemlos und setzte sich auf die Treppe, um ihre Schuhe zuzubinden.

„Im Schwimmbad in Kleuthen“, antwortete Elena Grifo prompt.

Williamson sprang auf.

„Dat is‘ et! Frau Grifo, wir treffen uns direkt am Schwimmbad. Kündigen Sie uns da an! Un‘ bringen Sie Cohen mit! Un‘ die Frau Walter! Un‘ die soll ihr Team mitbringen! Un‘ denken Sie an die Formalitäten! Un‘ haben Sie um Jottes willen den Schlüssel dabei!“

Ehe die Oberkommissarin etwas erwidern konnte, hatte Williamson die Verbindung unterbrochen, sich ihre Tasche geschnappt und war aus dem Haus gestürmt. Als sie in ihre Marianne stieg, schickte sie ein Dankgebet in Richtung der Götter der Privatdetektive sowie an Benedict Cumberbatch und seine ikonische „Sherlock"-Rolle.

„Danke, Benedict", murmelte sie, „wenn du wüsstest, wie du mir geholfen hast!"

Sie fuhr zwar nicht ganz so rasant wie Elena Grifo oder ihre Freundin Janina Mohwinkel, aber für ihre Verhältnisse war sie in Rekordgeschwindigkeit am Schwimmbad in Kleuthen angekommen. Es handelte sich um einen typischen 70er-Jahre-Bau aus Waschbeton mit dem Charme eines Bulldozers. Obwohl sie glaubte, sehr schnell gefahren zu sein, waren ihre Kollegen allesamt schon da und schauten ihr erwartungsvoll entgegen. Jetzt musste sie liefern.

So schnell es ihre kurzen Beine vermochten, erklomm sie die vier oder fünf Treppenstufen vor dem Schwimmbad und kam entsprechend außer Atem bei ihren Leuten an. Die Luft war aber auch verdamp dünn in Niedersachsen!

„Danke, dat Sie alle so schnell gekommen sind!", keuchte sie. „Kommen Sie mit!" Und schon hatte sie die Eingangstür aufgerissen und war in die Vorhalle gestürmt. Eine kleine Frau mit braunem Kraushaar in weißen Bermudashorts und ebenfalls weißem Poloshirt und Turnschuhen kam ihr entgegen, höchstens so groß wie sie selbst.

„Mein Name ist Ilona Klamm, ich bin von der Gemeindeverwaltung und für das Schwimmbad hier zuständig.

Eine Frau … Grifo hat mich angerufen?“ Fragend schaute sie in die Runde, bis die Oberkommissarin vortrat und ihr ein Formular unter die Nase hielt.

„Damit dürften die Formalitäten erledigt sein, Frau Klamm“, stieß Williamson aus und wollte an ihrem Gegenüber vorbei.

„Ich weiß wirklich nicht, was Sie glauben, in unserem Schwimmbad finden zu wollen, das …“

„Dat lassen Sie mal unsere Sorge sein!“, raunzte die Hauptkommissarin und schob die Frau einfach beiseite. „Zeigen Sie uns einfach die Schließfächer im Damenbereich!“ Und schon war sie losgestürmt. Auch wenn sie nicht wusste, wie es Ilona Klamm anstellte, aber sie schloss zu ihr auf, überholte sie sogar und stellte sich ihr in den Weg.

„Ich zeige sie Ihnen“, sagte sie und atmete tief durch. „Kommen Sie!“

Sie führte die kleine Karawane durch den Kassenbereich, an dem ihnen zwei Damen hinter Plexiglas teilnahmslos entgegenschauten. Daran schloss sich ein langer Gang an, von dem linker Hand die Umkleidekabinen abgingen. Im hinteren Bereich stand „Damen“, darauf steuerte Ilona Klamm zielsicher zu. Sie durchquerte den Bereich der Umkleide, die Polizisten im Schlepptau. Dann standen sie vor den Schließfächern, die ihnen in einem abstoßenden Giftgrün entgegenstrahlten.

„Der Schlüssel!“, befahl Williamson und zog sich dünne Handschuhe über. Wortlos händigte ihn ihr Alina Walter aus.

Die kleine Kommissarin nahm das Schließfach mit der Nummer fünfzehn ins Visier und steckte den Schlüssel ins

Schloss. Sie hielt den Atem an. Was, wenn sie falschlag? Dann hatte sie ihre Kollegen völlig umsonst hierhergescheucht. Es musste einfach stimmen!

Es klickte, dann sprang die Tür auf. Williamson stieß den Atem aus, ihre Kollegen hinter ihr taten es ihr gleich.

Sie, Grifo, Cohen und Alina Walter beugten sich neugierig über die gähnende Öffnung. Die zwei Mitarbeiter der Kriminaltechnik hielten sich im Hintergrund, ganz im Gegensatz zu Ilona Klamm, die versuchte, ihren kleinen Körper an den Polizisten vorbeizudrücken, weil auch sie wissen wollte, was sich in dem Schließfach befand. Beherzt griff Williamson hinein und holte ein Frotteehandtuch hervor, dann ein Duschgel. So weit so schlecht. Dann ertastete sie ganz hinten ein weiches Päckchen. Sie zog es heraus. Es entpuppte sich als ein weiteres Handtuch, in das etwas eingewickelt war. Vorsichtig, als handelte es sich um etwas Hochexplosives, rollte Williamson das Handtuch auf. Zum Vorschein kam ein kleiner Plastikbeutel mit einem Zipper, ähnlich denen, die man beim Fliegen verwendete, wenn man Flüssigkeiten verpackte. Darin war geknülltes Küchenpapier zu sehen. Williamson ertastete etwas Hartes, das darin eingewickelt war. Sie öffnete den Reißverschluss und holte das Knäuel aus Küchenpapier hervor. Vorsichtig entfaltete sie es. Und dann lagen auf ihrer Hand – zwei weitere Schlüssel und ein Chip, der zusammen mit einem der Schlüssel mit einem Ring verbunden war. Kollektives Stöhnen hinter ihr.

„Nit schon wieder“, schimpfte die kleine Kommissarin. „Noch mehr Schlüssel! Die verfolgen mich … uns!“

Das durfte ja wohl nicht wahr sein! Sie konnte keine Schlüssel mehr sehen. Der Chip hatte eine gelbe Umrandung.

„Dürfen wir mal?“, fragte Alina Walter, nahm ihr vorsichtig die Schlüssel und den Chip aus der Hand und ließ sie in verschiedene Asservatenbeutel fallen. Sie ging damit zu ihren Kollegen von der Kriminaltechnik und steckte mit ihnen die Köpfe zusammen. Leise murmelnd schienen sie sich zu beraten.

Währenddessen wandte sich Williamson an Ilona Klamm.

„Is‘ Ihnen oder Ihren Mitarbeitern noch nie aufgefallen, dat dat Schließfach permanent geschlossen war?“, wandte sie sich an die kleine Frau.

Ilona Klamm schüttelte so vehement den Kopf, dass ihre krausen Haare flogen. Sie erinnerte damit stark an Williamson selbst.

„Nein!“, entgegnete sie entschieden. „Das ist uns nicht aufgefallen, weil es nicht so war! Wir kontrollieren die Schließfächer regelmäßig, und vor zwei Wochen war das Schließfach noch offen. Ich bin mir sicher, weil ich bei den Kontrollen dabei war.“

„Kann es sein, dass ein anderes Schließfach geschlossen war, als Sie es kontrolliert haben? Und öffnen Sie die Schließfächer direkt, wenn Ihnen ein geschlossenes auffällt?“, übernahm Grifo die nächste Frage.

Wieder schüttelte die kleine Frau den Kopf.

„Nein. Wissen Sie, es kann schon einmal vorkommen, dass unsere Stammgäste über Nacht, oder auch schon einmal über ein paar Tage, ein Schließfach benutzen, da drücken wir schon einmal ein Auge zu. Wir haben ja ausreichend Schließfächer. Deshalb kündigen wir auch die Kontrollen an. Nur wenn bei den Kontrollen ein Schließfach geschlossen ist, öffnen wir es. Das steht auch in unseren Nutzungsbedingungen."

Cohen, der sich bis jetzt im Hintergrund gehalten hatte, mischte sich nun ein.

„Mit anderen Worten, die Stammgäste wechseln die Schließfächer einfach nach ein paar Tagen oder Wochen!" Er sah seine Vorgesetzte an und dann Grifo. „So hat es Evelyn Jansen ja auch mit dem Bankschließfach gemacht, das wir gefunden haben. Da hat sie nach ein paar Jahren die Bank gewechselt. Hier sind die Intervalle halt kürzer, aber das Prinzip ist dasselbe. Auf diese Weise hatte sie ein fast perfektes Versteck, das sie immer unter Kontrolle hatte."

Sie gingen wieder in Richtung Ausgang. Als Williamson an Alina Walter vorbeikam, winkte diese die Kommissare zu sich heran.

„Wir sind uns fast sicher, dass der eine Schlüssel ebenfalls zu einem Bankschließfach gehört", erklärte sie und hielt einen der Asservatenbeutel nach oben.

„Na, hoffentlich meldet sich die dazugehörige Bank schneller als beim ersten Mal", brummte Williamson verstimmt. Sie hatte es immer noch nicht verwunden, dass sie auf weitere Schlüssel gestoßen waren. Ein Albtraum!

„Un' der andere und der Chip?", fragte sie dann hoffnungsvoll. „Konnten Sie die auch identifizieren?"

„Leider nein. Wir können aber mit nahezu hundertprozentiger Sicherheit ausschließen, dass der eine Schlüssel zu einem Bankschließfach oder überhaupt zu einem

Schließfach gehört. Chips dienen meist der Identifizierung, aber wozu und zu was? Das verifizieren wir noch."

Williamson sah in die Runde. Grifo steckte gerade ihr Handy ein. Sie hatte Bilder von den Schlüsseln gemacht.

„Also jut. Machen wir uns auf den Weg zurück nach Hannover. Wir müssen rausbekommen, zu welchen Schlössern die gehören und wat et mit dem Chip auf sich hat. Langsam glaube ich, die Jansens waren Schlüsselfetischisten." Die kleine Kommissarin versuchte es mit Humor.

Aber so richtig lachen konnte niemand.

Kapitel 25

„Wie haben Sie herausgefunden, dass sich das Schließfach im Schwimmbad von Kleuthen befindet?", fragte Elena Grifo, als sie in ihrem Büro ankamen. Unverhohlene Bewunderung lag in ihrer Stimme.

„Dat habe ich dem Benedict zu verdanken", antwortete Williamson geheimnisvoll und grinste.

„Welchem Benedikt?" Grifo sah sie verständnislos an.

„Cumber… dings", sagte Williamson. Ihr Grinsen wurde breiter.

„Sie meinen Benedict Cumberbatch?", fragte ihre junge Mitarbeiterin. „Ich verstehe gar nichts!"

Williamson erzählte ihr vom Grillen, dem Wunsch ihrer Töchter, eine Folge „Sherlock" zu schauen, der Szene im Schwimmbad, die sie zufällig mitbekommen hatte, und ihren Schlussfolgerungen.

„Sie sind genauso gut wie Sherlock Holmes", lachte Elena Grifo. „Ihre Deduktionen sind denen des Meisterdetektivs mehr als würdig! Das war richtig Klasse!"

„Aber gebracht hat et nit viel!", seufzte Williamson. „Wat haben wir gefunden? Schon wieder Schlüssel!"

„So kann man das nicht sagen!", widersprach Grifo. „Wir müssen nur herausfinden, wozu diese Schlüssel und der Chip gehören – irgendwann stoßen wir auf etwas Wichtiges, da bin ich mir sicher!"

„Un‘ wenn et immer so weitergeht? Schlüssel um Schlüssel um Schlüssel, so wie diese Matrjo… dings.“

„Matrjoschkas“, half Grifo. „Aber irgendwann müssen wir etwas finden. Und das werden wir!“

Da wurde die Tür aufgerissen und Cohen kam herein, drei Kaffeebecher balancierend. Er stellte mit großer Geste vor Williamson ihren Lieblingsbecher mit der Aufschrift „Big Mama“ hin, und auch Grifo bekam ihren Kaffee.

„Bitte sehr, die Damen“, flötete er gut gelaunt und fletschte die Zähne zu einem Lächeln.

„Na, Herr Cohen, liegt Liebe in der Luft?“, bemerkte Williamson sarkastisch und nippte an ihrem Kaffee. Cohen antwortete darauf nicht.

Cohen und Ilona Klamm hatten sich im Schwimmbad auffallend gut verstanden und sich angeregt unterhalten. Ilona Klamm hatte sogar mit den Augen geklimpert, sich durch ihre krausen Haare gefahren und Cohen angeschmachtet. Über Geschmack ließ sich bekanntlich nicht streiten. Und Cohen hatte das natürlich gefallen.

Da piepsten die Computer von Grifo und Cohen beinahe gleichzeitig und meldeten damit den Eingang einer E-Mail. Williamsons Computer blieb indes stumm, da sie ihn noch nicht hochgefahren hatte. Grifo eilte zu ihrem PC und war gerade dabei, die E-Mail aufzurufen, als die Tür aufgerissen wurde und Alina Walter erschien, außer Atem und sichtlich aufgeregt.

„Ich habe Ihnen gerade eine E-Mail geschickt, aber ich dachte, ich komme am besten selbst. Also …“, sie hielt inne und holte tief Luft. „Zunächst: Auf beiden Schlüsseln und auf dem Chip sind ausschließlich die Fingerabdrücke von Evelyn Jansen."

„Dat is' nit erstaunlich, oder? Deswegen sind Sie doch nit so außer Atem, oder?", raunzte Williamson.

„Wir haben herausgefunden, zu welcher Bank der einzelne Schlüssel gehört", schnaufte Alina Walter und nahm dankbar ein Glas Wasser entgegen, das Grifo ihr hinhielt. In der anderen Hand hielt sie den Asservatenbeutel mit dem Chip und dem Schlüssel an dem Ring, den sie auf Grifos Schreibtisch legte. Den anderen hielt sie in die Höhe.

„Eine ganz normale Sparkasse in der Ferdinand-Walbrecht-Straße. Der Schlüssel kam mir gleich so bekannt vor. Mein … Ex und ich hatten ebenfalls bei der Sparkasse mal ein Schließfach, bis … bis wir uns getrennt haben." Die letzten Worte waren fast nicht zu hören.

Alina Walter straffte sich.

„Ich kenne die Filialleiterin von früher. Wir haben miteinander telefoniert. Das Schließfach läuft auf Evelyn Jansen."

„Na, dann nix wie los!", forderte Williamson ihre Kollegen auf und sprang auf. „Frau Walter, Sie kommen auch mit!"

„Ich werde noch zwei Kollegen hinzubitten. Fahren Sie schon mal los, wir kommen sofort nach", sagte Alina Walter und erhob sich ebenfalls.

„Frau Jansen hat das Schließfach seit circa drei Jahren", sagte die Filialleiterin, die ganz klassisch in ein dunkles Kostüm gekleidet war.

Der Blick der Frau glitt über die Kommissare hinweg.

„Frau Tanden, wie schön, Sie wiederzusehen!“

Die Kommissare drehten sich um. Alina Walter hatte mit zwei Kollegen die Bank betreten und lächelte schwach.

„Ich heiße inzwischen wieder Walter, Frau Menschke. Aber ja, es freut mich ebenfalls, Sie wiederzusehen.“

„Frau Tan… Walter und ich kennen uns von früher. Also, Sie und Ihr Mann … also äh …“, die Filialleiterin brach ab, ganz offensichtlich unsicher, was sie preisgeben durfte und was nicht.

„Wir waren früher Kunden bei Frau Menschke“, erklärte Alina Walter ruhig. Mehr sagte sie nicht, das war auch nicht nötig.

Gemeinsam gingen sie zu den Schließfächern. Der Vorgang der Öffnung ähnelte stark dem in der Bank, in der sie das erste Schließfach gefunden hatten. Die Filialleiterin öffnete das äußere Fach, dann steckte Cohen den Schlüssel, den sie bei sich hatten, in das Schloss der darin befindlichen Box.

„Wenn da wieder ein Schlüssel drin is‘, krieg ich einen Anfall!“, stöhnte die Hauptkommissarin. „Ich kann gar nit hinsehen!“

Beherzt öffnete Cohen die Box, und alle drei Kommissare sowie die drei Kriminaltechniker starrten hinein.

„Also, eines steht fest: Ein Schlüssel ist es nicht“, konstatierte Grifo trocken.

Bündelweise Dollarnoten lagen fein säuberlich gestapelt in der Box. Es waren sehr, sehr viele.

„Wir brauchen den Kollegen Lissenbach“, bemerkte Cohen schlicht.

Williamson raufte sich die Haare. Aber wat soll et? Nütz‘ ja nix!

Horst Lissenbach rückte mit einem weiteren Kollegen an. Er stürmte an den Kommissaren vorbei und widmete sich zusammen mit Alina Walter und ihrem Team ausgiebig dem Geld, das sich noch in der Box befand.

„Wir sichern hier alles und geben Ihnen Bescheid, was wir haben“, brummte er, ohne aufzuschauen. Ein unmissverständlicher Hinweis, ihn und seine Leute ihre Arbeit machen zu lassen. Williamson gab Cohen und Grifo einen Wink.

„Fahren wir zurück, lassen wir die Kollegen arbeiten.“

Wieder im Büro, hatten sich die Kommissare gerade an ihre Schreibtische gesetzt, als die Tür einen Spalt aufging und Dr. Sven Michellsen seinen blonden Kopf in den Raum steckte.

„Ach hallo. Ich habe eine Frage.“ Er zögerte und sah dann Grifo an. Einen Moment zu lange. „An Elena.“

„Oh, na klar.“ Grifo stand auf und ging mit ihm zu ihrem Schreibtisch.

„Was gibt es?“

„Elena, ich habe …“, sein Blick fiel auf den Asservatenbeutel mit dem Schlüssel und dem Chip, „… oh, hat da jemand einen Lagerraum?“

Grifo zog die Augenbrauen nach oben.

„Lagerraum?“

Der Mediziner nickte.

„Ja. In der List.“

Die List war ein Stadtteil von Hannover. Die Jansens hatten da früher gewohnt, bevor sie das Haus in Kleuthen gebaut hatten.

Williamson sprang elektrisiert auf.

„Sag dat noch mal!“, forderte sie den Rechtsmediziner auf.

Sven Michellsen sah sie erstaunt an.

„Ist das denn wichtig?“

„Un‘ ob! Also, wat is’ mit dem Lagerraum?“

„In der List gibt es ein Einlagerungshaus, da kann man Sachen lagern, die man nicht unbedingt braucht“, erklärte der junge Mediziner der Kommissarin geduldig. „Das kann alles Mögliche sein von Akten, über Weihnachtsdeko bis zu Reifen. Meine Schwester hat so einen Raum, weil sie eine kleine Wohnung und auch nur einen kleinen Keller hat. Und der Chip und der Schlüssel da …“, er wies auf den Schlüssel in dem Beutel, der nach wie vor auf Grifos Schreibtisch lag, „… sehen genauso aus.“

„Dat könnte et sein! Dat is‘ genial! Michel, du weißt gar nit, wie sehr du uns geholfen hast!“

Michellsen sah sie erstaunt an.

„Habe ich das? Ich habe doch nur …“

„Doch!“ Williamson nickte so energisch mit dem Kopf, dass die Strubbelhaare flogen. Sie sah Grifo an. „Wir müssen da sofort hin! In der List, hast du gesagt?“

Cohen war schon dabei zu telefonieren, um die Spurensicherung und damit Alina Walter zu informieren. Heute kamen die Kollegen ganz schön rum!

Wieder sah Sven Michellsen Elena Grifo an.

„Einen Moment, ich möchte Elena etwas fragen, und ich kann damit auch nicht warten!" Es hatte sehr bestimmt geklungen.

Williamson beobachtete ihn scharf. Der junge Mann war verliebt, keine Frage. Und das ausgerechnet in die in Bezug auf private Dinge so verschlossene Oberkommissarin. Sie wollte ihm aber seine Chance lassen, so ungeduldig sie auch war und so sehr sie den unwiderstehlichen Drang verspürte, sofort loszustürmen. Es war eine verschwindend kleine Chance für ihn, davon war sie überzeugt, aber sie wollte nicht daran schuld sein, wenn er es nicht wenigstens versuchte.

Also blickte sie auffordernd zu Cohen.

„Also jut. Bevor et losgeht, machen wir uns noch ein bisschen frisch, nit, Herr Cohen?"

Sie blickte zu Grifo. „Sagen wir, in zehn Minuten?"

Die junge Kommissarin nickte stumm. Sie fühlte sich unwohl, das sah Williamson ihr an, aber da musste sie jetzt durch, das konnte sie ihr nicht abnehmen.

„Jut." Williamson drehte sich um, scheuchte Cohen vor sich her aus dem Raum und hörte noch, wie Michellsen zu Grifo sagte: „Ich habe zwei Karten für das Konzert in der Arena für morgen Abend. Du magst die Band doch auch so gerne. Sollen wir beide …"

Den Rest bekam sie nicht mehr mit, das war auch nicht nötig. Sie hoffte um Michels willen, dass Grifo zustimmte und mit ihm ausging, bezweifelte es aber.

Als Williamson nach einigen Minuten den Rückweg zu ihrem Büro antrat, um Grifo abzuholen, kam ihr der Pathologe mit hochrotem Kopf und herunterhängenden

Mundwinkeln entgegen. Seine Augen blickten stumpf, und er strich sich darüber, wie um Tränen zurückzuhalten. Er nahm sie gar nicht wahr und hastete an ihr mit langen Schritten vorbei. Sie hatte es gewusst, Elena Grifo hatte ihn abblitzen lassen. Der junge Arzt tat ihr leid.

Betont munter betrat sie den Raum. Grifo saß an ihrem Schreibtisch, den Asservatenbeutel mit Schlüssel und Chip in der Hand. Mit einem leichten Lächeln sah sie ihrer Chefin entgegen.

„Ich habe mit der Firma telefoniert, die das Lagerhaus betreibt, und auch gleich eine E-Mail mit den Bildern von Rudolf und Evelyn Jansen hingeschickt. Volltreffer. Evelyn hatte dort einen großen Lagerraum gemietet. Allerdings nicht unter ihrem Namen, sondern unter einem Pseudonym, Jana Angermann."

„Dat haben Sie jetz' noch eben hingekriegt? Ich mein', nach dem Gespräch mit dem Michel?"

„Ich habe schon damit angefangen, als Sven noch da war. Was wir zu besprechen hatten, war schnell erledigt."

„Ich nehme an, Sie haben ihm einfach gesagt, dat Sie nit mitkommen wollen zu dem Konzert?"

Sie mussten los zu der Einlagerungsfirma, eigentlich ging Williamson das Privatleben ihrer Mitarbeiterin nichts an, und sie überschritt hier eindeutig eine Grenze, aber sie konnte nicht anders.

Grifo versteifte sich.

„Haben Sie ihn getroffen? Hat er etwas gesagt?"

Williamson schüttelte heftig den Kopf. Wieder flogen die Strubbelhaare.

„Nee, aber dat war auch nit nötig. Ich habe Augen im Kopp, und Ohren habe ich auch. Er hat Sie zu einem Konzert eingeladen, aber Sie haben abgelehnt. Da muss man keine Meisterdetektivin sein, um dat zu erkennen. Ich weiß, et geht mich nix an, aber …“

„Genau“, unterbrach Grifo ihre Chefin ungewohnt scharf. „Es geht Sie nichts an.“ Williamson zuckte zurück.

„Tut mir leid, Frau Grifo, aber der Michel is‘ so unglücklich …“

„Belassen wir es dabei, bitte.“ Grifos Stimme war abweisend und traurig zugleich, genauso wie ihr Gesichtsausdruck.

Williamson nickte widerstrebend.

„Einverstanden. Na los, fahren wir, der Cohen wartet schon im Wagen. Bevor er zu sehr in dat Schwitzen kommt und wir alle drunter leiden müssen, sollten wir los. Nütz‘ ja nix.“

Na, das war ja gründlich in die Hose gegangen. Sie hatte nur helfen wollen, aber sie war zu weit gegangen, und Grifo hatte eine deutliche Grenze gezogen.

Verdamp.

Kapitel 26

Im Wagen auf dem Weg zur Einlagerungsfirma schwiegen die Kommissare. Grifo und Williamson hingen ihren Gedanken nach, und Cohen war zu sehr damit beschäftigt, sich immer wieder den Schweiß vom Gesicht zu wischen. Die Klimaanlage des Autos arbeitete auf Hochtouren, sorgte aber dafür, dass sich der Schweißgeruch, der von Cohen ausging, mit der Fischluft vermischte und sich dadurch im ganzen Auto verteilte. Williamson streckte die Nase zum Fenster heraus und war froh, als sie endlich ankamen.

Schon auf dem Hof vor dem Eingang wurden sie erwartet. Ein stämmiger Mann mit gewelltem, rotblondem Haar winkte ihnen aufgeregt zu und rief ihnen, kaum dass sie aus dem Auto ausgestiegen waren, entgegen: „Sind Sie von der Polizei? Na, das ist ja ein Ding mit der Frau Angermann!“

Es waren immer dieselben Reaktionen, die die Anwesenheit von Polizisten, Kriminalbeamten gar, auslöste: entweder Abweisung oder aufgeregter Übereifer. Bei dem Mann von der Lagerungsfirma schien es sich um Letzteres zu handeln.

„Williamson, Kripo Hannover“, stellte sich die Hauptkommissarin vor. „Dat sind meine Kollegen Grifo und Cohen.“

„Ah, dann habe ich mit Ihnen telefoniert?" Der untersetzte Mann schaute wohlwollend auf Grifo. Wieder einmal verdrehte Williamson die Augen. Die Reaktionen, die Grifo vor allem beim männlichen Geschlecht auslöste, waren immer die gleichen. „Ich bin Günther Tietz, einer der Geschäftsführer der Firma."

„Ja. Haben Sie die Unterlagen zu Frau Angermann?", fragte Grifo betont gleichmütig und erwiderte das Lächeln des Geschäftsführers nicht. Günther Tietz wurde daraufhin ernst und nickte.

„Ja, in meinem Büro. Kommen Sie mit!"

Er führte sie in ein funktional mit weißen Büromöbeln eingerichtetes Office, in dem zwei Mitarbeiter, eine Frau und ein Mann, konzentriert an ihren Bildschirmen saßen. Sie schauten nicht einmal auf, als die Kommissare zusammen mit Günther Tietz den Raum betraten. Er ging in einen kleinen, abgetrennten Raum, der sich als sein Büro entpuppte.

„Wir haben alle Infos hier", erklärte der Mann, trat hinter seinen Schreibtisch und drehte den Bildschirm so, dass die Kommissare mitschauen konnten.

„Jana Angermann, die, so sagten Sie mir am Telefon, gar nicht so heißt, hat sich vor fünf Jahren hier eingemietet. Sie hat einen der größten zur Verfügung stehenden Räume ausgesucht, über fünfundzwanzig Quadratmeter."

Das war in der Tat stattlich.

„Hat Frau Jans…. äh … Frau Angermann angegeben, wozu sie so viel Fläche brauchte?"

Günther Tietz schaute wieder auf den Bildschirm.

„Nein. Das muss sie aber auch nicht. Das ist eine von unseren Firmenphilosophien: Diskretion."

„Verstehe", sagte Williamson knapp und blickte kritisch auf den Mann ihr gegenüber. „Wat muss man vorzeigen, um einen Mietvertrag abzuschließen?"

Der Mann wischte sich über die Augen.

„Eigentlich nicht viel. Ein gültiges Ausweisdokument natürlich, wobei Frau Angermann, oder wie sie hieß, das ja dann wohl nicht gehabt haben kann ..."

„Ausweise kann man fälschen", warf Grifo ein. „Machen Sie sich keine Vorwürfe, das können Sie nicht erkennen."

Günther Tietz nickte dankbar.

„Ja, und dann eine Schufa-Auskunft, um die Bonität zu sichern, aber diese müssen unsere Mieter erst seit zwei Jahren vorlegen. "

Williamson tippte sich an die Nase.

„Dann sollten wir uns den Raum einmal ansehen. Die Spurensicherung is' sicher auch bald vor Ort."

„Natürlich. Kommen Sie!" Günther Tietz erhob sich für einen so massigen Mann erstaunlich behände und schritt voran aus dem Büro. Auf dem Weg zu den Lagerräumen erklärte er die Vorteile seiner Firma.

„Neben der Diskretion haben wir noch weitere Prinzipien. Dazu gehört die Sicherheit: Unsere Mieter haben alleinigen Zugang zum jeweiligen Lagerraum, die Gänge sind videoüberwacht, und die Locations selbst sind alarmgesichert."

„Das heißt, Sie haben keinen Zutritt zu den jeweiligen Räumen?", hakte Cohen nach.

„Nein." Günther Tietz schüttelte den Kopf.

„Erstaunlich. Was ist, wenn sich ein Brand entwickelt oder dergleichen? Was machen Sie dann?“, fragte Grifo.

„Bei Gefahr in Verzug dürfen wir das Mietobjekt öffnen, ansonsten müssen wir vorher das Einverständnis des Mieters einholen, wenn ein Verdachtsmoment entstanden ist. Wir können den Raum auch ohne Einverständnis des Mieters öffnen, wenn wir diesen nicht erreicht haben, und wir machen auch Stichproben bei den eingelagerten Dingen, damit die Sicherheit gewährleistet ist“, antwortete der Geschäftsführer.

Dann fuhr er fort: „Frau Angermann, oder wie immer sie auch heißen mag, hatte sich durch uns Regale angeschafft. Wir bieten diesen Service für unsere Kunden an. Sie sind in ihrem Lagerraum verbaut. Außerdem hat sie sich gegen eine Zusatzgebühr Licht und Strom freischalten lassen, auch das bieten wir an. Sie hatte das volle Paket.“

Sie waren nun am Aufzug am Rande einer großen Halle angekommen, der zu den Stockwerken mit den Lagerräumen führte, gerade als Alina Walter mit ihrem Team vorfuhr und zu ihnen stieß. Williamson nickte ihr kurz zu.

„Um hier in die Halle zu kommen, benötigen unsere Mieter den Chip, den sie bei Abschluss des Mietvertrages erhalten“, erklärte Günther Tietz und zeigte ihnen eine Säule mit einem Feld, vor das er nun den elektronischen Chip hielt.

„Ah, da ist ja der Aufzug. Wir müssen in den dritten Stock, da hatte Frau Angerm… also die Dame ihren Raum.“

Der große Lastenaufzug brachte sie sanft nach oben. Während der Fahrt schwiegen alle, und Williamson wippte von ihren Fersen auf ihre Zehen und wieder zurück.

„Auf den Etagen mit den Lagerräumen haben wir keinen codierten Zugang", erläuterte Günther Tietz gerade und ließ sich von Elena Grifo die Schlüssel aushändigen. Er führte sie an eine gelb gestrichene Tür, die so aussah wie alle anderen auch. An der Tür war ein Riegel angebracht, der mit einem einfachen Vorhängeschloss versehen war.

„Dat is' alles?", fragte Williamson verblüfft. „So'n simples Vorhängeschloss, wie wir et an unserem Gartenhäuschen haben?"

„So sieht es aus", nickte der Geschäftsführer. „Manche haben ein Schloss mit einem Zahlencode, aber hier ist ein ganz normales Vorhängeschloss angebracht. Das haben viele."

„Erstaunlich", entfuhr es auch Grifo, die wie ihre Kollegen Handschuhe übergezogen hatte und nun den Schlüssel aus dem durchsichtigen Asservatenbeutel nahm. Sie steckte den Schlüssel in das Vorhängeschloss, das ohne Probleme aufsprang. Günther Tietz öffnete daraufhin mit einer dramatischen Geste die Tür.

„Sesam öffne dich", stieß er nicht ohne Pathos aus. Niemand lachte.

Der Geschäftsführer des Lagerunternehmens tastete nach dem Lichtschalter. Das Licht flammte auf. Alle kniffen für einen Moment die Augen zusammen. Dann schob Williamson den stämmigen Mann zur Seite und betrat als Erste den Raum. Sie keuchte auf. Sie wusste nicht genau, was sie erwartet hatte, aber nicht das.

Dies war weit mehr als ein Lagerraum. Dies war ein funktional eingerichtetes Büro mit einem PC inklusive Flachbildschirm auf dem Schreibtisch, auf dem sich auch ein Laptop befand. Die von Günther Tietz angesprochenen Regale, in denen Aktenordner fein säuberlich in Reih' und Glied standen, nahmen eine Längsseite ein. Eine der kürzeren Wände sowie die andere Längsseite waren vollständig mit Schränken, sie sahen aus wie Kleiderschränke, bestückt.

„Wat is' dat hier?", wunderte sich Williamson und drehte sich fasziniert im Kreis.

„Das sieht aus wie ein Rückzugsort von Evelyn Jansen, von dem anscheinend nur sie wusste. Den also keiner kennen durfte. Nur sie", brummte Cohen.

„Äh", kam es von der Tür her. Günther Tietz stand dort ein wenig hilflos herum und blickte mit staunenden Augen umher. „Brauchen Sie mich noch?"

„Nee, im Moment nit", brummte Williamson, „aber halten Sie sich zu unserer Verfügung."

„Ich bin in meinem Büro", erklärte Günther Tietz und verschwand.

Aus dem Augenwinkel sah die Hauptkommissarin, dass sich der junge IT-Spezialist mit der Lockenmähne und dem schmachtenden Blick bereits an den Computer gesetzt hatte.

„Starke WLAN-Verbindung, kriegt man über einen Hotspot hin, habe ich jetzt auch gemacht. Passwortgeschützter Rechner, natürlich. Aber nicht sehr professionell. Das schaffe ich schon", murmelte er mehr zu sich selbst und tippte konzentriert auf der Tastatur herum.

„Lassen wir ihn arbeiten“, sagte Alina Walter zu Williamson. „Schauen wir mal, was in den Aktenordnern zu finden ist.“

Grifo und Cohen hatten sich ebenfalls den Ordnern zugewandt und blätterten bereits in den ersten herum.

„Chefin!“, stieß Grifo aus. „Eines muss man Evelyn Jansen lassen: Sie war sehr gründlich. Und sehr ordentlich. Sie hat alles aufbewahrt. Hier!“ Aufgeregt zeigte sie mit dem Finger auf einige Zeilen auf einem Blatt Papier. „Sie hat alles akribisch aufgeführt. Das ist ein Ordner mit Unterlagen aus dem Jahre 2019. Schauen Sie!“

Williamson las. Es war tatsächlich alles aufgeführt: Diamantverkäufe, die Evelyn Jansen in Antwerpen und London an Goldschmiede getätigt hatte. Grifo blätterte weiter, auch Cohen hatte sich einen Ordner geschnappt und pfiff leise durch seine Zähne.

„Hier ist alles zu finden: die Namen der Käufer in Antwerpen und London, allesamt Goldschmiedegeschäfte.“

„Aber wie geht dat weiter vor sich? Un‘ wo hat die Dame die Diamanten her? Sie is‘ doch nit mehr in Angola gewesen. Irgendwie muss sie doch an die Dinger gekommen sein!“ Williamson sah ratlos von Cohen zu Grifo und dann zu Alina Walter.

Diese winkte sie aufgeregt her. Sie hatte sich wieder zu dem IT-Spezialisten gestellt, der lapidar verkündete: „Ich bin drin!“

Die Kommissare eilten zu ihm. Er tippte weiter in einer halsbrecherischen Geschwindigkeit auf der Tastatur herum.

„Codierte E-Mails, na warte, nicht mit mir!", stieß er aus. „Yeah! Geschafft! Also, eine Computerspezialistin war die gute Dame nicht!"

„Jut, wat sind dat für E-Mails, wat steht da drin?", fragte Williamson ungeduldig.

„Ist Ihnen während der Ermittlungen eine Yela Martins untergekommen?", fragte der IT-Spezialist, dessen Namen Williamson vergessen hatte.

„Bis jetzt nicht, Wally. Was meinst du?", fragte Elena Grifo zurück.

Wally? Was war das denn für ein Name? Williamson schob den Gedanken beiseite, der jetzt völlig fehl am Platz war.

„Hier sind haufenweise E-Mails von einer Yela Martins. Ich nehme mal an, dass es eine Frau ist."

„Wat steht drin?", stieß die Hauptkommissarin atemlos aus.

„Sie sind auf Englisch. So viel wie: Lupenreine Qualität, min. 2 ct. Typ II2B. Alle in diesem Stil. Und hier: Ankunft HAJ 15:00 Uhr. Abholung wie immer?"

„‚HAJ' ist das Kürzel für den Flughafen Hannover", erklärte Grifo.

„Manchmal stehen auch andere Kürzel da. Hier: ‚FRA', ‚HAM', ‚CGN' oder auch ‚LEJ'."

„Frankfurt, Hamburg, Köln, Leipzig", übersetzte die schöne Oberkommissarin. „Es scheint, als ob diese Yela Martins öfters nach Deutschland geflogen ist."

„Sehr oft", bestätigte Wally, „und zwar von Luanda, meist über Frankfurt. Sie ist auch manchmal in Amsterdam gelandet. Anscheinend hat Frau Jansen sie da abgeholt."

„Gut, Herr Jürgens", lobte Alina Walter ihren Mitarbeiter und blickte dann zu Williamson. „Vielleicht sollte nun einer Ihrer Leute übernehmen?"

Die Kommissarin nickte.

„Herr Cohen, bitte machen Sie dat. Holen Sie so viel aus dem Ding raus, wie Sie können!"

Cohen nickte, verschränkte die Finger und ließ die Gelenke knacken, was Williamson einen Schauer über den Rücken laufen ließ.

„Alles klar, Chefin, mache ich."

„Ich decodiere nur noch schnell alle E-Mails, da sind noch mehr!", ergänzte Wally Jürgens. „Bin gleich so weit!"

Williamson hielt Grifo auf, die sich wieder einen Ordner geschnappt hatte.

„So schwer et mir auch fällt, aber wir sollten den Kollegen Lissenbach informieren. Dat fällt auch in sein Ressort. Er soll mit seinen Leuten kommen."

Grifo nickte und zückte ihr Handy.

Die Hauptkommissarin wandte sich unterdessen wieder den Akten zu. Während sie darin blätterte, dachte sie über Evelyn Jansen nach. Diese Frau, die so schwer zu greifen war, hatte ganz offensichtlich ein veritables Doppelleben geführt. Sie schauderte.

Immer wieder tauchten die Städte London und Antwerpen in den Unterlagen auf. Evelyn Jansen war sehr oft da gewesen und hatte ihre Geschäftspartner, die Goldschmiede, getroffen. In Antwerpen waren es vier, in London drei Geschäfte gewesen, die sie kontaktiert und regelmäßig aufgesucht hatte. Sie hatte sogar die Flugtickets aufbewahrt, ein weiteres Zeichen dafür, wie sicher sie sich gefühlt haben musste. Da fiel Williamson etwas ein. Hatte Nina Jansen nicht erwähnt, dass ihre Mutter gerne Städtetrips machte? Und immer wieder nach London und Brügge fuhr? Sie sah auf.

„Wie weit is‘ Brügge eigentlich von Antwerpen entfernt?“

Grifo, die sich gerade den Kleiderschränken zuwenden wollte, hielt inne.

„Keine Ahnung. Aber das haben wir gleich.“ Sie zückte ihr Handy und googelte.

„Genau 95,3 Kilometer. Man ist mit dem Auto in einer Stunde und zwanzig Minuten da.“

„Hm“, Williamson überlegte. „Dann is‘ et ja wohl kein Problem, von Brügge aus einen Ausflug nach Antwerpen zu machen. Un‘ immer unter dem Deckmäntelchen einer Urlaubsreise.“

Grifo nickte.

„Allerdings. Wenn Nina Jansen dabei war, haben sich die beiden Frauen vielleicht auch mal einen halben oder ganzen Tag getrennt. Das dürfte kein Problem gewesen sein.“

„Von wegen: ‚Meine Mutter liebte Städtetouren. Un‘ die Museen‘! ‚Un‘ Brügge fand sie so toll‘! ‚Un‘ in London konnte sie das reinste Englisch sprechen‘! Dat ich nit lache!“

Grifo lächelte leicht, drehte sich um und öffnete einen der Kleiderschränke. Sie stieß einen kleinen Schrei aus.

„Chefin!“, rief sie und verharrte vor der geöffneten Tür. „Kommen Sie bitte einmal her! Das glaubt man doch nicht!“

„Wieso? Wat is‘ los?“, keuchte Williamson, die im Laufschritt herangeeilt war.

„Das ist das Paradies!“, presste Grifo hervor. „Wenn es nicht so abstoßend wäre! Schauen Sie sich das an! Ein Haute-Couture-Kleid nach dem anderen!“

„Wie? Wat? Haute... wat?“ Williamson verstand gar nichts mehr.

„Haute Couture. Designerklamotten. Haufenweise. Sie wissen schon, so ein Designerkleid hat Evelyn Jansen auch in dem Video getragen, bei dem Empfang in Celle. Hier sind noch viel mehr davon.“

Andächtig strich Elena Grifo über die Kleider.

„Prada, Dior, Lagerfeld, Chanel ... oh mein Gott!” Abrupt drehte sie sich um und war mit zwei langen Schritten an dem Schrank an der kurzen Seite des Raumes angelangt. Zusammen mit dem Schrank an der Längsseite bildete er ein großes L. Rasch hatte die Oberkommissarin die Türen zur Seite geschoben.

„Schuhe“, stieß sie hervor. „Prada, Manolo Blahnik, Christian Louboutin ...”

Williamson verstand nur Bahnhof.

„Und hier: Taschen. Louis Vuitton, Prada, MCM, Chanel ... das Feinste vom Feinsten.“ Grifo verstummte, sie musste erst einmal tief Luft holen. Dann sah sie ihre Vorgesetzte an.

„Es scheint, als ob Evelyn Jansen eine Markenfetischistin gewesen wäre. So unauffällig sie im Alltag war – hier hat sie sich ausgelebt.“

„Aber wat hatte sie davon? Ich meine, wann hat sie dat anziehen können? Meistens war sie doch in ihrem normalen Leben unterwegs.“

Grifo zuckte mit den Schultern.

„Vielleicht wenn sie auf Reisen war, allein, ohne die Kinder. Dann hat sie die feine Dame von Welt gespielt."

Die Hauptkommissarin verschränkte die Arme. Es war, als ob etwas Böses, Unheilvolles von den Kleiderschränken ausginge. Diese Markenklamotten waren mit Blut erkauft worden. Was sich hier auftat, war monströs.

„Evelyn Jansen alias Jana Angermann war wirklich janusköpfig. Ich weiß nit, ob ich die Dame hätte kennen wollen."

„Jedenfalls", sagte Grifo, „hat das hier ...", sie machte eine Geste, die beide Kleiderschränke umfasste, „... einen Wert im sechsstelligen Bereich, da bin ich mir sicher."

Williamson blieb die Luft weg.

„Wie? Wat? Die Klamotten, die Taschen ..."

„... und die Schuhe, ja. Und sehen Sie hier: Hier ist auch noch Schmuck. Mit Diamanten, was sonst? Dessous sind auch da und noch Accessoires. Wahnsinn. Gerade der Schmuck erhöht meine Schätzung noch mal deutlich."

„Ich habe schon Verstärkung angefordert!", bemerkte Alina Walter. Sie war zu den beiden Kommissarinnen getreten und berührte Williamson nun leicht an der Schulter. „Wir haben noch etwas gefunden. Einen weiteren Tresor."

Sie führte die Polizistinnen zur gegenüberliegenden Stirnseite.

„Fällt Ihnen an der Wand etwas auf?"

„Nee", Williamson schüttelte voller Ungeduld die Strubbelhaare. „Herrjott, Frau Walter, nun sagen Sie ..."

„Die Wand ist nach vorne gebaut", unterbrach Grifo ihre Chefin aufgeregt und schaute zu Alina Walter. „Was hat das zu bedeuten?"

„Es ist eine Doppelwand“, erklärte die Kriminaltechnikerin. „Auf den ersten Blick ist sie aus demselben Material wie die anderen Wände des Raumes: leichter, gerippter Stahl. Aber sie ist ein Stück in den Raum hineingebaut. Auf diese Weise entsteht ein Hohlraum. Das ist also ein …“

„… Tresor!“, rief Williamson aus und blickte dann ratlos auf die vorgebaute Wand. „Aber wie bekommen wir den auf? Wo is‘ überhaupt die Tür?“

„Hier.“ Alina Walter ging in die Hocke und fuhr mit dem Finger eine Rippe der Stahlwand entlang. Stumm forderte sie die Kommissarinnen auf, dort ebenfalls mit den Fingern entlangzutasten.

„Spüren Sie die kleine Vertiefung? Das ist die Tür. Wie wir sie aufbekommen, weiß ich allerdings nicht. Das ist ein wenig kompliziert, vielleicht müssen wir mit schwerem Gerät ran“, erklärte die Leiterin der Kriminaltechnik. „Wir legen sofort los.“

Williamson nickte und wollte gerade etwas sagen, als ein erstickter Schrei hinter ihnen ertönte.

„Oh mein Gott.“ Er kam von Cohen. Die drei Frauen drehten sich um und starrten den Baron an. Er war hinter dem Flachbildschirm wiederaufgetaucht und blickte ihnen mit weit aufgerissenen Augen entgegen. Sein sonst gerötetes Gesicht war leichenblass geworden und wurde von dem Bildschirm gespenstisch beleuchtet.

„Das müssen Sie sich ansehen“, sagte er mit erstickter Stimme.

Die Polizistinnen eilten zu ihm. Mit zitternden Fingern deutete er auf eine E-Mail, die er geöffnet hatte.

„Das ist eine weitere E-Mail von Yela Martins", erklärte er. Seine Stimme war kaum zu hören. „Lesen Sie selbst!"

Grifo beugte sich zu dem Bildschirm hinunter.

„Lieferung von drei Mädchen über DRK, Ankunft an der Grenze in zwei Wochen. Alles vorbereitet", las sie vor und übersetzte gleichzeitig ins Deutsche.

Sprachlos richteten sich die drei Frauen auf.

„Zuerst dachte ich, das wäre ein Einzelfall", sagte Cohen schließlich. „Aber ich habe noch mehr gefunden. Alles deutet darauf hin, dass Evelyn Jansen auch in Menschenhandel verstrickt war, ausnahmslos Mädchen. Sie sind entweder im Kongo verblieben, dafür steht ‚DRK': Demokratische Republik Kongo. Andere sind in anderen afrikanischen Ländern gelandet."

„Dat … dat müssen wir alles sorgfältig dokumentieren un' auswerten", ordnete Williamson langsam an. Sie war wie betäubt. Ein ohrenbetäubendes Geräusch ließ sie zusammenfahren. Die Techniker aus Alina Walters Team rückten dem Tresor mit Schneidbrennern zu Leibe. Gleichzeitig betrat Horst Lissenbach mit zwei weiteren Leuten aus seinem Dezernat den Raum und sah sich um.

„Was haben wir?", fragte er anstatt einer Begrüßung.

Alina Walter ging auf ihn zu und erklärte den Stand der Dinge, während sich Williamson kurz an den Schreibtisch lehnte und ein paarmal tief ein- und ausatmete.

„Alles okay, Chefin?", fragte Grifo besorgt. Sie sah nicht weniger mitgenommen aus und spiegelte damit die Gefühle Williamsons wider.

Die Hauptkommissarin fuhr sich durchs Strubbelhaar.

„Ja, schon jut. Aber dat hier …", sie machte eine den Raum umfassende Geste, „… is' schon eine harte Nummer! Härter, als ich erwartet hatte."

Die Oberkommissarin legte kurz ihre Hand auf Williamsons Unterarm, die tröstende Geste, die ihre Vorgesetzte schon oft bei ihr beobachtet hatte.

„Geht mir genauso. Je tiefer man gräbt, desto mehr Morast kommt zum Vorschein."

Williamson drückte kurz die Hand ihrer Mitarbeiterin und lächelte schwach.

„Allerdings. Aber wir müssen weitermachen, nütz' ja nix!"

Plötzlich waren laute Rufe von der anderen Seite des Raumes zu hören. Die Mitarbeiter von Alina Walter hatten den Tresor geöffnet. Williamson und Grifo gingen hinüber. Es wurden bereits die ersten Fotos gemacht und Spuren gesichert.

„Geld", sagte Alina Walter und holte mit ihrer gummibehandschuhten Hand bündelweise Banknoten aus dem Tresor. Die Fotoapparate klickten. „Mit Sicherheit mehrere Hunderttausend Euro. Grob geschätzt."

Lissenbach nahm die Bündel in Empfang und schichtete sie fein säuberlich auf einer Plastikplane auf, die er auf dem Boden ausgebreitet hatte.

„Wow, was ist das?" Alina Walter griff wieder in den Tresor und förderte mehrere flache Schachteln zutage. Vorsichtig legte sie sie ebenfalls auf der Plane ab. Wieder klickten die Fotoapparate der Spurensicherung.

„Machen Sie sie schon auf", forderte Williamson die Kriminaltechnikerin mit fester Stimme auf. Inzwischen war sie auf alles gefasst. Alina Walter kam dem sofort nach und öffnete den Deckel der ersten Schachtel.

„Ohh", stieß die Hauptkommissarin aus.

Auf einer Samtunterlage funkelten ihnen unzählige Diamanten entgegen. Um die Plastikplane hatte sich inzwischen ein Kreis von Polizisten und Technikern gebildet. Schweigend und andächtig betrachteten sie die Edelsteine.

„Wat is' dat wohl wert?", durchbrach Williamson schließlich die Stille. Die Kriminaltechnikerin öffnete auch die übrigen Schachteln, in denen sich ebenfalls Diamanten befanden.

Horst Lissenbach trat vor, streifte sie mit einem flüchtigen Blick und hockte sich hin.

„Das müssen mehrere Millionen sein", urteilte er. „Genaueres kann ich erst nach einer sorgfältigen Analyse sagen. Wir werden einen Experten hinzuziehen müssen."

„Tun Sie dat", stimmte ihm Williamson zu. Lissenbach sah ihr nicht in die Augen, sondern starrte auf die Diamanten.

Die Hauptkommissarin gab sich einen Ruck. Die Spannung zwischen ihr und dem Leiter des Dezernats für Wirtschaftskriminalität war mit den Händen zu greifen. Sie hasste so etwas, denn es beeinträchtigte die Stimmung unter Kollegen und letztlich die Arbeitsleistung. Außerdem belastete es sie emotional.

„Herr Lissenbach, kann ich Sie mal einen Moment sprechen?"

Der Angesprochene sah nicht auf.

„Ich habe zu tun. Vielleicht später."

Ärger wallte in der Hauptkommissarin auf. Sie spürte, wie das Magma in ihr hochkroch.

„Nein, nit später, jetz'! Et is' wichtig, vor allem für unsere gemeinsamen Ermittlungen!"

Widerwillig erhob sich ihr Kollege, der sich immer noch über die Edelsteine und das Geld gebeugt und sich Notizen gemacht hatte.

„Wenn es sein muss", brummte er unfreundlich und folgte Williamson vor die Tür des Lagerraums in den Gang.

„Herr Kollege, ich möchte eines klarstellen: Ich möchte ein kollegiales Miteinander mit Ihnen. Wir sollten weiterhin jut un' effizient un' in gegenseitigem Respekt miteinander arbeiten, damit …", begann die kleine Kommissarin, doch weiter kam sie nicht.

Horst Lissenbach brach in Gelächter aus, aber es klang nicht fröhlich, sondern bitter.

„Kollegiales Miteinander? Gegenseitiger Respekt? Und das sagen SIE!?", stieß er aus und stach mit ausgestrecktem Zeigefinger nach ihr. Seine grauen Augen, die sie sonst immer warm und mit einem schelmischen Funkeln angezwinkert hatten, blickten nun kalt und hart.

„Sie waren es doch, die mich bei Habernickel schlecht gemacht hat! Sie haben ihm gesagt, dass ich Ihnen nachstellen, Sie belästigen würde! Ihnen habe ich die Abmahnung zu verdanken, die er mir verpasst hat! Und SIE sprechen von einem kollegialen Miteinander? Der Habernickel hat mich angezählt, und das verdanke ich nur Ihnen!", stieß er aus und kam zwei Schritte auf sie zu. Seine Körperhaltung verriet unterdrückte Aggression.

Williamson zuckte zurück. Ein mulmiges Gefühl machte sich in ihr breit. Lissenbach verdrehte die Tatsachen, vermischte Wahrheit mit Fiktion, so wie es ihm in den Kram passte. Dass er ihr unter den Augen des Kriminalrats zu nahe getreten war, schien er völlig zu verdrängen.

„Aber ich wollte doch nur …“, sie brach ab und kam sich furchtbar hilflos vor.

„Was Sie wollen, Frau KOLLEGIN …“, Lissenbach betonte das Wort besonders, „… interessiert mich nicht. Aber eines sollten Sie wissen …“, er kam noch einen Schritt näher, sodass Williamson bis zur Außenwand des Lagerraumes auswich, „… es ist besser, Sie halten sich von mir fern. Außerdem ist es besser, Sie sind ein wenig vorsichtiger.“

Die Hauptkommissarin straffte sich und reckte sich zu ihren vollen ein Meter sechzig auf.

„Wat soll dat heißen?“, fragte sie mit fester Stimme. Innerlich zitterte sie.

„Das soll heißen …“, Lissenbachs Stimme hatte einen drohenden Unterton angenommen, „… dass Sie nicht nur Freunde im ZKD haben. Es gibt Leute, die finden es gar nicht gut, dass Sie aus der schönen Stadt Köln hierhergekommen sind. Und dass Sie so dicke mit dem Habernickel sind. Den haben Sie ja ganz schön um den Finger gewickelt. Aber passen Sie auf …“, wieder hob er einen Finger und zeigte damit auf sie, „… dass Ihnen das nicht zum Verhängnis wird. Und jetzt lassen Sie mich meine Arbeit machen. Ich will nicht mit Ihnen gesehen werden, sonst heißt es noch, ich belästige Sie!“

Damit drehte er sich auf dem Absatz um und stürmte in Evelyn Jansens Lagerraum.

Williamson ließ sich an die Außenwand des Raumes fallen. Sie zitterte am ganzen Körper. Nun war klar, dass es keine Versöhnung mit Horst Lissenbach geben würde, im Gegenteil. Sie hatte einen weiteren Feind dazugewonnen, und das ohne ihr eigenes Zutun.

Urplötzlich schlich sich ein hässlicher, kleiner Gedanke in ihr Hirn. Lissenbach schien nicht nur die Tatsachen zu verdrehen, sondern auch vor gekränkter Eitelkeit zu glühen. Gleichzeitig war er auf sie fixiert, das hatte Habernickel bestätigt. Was, wenn er der geheimnisvolle Unbekannte war, der sie verfolgte? Denn dass es jemanden gab, der sie beobachtete, war für sie zur Gewissheit geworden, das bildete sie sich nicht ein, dafür kribbelte es in ihrem Bauch zu stark. Konnte also Lissenbach der Stalker sein?

Sie fuhr sich durch ihr Strubbelhaar und schloss für einen Moment die Augen. War sie nun dabei, verrückt zu werden? Sie verdächtigte einen Kollegen des Stalkings, einen Kriminalbeamten! Das durfte ja wohl nicht wahr sein! Aber abschütteln konnte sie diesen Gedanken auch nicht, er war in ihrem Kopf und breitete sich in ihr aus wie Mambagift.

Verdamp.

Kapitel 27

Mit Schwung nahm Williamson die Kurve zur Einfahrt ihres Hauses. Ihre Kollegen und sie waren noch Stunden in dem Lagerraum gewesen, hatten Dateien und Bankkonten gesichtet, Diamanten und Geld sichergestellt, Spuren gesichert, Kleider gezählt, Werte versucht zu ermitteln. Immer wieder hatten sie sich kopfschüttelnd angeschaut und versucht, den Charakter Evelyn Jansens hinter den Markenklamotten und den im kalten und geschäftsmäßigen Ton abgefassten E-Mails zu erfassen. Welcher Mensch schaffte es, sich so ein Doppelleben aufzubauen und es anscheinend ohne Skrupel zu führen? Das wurde ihnen auch nach Stunden in dem zum Büro umfunktionierten Raum nicht klar.

Williamson schwirrte der Kopf, und wie immer in so einer Situation hatte sie Marianne während der Fahrt alles berichtet, um Ordnung in ihre Gehirnwindungen zu schaffen. Aber gebracht hatte es diesmal wenig. Zu viel war an diesem Tag passiert, und zu viele Monstrositäten hatten ihre Kollegen und sie entdeckt: zunächst das Schließfach im Schwimmbad, dann das zweite Bankschließfach mit Dollarnoten, es hatte sich um fast eine Million gehandelt. Daran schloss sich die Entdeckung des Lagerraums an, die sie letztlich Michellsen zu verdanken hatten, und das nur, weil er in Elena Grifo verliebt war. Die Entdeckungen, die sie gemacht hatten, hatten alle Kollegen erschüttert. Es schien, als ob Evelyn Jansen Diamantschmuggel und Mädchenhandel im großen Stil betrieben und sich dafür mit Luxusgütern belohnt hatte. Schließlich das Streitgespräch mit Horst Lissenbach, das Williamson verunsichert, verwirrt, aber auch wütend zurückgelassen hatte und das einen furchtbaren Verdacht in ihr hatte entstehen lassen.

Für einen Moment blieb sie in ihrer Marianne sitzen, das Lenkrad mit beiden Händen so fest umklammert, dass die Fingerknöchel weiß hervortraten. Sie stand mit ihrem Auto vor ihrem Zuhause, ihrem Refugium, das ihr normalerweise Ruhe, Kraft und Zuversicht gab. Zum ersten Mal spürte sie, dass sie all dies heute Abend nicht finden würde.

Schließlich gab sie sich einen Ruck und stieg aus. Gerade als sie Mariannes Tür abschloss, spürte sie es wieder: das Kribbeln zwischen ihren Schulterblättern, das ihr verriet, dass sie beobachtet wurde. Sie wirbelte herum und starrte in die länger werdenden Schatten ihrer Straße. Wie immer entdeckte sie nichts.

„Wer is‘ da?“, rief sie in die Dunkelheit hinein. „Lissenbach, sind Sie dat?“

Stille. Die Schatten schienen sie zu verhöhnen und gähnten ihr schwarz und bedrohlich entgegen. Sie bildeten ideale Verstecke für jemanden, der nicht gesehen werden wollte, ebenso wie die Bäume, die die Wohnstraße säumten.

Sie startete einen neuen Versuch.

„Wir können über alles reden“, rief sie in die Stille hinein. „Bei einem Glas Wein oder wat immer Sie wollen. Wir können dat aus der Welt schaffen, et is‘ ein Missverständnis. Ich will Ihnen nix – un‘ Sie wollen mir auch nix, nit?“

Niemand antwortete.

Williamson kam sich lächerlich vor. Wahrscheinlich stürmten gleich ihre Nachbarn aus dem Haus und fragten sie – zu Recht –, warum sie hier herumschrie, mitten auf der Straße und völlig allein.

Sie seufzte tief, wandte sich ab und ging in ihr Haus.

„Bin daheem“, rief sie in den Hausflur und streifte sich die Schuhe von den Füßen, die wie immer ganz schön geschwollen waren. Sie rieb sich die schmerzenden Beine und verzog das Gesicht. Schon tauchte Bernd-Karl im Türrahmen zur Küche auf und lächelte spitzbübisch. Williamson lächelte zurück. Wie gut das tat!

„Hallo Mienchen, da bist du ja!“ Das Lächeln auf Bernd-Karls Gesicht erstarb, als er seine Frau betrachtete. Er sah auf den ersten Blick, dass etwas nicht stimmte, dafür kannte er sie einfach zu gut.

„Alles in Ordnung?“, fragte er besorgt.

„Jaja, alles klar, et war nur ein sehr anstrengender Tag“, antwortete Williamson ausweichend, stellte sich auf die Zehenspitzen und gab ihrem Mann einen Kuss. „Et is‘ eben nit immer einfach, minge Schatz.“

Bernd-Karl hielt sie einen Moment fest und vergrub sein Gesicht in ihrem Strubbelhaar.

„Ja, ich weiß“, murmelte er, „aber jetzt bist du ja hier, bei uns.“ Dann hob er den Kopf, rückte ein wenig von ihr ab und grinste sie an.

„Und weißt du, was das Beste ist? Unsere Töchter haben das Abendessen gemacht!“

„Kinder zu haben is' wirklich praktisch", stellte die Kommissarin fest und musste nun doch lachen. „Manchmal jedenfalls. Ich zieh' mich nur schnell um, dann kann et losgehen!"

Während des Essens war Williamson ungewöhnlich schweigsam. Zwar lobte sie die Quiches, die ihre Töchter gemacht hatten, einmal mit Spinat und Räucherlachs, einmal mit verschiedenen Gemüsen und Pinienkernen, einfach köstlich, aber so richtig bei der Sache war sie nicht.

Schließlich fand sie sich zusammen mit Bernd-Karl auf der Terrasse wieder und wusste gar nicht so recht, wie sie dahingekommen war. Ihr Mann hatte ein Glas Rotwein, sie selbst ein Kölsch vor sich stehen. Sie ertappte sich dabei, wie sie in jede Ecke des Gartens spähte, die Schatten beobachtete, die sich in den Winkeln des Gartens bildeten, und bei jedem Geräusch, das irgendein Tier verursachte, zusammenzuckte.

„Mienchen, was ist eigentlich los?", fragte Bernd-Karl schließlich, der seine Frau nicht aus den Augen gelassen hatte und sie auch jetzt aufmerksam betrachtete. Sie war wieder einmal bei einem Rascheln zusammengefahren.

„Das war bloß ein Igel, der kommt schon seit ein paar Tagen zu Besuch. So schreckhaft bist du doch normalerweise nicht!"

„Der Fall is' sehr … aufwühlend", begann sie schließlich. „Ich habe dat Gefühl, dat wir jeden Tag noch Schlimmeres zutage fördern, dat et sich immer weiter steigert. Kennst du diese russischen Puppen, diese Matrj… dings?"

„Matrjoschkas“, half Bernd-Karl aus. „Ja, die kenne ich.“

„So kommt mir der Fall vor. Als ob wir eine Matrjoschka nach der anderen aus der jeweils vorherigen rausholen und immer so weiter. Verstehst du, wat ich meine?“

Ihr Mann nickte.

„Dat, wat wir rausfinden, hat mit der harmonischen, allseits beliebten Familie in einem idyllischen hannoverischen Vorort im Speckgürtel von Hannover nit mehr viel zu tun. Dat is‘ … Morast, verstehste? Un‘ zwar von der allertiefsten Sorte! Un‘ dat nimmt uns alle mit, minge Schatz, et macht uns alle sprachlos un‘ mich … ich werde janz wuschig.“

„Wuschig“ war eines von Nicolas Lieblingswörtern. „Wuschig“ machte sie Sprudelwasser, bestimmte Jungs, coole Klamotten und Eierlikör, von dem sie einmal „versehentlich“ genippt hatte. Je nach Kontext konnte es etwas Positives oder etwas Negatives bedeuten, so wie in diesem Fall.

Bernd-Karl hatte immer noch nicht den Blick von seiner Frau abgewandt, sondern betrachtete sie so intensiv, dass sie anfing, auf ihrem Sitz hin und her zu rutschen.

„Aber da ist noch etwas“, stellte er ruhig fest.

Williamson versteifte sich. Sie konnte ihrem Mann einfach nichts vormachen. Jetzt musste sie sich entscheiden.

„Ja“, gab sie widerstrebend zu. „Da is‘ noch wat.“ Sie erzählte Bernd-Karl von dem Gefühl, das sie seit einigen Tagen hatte, dem Gefühl, beobachtet zu werden, meistens vor dem ZKD, aber heute Abend zum ersten Mal auch vor ihrem gemeinsamen Haus.

Bernd-Karl sog scharf die Luft ein.

„Hast du jemandem davon erzählt? Deinen Kollegen oder Dr. Habernickel?"

Williamson schüttelte den Kopf.

„Nee, noch nit. Zuerst habe ich et nit ernst genommen, ich habe gedacht, die Hitze steigt mir zu Kopp oder so. Aber inzwischen bin ich mir sicher, dat mich jemand im Visier hat."

„Du solltest mit jemandem reden. Zumindest mit Grüffelo." Auch Bernd-Karl hatte den Spitznamen, den seine Frau ihrer Kollegin gegeben hatte, inzwischen übernommen, zumindest, wenn sie allein waren.

„J-ja, dat is' eine jute Idee", sagte Williamson zögernd.

„Du wirst es nicht tun", konstatierte Bernd-Karl, der sie immer noch nicht aus den Augen gelassen hatte. „Aber dann könnte es zu spät sein! Herrgott noch mal, Mienchen, wenn dich wirklich jemand verfolgt, dann will ich nicht, dass dir etwas passiert! Muss denn erst etwas vorfallen, bevor alle Welt davon erfährt?" Er war ungewohnt heftig. „Ganz abgesehen davon, dass der Stalker weiß, wo du wohnst – und deine Familie!"

Beruhigend legte Williamson eine Hand auf den Arm ihres Mannes, ganz so, wie es Grifo heute bei ihr getan hatte. Auch wenn sie alles andere als ruhig war, denn dass ihr der geheimnisvolle Beobachter bis vor ihre Haustür gefolgt war, beunruhigte sie ebenso sehr wie ihren Mann.

„Ich werde wat unternehmen, aber auf meine Weise, minge Schatz. Okay?"

Widerstrebend nickte Bernd-Karl.

„Okay. Aber ich werde nicht lange zusehen. Wenn du zu lange wartest, dann werde ich aktiv werden. Dann auf meine Weise. Und es heißt ‚hannoversch'."

Williamson sah auf.

„Wat? Wat meinst du?"

„Es ist ein ‚hannoverscher Vorort', nicht ‚hannoverisch'. Das müsstest du doch langsam wissen!"

Bernd-Karl grinste.

Williamson grinste zurück und entspannte sich ein wenig.

„Du hast wie immer recht, minge Schatz."

„Hast du eigentlich einen Verdacht, wer dich verfolgt?", stellte Bernd-Karl unvermittelt die alles entscheidende Frage.

Williamsons Lächeln erlosch.

„Nee", sagte sie gedehnt, „leider nit." Sie konnte und wollte ihrem Mann noch nicht von Horst Lissenbach erzählen. Nicht heute Abend.

„Also gut, Mienchen", sagte Bernd-Karl. „Aber denk' dran, was ich gerade gesagt habe: Wenn du nichts unternimmst, tue ich es."

Williamson nickte stumm und schluckte. Sie zweifelte nicht an seinen Worten.

Verdamp.

Kapitel 28

Williamson hatte am Samstagvormittag eine Besprechung um elf Uhr angesetzt, um die bis dahin erzielten Ergebnisse zusammenzutragen, insbesondere, was die Auswertung der Spuren und Daten aus dem Computer im Lagerraum von Evelyn Jansen betraf. Sie hatte aber auch deshalb den späten Vormittag gewählt, weil sie dann noch in Ruhe mit ihrer Familie frühstücken konnte. Dies gehörte zum Wochenendritual der Familie Williamson dazu. Üblicherweise. Dass dieses Wochenende kein normales sein würde, war klar. Alle im Kommissariat würden durcharbeiten, um den Fall, der sie emotional sehr mitnahm, zu lösen. Williamson war sich sicher, dass das Treiben von Evelyn Jansen mit der Ermordung des Ehepaares zusammenhing. Ihr Bauch kribbelte wie verrückt.

Gut gelaunt und mit neuer Kraft fuhr sie in ihrer Marianne zum Kommissariat. Sie war über sich selbst überrascht, denn der Stimmungswechsel war nach dem gestrigen Abend erstaunlich. Aber es war so, wie es in der Vergangenheit schon oft der Fall gewesen war: Sie hatte in und durch ihre Familie neue Energie getankt. Heute Morgen während des Frühstücks hatte Carola von ihren Aiki… dings-Übungen erzählt und von einem besonders ungeschickten Trainingspartner, der weder die Kommandos verstand noch die Übungen richtig ausführen konnte. Sie hatte in Gestik und Mimik den armen Tropf nachgeahmt, und alle am Tisch waren in ein derartiges Gelächter ausgebrochen, dass Williamson immer noch der Bauch vom Lachen wehtat, als sie auf den Parkplatz des ZKD fuhr. Als sie ausstieg und ihr Auto abschloss, nicht ohne vorher noch einmal zärtlich über die Fahrertür zu streichen, sah sie sich aufmerksam nach allen Seiten um, wie sie es schon zuvor in der Einfahrt vor ihrem Haus getan hatte. Aber ebenso wie dort spürte sie diesmal kein Kribbeln zwischen den Schulterblättern. Also kein Stalker am Samstagmorgen.

„Na, haste dir freigenommen?", murmelte Williamson leise, „hast wohl Wochenende, wat?" Oder aber Horst Lissenbach saß zu diesem Zeitpunkt an seinem Schreibtisch und beschäftigte sich mit dem Fall, um, so wie alle anderen Kollegen auch, um elf Uhr für die Besprechung vorbereitet zu sein.

Auf ihren kurzen Beinen eilte die Kommissarin in ihr Büro. Schwungvoll schmiss sie ihre Handtasche auf den Schreibtisch und begrüßte betont munter Grifo und Cohen, die ganz auf ihre Arbeit fokussiert an ihren PCs saßen.

„Na, wat haben wir?", fragte sie die beiden.

Grifo und Cohen brachten sie auf den neuesten Stand.

Was sie hörte, erschütterte sie zutiefst. Schließlich schaute sie auf die Uhr.

„Danke. Et is' fürchterlich. Dann los. Nütz' ja nix."

Der Besprechungsraum füllte sich allmählich. Alina Walter und Wally Jürgens, der IT-Experte, waren genauso zugegen wie Horst Lissenbach, der ein verschlossenes Gesicht machte, anscheinend konzentriert auf seine Notizen starrte und diese immer wieder von links nach rechts und rechts nach links schob. Dr. Habernickel war nicht zu sehen, aber Williamson rechnete damit, dass er im Laufe der Besprechung auftauchte, wie er das gerne tat. Oder aber er hatte sich entschieden, den Samstagvormittag auf dem Golfplatz zu verbringen, was er noch lieber tat.

„Juten Morgen. Dann legen wir mal los, nütz' ja nix. Wir haben gestern den von Evelyn Jansen unter dem Namen Jana Angermann angemieteten Lagerraum gefunden, der von ihr zu einem funktionsfähigen Büro umgestaltet worden is'. Wir gehen davon aus, dat sie von da ihre illegalen Geschäfte, die sich auf den Handel mit Diamanten un' auf ...", hier stockte Williamson, „... Menschenhandel konzentrierten, durchgeführt hat."

Sie sah jeden in der Runde ernst an. Alle bis auf Lissenbach erwiderten ihren Blick.

„Ich muss Ihnen allen wohl nit sagen, wie schwerwiegend dat is'. Diamantschmuggel is' dat eine, der Handel mit Menschen wat janz anderes. Auch wenn et noch spekulativ is', der Mord an dem Ehepaar Jansen könnte damit im Zusammenhang stehen. Ich sage bewusst ‚könnte', denn sicher wissen wir et immer noch nit. Daran müssen wir arbeiten. Fangen wir mit dem Büro an sich an. Wat wissen wir da?"

Grifo holte tief Luft.

„Ich habe heute Morgen noch einmal mit Günther Tietz gesprochen. Die Zweckentfremdung eines Lagerraums als Büro ist zwar verboten, aber das wäre für Evelyn Jansen kein Problem gewesen. Sie hätte sich nur ein paar Stunden in der Woche in diesem Büro aufgehalten. Das wäre nicht weiter aufgefallen."

Williamson nickte.

„Jut, danke, Frau Grifo. Wat wissen wir über dat Geld und die Diamanten?"

Hier übernahm Horst Lissenbach.

„Es handelt sich um einen Betrag in Höhe von rund achthundertfünfzigtausend Euro. Bei den Diamanten reden wir in Absprache mit dem Experten vom BKA und einem Goldschmied hier aus Hannover von einem Wert von rund fünf Millionen Euro."

Alle im Raum hielten die Luft an. Fünf Millionen! Das war kein Pappenstiel.

„Wahnsinn", stieß Williamson aus. „Sind Sie sicher?"

„Natürlich bin ich sicher!", blaffte Lissenbach sie an. „Was denken Sie denn? Dass ich meine Arbeit nicht richtig mache?"

Beschwichtigend hob die Kommissarin die Hände.

„Dat war eine rhetorische Frage, Herr Lissenbach. Bleiben Sie ruhig!"

Lissenbach sandte wütende Blicke in ihre Richtung, sagte aber nichts mehr.

Williamson atmete ein und aus. Die weitere Zusammenarbeit mit dem Dezernatsleiter konnte ja heiter werden! Sie mussten miteinander klarkommen, irgendwie. Auch wenn sie im Moment noch nicht wusste, wie.

„Das entscheidende Bindeglied für beide Delikte ist diese Frau, Yela Martins", übernahm Cohen das Wort. „Wir wissen inzwischen, dass sie eine ehemalige Schülerin von Evelyn Jansen aus der von ihr ehrenamtlich aufgebauten Mädchenschule in Lucapa ist."

Schweigen in der Runde. Diese Nachricht schlug ein wie eine Bombe.

„Wenn es nicht so widerlich wäre, wäre es geradezu genial", sagte Alina Walter in die Stille hinein. „Du rekrutierst eine ehemalige Schülerin, die dir treu ergeben ist, weil du sie vielleicht gefördert hast, manipulierst sie, und dann ist sie eine willfährige Helferin. Immer zu Diensten, noch dazu vor Ort, spricht die Sprache der Leute … da ist es einfach, Vertrauen zu gewinnen."

Cohen nickte.

„Und zwar für beide Geschäftszweige, wenn man es so nennen will. Yela Martins hat es nämlich tatsächlich geschafft. Sie hat einen High-School-Abschluss und hat Ingenieurwesen studiert. Sie arbeitete in der Angola-Diamond-Mine als technische Ingenieurin. So gelang es ihr immer wieder und ziemlich leicht, Diamanten unbemerkt … sagen wir mal … abzuzweigen. Diese brachte sie dann entweder selbst nach Deutschland oder sie schickte eine junge Rekrutin aus ihrem Netzwerk. Dafür haben wir Beweise in Evelyn Jansens Computer gefunden."

Cohen machte eine Pause und wischte sich wieder einmal übers Gesicht, diesmal mit einem karierten Taschentuch.

„Was jetzt kommt, ist noch unschöner, denn auch für den Menschenhandel war Yela Martins das entscheidende Glied in der Kette. Wie ich schon sagte, gelang es ihr leicht, Vertrauen zu gewinnen. Mit falschen Versprechungen lockte sie die Mädchen in eine Falle. Hier spielen Lucapas Nähe zur Grenze zur Demokratischen Republik Kongo, beziehungsweise die Nähe der ganzen Region Lunda-Norte, in der Lucapa liegt, zur Grenze, eine entscheidende Rolle. Es gibt eine über zweitausend Kilometer lange Grenze, die Angola mit dem Kongo teilt. Die Demokratische Republik Kongo ist sowohl Herkunfts- als auch Zielland für den Menschenhandel, und zwar für Zwangsarbeit und für Zwangsprostitution. Viele kommen dazu auch wieder nach Angola zurück oder werden in andere afrikanische Länder weiterverschleppt. Es ist zum …", Cohen brach ab.

Williamson hatte ihn noch nie so erschüttert erlebt. Verständlicherweise, auch sie war mitgenommen. Ein Blick in die Runde verriet ihr, dass es den übrigen Anwesenden ebenso erging. Horst Lissenbach saß gar mit offenem Mund da, eine große Höhle in dem struppigen Gesicht.

„Ein besonders brutaler Zweig ist der Kinderhandel", fuhr Cohen leise fort. „Kinder werden zu grausamer Arbeit in den Minen gezwungen, teilweise sind die Kinder erst fünf Jahre alt. Einige werden zu Kindersoldaten gemacht."

Williamson keuchte auf. Es war abstoßend.

„Un' Yela Martins?", fragte sie tonlos. „Wat is' ihre Aufgabe genau?"

„Sie wird verdächtigt, die Mädchen aus der Mädchenschule in den Kongo verkauft zu haben, unter der Ägide von Evelyn Jansen natürlich", erklärte Cohen. „Sie hat sie angesprochen und mit falschen Versprechungen und mit der Aussicht auf eine lebenswerte Zukunft angelockt. Sie ist ja das beste Beispiel dafür, dass man es schaffen kann. Dann wurden die armen Mädchen in den Kongo verschleppt, der praktischerweise von Lucapa aus sehr nah ist. Dort verschwanden sie dann auf Nimmerwiedersehen, entweder als Arbeitssklavinnen in den Minen oder in einem Haushalt oder als Sexsklavinnen, entweder in einem Bordell oder für irgendeine Miliz oder für einen Privathaushalt. Oder aber sie wurden in ein anderes afrikanisches Land weiterverkauft, wo ihnen dasselbe Schicksal blühte."

„Sie haben teilweise von Yela Martins in der Vergangenheit gesprochen", ergriff nun Wally Jürgens das erste Mal das Wort und sah den Baron an. „Was ist mit ihr?"

„Yela Martins wurde heute Morgen von den angolanischen Behörden verhaftet", antwortete Cohen, „nachdem wir diese über das BKA und Interpol informiert hatten. Soweit ich weiß, hat sie noch nichts gesagt, aber natürlich hoffen alle darauf, dass das noch kommt. Die Indizien sind allerdings erdrückend."

Williamson hob den Kopf. Ihr kam eine Idee.

„Gibt et ein aktuelles Bild von ihr?", fragte sie aufgeregt.

„Ja", nickte Cohen und versuchte, das Bild auf das Whiteboard zur projizieren. Grifo half ihm schließlich dabei. Es erschien eine Frau Anfang vierzig auf dem Board.

„Halten Sie mal dat Bild von dem jungen Mädchen daneben, dat auf der Kommode in dem Wohnzimmer der Jansens gestanden hat."

Grifo kam dem unverzüglich nach.

„Könnte sie et sein?", fragte Williamson schließlich.

„Vom Alter her vielleicht schon", bemerkte Alina Walter. „Besonders ähnlich sehen sie sich allerdings nicht."

„Wir müssen rausfinden, wer dat Mädchen is'. Ob et nit vielleicht doch Yela Martins is'", erklärte Williamson. Sie ärgerte sich darüber, dass sie das nicht schon längst veranlasst hatte.

Cohen nickte.

„Ich kümmere mich darum, ich habe ja schon einmal mit der Schule gesprochen. Ich nehme Kontakt mit der Leiterin auf."

„Ich möchte noch einmal auf den Diamantschmuggel zu sprechen kommen", übernahm Grifo. „Auch hier haben wir aufgrund der Indizien aus dem Lagerraum ein Szenario entwickelt. Wir wissen ja schon, dass Yela Martins für die Angola-Diamond-Mine arbeitet – oder gearbeitet hat. Dort entwendete sie Diamanten gerade so, dass es nicht auffiel. Ihre leitende Position kam ihr dabei sicherlich zugute. Vielleicht waren noch mehr Leute daran beteiligt, vor allen Dingen, um die Spuren zu verwischen, das wissen wir zum jetzigen Zeitpunkt noch nicht, das überlassen wir den angolanischen Behörden, zumindest vorerst. Durch ihr Netzwerk von jungen Frauen gelang es ihr, die Diamanten nach Deutschland zu schmuggeln. Manchmal flog sie auch selbst, aber nie so viel, dass es auffiel. Es wurden unterschiedliche Destinationen in ganz Deutschland angeflogen, manchmal ging es auch nach Amsterdam oder nur bis Frankfurt. Am Zielort nahm Evelyn Jansen die Diamanten in Empfang. Diese brachte sie dann nach London oder Antwerpen zu ihren befreundeten Geschäftspartnern, den Goldschmiedeläden. Dadurch behielt sie die Kontrolle."

Grifo machte eine kurze Pause.

„An dieser Stelle wird es nun ganz raffiniert. Dank Wally …“, sie nickte dem jungen IT-Spezialisten kurz zu, der diese Geste mit einem strahlenden Lächeln in ihre Richtung erwiderte, „… haben wir codierte E-Mails zwischen den Goldschmieden und Evelyn Jansen entschlüsseln können. Aus diesen geht hervor, dass die Diamanten vor Ort gegen minderwertige getauscht wurden, die die Goldschmiede offiziell erworben haben. Die hochwertigen, geschmuggelten Diamanten aus Angola verarbeiteten die Schmiede in Schmuckstücken und veräußerten diese als höchste Qualität für sehr viel Geld weiter. Evelyn hat diesen Leuten die Diamanten für fünfzig Prozent des Marktwertes verkauft, da sie illegal waren. Aber sie hat natürlich keine Steuern oder Ähnliches gezahlt.“

Williamson sah auf.

„Wat is‘ mit den Diamanten, die wir in dem Lagerraum gefunden haben?“

„Das ist wahrscheinlich Ware, die sie demnächst zu einem oder mehreren der Goldschmiede bringen wollte“, beantwortete Lissenbach die Frage, schaute sie aber wiederum nicht an. „Dazu ist sie nicht mehr gekommen. Die Goldschmiede in London und Antwerpen wurden übrigens ebenfalls verhaftet.“

„Gibt et Hinweise darauf, dat Rudolf Jansen in die illegalen Machenschaften seiner Frau verwickelt war?“, fragte die Hauptkommissarin in die Runde.

„Nein“, sagte Cohen. „Es gibt nur Hinweise darauf, dass er es gewusst, es aber nicht verhindert hat.“

„Gutgeheißen hat er es nach allem, was wir wissen, aber auch nicht“, ergänzte Grifo. „Darunter gelitten hat er auch.“

Williamson nickte.

„Denken Sie an dat, wat Iris Grundler ausgesagt, hat: dat Gespräch, dat sie an Silvester mitgehört hat. Rudolf Jansen hat nit gewollt, dat sie so weitermacht. Daraufhin hat Evelyn gesagt: ‚Nur noch zwei Jahre, dann is‘ et vorbei, ich verspreche et dir!‘“

„Da ist auch noch die Szene, die Nina Jansen geschildert hat, als sie vor einigen Jahren beobachtet hatte, wie ihr Vater betrunken war“, ergänzte Grifo. „Als er die Bilder von der Kommode gefegt und geweint hat. Daraufhin hat ihn seine Frau beschimpft und ihm vorgehalten, dass er auch mitgemacht habe.“

„Das hat er in Angola auch, sich aber davon distanziert, als die Familie wieder in Deutschland war“, meinte Alina Walter. „Aber er hat seine Taten nicht verkraftet, genauso wenig wie Volker Schenkendorf.“

„Bei Rudolf Jansen is‘ et womöglich noch ein bisschen mehr“, fügte Williamson leise hinzu. „Wenn er von den Taten seiner Frau wusste, wovon wir ausgehen müssen, un‘ zwar vom Diamantschmuggel UN‘ von dem Mädchenhandel, dann is‘ er daran verzweifelt. Aber gegen sie kam er nit an. Wat für eine Hölle!“

„Das ist nichts im Vergleich zu dem, was die Mädchen aus der Schule in Angola durchmachen müssen!“, erwiderte Grifo ungewohnt heftig. „Dass so etwas im 21. Jahrhundert immer noch möglich ist, ist eine Schande! Manchmal ist es einfach nicht zu fassen, was Menschen Menschen antun. Und dass niemand daraus zu lernen scheint!“

„Wir tun unser Möglichstes, um dat Netzwerk von Evelyn Jansen zu zerstören“, sagte Williamson beschwichtigend und hätte ihrer jungen Kollegin gerne die Hand auf den Arm gelegt, aber sie saß ihr gegenüber, und daher kam sie nicht an sie heran. „Dat is‘ der Beitrag, den wir leisten können.“

„Äh“, kam es da von Wally Jürgens, der bis dahin nicht viel gesagt hatte. „Wir konnten den Geldfluss ganz gut nachvollziehen, der durch den Verkauf der Diamanten und aus dem Mädchenhandel entstanden ist.“

Williamson nickte dem jungen Mann zu.

„Nur zu, Herr … Dings … Wally, dann legen Sie mal los.“

Trotz der Anspannung, oder vielleicht auch, um diese zu lösen, schmunzelten alle am Tisch bis auf Horst Lissenbach. Williamsons Unfähigkeit, sich Namen zu merken, hatte schon oft für Heiterkeit gesorgt.

„Evelyn Jansen hatte ein Konto in Dubai, ein Nummernkonto, um genau zu sein.“

„Dazu muss man wissen, dass die Vereinigten Arabischen Emirate besonders unternehmerfreundlich sind, um es mal nett auszudrücken“, fiel Horst Lissenbach dem IT-Spezialisten ins Wort. „Die Eröffnung eines Kontos gelingt da ganz unkompliziert. Man muss keine persönlichen Daten angeben. Nur wenige Bankmitarbeiter können eine Verbindung zwischen dem namentlichen Kontoinhaber und dem Konto herstellen.“

Lissenbach schaute zum ersten Mal auf, bis dahin hatte er mehr oder weniger in seinen Bart gemurmelt. Nun sah er Williamson direkt an.

„Zwischen Deutschland und Dubai besteht kein Abkommen hinsichtlich eines Austausches der steuerrelevanten Daten. Dementsprechend ist die Bank nicht verpflichtet, den Kontoinhaber offenzulegen. Die Folge ist, dass das Konto in Dubai für das deutsche Finanzamt nicht einsehbar ist und es sich daher aus deutscher Sicht um ein anonymes Konto handelt."

Die kleine Kommissarin schüttelte ungläubig den Kopf, dass die Strubbelhaare flogen.

„Wahnsinn! Dat kam der kriminellen Energie von Evelyn Jansen natürlich entgegen! Danke, Herr Lissenbach."

Williamson nickte ihm zu, aber der Leiter des Dezernats für Wirtschaftskriminalität hatte sich bereits abgewandt. Immer noch Eiszeit. Die Hauptkommissarin seufzte innerlich.

„Frau Jansen hatte das Konto unter dem Namen ‚Jana Anwenden' eröffnet, aber wie der Kollege bereits ausgeführt hat, taucht der Name weiter nirgendwo auf", übernahm Wally Jürgens wieder. „Feststellen, dass sie überhaupt ein Konto in Dubai hat, konnten wir das anhand codierter Kontoauszüge, die sie in ihrem PC gespeichert hat. Passwortgeschützt, aber leicht zu knacken."

„Sehr jute Arbeit, Herr Wally", lobte Williamson den jungen Mann, was ein ersticktes Keuchen am Tisch auslöste, als die Anwesenden ihr Gelächter zu unterdrücken versuchten.

„Dubai", Grifo strich sich nachdenklich über die Stirn. „Hat Nina Jansen nicht erwähnt, dass sie und ihre Mutter vor einigen Jahren zusammen in Dubai waren?"

„Dann hätte Frau Jansen ganz leicht das Konto eröffnen können“, ergänzte Cohen aufgeregt.

Williamson dachte kurz nach.

„Wat wir aber immer noch nit haben klären können, is‘, warum an Rudolf Jansen ein Overkill verübt wurde, während seine Frau ‚nur‘ …“, hier machte sie mit ihren Fingern Gänsefüßchen in die Luft, „… kaltblütig un‘ professionell erschossen wurde. Wenn die Morde in Zusammenhang mit den kriminellen Machenschaften von den Jansens, speziell von Evelyn, stehen, müsste et dann nit umgekehrt sein? Wer war von den beiden dat primäre Ziel?“

Grifo übernahm: „Was uns zur alles entscheidenden Frage bringt: Wer hat die Morde verübt? Hat jemand herausgefunden, was Evelyn Jansen getrieben hat und was ihr Mann zusammen mit ihr und Volker Schenkendorf in Angola getan hat? Was Evelyn bis zu ihrem Tod tat? Stehen die Morde überhaupt damit in Zusammenhang? Oder ist das Motiv – und damit der oder die Täter oder die Täterin – in einem ganz anderen Zusammenhang zu suchen?“

„Dat wissen wir in der Tat noch nit. Also müssen wir alles dafür tun, dat sich dat ändert!“, sagte Williamson.

Aber eines wusste sie mit Gewissheit: Ihr Bauch kribbelte wie verrückt.

Kapitel 29

„Kümmern Sie sich um die Schule in Angola!“, wies Williamson Grifo und Cohen an, nachdem sie wieder in ihrem Büro waren. „Ich will wissen, wer dat Mädchen auf dem Bild is‘. Ob et sich nit vielleicht doch um diese Yela Martins handelt. Ach, un‘ noch wat …“

Sie schluckte.

„Wir müssen die Kinder über die neuesten Entwicklungen informieren. Ich will nit, dat sie aus der Presse erfahren, dat ihre Mutter ein Monster war. Ich bin mir sicher, dat unsere neue Pressereferentin, diese … äh … Dings …“

„Frau Dr. Schling“, half Grifo aus.

„Danke, Frau Grüff… äh, Grifo. Also dat die Dr. Schlund schon in den Startlöchern steht, zusammen mit dem Habernickel.“

Apropos Dr. Habernickel: Er war tatsächlich nicht bei der Besprechung aufgetaucht, worüber Williamson mehr als erleichtert war. Anscheinend war das schöne Wetter zu verlockend für das Golfspiel gewesen. Aber die Aussicht auf eine Pressekonferenz würde den Kriminalrat schon ins Kommissariat treiben, da machte sie sich keine Illusionen.

„Das übernehme ich zusammen mit Frau Dr. Meineke, Chefin“, bot sich Grifo an. „Am besten fahre ich zu ihnen nach Kleuthen und informiere sie persönlich. Das Telefon ist dafür vielleicht nicht das Richtige."

„Ich fahre derweil noch mal zum Haus der Jansens, weil ich in Ruhe nachdenken muss", entgegnete ihre Chefin.

„Dann könnten wir doch zusammen fahren", schlug die Oberkommissarin vor.

Doch Williamson schüttelte den Kopf.

„Nein. Ich fahre allein. Mein Kopp muss mal durchgepustet werden."

Grifo betrachtete sie intensiv. Ihr Blick erinnerte an den von Bernd-Karl am gestrigen Abend.

„Okay. Dann fahren wir getrennt."

„Alles klar. Wir treffen uns wieder hier." Es würde ein langer Tag werden, das war allen klar.

Williamson hatte gehofft, dass sie in ihrer Marianne auf dem Weg nach Kleuthen Ordnung in ihre Gehirnwindungen bekommen würde, aber das Gegenteil war der Fall. Wie schon mehrfach in den letzten Tagen schossen Gedankenfetzen durch ihren Kopf. Es war einfach zu viel, was sie in den letzten Stunden herausgefunden hatten. Zu viel Grausames.

Schwungvoll fuhr sie in die Einfahrt der Jansens und stieg aus. Es war wieder ein sehr heißer Tag. Sie sah, dass sich viele Familien in der Nachbarschaft im Garten aufhielten. Die Kinder planschten in kleinen Swimmingpools oder hüpften auf Trampolinen herum, die in den Gärten aufgebaut waren. Familienväter mähten Rasen oder harkten Beete, während die Ehefrauen halfen oder auf der Terrasse saßen und lasen. Einige waren bestimmt auch einkaufen. Ein typischer Samstagnachmittag in einem Vorort einer Großstadt.

Die Absperrungen waren inzwischen verschwunden, ebenso wie die Pressemeute, bereit, sich auf die nächste Sensation zu stürzen.

Sie streifte sich dünne Gummihandschuhe über und zückte den Hausschlüssel, den sie aus dem Kommissariat mitgenommen hatte, und schloss auf, nachdem sie das Polizeisiegel durchtrennt hatte. Fast ehrfürchtig betrat die Kommissarin das Haus, nachdem sie sich mit einiger Mühe auch Überzieher für die Füße übergestreift hatte.

Andächtig schritt sie von Raum zu Raum und ließ die ganz eigene Atmosphäre auf sich wirken. In der Küche überkam sie wieder das Gefühl der Irritation, als sie die spärliche Einrichtung und die rudimentäre Ausstattung sah. Alles passte nicht zusammen, und doch gab gerade dieser Raum ein stimmiges Spiegelbild vom Charakter von Evelyn Jansen ab, bei der ebenfalls nichts zusammenpasste: Ehefrau, Mutter, Lehrerin, ehrenamtlich Tätige und Diamantschmugglerin, Mädchenhändlerin, Kriminelle.

Der Kommissarin fiel auf, dass sie in erster Linie an die Ehefrau dachte und fast gar nicht an Rudolf Jansen. War das richtig? War Evelyn das eigentliche Opfer des Mordes gewesen? Aber wie passte der Overkill an ihrem Mann dazu?

Schließlich war sie bei ihrem Rundgang im Wohnzimmer angekommen. Die Kommode mit den Bildern darauf schien sie magisch anzuziehen. Unmittelbar davor blieb sie stehen.

Das Arrangement war unverändert. Das Bild ganz links stand nach wie vor ein wenig abseits von den anderen Bildern, mit der Vorderseite zur Wand. Sie wussten inzwischen, dass der Täter das Bild angefasst hatte. Die Blutstropfen davor und der blutige Abdruck auf dem Rahmen zeugten davon. Williamson nahm das Bild vorsichtig in die Hand, sorgsam darauf bedacht, die darauf befindlichen Spuren nicht zu zerstören oder in die sichergestellten Blutspuren auf dem Boden zu treten. Noch waren der Tatort und das Haus nicht zur Reinigung freigegeben worden. Der Kommissarin war nun klar, dass sie das ganze Arrangement auf der Kommode irritiert hatte. Das abseits gestellte Bild mit der Vorderseite zur Wand – wenn es der Täter oder die Täterin gewesen war, der oder die das Bild so hingestellt hatte, war es wie eine Botschaft gewesen.

Williamsons Augen huschten über die Fotografie, sie besah sich jede Pore im Gesicht des Mädchens. Es war ein großer Unterschied, die Abzüge des Bildes oder die Projektion auf dem Whiteboard im Kommissariat zu betrachten. Plötzlich stutzte sie. Hinter dem Mädchen war ein gewaltiger Baum zu sehen, groß, mächtig und eigentümlich verwachsen. Halb von dem Baum und auch zum Teil von dem Mädchen im Vordergrund verdeckt war etwas. Williamson kniff die Augen zusammen und hielt sich die Fotografie dicht vor die Augen. Nein, nicht etwas. Jemand. Es sah aus wie die Kontur eines Mannes. Die Kommissarin sah noch genauer hin. Jetzt erkannte sie, dass es ein weißer Mann sein musste, auch wenn er fast ganz von dem Baum und dem Mädchen verborgen war. Dennoch war sich die Kommissarin sicher – es sei denn, ihr Verstand oder ihre Augen spielten ihr einen Streich.

Sie rief Cohen an, der sich mit einem schroffen „Ja!“ meldete.

„Cohen, haben Sie schon Kontakt zu der Leiterin der Mädchenschule in Lucapa aufgenommen?“

„Nein, ich habe es versucht, aber sie noch nicht erreicht. Ich habe ihr jetzt eine E-Mail mit dem Bild geschickt mit der Bitte, uns mitzuteilen, wer das Mädchen ist“, antwortete der Baron.

„Dann schicken Sie noch eine E-Mail hinterher un‘ versuchen Sie weiterhin, sie telefonisch zu erreichen. Ich habe noch eine weitere Frage, un‘ zwar, wer der Mann is‘, der im Hintergrund zu sehen is‘!“

„Da ist ein Mann?“, fragte Cohen erstaunt.

„Ja. Auf den Abzügen is‘ er nahezu nit zu erkennen, auf dem Bild hier im Haus schon, aber nur, wenn man janz genau hinguckt. Er is‘ fast janz von einem Baum un‘ von dem Mädchen verdeckt, aber eindeutig auf dem Bild zu sehen. Ich will wissen, wer dat is‘!“

„Alles klar“, antwortete Cohen knapp und legte auf.

Williamson stützte sich einen Moment an der Kommode ab und atmete tief durch. Ihr Bauch war ein einziger Ameisenhaufen.

Plötzlich hatte sie das Gefühl, keine Luft mehr zu bekommen. Die Wände schienen sich auf sie zuzubewegen, sie keuchte. Fast fluchtartig verließ sie das Haus und streifte am Eingang Handschuhe und Überzieher ab, was ihr mit Mühe gelang. Immer noch rang sie nach Luft und musste husten. Die Atmosphäre des verlassenen Hauses nahm sie zu sehr mit.

Sie atmete ein paarmal tief durch und hustete wieder. In ihrer Handtasche musste ein Lutschbonbon sein, das hatte sie immer bei sich. Die Kommissarin schmiss ihr Handy hinein und kramte in ihrer Tasche herum. Wo war das verdampte Ding nur? Sie schob ein Papier zur Seite, das ungefähr DIN-A5-Größe hatte und einmal in der Mitte gefaltet war.

„Wat is' dat, Herrjott!" Williamson nahm das Blatt, das schon reichlich zerknittert war, aus der Tasche und faltete es auseinander. Es war die zweite Zeichnung von Julian, dem Nachbarsjungen der Jansens, die er ihr am Montag nach der Tat geschenkt hatte, als er mit seinem Freund Timo auf dem Rad von der Schule nach Hause gekommen war. Ein kleines Lächeln stahl sich auf ihr Gesicht. Auch hier war es ein Lieferwagen gewesen, wie beim ersten Bild. Auf diesem Bild war auch ein Polizeiwagen abgebildet, in dem sie am Steuer saß. Oder jemand, der so aussehen sollte wie sie, was natürlich nicht der Fall war, es gab keine Ähnlichkeit zwischen ihr und dieser rundlichen Person im Polizeiwagen, gar keine!

Williamson betrachtete das Bild genauer und runzelte die Stirn. Irgendetwas war komisch an dieser Zeichnung. Sie wusste, dass das Tier auf der Seite des Lieferwagens eine Robbe sein sollte, das hatte Julian ihr verraten, und wenn man es wusste, sah man es auch. Aber diese Robbe hier war merkwürdig. Ihr fehlte der Schwanz. War das beim ersten Bild, das Julian ihr geschenkt hatte, auch so gewesen? Das erste Bild! Wo war das hingekommen? Da fiel es ihr schlagartig wieder ein. Sie hatte es am Morgen des Tages nach den Morden achtlos auf den Rücksitz ihrer Marianne geworfen, wo es höchstwahrscheinlich noch immer zu finden war.

Sie wusste nicht genau, warum ihr dies auf einmal so wichtig war, aber sie hastete zu ihrem Auto, schloss es auf und suchte den Rücksitz ab. Da! Da war es! Ebenfalls schon reichlich zerknittert lag es im Fußraum hinter dem Beifahrersitz. Als sie sich das Bild geschnappt hatte, ließ sie sich auf ihren Sitz plumpsen, das eine Bild in der linken, das andere Bild in der rechten Hand, und verglich die beiden Zeichnungen miteinander. Und tatsächlich: Auf dem Bild, das Julian ihr als Erstes, am Sonntag, geschenkt hatte, war die Robbe, wenn auch ungelenk und mit nicht ganz richtigen Proportionen, korrekt mit Schwanz gemalt worden. Auf dem zweiten Bild, das Julian ihr am Montag gegeben hatte, fehlte die Schwanzflosse. Vielleicht war dies ein unbedeutendes Detail. Vielleicht war es aber doch wichtig. Williamsons Bauchkribbeln nach zu urteilen war es bedeutsam.

Mühsam stieg sie aus dem Auto. Auf ihren kurzen Beinen eilte sie über die Straße zum Haus der Familie Dornholz und klingelte. Hoffentlich war die Familie zu Hause und nicht an irgendeinem Badesee.

Es dauerte nicht lange, dann waren schnelle, trippelnde Schritte zu hören, und die Tür wurde aufgerissen. Williamson blickte auf einen blonden, zerzausten Schopf, unter dem sie blitzende blaue Augen schelmisch musterten. Ein schokoladenverschmierter Mund grinste sie an.

„Hey, Frau Polizistin, cool, du bist wieder da!“ Dann schrie Julian über seine Schulter ins Innere des Hauses: „Mama, es ist die Polizistin, die schon mal da war!“

„Komm rein!“, forderte der kleine Junge Williamson auf und tappte auf nackten Füßen voran in Richtung Wohnzimmer, aus dem ihnen Andrea Dornholz lächelnd entgegenkam.

„Frau Kommissarin, Guten Tag. Kommen Sie herein“, begrüßte sie Williamson. Dann sah sie ihren Sohn mit gespielter Strenge an.

„Und du, mein Freund, wäschst dir erst mal das Schokoladeneis vom Mund!“

„Aber …“, kreischte Julian, doch ein weiterer, diesmal noch strengerer Blick seiner Mutter ließ ihn verstummen.

„Bin gleich wieder da!“, rief er in Richtung der Kommissarin und verschwand in einem kleinen Gäste-WC, das vom Hausflur abging.

„Juten Tag, Frau Dornholz, wie geht et Ihnen?“, begrüßte Williamson die Nachbarin der Jansens.

Die schlanke Frau zuckte mit den Schultern.

„Mal gut, mal weniger gut“, antwortete sie leise. „Ihre Psychologin, Frau Dr. Meineke, hat mir sehr geholfen und mir auch einen Termin bei einer Therapeutin vermittelt. Nächste Woche habe ich das erste Gespräch.“

„Dat is‘ jut“, nickte die Kommissarin. „Ich hoffe, dat Sie dat, wat Sie erlebt haben, bald verarbeiten können.“

Sie kam sich schrecklich unbeholfen vor. Grifo war viel besser in solchen Sachen und sagte in den entsprechenden Situationen immer das Richtige.

Doch Andrea Dornholz lächelte leicht und meinte: „Es geht schon. Vielen Dank für Ihre Nachfrage.“ Dann wurde sie ernst und senkte die Stimme.

„Aber Sie sind sicherlich nicht nur gekommen, um zu fragen, wie es mir geht. Haben Sie noch Fragen an mich?“

Williamson schüttelte den Kopf.

„Nit an Sie, aber an Julian. Wenn et für Sie in Ordnung is‘.“

Jetzt fiel der Blick von der Nachbarin auf die beiden Zeichnungen in den Händen der Kommissarin. Fragend sah sie sie an, nickte dann aber.

„Natürlich. Kommen Sie, gehen wir auf die Terrasse.“

Julian war inzwischen aus dem kleinen Bad gekommen und hüpfte hinter ihnen her in Richtung Garten. Als sie nach draußen traten, sahen sie, dass Christoph Dornholz gerade eine Bank in der Farbe der übrigen Möbel strich. Sie würde bestimmt sehr hübsch aussehen, wenn sie fertig war. Als er die Kommissarin zusammen mit seiner Frau und seinem Sohn erblickte, kam er mit ernstem Gesicht herüber und begrüßte sie.

„Bitte setzen Sie sich“, forderte er Williamson auf. „Möchten Sie ein Glas Zitronenwasser?“

„Ja, gern. Die Hitze is‘ ja nit zum Aushalten!“

Christoph Dornholz lächelte zum ersten Mal.

„Wem sagen Sie das! Wir sind schon den ganzen Tag im Garten beschäftigt.“

„Un‘ ich mit dem Fall!“, platzte es aus Williamson heraus, dann biss sie sich auf die Zunge. Verdamp! Das war nicht sehr einfühlsam gewesen!

Doch das Ehepaar Dornholz lachte, zum ersten Mal befreit, wie es schien. Julian wiederum kreischte vor Vergnügen und hüpfte vor Begeisterung in seinem Stuhl auf und ab.

„Ich find's super, dass du hier bist. Hast du die Verbrecher gefangen?“

„Nein, noch nit. Aber hoffentlich bald. Un‘ vielleicht kannst du mir dabei helfen, junger Mann“, antwortete Williamson lächelnd und nippte an ihrem Wasser. Daraufhin blickte sie erstaunt ihr Glas an. Sie hatte die Zitronenscheiben immer für völlig überflüssig gehalten, aber der leichte Zitrusgeschmack war wirklich außerordentlich lecker. Und sehr erfrischend.

Julians Augen waren unterdessen immer größer geworden.

„Iiiiiich?“, stieß er ungläubig hervor.

„Ja, du“, nickte Williamson und lächelte wieder. „Also“, sie legte die beiden Zeichnungen auf den Gartentisch und strich sie glatt. „Et is‘ nämlich so. Ich habe mir die zwei Bilder, die du mir gemalt hast, noch mal genau angesehen. Fällt dir da wat auf?“

Sie schob die Bilder Julian vor die Nase, der ihr sofort antwortete: „Klar sehe ich den Unterschied. Ist ja auch logisch, ich hab‘ die Lieferwagen ja gemalt. Also: Auf dem ersten Bild ist die Robbe von mir richtig gemalt, mit Schwanz.“ Julian deutete mit seinem kleinen Zeigefinger, an dem sich verräterische Schokoladenreste zeigten, auf das erste Bild.

„Auf dem zweiten Bild fehlt der Schwanz“, fuhr der Junge triumphierend fort und tippte mit seinem Finger nun auf das zweite Blatt. Auf beiden Papieren war nun ein dunkelbrauner, kleiner Fingerabdruck zu sehen.

„Wieso hast du auf dem zweiten Bild den Lieferwagen mit der Robbe ohne Schwanz gemalt?“, hakte Williamson nach. Ihre Aufregung stieg.

„Blöde Frage! Weil bei dem Lieferwagen, den ich an dem Tag gesehen habe, der Schwanz gefehlt hat!“, erklärte Julian mit der Weisheit und der Logik eines kleinen Kindes.

„Er hat gefehlt? Wann war das?“ Williamson durfte sich ihre Anspannung nicht zu sehr anmerken lassen.

Julian legte den Kopf schief, legte seinen Zeigefinger an die Nase, die er zudem krauszog.

„Hm. Also, das war am Tag, als du am Nachmittag gekommen bist und Mama Fragen gestellt hast. Da habe ich am Morgen den Lieferwagen mit der Robbe ohne Schwanz gesehen, weil der Ball daruntergerollt ist.“

Er lehnte sich zurück, die Arme wie ein Großer auf die Lehnen des Gartenstuhls gestützt, und sah voller Stolz von einem Erwachsenen zum anderen.

„Aber ich hatte da schon ein anderes Bild mit dem Lieferwagen angefangen, die sind oft hier bei uns. Da hatte ich den Schwanz von der Robbe schon gemalt. Das habe ich dann dir geschenkt. Und am Abend habe ich dann den Wagen ohne den Schwanz von der Robbe gemalt.“

„Un‘ dieses Bild hast du mir am nächsten Tag geschenkt, als wir uns auf der Straße getroffen hatten“, ergänzte Williamson. Sie musste sich zwingen, dass sich ihre Stimme nicht überschlug.

„Genau!“, strahlte Julian. „Bin ich jetzt auch ein Polizist?“

„Un‘ wat für einer, Großer! Dat hast du jut beobachtet.“ Seine Mutter strich ihm über den Blondschopf.

„Du beobachtest wirklich sehr genau", lobte sie ihren Sohn. „Gut gemacht!"

Dann sah sie die Kommissarin an.

„Diese Lieferwagen sind oft hier im Neubaugebiet unterwegs. Sie gehören zu einer Installationsfirma, der Inhaber heißt Markus Robben. Daher die Robbe als Werbemaskottchen. Ich glaube, ihr Slogan lautet: ‚Dry and Speed. Rohr frei mit Robben', oder so ähnlich."

„Dry and Speed", hatte Julian auch auf beide Lieferwagen in ungelenker Kinderschrift geschrieben, wobei es aussah wie „Dri and Seed". Aber das machte nichts.

„Robben wie der Fußballer?", fragte Williamson ungläubig. Die Frage kam ganz automatisch, ihre ganze Familie war dem Fußball geradezu verfallen.

„Genau!", kreischte Julian und klatschte begeistert in die Hände. „Ist das nicht Wahnsinn!?" Dann legte er die Stirn in Falten. „Das habe ich nicht aufgeschrieben. Das war mir zu lang. Soll ich das noch tun?"

Williamson schüttelte den Kopf.

„Nein, denn deine Zeichnungen …", hier machte sie eine dramatische Pause, „… sind jetz' Beweismittel. Un' die dürfen nit verändert werden."

„Boah", machte Julian und hüpfte wieder auf und ab. „Wenn ich das Timo erzähle – der platzt, ganz bestimmt!"

„Das glaube ich auch", lächelte sein Vater.

„Aber", nun beugte sich Williamson zu dem Jungen hinüber und sah ihm tief in die Augen. „Vorerst darfst du dat dem Timo nit verraten. Un' auch sonst keinem. Dat is' erst einmal unser Geheimnis, un' zwar zwischen deinen Eltern, dir und mir. Dat is‘ sehr wichtig! Ein Polizist versteht et, Geheimnisse für sich zu behalten, klar?“

Der kleine Junge nickte mit großem Ernst.

„Klar“, sagte er und legte die rechte Hand auf sein Herz. „Ich schwöre. Großes Indianerehrenwort!“ Er nahm die Hand vom Herz. Auf seinem Fußballshirt von Hannover 96 waren nun unverkennbar Schokoladenspuren zu erkennen.

„Jut. Eines is‘ jedenfalls klar: Du hast mir sehr geholfen. Ich danke dir.“ Feierlich schüttelte Williamson Julians Hand und wischte sie danach unauffällig an ihrem Rock ab.

Dann verabschiedete sie sich von den Eltern.

„Vielen Dank, dat Sie mir Ihre Zeit geschenkt haben. Ich lasse Sie jetz‘ wieder allein, damit Sie Ihr Wochenende genießen können.“

Sie war sehr stolz auf sich, denn sie fand, sie hatte das sehr schön formuliert. Es war ihr nicht schwergefallen, denn sie mochte die Familie sehr.

„Kein Problem.“ Christoph Dornholz stand ebenfalls auf, ebenso seine Frau.

„Tschööö, Frau Polizistin“, krähte Julian, winkte ihr zum Abschied zu und rannte in den Garten, um sich einem Fußball zu widmen, der auf dem Rasen lag.

Williamson verabschiedete sich schmunzelnd und trat nach draußen.

Kapitel 30

Als die Haustür hinter ihr ins Schloss gefallen war, verharrte Williamson einen Augenblick auf der Einfahrt der Familie Dornholz und sah zum Haus der Jansens hinüber. Konnte es so gewesen sein? Konnten der oder die Täter so ins Haus der Jansens gelangt sein – als Handwerker der Sanitärfirma Robben getarnt? Welche Handwerker waren am Sonntagvormittag im Einsatz, außer es lag ein Notfall vor oder wurde vorgetäuscht? Sie mussten unbedingt Kontakt zu der Firma aufnehmen und fragen, ob es am Sonntagvormittag für die Firma einen Einsatz im Neubaugebiet von Kleuthen gegeben hatte.

Plötzlich nahm sie Polizeisirenen wahr, die immer lauter und lauter wurden. Schon sah sie mehrere Polizeiwagen in die Straße einbiegen, gefolgt von einigen Autos in Zivil, dem Wagen der Spurensicherung und dem SEK. Die Kolonne hielt vor dem Haus der Familie Wanner, gleich neben dem der Jansens. Mehrere Polizisten sprangen aus den Wagen. Sprachlos starrte sie auf den Auflauf vor dem Wannerschen Haus. Sie erkannte Cohen und Grifo, beide in Schutzwesten, was bei Grifo elegant und bei Cohen lächerlich aussah, Ingo Bruhns, den Leiter des SEK, und seine Truppe, ebenfalls in Schutzkleidung, sowie in einiger Entfernung Alina Walter und ihr Team in weißen Overalls. Was war denn das? Williamson blieb stocksteif stehen und beobachtete so geschockt diese unwirkliche Szenerie, als hätte sie mit alldem nichts zu tun. Doch als die bewaffneten Polizisten einander Befehle zubrüllend die Haustür des Ehepaars Wanner stürmten und gleichzeitig von hinten in den Garten eindrangen, kam Leben in die Kommissarin. So schnell sie ihre kurzen Beine trugen, raste sie über die Straße, wild mit den Armen wedelnd, und schrie: „Cohen, Grüffelo!" In all der Aufregung benutzte sie den Spitznamen ihrer Mitarbeiterin. „Wat soll dat? Sind Sie denn von allen juten Geistern verlassen, um Jottes willen!?"

Der reinste Wahnsinn.

Schnaufend bremste sie knapp vor Grifo. Sie bebte vor Zorn. Das Magma kroch diesmal nicht in ihr hoch, sondern war längst ausgebrochen.

„Sind Sie völlig verrückt geworden!?", schrie sie die Oberkommissarin an. „Wat is' hier los?"

Grifo wich ihrem Blick aus, was sie noch nie getan hatte.

„Wir haben einen Hinweis bekommen", sagte sie ruhig und schaute in die Ferne. „Von einer Zeugin. Einer Nachbarin. Sie wohnt neben der Familie Dornholz."

Grifo nickte zu einem kleinen Bungalow hinüber, der inmitten der prächtigen Einfamilienhäuser verloren wirkte und dem Haus der Wanners genau gegenüberlag.

„Es ist eine alte Frau, die allein lebt. Ihr Name ist Waltraud Schmidtgen. Sie hat Michael Wanner am besagten Sonntagvormittag gesehen, wie er am Haus der Jansens entlangschlich. Mit einer Pistole in der Hand."

„Wat?“ Williamson riss ungläubig die Augen auf. Das konnte doch alles nicht wahr sein! Bevor sie noch weitere Fragen stellen konnte, ertönte von der Haustür her lautes Gepolter. Michael Wanner wurde in Handschellen und mit Polizeigriff von Ingo Bruhns und seinen Leuten die geplättelte Zuwegung entlang zu einem Polizeitransporter geführt. Er hatte einen hochroten Kopf, seine Halsschlagader und auch Adern an seiner Schläfe traten überdeutlich hervor, die sonst so schmalen Augen, die sie am vergangenen Sonntag glühend gemustert hatten, drohten aus den Höhlen zu treten. Unartikulierte Laute wechselten sich mit Wortfetzen ab. Aus dem Kauderwelsch waren zwischendurch deutlich die Worte: „Polizeistaat“, und: „Ich war es nicht!“, zu verstehen. Williamson seufzte. Die Vorurteile Wanners wurden durch dieses Vorgehen, mit dem sie ganz und gar nicht einverstanden war, auch noch bestätigt.

Die Hauptkommissarin wandte sich wieder Grifo zu und sah, wie hinter der Oberkommissarin der Baron mit einem überlegenen Grinsen im Gesicht in der Eingangstür auftauchte und sich mit seinem großen Taschentuch über die Stirn wischte. Er wirkte äußerst zufrieden mit sich. In Williamson keimte ein Verdacht auf.

„Wieso hat sich die Frau … Dings …“

„Schmidtgen“, half Grifo,

„… Frau Schmidtgen erst jetz‘ gemeldet?“

„Sie hat sich nicht getraut, weil sie Angst vor Michael Wanner hat“, mischte sich Cohen ein und trat zu seinen Kolleginnen. „Der scheint hier die ganze Straße zu terrorisieren. Dann hat sie aber erfahren, dass er und seine

Frau morgen in Urlaub fahren wollen, nach Griechenland. Da hat sie es mit der Angst zu tun bekommen, dass er abhauen könnte. Ist ja auch nicht ganz von der Hand zu weisen. Dann hat sie uns informiert."

„Apropos Informationen: Wieso weiß ich von dieser Entwicklung nix?", fragte Williamson scharf.

„Wir haben versucht, Sie zu erreichen, Chefin. Aber bei Ihrem Handy sprang immer sofort die Mobilbox an. Entweder, es ist aus", hob Cohen an, „oder der Akku ist leer."

Williamson kramte ihr Handy hervor, es war nun tatsächlich aus. Anscheinend hatte sie es gestern Abend nicht an das Netzteil gesteckt, damit es sich aufladen konnte. Trotzdem wurde sie ihren Verdacht nicht los. Sie sah Cohen an.

„Wie praktisch", kommentierte sie sarkastisch, „dat ich nit mehr zu erreichen war, nit wahr, Herr Cohen?"

Die Kommissarin baute sich vor ihm auf. Cohen sah auf sie herab. Sie konnte die roten Äderchen in seinen wässrig-blauen Augen sehen, so dicht standen sie beieinander.

„Wir haben kurz vorher noch miteinander telefoniert", sagte sie gefährlich leise. „Da habe ich Sie gebeten, die Leiterin der Mädchenschule in Angola nach dem Mann zu fragen, der auf dem Bild mit dem jungen Mädchen zu erkennen is'. Schwer zu erkennen, aber doch sichtbar." Aus den Augenwinkeln sah sie, wie Grifo ihren Kollegen überrascht ansah.

„Ich hoffe, Sie haben dat veranlasst. Sonst werde ich noch unangenehmer, als ich et jetz' schon bin. Denn et wundert mich doch sehr, Herr Kollege, dat Sie mir da nix von dieser neuen Entwicklung gesagt haben."

„Da wusste ich es noch nicht. Der Anruf der Zeugin kam erst später rein, kurz nachdem wir miteinander telefoniert hatten!", verteidigte sich der Baron.

Williamson drehte sich um und ließ den ungeliebten Kollegen stehen. Hatte sie in den vergangenen Tagen gehofft, dass sie nun zu einem Team zusammengewachsen waren, machte das soeben vor ihren eigenen Augen abgelaufene Schauspiel diese Hoffnung wieder zunichte. Sie gab sich selbst die Schuld für ihre Naivität, denn der komplexe und höchst emotionale Fall hatte sie unvorsichtig werden lassen.

Sie wandte sich zur Eingangstür um, nickte Grifo zu, um ihr zu signalisieren, dass sie ihr folgen solle, drehte sich dann aber noch einmal zu dem Oberkommissar um, der ihr hinterherstarrte.

„Wat stehen Sie hier noch rum, Herr Cohen? Bringen Sie den Mann zum Haftrichter, führen Sie ihn ihm vor, damit alles seine Korrektheit hat. Wir treffen uns dann im Kommissariat, ich will die Zeugin sprechen. Un' jetz' rede ich erst mal mit der armen Ehefrau, die muss ja völlig durch den Wind sein!"

Damit ließ sie ihn endgültig stehen und betrat den schmalen Hausflur, Grifo dicht hinter ihr.

„Ich konnte ihn nicht davon abhalten", flüsterte ihre Mitarbeiterin. Ihre Stimme klang verunsichert. „Als ich von den Jansen-Kindern zurückkam, war er gerade dabei, den Einsatz zu koordinieren! Ich habe versucht, es ihm auszureden und zumindest auf Sie zu warten, aber er war … ach, Mensch, ich will ihn nicht anschwärzen, aber er war Feuer und Flamme!"

„Schon jut, Frau Grifo, ich kann mir denken, wie dat Ganze vor sich gegangen is'", beruhigte Williamson ihre junge Kollegin.

Grifo ließ den Kopf hängen.

„Der zuständige Haftrichter ist ein guter Bekannter von Hauptkommissar Balustreit. Cohen hatte da leichtes Spiel und hat in Nullkommanix einen Haftbefehl aus dem Hut gezaubert."

Williamsons Kopf ruckte hoch. Das war ja höchst interessant. Balustreit, ihr Erzfeind! Er war zwar im Moment im Urlaub, aber auch in Urlaubsorten gab es Handyempfang und Internet. Kontakt aufzunehmen, um gewisse Abläufe zu beschleunigen, war da kein Problem.

„Verstehe", sagte sie knapp und besah sich dann ihre schöne Kollegin, die immer noch aussah, als wäre sie am Boden zerstört. Sanft legte sie eine Hand auf ihren Arm, eine Geste, die zu einer Art Trost zwischen ihnen beiden geworden war.

„Machen Sie sich nit fertig. Wir biegen die Sache schon hin, un' wir lösen auch den Fall. Okay?" Woher sie ihre Zuversicht nahm, wusste sie selbst nicht.

Grifo nickte widerstrebend und lächelte schwach. „Okay", sagte sie dann, und ihre Stimme klang schon wieder ein wenig fester.

„So, un' jetz kümmern wir uns erst mal um die Frau Wanner. Die is' bestimmt völlig fertig."

Mit diesen Worten drehte sich die Hauptkommissarin um und betrat das Wohnzimmer.

Doris Wanner saß am Esstisch und weinte. Sie hatte ein Taschentuch, das schon völlig durchnässt war, an ihre Augen gepresst und wurde von heftigen Schluchzern geschüttelt. Ihr ohnehin blasses Gesicht war so weiß, dass ihr kurzes braunes Haar dazu in starkem Kontrast stand. Ihr gegenüber saß eine Polizistin, die tröstend, aber auch ein wenig hilflos die Schulter der Ehefrau tätschelte und erleichtert aufsah, als Williamson und Grifo zum Tisch traten.

„Informieren Sie Dr. Meineke!", ordnete Williamson an. „Frau Wanner braucht psychologische Betreuung." Die Polizistin nickte und verschwand.

Die Kommissarinnen setzten sich zu Doris Wanner, die krampfhaft versuchte, sich zu fangen. Grifo legte die Hand auf den Unterarm der Frau. Dann klärte sie die Formalien.

„Frau Wanner, ich weiß, et is' hart un' womöglich der falsche Zeitpunkt, aber wir müssen einen Doppelmord aufklären, un' Sie wollen doch auch, dat Ihr Mann wieder schnell bei Ihnen is'", begann Williamson die Befragung. Wollte Doris Wanner das wirklich? Vielleicht war sie ohne ihren Mann besser dran.

Doris Wanner schloss für einen Moment die Augen und atmete tief durch. Dann öffnete sie sie wieder und erwiderte den Blick der Kommissarin.

„Schon gut. Fragen Sie." Es klang resigniert.

„Frau Wanner, et gibt eine Zeugin, die beobachtet hat, dat Ihr Mann am Sonntagmorgen im Garten von den Jansens gewesen un' am Haus entlanggeschlichen is'. Stimmt dat?"

„Nein!", fuhr Doris Wanner auf, nur um gleich darauf in sich zusammenzusinken. „Doch", flüsterte sie beinahe unhörbar. „Aber es war ganz anders, als Ihr Kollege, dieser Cohen, es darstellt."

Sie hielt kurz inne.

„Ich habe noch geschlafen. Plötzlich bin ich aufgewacht, ruckartig, ich weiß auch nicht, wieso. Es war kurz vor neun. Michaels Bett war leer. Da bekam ich so ein komisches Gefühl … Wissen Sie, wie das ist, wenn man spürt, dass etwas nicht stimmt? Also bin ich auch aufgestanden. Michael ist … Sie haben ihn ja erlebt, er ist nicht ganz einfach. Er hatte sich furchtbar über Rudolf Jansen und seine Belehrungen bezüglich der Hecke und der brütenden Vögel geärgert. Er …", sie schluckte, „… kochte vor Wut, um genau zu sein."

Sie hob den Kopf. Erst jetzt bemerkte sie die Kriminaltechniker unter der Leitung von Alina Walter, die damit beschäftigt waren, Spuren zu sichern.

„Was Sie vielleicht noch nicht wissen, Michael ist Jäger und im hiesigen Jagdverein aktiv. Er … er ist Zweiter Vorsitzender." Diese Worte hatte Doris Wanner geradezu aus sich herausgepresst. Wieder schluchzte sie auf, und Tränen liefen ihre Wangen hinab. Wortlos reichte ihr Elena Grifo ein frisches Taschentuch.

„Ich bin nach unten gegangen. Da habe ich durch unsere Terrassentür gesehen, wie er gerade durch die Hecke gestiegen ist auf das Grundstück der Jansens. Er hatte seine Sportpistole in der Hand, das stimmt! Aber er hatte sie nicht im Anschlag oder wie das heißt. Sie zeigte mit dem Lauf auf den Boden, bitte glauben Sie mir! Später sagte er mir, er habe die Vögel töten wollen. Das muss man sich mal vorstellen!"

Sie schlug die Hände vors Gesicht und schluchzte. Nach einer Weile konnte sie weitersprechen.

„Ich bin hinterher. Als ich an der Hecke ankam, sah ich, wie er am Haus entlangschlich und immer wieder nach oben sah. Er ist in Richtung Carport gegangen, er hat mir danach gesagt, dass er dort Nester vermutete. In der Hecke hat er keine Vögel gefunden, aber er war so wütend, dass er nicht aufgeben wollte!"

„Machte er Anstalten, in dat Haus zu gelangen?"

Entschieden schüttelte die Ehefrau den Kopf.

„Nein, er ist am Haus entlanggehuscht, aber er hat nicht versucht, ins Haus zu kommen."

„Was für eine Waffe hat er?", fragte Grifo dazwischen.

Doris Wanner schüttelte den Kopf.

„Genau weiß ich das nicht, ich habe mich nie besonders dafür interessiert. Eine Heckler & Koch oder so. Glaube ich jedenfalls."

„Genauer gesagt, eine Heckler & Koch P30", kam es da von Alina Walter. Sie kam aus einem kleinen Raum, der sich an den Wohn- und Essbereich anschloss, und hielt das Corpus Delicti mit zwei Fingern in ihrer gummibehandschuhten Hand. „Eine sehr beliebte Waffe bei Jägern. Da hinten im Waffenschrank …", sie ruckte mit dem Kinn in Richtung des Raumes, während sie gleichzeitig die Waffe in einen Asservatenbeutel gleiten ließ, „… sind noch mehr Jagdwaffen. Aber bevor Sie fragen: Eine Walther P 99 ist nicht darunter, allerdings mehrere Jagdgewehre. Die Heckler & Koch P 30 hat auch Kaliber 9 mm."

Williamson sog scharf die Luft ein. Vom Kaliber her könnte es passen. Dennoch war sie skeptisch.

„Ich habe nicht viel Ahnung davon, aber ich bin sicher, dass es diese Waffe war", mischte sich Doris Wanner ein und zeigte auf die Pistole in der Hand der Kriminaltechnikerin.

Williamson sah Alina Walter an.

„Stellen Sie alles sicher. Ich bin jetz' schon gespannt auf Ihren Bericht." Es hatte sarkastischer geklungen, als es gemeint war.

„Hatte er Erwerbsberechtigungen, einen Waffenschein und so weiter für die ganzen Gewehre und für die Pistole?", wandte sich die Kommissarin wieder an die Ehefrau.

Doris Wanner nickte.

„Selbstverständlich."

„Haben wir schon gefunden, alles fein säuberlich abgelegt", erklärte Alina Walter.

Ein Blitz rauschte durch den Kopf der kleinen Kommissarin. Cohen hatte doch berichtet, dass Michael Wanner keinen Waffenschein hatte! Doch für den Moment verdrängte sie diesen Gedanken. Sie würde sich später damit beschäftigen.

„Wat is' dann passiert?", fragte sie weiter. „Nachdem Sie ihm hinterhergelaufen sind?"

Die Ehefrau bekam tatsächlich so etwas wie ein Lächeln zustande. „Ich konnte ihn schließlich von seinem Vorhaben abbringen, noch bevor er das Carport erreicht hatte", antwortete sie schlicht. „Das bekomme ich immer irgendwie hin. Auf mich hört er. Ich glaube, ich bin die Einzige, auf die er hört."

„Un' dann?"

„Dann sind wir zurück ins Haus. Ich habe Frühstück gemacht, und alles Weitere ist so abgelaufen, wie wir es Ihnen schon gesagt haben."

Wieder nickte die Kommissarin.

„Jut, Frau Wanner, dat wäre et erst mal. Sie müssten dann noch in den ZKD kommen und dat Protokoll unterschreiben."

„Wann kommt mein Mann zurück?", fragte Doris Wanner ängstlich. Ob ihre Furcht von der Antwort oder von der Rückkehr ihres Mannes herrührte, vermochte die Kommissarin nicht zu sagen. „Wir wollten ja auch in Urlaub fahren."

Williamson schüttelte mit dem Kopf.

„Dat kann ich Ihnen nit sagen. Dat kommt darauf an, ob der Haftrichter Untersuchungshaft anordnet oder nit. Wenn er sie anordnet, kommt et darauf an, wie lange. Aber Ihren Urlaub können Sie natürlich erst einmal auf Eis legen, so leid et mir tut."

„Aber er war es nicht!", fuhr die schmächtige Frau auf. „Er … er ist cholerisch, ja, aber einen Mord an zwei Menschen? Das würde er nie tun, nie!"

Die Hauptkommissarin antwortete darauf nicht. Sie hatte in ihrem Berufsleben schon die verrücktesten Dinge erlebt.

In diesem Moment betrat Dr. Tanja Meineke, die Polizeipsychologin, den Raum. Sie nickte den Kommissarinnen kurz zu.

„Na, Sie halten mich ja ganz schön auf Trab. Ich war gerade auf dem Weg nach Hause."

„Wieso sollte et Ihnen besser gehen als uns?", fragte die Kommissarin und lächelte schwach. Dann stellte sie die Psychologin Doris Wanner vor.

„Sie wird sich um Sie kümmern", schloss sie. „Et wird irgendwie weitergehen." Sie kam sich lächerlich vor. Hatte sie nichts Tröstenderes zu sagen?

„Noch eines, Frau Wanner: Besorgen Sie Ihrem Mann einen Anwalt. Er wird ihn gebrauchen können."

Sie und Grifo standen auf, nickten beiden Frauen und auch den Kriminaltechnikern zum Abschied zu und verließen das Haus.

Williamson war unzufrieden, sehr sogar. Diese Entwicklung passte so gar nicht in das Szenario, das sich in ihrem Kopf anfing auszuformen. Natürlich wusste sie, dass sie sich nicht von ihren Vorstellungen leiten lassen durfte, sondern nur von den Fakten. Dass sich Michael Wanner am Tattag zur passenden Uhrzeit auf dem Grundstück der Jansens, sogar an deren Haus, aufgehalten hatte, mit einer Pistole in der Hand, und dort herumgeschlichen war, war Fakt. Dennoch glaubte sie nicht an dessen Schuld. Der ganze Typ passte nicht. Er war ein Choleriker, ja, auch ein Großmaul, bestimmt sogar. Aber ein Mörder? Das war ganz und gar nicht stimmig. Und was das Schlimmste war: Es kribbelte nicht in ihrem Bauch, wenn sie an Michael Wanner dachte. Überhaupt nicht.

Verdamp.

Kapitel 31

„Kann ich mit Ihnen zurückfahren?“, fragte Grifo, als sie auf der Straße vor dem Haus der Wanners standen. „Cohen hat den Dienstwagen genommen.“

„Klar, dann fahren aber Sie“, bestimmte Williamson. Dies veranlasste Grifo dazu, sie verblüfft anzustarren.

„Ich darf Ihre Marian… Ihr Auto fahren?“

„Ja, warum nit? Ich kann noch besser nachdenken, wenn ich nit selber fahren muss.“

„Okay“, stimmte Grifo zu, sah sie aber immer noch erstaunt von der Seite an. Williamson warf ihr den Schlüssel zu und grinste.

„Dat is‘ eine besondere Ehre, dat is‘ schon klar, Frau Grifo!“

Diese grinste zurück.

„Dessen bin ich mir bewusst. Ich werde sehr vorsichtig sein.“

Auf dem Rückweg hatte Williamson den rechten Arm unter das Fenster geklemmt und stützte ihr Kinn ab. Zu viele Gedanken schwirrten in ihrem Kopf herum.

„Ich werde dat Gefühl nit los, dat wir mit dem Wanner nur Zeit verschwenden“, sagte sie schließlich, als Grifo gerade mit Schwung auf die Autobahn auffuhr. Der Blick der jungen Kommissarin ruhte ganz kurz auf ihr.

„Dann glauben Sie nicht, dass er es war?“

„Glauben Sie et denn?“, fragte ihre Vorgesetzte zurück. „Ehrlich gesagt glaube ich der Frau.“

Grifo setzte den Blinker und fädelte sich in den Verkehr ein.

„Ja, sie wirkt aufrichtig“, gab sie zu. „Dennoch hat auch die Heckler & Koch von Michael Wanner Kaliber 9 mm. Und selbst wenn die Annahmen der Kriminaltechniker stimmen, dass die Tatwaffe eine Walther P 99 war, könnte sich Wanner diese von seinen Jagdfreunden oder auch illegal besorgt haben. Wenn man das will, ist das kein Problem.“

Williamson schnaubte.

„Ja, schon klar, aber dat setzt Planung voraus. Struktur im Kopp, verstehen Sie? Ich glaube eher, dat er aufgrund dessen, dat er ein Choleriker is‘, zu Kurzschlusshandlungen neigt. Wahrscheinlich hat er die ganze Nacht nit schlafen können und sich so in seine Wut reingesteigert, dat er am Morgen gedacht hat: ‚Ich knalle die ganzen Vögel ab, dann kann der Jansen mir mit seinen Belehrungen gestohlen bleiben. Un‘ dann gibt et keinen Streit mehr über Vögel in der Hecke, die sind dann ja alle hinüber‘. Oder so ähnlich. Dann is‘ er aufgestanden un‘ hat kurzerhand in seinen Waffenschrank gegriffen. Ehrlich gesagt glaube ich, dat die Jansens schon tot waren, als er auf dat Grundstück gegangen is‘, wahrscheinlich kurz vorher ermordet. Ohne dat er et wusste, natürlich.“

„Sympathischer macht ihn das nicht gerade“, kommentierte Grifo trocken.

Williamson schüttelte so heftig mit dem Kopf, dass die Strubbelhaare flogen.

„Allerdings nit. Janz im Gegenteil. Dat macht ihn sogar zu einem außerordentlichen Stinkstiefel. Meinem Mann darf ich mit so wat gar nit kommen. Er liebt Vögel!"

„Was ich komisch finde, ist, dass Herr Cohen übersehen hat, dass Michael Wanner Jäger ist und aufgrund dessen mehrere Jagdwaffen hat, und für jede hat er eine Waffenbesitzkarte", konstatierte Grifo.

„Ja, dat finde ich auch komisch und passt eigentlich nit zum Cohen", pflichtete Williamson ihr bei. „Aber vielleicht hat er nit nach Jagdwaffen gesucht? Oder er hat et nit finden wollen? Ich weiß et nit, ich werde aus dem Cohen einfach nit schlau."

„Jetzt passt ihm das jedenfalls gut in den Kram", stellte Grifo fest.

Die Hauptkommissarin zuckte mit den Schultern.

„Warten wir et ab", brummte sie gedankenverloren.

Grifo horchte auf.

„Was meinen Sie? Haben Sie eine andere Spur?"

Die hatte Williamson. Eine vage Spur, aber immerhin. Sie berichtete ihrer jungen Kollegin von dem Mann auf dem Bild, der zwar schwer zu erkennen, aber unleugbar abgebildet war, und von den beiden Zeichnungen von Julian und den unterschiedlichen Robben.

„Herr Cohen hat mir nichts davon erzählt, dass er in der Mädchenschule nach diesem Mann fragen sollte", wunderte sich Grifo und strich sich ihr braunes Haar zurück. „Allerdings war auch wenig Zeit, nachdem Frau Schmidtgen aufgetaucht war."

„Gnade ihm Jott, wenn er die Frage nit nach Angola geschickt hat!", knurrte ihre Chefin.

Die Hauptkommissarin stürmte den Gang im Kommissariat entlang in Richtung ihres Büros, Grifo im Schlepptau. Sie hatten viel zu tun. Grifo sollte sich gleich nach ihrer Ankunft um die Sanitärfirma Robben kümmern und Kontakt aufnehmen. Sie riss die Tür des Raumes auf – und prallte zurück.

„Wer sind Sie?", fragte sie unwirsch und lief, so schnell es ihre kurzen Beine vermochten, hinter ihren Schreibtisch.

„Waltraud Schmidtgen", sagte eine sehr kleine, sehr schmale Frau mit einem Vogelgesicht und grauem, kurz geschnittenem Haar. Sie saß an dem kleinen Besprechungstisch, zusammen mit der Kollegin mit dem weizenblonden Pferdeschwanz. Diese sprang so ungestüm auf, dass der Stuhl umzukippen drohte. Grifo fing ihn in letzter Sekunde auf.

„Wir haben hier auf Sie gewartet", erklärte die junge Polizistin, und der Pferdeschwanz wippte aufgeregt.

„Ich soll hier eine Aussage machen", wisperte Waltraud Schmidtgen mit hoher Stimme.

„Äh, ja", machte Williamson und fuhr sich durchs Strubbelhaar. „Wenn et sein muss."

Zeitverschwendung, davon war sie überzeugt!

Eine Dreiviertelstunde später hatte Waltraud Schmidtgen ihre Aussage gemacht und sie auch unterschrieben. Ein Großteil der Aussage bezog sich auf den verdammenswerten Charakter von Michael Wanner und das Mitleid, das die alte Dame für seine Frau verspürte. Ansonsten deckten sich ihre Beobachtungen mit denen von Doris Wanner, wenn sie sie auch gewaltig ausschmückte und es so darstellte, als ob der jähzornige Nachbar in voller Kampfmontur mit martialischem Gesichtsausdruck schwer bewaffnet durch den Garten der Jansens gerobbt wäre. Dass er das Haus auf irgendeine Art und Weise betreten hatte, hatte die alte Dame allerdings nicht gesehen, ebenso wenig Doris Wanner, die laut eigener Aussage ihrem Mann in den Garten gefolgt war. Williamson raufte sich die Haare.

Grifo geleitete die gebrechliche Frau schließlich hinaus und rief die blonde Polizistin herbei, die sie zurück nach Kleuthen bringen sollte.

Gerade als Grifo sich wieder an ihren Computer gesetzt hatte, um die Installationsfirma zu googeln und zu ihr Kontakt aufzunehmen, wurde die Tür aufgerissen und Dr. Rico Habernickel schritt mit aller Würde, die er aufzubringen vermochte, hinein.

„Frau Kollegin, gratuliere!", posaunte er breit grinsend. Er trug ein stahlblaues Poloshirt, das seine gebräunte Haut betonte, und eine weiße Hose. Er sah wie immer aus wie aus dem Ei gepellt.

„Wozu?", blaffte Williamson zurück. Sie hatte sich gerade noch einmal das Protokoll der Aussage von Waltraud Schmidtgen durchgelesen und war mehr denn je davon überzeugt, dass sie mit Michael Wanner den Falschen festgenommen hatten. Die alte Frau war halb blind, hatte vor dem Mann eine Heidenangst, und gleichzeitig hasste sie ihn. Sie hatte undeutlich gesehen, dass er in dem Garten der Jansens war, was Doris Wanner ja auch bestätigt hatte. Er habe einen „verschlagenen Gesichtsausdruck" gehabt und sei mit gezückter Waffe am Haus entlanggeschlichen. Etwas, was Doris Wanner so nicht ausgesagt hatte. Für Williamson passte es bei Weitem nicht. Für den Haftrichter anscheinend schon.

„Zu Ihrer Verhaftung! Sie haben ihn!", strahlte Dr. Habernickel.

„Et is' nit ‚meine' Verhaftung, sondern die vom Cohen. Ich sehe dat anders, und dat weiß der Cohen auch."

„Aber, aber, Frau Kollegin, ich bitte Sie. Das Motiv erscheint mit zwar etwas weit hergeholt, aber bei einer so cholerischen Persönlichkeit wie Michael Wanner … Apropos: Warum sind Sie nicht in der JVA und verhören ihn?"

„Dat kann der Cohen machen", antwortete Williamson und hob abwehrend die Hände.

Dr. Habernickel gab sich damit zufrieden.

„Schön, schön, umso besser. Dann können Sie sich ja in aller Ruhe auf die Pressekonferenz vorbereiten, die wir am Montag zusammen geben werden."

Williamson verschränkte die Hände vor ihrem Bauch und verzog vor Abscheu das Gesicht.

„Nein", sagte sie ruhig.

Habernickel sah sie an.

„Nein?", fragte er ungläubig zurück. „Wie: nein?"

„Nein!", wiederholte Williamson bestimmt. „Ich werde nit bei der Pressekonferenz dabei sein, wenn Sie Michael Wanner als Täter präsentieren. Un' zwar aus zwei Gründen: Ich bin nit davon überzeugt, dat er et war, un' wir haben eine so tolle Pressereferentin, die Frau Dr. Schlund …"

„Schling“, verbesserte der Kriminalrat mechanisch. Er war konsterniert, stand mitten im Raum und sah ein wenig verloren aus.

Aus dem Augenwinkel sah Williamson, wie Grifo, das Handy am Ohr, den Raum verließ.

„Genau die“, nickte Williamson. „Sie können dat mit der machen. Von mir aus auch mit dem Cohen. Ich bin da raus!“

„Aber, aber …“, stotterte Habernickel. Dann straffte er sich.

„Frau Kollegin, ich bestehe darauf. Sie sind die leitende Ermittlerin in dem Fall!“

„Der noch nit gelöst is‘!“, konterte die kleine Kommissarin. „Ich werde mich an dieser Posse nit beteiligen! Machen Sie dat mit der Schlund!“

„Schling“, verbesserte Habernickel wieder automatisch.

„Von mir aus.“

Der Kriminalrat sah sie einen Moment durchdringend an, dann seufzte er.

„Na gut“, meinte er, „wir werden sehen. Bis Montag ist ja noch ein wenig Zeit.“ Habernickel nickte ihr zu und verließ den Raum.

Kaum war er weg, da kam Grifo zurück, einen zufriedenen Ausdruck auf dem Gesicht.

„Ich habe die Adresse von der Installationsfirma. Und während Sie und Habernickel sich über Pressekonferenzen unterhalten haben, habe ich den Inhaber der Firma angerufen. Gott sei Dank war seine private Handynummer auf der Homepage angegeben. Wir können uns in einer halben Stunde mit ihm in seiner Firma treffen. Er war zwar am Anfang ein bisschen ungehalten, am Samstag …"

Williamson hörte schon nicht mehr richtig zu.

„Na, dann los, worauf warten wir noch?", rief sie aus.

Wieder durfte Grifo Marianne fahren. Williamson lehnte sich im Beifahrersitz zurück und grinste vor sich hin. Zum ersten Mal an diesem Tag hatte sie das Gefühl, die Dinge selbst in die Hand zu nehmen und nicht nur hinter irgendetwas herzuhetzen, zu reagieren und allenfalls einem unbestimmten Gefühl zu folgen, das sie antrieb. Dass ihre junge Kollegin ihr Auto fuhr, trug ebenfalls zu ihrem inneren Frieden bei. Es fühlte sich richtig an.

„Wie war et eigentlich bei den Jansen-Geschwistern?", fragte Williamson nach einer Weile. Grifo warf ihr einen raschen Seitenblick zu, bevor sie sich wieder auf die Straße konzentrierte.

„Was glauben Sie? Ich war froh, dass Dr. Meineke dabei war. Nina Jansen ist zusammengebrochen. Dr. Meineke befürchtete schon, dass sie sie ins Krankenhaus überweisen müsste, aber eine Beruhigungsspritze hat schließlich ausgereicht. Dennoch wird es noch härter für die beiden werden als ohnehin schon. Nina hat sich zunächst geweigert zu akzeptieren, was ich ihr und ihrem Bruder über ihre Mutter berichten musste. Es wird Zeit brauchen, bis sie diese Schrecknisse verarbeitet haben, und zwar bei beiden, auch wenn Philipp insgesamt gefasster wirkt."

Sie schwiegen in stillem Einvernehmen. Was gab es auch sonst zu sagen? Grifo schien nicht abgeneigt, der vagen Spur, die Williamson aufgetan hatte, nachzugehen, und lenkte Marianne konzentriert in das Umland von Hannover.

„Fahren wir gar nit nach Kleuthen?“, fragte die Hauptkommissarin verdutzt, als die Oberkommissarin an der entsprechenden Ausfahrt vorbeifuhr.

„Nein“, antwortete Grifo, „die Firma ist im Nachbarort angesiedelt. Der Name ist Hedensen. Ist aber nur fünf Minuten entfernt.“

„Auch jut“, bemerkte Williamson, streckte die Beine aus und wackelte mit den Zehen. Wie schön es war, sich in ihrer Marianne herumkutschieren zu lassen!

Einige Minuten später fuhren sie vor der Sanitärfirma vor, die aus einem zweckmäßigen Flachbau mit einem großen Rolltor und einem anliegenden Büro bestand, dessen nach vorne gerichtete Längsfront aus zwei großen Fenstern konzipiert war. Auf dem Hof standen vier weiße Lieferwagen mit der von Julian so geliebten Robbe, die auch auf dem Firmenschild auf dem Flachdach zu sehen war. Sowohl auf den Lieferwagen als auch auf dem Schild stand der Werbeslogan der Firma: „Dry and Speed. Rohr frei mit Robben“.

„Wie originell!“, kommentierte Grifo süffisant, als sie an den Lieferwagen vorbei auf das Büro zugingen, hinter dessen Fenstern die Silhouette eines Mannes zu erahnen war, der konzentriert auf den Bildschirm eines Computers starrte. Wahrscheinlich nutzte der Inhaber die Wartezeit, um noch ein wenig Büroarbeit zu erledigen.

Grifo klopfte an die Scheibe.

„Herr Robben?", rief sie. „Grifo und Williamson, Kripo Hannover." Beide Polizistinnen hielten ihre ID-Karten an die Scheibe.

„Ich komme", rief der Mann und stand auf. Kurze Zeit später drehte sich ein Schlüssel in der Bürotür, die daraufhin aufsprang. Williamson war sich nicht sicher, was sie erwartet hatte, aber einen Installateur, der mit dem Slogan „Rohr frei mit Robben" warb, hatte sie sich anders vorgestellt: klein, untersetzt, mit ungepflegtem grauem Haar, Dreitagebart und einem schmuddeligen Arbeitsoverall. Der Mann, der vor ihr stand, hätte auch gut und gerne Model in einem Hochglanzmagazin oder auf einem Laufsteg, Influencer im Internet – sie wusste von ihren Töchtern, dass es tatsächlich so etwas gab – oder Rockstar sein können.

Er war groß gewachsen, breitschultrig und muskulös, wahrscheinlich verbrachte er einen Gutteil seiner Freizeit im Fitnessstudio. Blaue Augen blitzten in einem gut geschnittenen Gesicht, in dem die Wangenknochen scharf hervortraten. Zahnpastalächeln, braunes Wuschelhaar, lässige Designerjeans und ein ausgeschnittenes T-Shirt, das seine mit Muskeln bepackte Brust erahnen ließ – alles vorhanden. Ihre Töchter wären begeistert gewesen. Williamson schätzte ihn auf höchstens Mitte dreißig.

„Herr Robben?", fragte Williamson trotzdem sicherheitshalber. Den Zusatz: „Wie der Fußballer, nit?", verkniff sie sich. Diese Bemerkung hatte er wahrscheinlich schon tausendmal gehört.

„Höchstselbst, kommen Sie rein", nickte der Mann und lächelte ein betörendes Lächeln. Seine Augen ruhten einen Augenblick wohlwollend auf Grifo, sodass die Hauptkommissarin innerlich wieder einmal die Augen verdrehte.

Williamson und Grifo folgten dem Handwerker in sein Büro und nahmen vor seinem Schreibtisch auf zwei Klappstühlen Platz. Erst jetzt nahmen sie wahr, dass das Büro winzig war. Unwillkürlich verglich Williamson es mit dem pompösen Arbeitszimmer von Alexander Kanichen. Auch wenn die beiden Unternehmer gewisse Ähnlichkeiten in ihrem Äußeren aufwiesen, trennten sie doch Welten. Der große Mann faltete sich auf seinen Stuhl und blickte sie erwartungsvoll an.

„Was kann ich für Sie tun?", fragte er sie.

„Herr Robben, hatten Sie am vergangenen Sonntagvormittag, also morgen vor einer Woche, in dem Neubaugebiet in Kleuthen zu tun?" Williamson nannte ihm die Straße, in der die Jansens wohnten. „Gab et da einen Rohrbruch oder einen anderen Notfall, der et notwendig machte, dat Sie oder Ihre Leute dahin mussten, um in einem der Häuser wat zu reparieren?"

Markus Robben zog die Stirn in Falten.

„Am vergangenen Sonntag? Das war doch der Tag, an dem das Ehepaar genau in dieser Straße ermordet wurde, nicht?" Er sah von einer Kommissarin zur anderen. „Das kann ich auf Anhieb beantworten, weil dieses Ereignis so einschneidend war, dass wir alle wissen, wo wir an diesem Tag waren. Nein, ich hatte keinen Einsatz in der Straße oder einer anderen des Neubaugebiets. Mein Sohn hatte an diesem Vormittag ein Fußballspiel. Er spielt in der Nachwuchsmannschaft von Hannover 96, wissen

Sie?“ Seine Stimme war voller Stolz, und wieder sah er Grifo an.

„Das ist toll, Herr Robben. Auch wenn Sie selbst nicht vor Ort waren, so vielleicht einer oder mehrere Ihrer Leute?“

Entschieden schüttelte der Installateur den Kopf.

„Nein, davon wüsste ich selbstverständlich.“

„Können Sie trotzdem mal in dem Ding da nachsehen?“, fragte Williamson und ruckte ihr Kinn Richtung Bildschirm.

Schon drückte Markus Robben auf der Tastatur des PCs herum. Während er das tat, schwiegen alle drei. Schließlich schüttelte er den Kopf.

„Wie ich Ihnen schon sagte. Kein Auftrag, kein Notfall in Form eines Rohrbruchs oder was auch immer. Nichts. Von unseren Leuten war niemand da. Wenn einer der Wagen benutzt wird, wird das im Übrigen registriert. Durch einen elektronischen Fahrtenschreiber. Damit sind die Wagen gesichert. Und wie ich hier sehen kann, wurde am Sonntag kein Wagen bewegt.“

„Können wir uns mal Ihre Firmenwagen ansehen, Sie wissen schon, die weißen Lieferwagen, die draußen stehen?“, fragte Williamson.

„Gern. Wenn es Ihnen weiterhilft. Kommen Sie, die Wagen stehen auf dem Hof.“

Er führte sie hinaus zu den Lieferwagen, die in Reih' und Glied im Hof standen. Es waren typische Fahrzeuge, die viele Handwerksfirmen benutzten. Ein Mercedes Sprinter. Langsam gingen Williamson und Grifo um die Wagen herum. Alle waren korrekt lackiert und beklebt.

Bei allen Robben, es waren pro Lieferwagen zwei, auf jeder Seite eine, war der Schwanz vollständig, nichts fehlte.

„Sind die Lieferwagen lackiert?", fragte Grifo und strich über eine der Robben.

Der Handwerker, der sie mit verschränkten Armen beobachtet hatte, schüttelte den Kopf.

„Nein, das ist eine Spezialfolie, die Robben sind aufgeklebt, genauso wie der Werbeslogan und die Adresse hinten auf dem Wagen."

Williamson fuhr mit dem Finger über einen der Schwänze und bemerkte jetzt auch die winzige Erhebung, die durch die Folie ausgelöst wurde. Dann drehte sie sich zu Markus Robben um.

„Haben Sie noch mehr Lieferwagen?"

Er schüttelte den Kopf.

„Nein, nur diese vier hier. Wenn die alle im Einsatz sind, haben wir ganz schön zu tun."

„Fehlte bei einem Ihrer Wagen in letzter Zeit eine Schwanzflosse und musste erneuert werden?"

„Nein, alle Wagen waren korrekt beklebt. Es musste nichts ausgebessert werden", antwortete der attraktive Handwerker entschieden.

„Wie viele Mitarbeiter haben Sie?", fragte Grifo.

„Mit der Bürokraft fünfzehn Leute." Wieder schwang unverhohlener Stolz in der Stimme des Firmeninhabers mit.

„Kannten Sie die Familie Jansen?"

Wieder lächelte Markus Robben. Es war wehmütig.

„Natürlich, hier in der Gegend kannte fast jeder die Jansens. Entweder hatte man Frau Jansen als Lehrerin in der

Schule, oder aber Rudolf trainierte eines oder mehrere der Kinder der Leute hier, oder sie wurden im Jugendklub von seiner Frau betreut. Oder alles zusammen. Als sie hier ihr Haus gebaut haben, vor so ungefähr fünfzehn Jahren, da hat unsere Firma die Installationen gemacht. Damals leitete die Firma noch mein Vater, ich habe hier aber schon mitgearbeitet."

Wieder eine Parallele zu Alexander Kannichen.

Markus Robben ließ nun die Arme baumeln und steckte dann die Hände in die Hosentaschen seiner Jeans.

„Immer wenn etwas zu reparieren oder zu warten war, haben sie uns angerufen. Sie waren Stammkunden."

„Dann kannten die Jansens Ihre Firma also?", hakte Grifo nach.

Der Installateur nickte.

„Na klar, wir haben alles für sie gemacht, Wartungen und Reparaturen."

„Hmmm", machte Williamson wieder nachdenklich. Dann sah sie auf.

„Können Sie uns eine Liste Ihrer Mitarbeiter mitgeben? Und auch der ehemaligen Mitarbeiter der letzten zwei Jahre?", fragte sie und klimperte mit ihren Knopfaugen.

„Selbstverständlich, aber das wird etwas dauern", antwortete der Handwerker.

„Dann schicken Sie uns die Unterlagen bitte per E-Mail", schlug Grifo vor, lief hinter ihm her und übergab ihm ihre Visitenkarte. „Die Liste der aktuellen Mitarbeiter nehmen wir aber trotzdem jetzt schon mit."

Markus Robben betrachtete sie schweigend, nickte knapp und drehte sich um.

„Da hat er jetz‘ aber mal wat zu tun“, kommentierte die Hauptkommissarin trocken, und beide sahen wohlwollend dem gut aussehenden Mann nach, wie er leichtfüßig in seinem Büro verschwand.

Kapitel 32

Fünfundzwanzig Minuten später waren Williamson und Grifo wieder im Büro. Aber als die beiden Frauen zum Schreibtisch ihres Kollegen hinüberblickten, stellten sie fest, dass der Tisch immer noch verwaist war.

„Wo steckt der Kerl, verdamp!?“, knurrte die kleine Kommissarin ungehalten. „Der lässt sich mit dem Wanner janz schön viel Zeit!“

Grifo zuckte mit den Schultern.

„Er wird schon kommen. Wahrscheinlich versucht er, ihn zum Reden zu bringen.“

Williamson schwieg. Das war eigentlich ihr Job, das war ihr klar. Aber sie hatte keinerlei Interesse, ein Verhör mit Michael Wanner zu führen, und war froh, dass Habernickel sie nicht darauf festgenagelt hatte. Er war nur an der Pressekonferenz interessiert gewesen.

Plötzlich wurde die Tür aufgerissen und ein schnaufender Cohen erschien auf der Bildfläche. Er war noch schweißüberströmter als sonst, sein Gesicht glich einer Tomate.

Er ließ sich auf seinen Schreibtischstuhl fallen und legte den Kopf in den Nacken.

Die kleine Kommissarin sah ihn finster an.

„Na, genug Wilder Westen gespielt, Herr Kollege?“, raunzte sie.

„Der Kerl will einfach nicht reden!“, brummte er und fuhr sich wieder einmal mit seinem Taschentuch über das Gesicht. „Er schreit immer bloß rum, dass er es nicht war und dass wir Polizeiwillkür an ihm ausüben würden! Nicht zu fassen! Wenigstens hat der Haftrichter Untersuchungshaft bis Montagmorgen angeordnet!“

„Warum sollte er reden!?“, hielt Williamson ungehalten dagegen. „Wir sind mit dem Fall noch nit durch, aber glauben Sie mir, Herr Cohen, Ihre Vorgehensweise heute wird ein Nachspiel haben! Vergessen habe ich dat nit, un‘ dat werde ich auch nit, is‘ dat klar!?“

Der Baron nickte hektisch.

„Wat mich nämlich janz besonders interessieren würde“, fuhr die Hauptkommissarin mit gefährlich leiser Stimme fort, „warum Sie nit festgestellt oder uns mitgeteilt haben, dat der Wanner Jäger is‘ un‘ Waffenbesitzkarten für seine Gewehre un‘ die Pistole hat, als Sie ihn durchleuchtet haben. Außerdem würde mich der Ablauf am heutigen Tag bis zu dem Haftbefehl des lieben Haftrichters interessieren. Aber dat hat Zeit, bis wir den Fall gelöst haben.“

„Pling“, machte es da an Grifos Computer. Das Geräusch markierte den Eingang einer neuen E-Mail. Grifo stürzte mit den Worten: „Vielleicht von Markus Robben!“, hin und öffnete sie rasch. Dann sah sie auf.

„Sie ist tatsächlich von unserem Lieblingshandwerker! Er hat die Liste der ehemaligen Mitarbeiter geschickt, die wie versprochen zwei Jahre zurückgeht. Mann oh Mann, sie ist länger als vermutet“, stieß die Oberkommissarin aus und druckte die Liste dreimal aus. Schnell verteilte sie sie an ihre Kollegen.

„Wonach suchen wir eigentlich?", brummte Cohen ungehalten. „Wir haben den Täter doch, wozu brauchen wir das denn noch?"

„SIE glauben, Sie haben den Täter", schnauzte Williamson ihn an. „Ich denke dat aber nit! Wir suchen nach Namen, die uns bekannt vorkommen! Los!"

Schweigend gingen die Kommissare die Liste durch.

Schließlich sah Grifo auf. Unsicher schaute sie von Williamson zu Cohen, die sie erwartungsvoll anblickten.

„Hier ist ein Name, der mir irgendwie bekannt vorkommt. Jürgen Dieter."

Williamson runzelte die Stirn.

„Jürgen Dieter? Sagt mir nix!" Mit Namen hatte sie es ohnehin nicht so.

„Irgendetwas …", Grifo raufte sich die Haare, wie es sonst nur ihre Vorgesetzte tat. „Irgendetwas klingelt da bei mir."

Cohen betrachtete sie schweigend. Langsam nickte er.

„Bei mir auch. Warten Sie."

Er drückte ein paar Tasten seines Computers und scrollte dann durch eine Datei.

„Hier!", rief er triumphierend, und sein Mund verzog sich zu einem Grinsen.

„Der engste Mitarbeiter von Wilhelm Strauss, dem Bauunternehmer, heißt mit vollem Namen Dieter Jürgen Clerken!"

Williamson eilte zum Schreibtisch ihres Kollegen.

„Is' nit wahr!" Sie überzeugte sich mit eigenen Augen und schaute dann auf. „Wenn dat stimmt, kann man mal wieder sehen, dat Pseudonyme oftmals nah bei den Klarnamen bleiben: Evelyn Jansen alias Jana Angermann alias

Jana Anwenden. Dieter Jürgen Clerken alias Jürgen Dieter!" Sie war sehr stolz auf sich, dass sie all diese Namen auf Anhieb parat hatte.

„Er hat vor zwei Wochen gekündigt", ergänzte Grifo. „Insgesamt war er nur zwei Monate bei der Firma."

„Rufen Sie den Robben an und fragen Sie ihn nach ihm. Un' schicken Sie ihm ein Foto von dem Clerken, damit er ihn identifizieren kann! Wenn dat stimmt … wissen Sie, wat dat is'? Dat is' eine Spur, aber so wat von!"

Grifo nickte knapp und schnappte sich ihr Handy.

Cohen hatte währenddessen sein E-Mail-Programm geöffnet und sah die Neueingänge durch.

„Ist nicht wahr!", stieß er dann aus und wiederholte damit die Worte seiner Vorgesetzten. „Da wartet man tagelang auf eine Antwort von den lieben Kollegen, und am Samstagmittag, wenn man nicht mehr damit rechnet, melden sie sich endlich", motzte er.

„Welche Kollegen? Um wat geht et eigentlich?"

Der Baron sah auf.

„Ich habe doch angeboten, mich nach Strauss und Clerken zu erkundigen", erklärte er. „Ich habe da so … meine Kanäle. Von früher."

Die Hauptkommissarin hätte zu gerne gewusst, was das für Kanäle aus der Vergangenheit ihres Oberkommissars waren, aber sie biss sich auf die Zunge. Jetzt war nicht der richtige Zeitpunkt. In jedem Falle hatten diese Kanäle funktioniert, ganz im Gegensatz zum viel gepriesenen Netzwerk von Dr. Habernickel.

„Die beiden sind ehemalige Elitekämpfer!", teilte der Baron mit feierlicher Stimme mit. „Wilhelm Strauss war bei der GSG 9, der Spezialeinheit der Bundespolizei, und zwar von 1979 bis 1984."

Grifo kam herüber und hörte interessiert zu, während die Hauptkommissarin nickte.

„Die GSG 9 ist eine Antiterroreinheit und war nach dem Olympia-Attentat von München 1972 gegründet worden."

„Dieter Jürgen Clerken war auch bei der GSG 9, nur später, und zwar von 1989 bis 1996. Hier steht, dass Strauss auch nach seiner aktiven Zeit immer mal wieder Lehrgänge gegeben hat und Clerken einer seiner Schüler war." Cohen sah auf. „Daher kennen sie sich."

„Un' als Clerken bei der GSG 9 aussteigt, erinnert er sich an seinen Lehrmeister, geht nach Südafrika un' wird sein wichtigster Mitarbeiter."

„Hier sind auch Bilder der beiden."

Cohen drehte den Bildschirm so, dass seine Kolleginnen sie sehen konnten. Eines zeigte einen jüngeren Wilhelm Strauss in Uniform mit Kameraden, auf anderen Bildern war er in voller Kampfmontur zu sehen und fast nicht zu erkennen, wären da nicht seine hellen Augen gewesen, die aus dem geschwärzten Gesicht oder aus der Sturmhaube herausstachen.

Ein weiteres Bild zeigte einen ebenfalls jüngeren, sehr drahtigen Dieter Clerken, der fast erschrocken in die Kamera blickte.

Der Baron drehte den Bildschirm zurück und klickte wieder auf die E-Mail.

„Chefin, hier steht noch mehr", sagte er dann. Seine Stimme war ungewöhnlich leise. „Eine der Waffen, die

die GSG 9 benutzt“, Cohen schluckte, „ist eine Walther P 99.“

Die Hauptkommissarin richtete sich auf.

„Der Mensch is‘ ein Gewohnheitstier, sag ich doch!“, meinte sie langsam und atmete tief durch. „Wahnsinn.“

Ein Moment waren die drei Kommissare wie erstarrt. Plötzlich fügte sich ein Mosaiksteinchen ans andere. Aber etwas fehlte: das Motiv.

„Warum?“, fragte Williamson dann auch nach einer Weile. „Warum haben die beiden dat gemacht?“ Sie sah in die Runde. „Sie waren et doch, oder nit?“

„Dieter Jürgen Clerken alias Jürgen Dieter war bei der Firma Robben beschäftigt“, warf Grifo ein. „Das hat mir Markus Robben soeben bestätigt. Während ich mit ihm telefoniert habe, habe ich ihm das Bild geschickt. Er hat ihn sofort erkannt.“

„Okay, also: Strauss und Clerken wissen, wie man professionell, laut- un‘ spurenlos tötet. Den Overkill an Rudolf Jansen kriegen wir im Moment da noch nit unter. Dieter Jürgen Clerken alias Jürgen Dieter war bei der Firma Robben, vielleicht um dat Haus der Jansens auszubaldowern, vielleicht um sich irgendwie Zugang zum Haus zu verschaffen. Wat ihnen auch schließlich gelungen is‘. Wir wissen nur noch nit, wie der Wagen mit der nit janz vollständigen Robbe da reinpasst. Die Waffe, die sie bei der GSG 9 benutzt haben, haben sie auch hier benutzt“, zählte Williamson auf. „Wat wir noch nit wissen: warum? Da aber der Strauss dat Ehepaar Jansen aus seiner Zeit in Angola kennt, bin ich mir sicher, dat da auch dat Motiv zu finden is‘.“ Wieder sah sie von einem zum anderen. „Stimmen Sie mir da so weit zu?“

Grifo und Cohen nickten, die schöne Oberkommissarin voller Inbrunst, der Baron widerstrebend.

Da durschnitt wieder ein elektronisches „Pling“ an Cohens Computer die Stille.

„Na, für einen Samstag is‘ hier aber janz schön wat los“, kommentierte Williamson die E-Mail-Eingänge trocken.

Der Baron hatte inzwischen die neue Nachricht geöffnet.

„Oh Mann, das wird immer wilder“, stöhnte er und fasste sich an den Kopf. „Das glaubt man doch alles nicht!“

„Wat is‘ los?“, fragte die kleine Kommissarin scharf, zog sich einen Stuhl heran und setzte sich vor den Schreibtisch des Barons.

Dieser schüttelte den Kopf.

„Senhora Dias von der Mädchenschule in Lucapa hat geschrieben. Sie war auf einem Ausflug mit einer Gruppe und ist erst jetzt zurückgekehrt, deshalb hatte sie die Anfrage erst jetzt gelesen, und ihr Handy hatte sie aus. Wie dem auch sei, sie schreibt, dass sie weiß, wer das Mädchen ist – und auch der Mann auf dem Bild! Ich soll sie anrufen, sie ist jetzt erreichbar.“

Eine Weile sagte niemand von ihnen ein Wort. Dann richtete sich die Hauptkommissarin kerzengerade auf und sah Cohen direkt ins Gesicht.

„Dann machen Sie dat! Jetz‘, sofort!“

Da sammelten sie tagelang Indiz um Indiz, jagten Schließfächern hinterher und traten gefühlt nur auf der Stelle, und jetzt passierte in zwei Tagen alles auf einmal!

Cohen nickte widerstrebend, dicke Schweißperlen standen auf seiner Stirn. Dann blickte er, das Handy schon in der Hand, noch einmal auf.

„Also, mein Englisch ist ein bisschen eingerostet. Wundern Sie sich also nicht, wenn …“

„Sie haben doch schon einmal mit ihr gesprochen un‘ haben viele Informationen zusammengesammelt. Also werden Sie sich schon verstehen. Un‘ sie kennt Sie“, unterbrach Williamson ihren Oberkommissar.

Es stellte sich heraus, dass seine Bedenken völlig unbegründet waren. Senhora Dias war anscheinend sofort am Apparat, und es entspann sich ein lebhaftes Gespräch zwischen ihm und der Schulleiterin. Williamson wusste nicht, wieso Cohen glaubte, sein Englisch wäre nicht gut, denn so war es nicht, ganz im Gegenteil. Er sprach fließend, mit einem leichten britischen Akzent, und verfügte über einen enormen Wortschatz, soweit sie das beurteilen konnte. Ein Seitenblick auf Grifo, die ihren Kollegen bewundernd anstarrte, genügte, um ihren Eindruck zu bestätigen.

Die Hauptkommissarin speicherte diese neue Information, die sie soeben über ihren Oberkommissar erhalten hatte, in ihren hintersten Gehirnwindungen ab, denn sie fand sie höchst interessant.

Der Baron hörte zu, dann und wann brummte er etwas dazwischen und machte sich eifrig Notizen. An einigen Stellen fragte er gezielt nach und erhielt so weitere Informationen. Nach einer Weile bedankte er sich und beendete das Gespräch.

„Dat war … sehr beeindruckend, Herr Cohen“, brachte Williamson hervor. „Ihr Englisch is‘ Extraklasse!“

Der Oberkommissar sah sie mit seinen blauen Glubschaugen ausdruckslos an und nickte dann leicht.

„Extraklasse sind auch die Neuigkeiten, die ich von Senhora Dias erfahren habe", nahm er den Faden wieder auf. „Ich habe ja bereits erwähnt, dass Senhora Dias schon Lehrerin an der Schule in Lucapa war, als Evelyn Jansen dort war. Sie hat sie genauso mit aufgebaut wie Frau Jansen."

„Jaja, dat wissen wir alles, weiter."

„Sie ist übrigens erschüttert von dem, was über Yela Martins und Evelyn Jansen durchgesickert ist. Ihre Schule steht jetzt auch im Mittelpunkt von Ermittlungen zu dem Mädchenhandel."

„Das kann ich mir vorstellen", mischte sich nun Grifo ein. „Wahrscheinlich muss sich Senhora Dias auch ein paar unangenehme Fragen gefallen lassen, wieso sie all die Jahre nichts gemerkt hat."

Cohen sah sie an.

„Dazu komme ich gleich. Bleiben wir erst mal bei dem Mädchen. Es war eines der ersten, das einfach so verschwunden ist. Es hieß Nathaniela Dos Santos."

„Et is' also nit Yela Martins." Williamson lehnte sich in ihrem Stuhl zurück.

Der Baron schüttelte den Kopf.

„Nein. Nathaniela war ein Straßenkind und kam im Alter von vier Jahren zur Schule. Sie kannte damals gerade mal ihren Namen. Dass sie vier war, wurde von den Lehrerinnen geschätzt. Solche Schicksale gab es viele – und gibt es nach wie vor. Dazu muss man wissen, dass an der Schule eine Art Internat oder Heim angeschlossen ist. Die Einrichtung ist also nicht nur eine Schule, sondern gerade für die heimatlosen, vom Bürgerkrieg verwaisten und vertriebenen Kinder eine Art Ersatzheimat geworden. So war die Schule angelegt worden, und so funktioniert sie bis heute."

„An sich ja eine gute Sache", meinte Grifo. „Wenn die Kinder daraus nicht einfach verschwinden würden."

Wieder schaute Cohen seine Kollegin an. „Das tun sie nicht. Sie verschwinden nicht so einfach. Im Alter von sechzehn Jahren oder höchstens siebzehn ist die Zeit für sie in der Schule vorbei. Dann sind sie auf sich gestellt. Viele werden in kleine Betriebe vermittelt, so gibt es zum Beispiel kleine Handwerksbetriebe, nur für Frauen, oder auch Landwirtschaften. An einige werden Kleinkredite vergeben, damit sie sich eine bescheidene, aber selbstbestimmte Existenz aufbauen können. Aber viele verschwinden einfach, und keiner weiß, wo sie abgeblieben sind."

„Das machte es für Evelyn Jansen und Yela Martins also so einfach. Sie rekrutierten die Mädchen, nachdem sie die Schule verlassen mussten." Grifo rieb sich über die Augen. „Mein Gott."

„Oder warben sie in der Endphase ihrer Schullaufbahn an", ergänzte Cohen. „Senhora Dias vermutet, dass dies mit Nathaniela geschehen ist. Sie hatte ein sehr enges Verhältnis zu Evelyn Jansen, sie bewunderte die Lehrerin aus Deutschland."

Williamson erinnerte sich an die Bilder auf der Kommode im Wohnzimmer des ermordeten Paares. Eine jüngere Nathaniela hatte dort die Lehrerin geradezu angehimmelt. Sie nickte.

„Senhora Dias kann sich sehr gut an das Mädchen erinnern, weil es sehr begabt war. Evelyn Jansen hatte ihr versprochen, es zu fördern und sogar auf eine weiterführende Schule nach Deutschland zu schicken, damit es vielleicht studieren kann. Aber es kam anders."

Der Baron holte tief Luft. Ob intrigant oder nicht, der Fall nahm auch ihn mit, das war offensichtlich.

„Zunächst kühlte das Verhältnis zwischen Nathaniela und Evelyn Jansen ab. Diese Distanz ging, für alle unerklärlich, nicht von der Lehrerin aus, sondern von dem Mädchen selbst."

„Hmm", machte Williamson nachdenklich. „Vielleicht hat Nathaniela wat herausgefunden, wat ihr Heiligenbild von Evelyn Jansen nachhaltig gestört hat."

Sascha Cohen nickte und wischte sich wieder einmal mit seinem Taschentuch über die Stirn.

„Jetzt erklärt sich die Schulleiterin das auch so. Oder aber Evelyn Jansen hat sie für ihre Machenschaften anwerben wollen, Nathaniela hat das nicht gewollt. Yela Martins war da nicht so zimperlich, denn sie hat genau das gemacht. Sie war im selben Alter wie Nathaniela und ebenfalls Schülerin auf der Schule. Sie ist auch auf einem der Bilder zu sehen, die Evelyn Jansen im Kreis ihrer Schülerinnen zeigt. Sie ging dann, protegiert von Frau Jansen, nach Deutschland, nach Braunschweig, um genau zu sein, besuchte dort ein Internat, lernte Deutsch, machte ihr Abitur und studierte Ingenieurwissenschaften. Den Rest der Karriere kennen wir."

„Sie wird dat wichtigste Bindeglied in Angola für die Geschäfte von Evelyn Jansen", sagte Williamson tonlos. „Dat is' mal eine Karriere!"

Doch Elena Grifo schüttelte den Kopf.

„Vielleicht hatte sie keine andere Chance“, sagte sie leise und sah in die Ferne. „Womöglich die einzige für eine lebenswerte Zukunft.“ Sie holte tief Luft. „Auch wenn sie Mitwisserin und Mittäterin ist, sie ist auch ein Opfer. Evelyn Jansen hat ihre Situation schamlos ausgenutzt und sie manipuliert.“

„Yela und Nathaniela waren beide sehr begabt“, fuhr Cohen fort. „Senhora Dias erinnert sich, dass geradezu ein Wettbewerb zwischen beiden entbrannte, wer die Beste war. Während aber Yela mehr und mehr die wichtigste Vertraute von Evelyn wurde, entfremdeten sich, wie schon erwähnt, Nathaniela und Frau Jansen.“

„Un‘ dann verschwand Nathaniela“, stieß Williamson aus. „Weil sie den perversen Handel ‚Schule un‘ Studium in Deutschland gegen Diamantschmuggel und Mädchenhandel in Angola‘ nit mitmachen wollte.“

„So könnte man es zusammenfassen“, nickte Cohen zustimmend. „Denn sie wusste nun ja auch, welchen ‚Zusatzverdienst‘, wir sprechen hier von vielen Millionen jedes Jahr, Evelyn Jansen erzielte und was sie trieb. Aber sie weigerte sich vielleicht auch deshalb mitzumachen, weil sie eine andere Perspektive hatte, die ihr die Entscheidung erleichterte.“

Williamsons Kopf ruckte hoch.

„Wat meinen Sie?“

„Der Mann auf dem Bild“, erklärte Cohen ruhig. „Er war eine Art Mentor und sogar Ersatzvater für Nathaniela. Er war zu der Zeit in Südafrika und Angola tätig und lernte, ausgerechnet über Evelyn und Rudolf Jansen, die Schule und auch die Mädchen kennen. Er und seine

Frau haben viel Geld gespendet, um den Auf- und Ausbau der Schule zu finanzieren. Aber Nathaniela lag ihm ganz besonders am Herzen, so schildert es Senhora Dias. Er kam für ihre Ausbildung auf, bezahlte noch zusätzlichen Unterricht, so beispielsweise in Englisch, und wollte die junge Frau sogar adoptieren und mit nach Deutschland nehmen, um ihr da Geborgenheit und Sicherheit sowie natürlich eine fundierte Ausbildung zu geben. Nathaniela wollte nur noch die Schule in Lucapa beenden. Die Adoptionspapiere waren schon vorbereitet. Doch dann verschwand sie."

Cohen schwieg. Stille breitete sich in ihrem Büro aus. Die Schatten wurden länger. Ein langer und schwieriger Tag verwandelte sich in einen blauen Sommerabend.

„Für den Mann kommt nur einer infrage", sagte die Hauptkommissarin schließlich. Eine große Ruhe und mit ihr eine noch größere Gewissheit breiteten sich in ihr aus.

Cohen sah sie an.

„Ja. Sein Name ist Wilhelm Strauss. Er ist der Mann auf dem Bild."

Kapitel 33

„Senhora Dias ist sich ganz sicher", erklärte Cohen. „Und das deshalb, weil sie das Bild selbst gemacht hat. Das war im Frühjahr 1996. Sie kann sich an den Tag sehr gut erinnern, sagt sie, weil Nathaniela in einer so merkwürdigen Stimmung war. Sie freute sich, Wilhelm Strauss zu sehen, der ihr an diesem Tag die Nachricht gebracht hatte, dass sie bald von ihm und seiner Frau adoptiert werden könnte. Das war wohl ein langer und schwieriger Weg. Aber sie war auch sehr ernst und abwesend."

Genau diese Stimmung hatte sich auf dem Bild widergespiegelt.

„Vielleicht hat sie etwas über Evelyn Jansen herausgefunden und wusste nicht, wie sie damit umgehen sollte", warf Grifo ein. „Sollte sie es ihrem Mentor sagen, der doch augenscheinlich mit dem Ehepaar Jansen befreundet, ja sogar der Arbeitgeber des Ehemannes von der Lehrerin war? Wie würde er reagieren? Oder steckte er sogar mit ihnen unter einer Decke? Das konnte Nathaniela vielleicht nicht einschätzen, was sie zusätzlich verunsicherte."

„Wie furchtbar dat für dat junge Mädchen gewesen sein muss!" Williamson schüttelte den Kopf, dass ihre Haare flogen. „Da bietet dir jemand Schutz un' eine Perspektive, un' dabei weißt du nit, ob du demjenigen vertrauen kannst!" Sie musste an die wohlbehütete Kindheit ihrer

Töchter denken. Wie gut sie es hatten! Sie dankte dem Universum dafür.

„Nathaniela scheint in jedem Falle dem Treiben von Evelyn Jansen auf die Schliche gekommen zu sein oder wurde aktiv von ihr angesprochen", fasste Grifo zusammen. „Sie hat sich Strauss nicht anvertraut, weil sie sich nicht zu einhundert Prozent sicher sein konnte, dass er nicht doch mit Evelyn Jansen und – so musste sie annehmen – auch mit ihrem Mann, gemeinsame Sache machte oder zumindest davon wusste. Oder aber sie ist nicht mehr dazu gekommen. Sie weigerte sich aber mitzumachen."

„So wurde sie für Evelyn Jansen zu einem Sicherheitsrisiko, denn schließlich hätte sie sich doch entschließen können, Wilhelm Strauss oder seine Frau in dat Vertrauen zu ziehen", fuhr Williamson fort. Es fiel ihr schwer, diese Worte auszusprechen, aber es musste sein. „Also musste sie verschwinden."

„Und warum nicht zwei Fliegen mit einer Klappe schlagen, zumindest aus der Sicht von Frau Jansen?", spann Grifo den Faden weiter. Ihre Stimme klang bitter. „So verschwand sie womöglich in einem Bordell als Sexsklavin oder als Hausklavin in irgendeinem Haushalt oder was weiß ich!" Sie rannte zu einem der Fenster, riss es auf und holte ein paarmal tief Luft. Williamson besah sich den kerzengeraden Rücken der Oberkommissarin. Sie wusste, wenn Grifo so dastand, war sie extrem mitgenommen. Sie konnte sie gut verstehen.

„Seine Frau stirbt ein paar Jahre später. Er is' jetz' allein, hat keine Familie mehr. Strauss schwört Rache, tut sich mit seinem Kampfkumpel Clerken zusammen, der sein treuester und engster Mitarbeiter is‘ und praktischerweise zur Verfügung steht. Clerken schleicht sich bei der Installationsfirma ein, vielleicht, um dat Haus der Jansens zu beobachten oder um eine Möglichkeit zu suchen, in dat Haus zu kommen.“

„Vielleicht auch, um einen Wagen und Overalls der Firma zu beschaffen“, fuhr Cohen dazwischen.

„Wat aber nit vollständig gelingt. Wieso sie vermutlich einen anderen Wagen benutzten, bei dem die Robbe nit korrekt aufgeklebt war, wissen wir noch nit, vielleicht wegen der elektronischen Sicherung. Sie verschafften sich als Installateure verkleidet Zugang zum Haus der Jansens und töteten die Eheleute kaltblütig. Ich bin mir sicher, dat der Frau Jansen nit genug Zeit blieb, Strauss zu identifizieren, den sie von früher her kannte, allerdings war er da deutlich jünger“, schloss Williamson. Sie sah ihre Kollegen an.

„Könnte et so abgelaufen sein?“

Grifo nickte.

„Weitestgehend ist das stimmig. Bis auf zwei Fragen. Erstens: Wieso wartet Strauss so lange, bis er Rache übt? Es sind immerhin sechsundzwanzig Jahre. Das ist eine lange Zeit, um eine Rache aufrechtzuerhalten. Er wusste doch, wo die Jansens wohnten, hatte sie 2006 sogar bei der Fußball WM getroffen.“

„Rache is‘ langlebig“, entgegnete Williamson. „Denken Sie an die Schlangen, die die Namen der Rachegöttinnen tragen. Vielleicht wurde über die Jahre der Hass dadurch nur noch größer. Aber Sie haben natürlich recht, Frau Grifo. Warum erst jetz‘?“

„Und zweitens: Warum der Overkill an Rudolf Jansen? Müsste dann nicht an Evelyn so ein Übertöten erfolgt sein, denn der Hass muss doch auf die Frau verständlicherweise so tief und durchdringend gewesen sein, dass Strauss sie nicht einfach nur töten, sondern geradezu vernichten wollte. Aber es war Rudolf, dessen Leiche so malträtiert wurde", stellte Grifo die zweite noch nicht geklärte Frage.

Williamson nickte.

„Auch hier haben Sie recht. Wenn ich dat richtig sehe, kann uns diese Fragen nur Strauss selbst beantworten."

Beide Frauen durchbohrten Cohen mit ihren Blicken, der von einer Kollegin zur anderen schaute.

„Warum sehen Sie mich an? Was haben Sie vor?"

„Herr Cohen", sagte Williamson langsam und verzog ihren Mund zu einem diabolischen Lächeln. „Jetz' is' et an der Zeit, Ihre juten Kontakte zum Haftrichter zu nutzen. Sie haben uns ja heute in beeindruckender Manier gezeigt, wie ENG Sie mit dem sind. Jetz' können Sie mal zeigen, wie vertrauensvoll Sie wirklich mit ihm zusammenarbeiten können!" Sie war mit jedem Wort immer lauter geworden. Ihre Worte und ihre Haltung duldeten keinen Widerspruch.

Cohen versuchte es trotzdem. Abwehrend hob er die Hände und wedelte damit vor ihrer Nase herum.

„Nein, nein, nein!", stöhnte er. „Ich habe ihn heute schon einmal um einen Haftbefehl ersucht, ein zweites Mal am selben Tag kann ich das nicht! Ich mache mich ja vollkommen lächerlich!"

Wie eine gespannte Feder katapultierte sich Williamson aus ihrem Stuhl und stützte beide Arme auf den

Schreibtisch ihres Kollegen. Ihr Gesicht war nur noch wenige Zentimeter von seinem entfernt. Sie konnte jede Pore, jeden unrasierten Bartstoppel ausmachen und seinen schlechten Atem riechen. Das Magma pulsierte.

„Mein lieber Herr Kollege, Sie haben sich heute schon vollkommen lächerlich gemacht!“ Das war zwar etwas übertrieben, aber sei's drum. „Sie rufen ihn an. Jetz‘ sofort! Gefahr is‘ im Verzug. Wir brauchen die janz große Hafenrundfahrt, und zwar ein bisschen dalli! Un‘ wagen Sie et ja nit, mir in diesem Punkt oder in überhaupt einem Punkt zu widersprechen, Herr Cohen! Nach dem, wat Sie sich heute geleistet haben, können Sie froh sein, dat Sie überhaupt mitkommen dürfen in dat Winsen an der Uhe …“

„Luhe“, wagte Cohen, wenn auch mit dünner Stimme, zu verbessern.

„Ruhe!“, brüllte die Hauptkommissarin und klatschte mit ihren Handflächen wieder und wieder auf seinen Schreibtisch. „Un‘ wenn et Winsen am Rhein wäre!“ Blitzschnell hatte sie den Hörer seines Telefons in der Hand und hielt ihn ihm unter die Nase.

„Wirds bald!“, knurrte sie.

Ergeben nahm Cohen den Hörer und wählte.

Vier Stunden später sammelte sich ein Polizeiaufgebot aus Hannover und Winsen an der Luhe auf einem Parkplatz einer großen Mehrzweckhalle der Stadt, nur wenige Straßen vom Gutshof von Wilhelm Strauss entfernt. Es war inzwischen halb elf in der Nacht. Sterne leuchteten am nachtklaren Himmel, und es war immer noch verdamp warm.

Aus dem Auto heraus hatte Williamson ihren Mann informiert. Bernd-Karl kannte das schon und hatte schweigend zugehört, als sie meinte, sie sei bei einem Einsatz und es würde „wat später“ werden.

„Sei vorsichtig“, hatte er sie sanft ermahnt und ein: „Ich liebe dich“, hinterhergeschoben. Das hatte gutgetan. Sie wusste, wohin sie zurückkehren konnte, egal wie das hier heute Nacht ausging.

Sowohl Ingo Bruhns und sein Team als auch Alina Walter und ihre Leute waren mit von der Partie. Die Polizisten aus Winsen wirkten etwas unsicher, wurden aber rasch vom Leiter des SEK eingewiesen. Williamson staunte wieder einmal über dessen Effizienz.

„Na, da sind wir mal wieder schön zusammen, wat, Herr Bruhns?“, begrüßte sie ihn und schritt lächelnd auf den drahtigen Mann mit dem Bürstenhaarschnitt zu.

„Hallo, Frau Kollegin“, grüßte er zurück und grinste. Dann wurde er ernst, genauso wie die Hauptkommissarin.

„Ich bin so weit unterrichtet“, sagte er knapp und nickte ihr zu.

Williamson nickte zurück.

„Seien Sie vorsichtig, Herr Bruhns. Der Strauss un‘ der Clerken waren bei der GSG 9.“

Der Leiter des SEK sah ihr in die Augen.

„Ich weiß. Wir werden wachsam sein, danke, Frau Kollegin.“ Dann schlich sich ein schelmisches Grinsen in sein Gesicht. Er griff in einen der Einsatzwagen, holte einen unförmigen Gegenstand daraus hervor und hielt ihn ihr hin. Als Williamson erkannte, um was es sich handelte, wurden ihre Augen immer größer. Unwillkürlich versteifte sie sich.

„Nein!“, sagte sie bestimmt und stemmte die Hände in die Hüften.

Ingo Bruhns hielt ihr immer noch das unförmige Ding hin.

„Doch!“, entgegnete er.

Williamson schüttelte so heftig den Kopf und wedelte gleichzeitig abwehrend mit den Armen, dass ihr ganzer Körper bebte.

„Nein! In so ein Ding kriegen Sie mich nie wieder rein, dat sage ich Ihnen!“ Zur Verstärkung ihrer Wehrkraft stieß sie mit dem Zeigefinger abwechselnd in Richtung des SEK-Leiters und der Kevlar-Weste in seiner Hand.

„Wissen Sie noch, als ich so'n Ding dat letzte Mal anhatte? Ich kam mir vor wie eine Seekuh auf Glatteis! So wat trage ich NIE mehr, klar!?“

Ingo Bruhns sah von der Schutzweste zu ihr und wieder zurück. Dann gab er sich geschlagen. Gegen die rheinische Urgewalt hatte noch nicht einmal ein kampferprobter Elitepolizist eine Chance.

„Na gut“, gab er klein bei. „Aber dann halten Sie sich zurück, bis ich ausdrücklich sage, dass die Luft rein ist! Das ist jetzt mein Hoheitsgebiet, haben wir uns verstanden!?“

Nun war es an der Kommissarin, kleinlaut zu werden.

„Un‘ ob ich verstanden habe. Ich gebe Ihnen mein Wort!“

„Gut“, entgegnete Ingo Bruhns knapp und verstaute die Schutzweste wieder im Wagen. „Auf geht's!“

Auf dem Hof, der von dem Gutshaus zur Linken, dem Sitz des Unternehmens mittig gegenüber der Hofeinfahrt und dem Fuhrpark für die Baufahrzeuge zur Rechten begrenzt wurde, standen die zwei Jeeps, die Williamson und Grifo schon beim ersten Einsatz gesehen hatten, einträchtig nebeneinander. In den Boden eingelassene Strahler versetzten den Hof und einige Sträucher, die anmutig in die Mitte des Hofes gepflanzt worden waren, in ein gespenstisches Licht. Das Wohnhaus war dunkel, aber sie konnten sehen, dass in den Büroräumen ein schwaches, diffuses Licht brannte. Lautlos näherten sich die Polizisten dem Unternehmenssitz. Williamson wartete zusammen mit Grifo und Cohen wie versprochen im Hintergrund und ließ das SEK seine Arbeit tun. Im Gegensatz zu ihr trugen ihre Kollegen Schutzwesten. Cohens Plumpheit betonte Grifos Eleganz nur noch, die selbst mit der unförmigen Kevlar-Weste attraktiv aussah.

Dann ging alles ganz schnell. Ingo Bruhns und seine Leute riefen sich gegenseitig Befehle zu und stürmten das Haupthaus. Hinter den schwach erleuchteten Fenstern sah Williamson Schatten hin und her huschen.

Der Leiter des SEK kam nach wenigen Minuten, die Williamson allerdings wie Stunden vorkamen, auf sie zu. Er hatte die Sturmhaube abgenommen, das kurz geschnittene Haar stand ihm in gerader Linie vom Kopf ab.

„Gesichert", sagte er knapp. „Kommen Sie mit, die beiden Herren wollen Sie sprechen. Wir haben ihnen Handschellen angelegt, vor dem Bauch. Er hat versprochen zu kooperieren, und von den beiden geht keine Gefahr aus."

„Sind Sie sich sicher?", fragte Williamson zweifelnd.

Bruhns schaute sie kurz von der Seite an.

„Er hat mir sein Wort gegeben. Er war ein Elitekämpfer. Ich glaube ihm.“

Die kleine Kommissarin sagte nichts mehr und rannte neben dem durchtrainierten Mann her, so schnell sie ihre kurzen Beine trugen, Grifo und Cohen im Schlepptau.

Ingo Bruhns führte sie geradewegs in das Büro von Wilhelm Strauss, in dem sie und Grifo vor einigen Tagen mit dem Bauunternehmer gesessen hatten. Williamson kam es Lichtjahre entfernt vor. Zwei Männer aus Bruhns‘ Team sicherten den Raum und standen still, aber wachsam, an der Wand links und rechts neben der Tür. Das Büro war schwach beleuchtet, es brannten zwei Stehlampen und einige Kerzen auf dem Schreibtisch von Wilhelm Strauss. Dieser saß hinter dem Schreibtisch, die gefesselten Hände vor sich wie zum Gebet gefaltet. Dieter Clerken stand wie ein Wächter neben ihm und sah ihnen aus halb geschlossenen Lidern entgegen, während sie sein Chef aus seinen stahlblauen Augen aufmerksam musterte. Auf dem Schreibtisch standen zwei Gläser und eine Whiskyflasche, die noch halb gefüllt war. Die Männer hatten anscheinend zusammen getrunken, als Bruhns und seine Leute hereingestürmt waren. Es war offensichtlich nicht die erste Flasche, die sie geleert hatten. Auf einem Sideboard, aber auch auf dem Boden und auf dem Besprechungstisch, an dem sie mit Strauss gesessen und gesprochen hatten, standen noch mehr leere Flaschen. Williamson erkannte weitere Whisky-, aber auch Wein- und Rumflaschen sowie mehrere schmutzige Gläser und Teller mit Essensresten. Was war hier in den letzten Tagen vor sich gegangen?

„Guten Abend, Frau Kommissarin", begrüßte Wilhelm Strauss sie ruhig und lächelte leicht. „Bitte …", er machte mit beiden Händen eine einladende Geste, „… nehmen Sie Platz. Wir haben Sie erwartet." Dann sah er auf und erblickte Grifo und Cohen. „Sie bitte auch, Dieter, hol noch einen Stuhl!"

Der jüngere Mann machte Anstalten, zum Besprechungstisch zu gehen, um mit seinen vor dem Bauch gefesselten Händen einen weiteren Stuhl zu holen, aber Ingo Bruhns kam ihm zuvor und bedeutete ihm, da zu bleiben, wo er war. Der Leiter des SEK schaffte einen dritten Stuhl heran, sodass sich schließlich die drei Kommissare setzen konnten. Bruhns selbst verschmolz wie seine Kollegen mit der Wand, blieb aber wie sie im Raum.

Kurz sah Wilhelm Strauss zu ihnen hinüber und lächelte wieder.

„Gute Leute", konstatierte er. „Wir können das beurteilen."

„Wat meinen Sie damit, Sie haben uns erwartet?", fragte Williamson und richtete ihre volle Aufmerksamkeit auf den Chef des Bauunternehmens.

Wilhelm Strauss legte den Kopf schräg und musterte sie aus seinen intensiven, tief liegenden Augen. Er sah aus wie ein Reptil, das seine Beute fixierte. Die Kommissarin erschauerte.

„Ich glaube, es ist besser, wir reden hier und sofort. Warum, das sage ich Ihnen später. Und ja: Wir haben Sie erwartet. Ehrlich gesagt, seit Sie und Ihre Kollegin …", hier blickte er kurz zu Grifo hinüber, „… hier waren. Und um noch einmal ehrlich zu sein, haben wir Sie schon viel früher erwartet!"

„Un‘ da haben Sie sich hier verbarrikadiert un‘ die ganzen Tage hier verbracht, bis wir auftauchen?“, rief Williamson ungläubig aus.

Strauss nickte.

„Allerdings. Die Belegschaft haben wir in die Betriebsferien geschickt.“

Nun ergriff zum ersten Mal Clerken das Wort.

„Seitdem bin ich auch hier. Entweder waren wir in Wilhelms Wohnung …“, er ruckte mit dem Kinn in Richtung des Wohnhauses, „… oder hier im Büro.“

„Wir haben getrunken. Auf unseren Erfolg“, ergänzte Strauss und lächelte wieder.

Nach dieser Auskunft schwieg er eine Weile. Die Kommissare warteten. Der Bauunternehmer wandte sich an Grifo.

„Stellen Sie Ihr Handy ruhig auf Aufnahme. Was ich jetzt zu sagen habe, sollte festgehalten werden.“

Grifo kam dem unverzüglich nach.

Strauss lehnte sich noch ein Stück weiter nach vorne, bevor er fortfuhr: „Uns war klar, dass es nur eine Frage der Zeit sein würde, bis Sie herausfinden würden, dass Dieter und ich in das Haus des Ehepaars Jansen eingedrungen sind und sie getötet haben. Alle beide. Genauer gesagt: Ich habe sie getötet. Für mich war es ein sehr befriedigender Moment, denn ich habe viele Jahre darauf gewartet.“

„Sie geben et also zu?“, fragte Williamson atemlos.

Strauss nickte. Clerken sah über sie hinweg in die Ferne. Er stand nach wie vor unbeweglich neben seinem Chef.

„Ja, ich gebe es zu. Wir geben es zu. Ich habe sie ermordet. Kaltblütig, wie man so schön sagt. Und Dieter hat mir geholfen."

Williamson sah, dass die Haut von Strauss aschfahl war, ebenso die von Clerken. Der Alkohol zeigte wohl seine Wirkung, aber vielleicht war es auch nur das Licht. Sie wandte sich an den Vertrauten von Wilhelm Strauss.

„Sie haben bei der Sanitärfirma Robben angefangen zu arbeiten. Warum? Um dat Neubaugebiet auszubaldowern und auch dat Haus der Jansens?"

Zum ersten Mal sah Clerken sie direkt an. Sein Gesicht glänzte vor Schweiß. Er schluckte schwer, dann nickte er.

„Ja. Mein Ziel war es, in das Haus zu kommen und die Räume auszukundschaften. Dass das so schnell klappen würde, damit hatte ich nicht gerechnet. Schon nach drei Wochen hatten wir einen Wartungstermin bei dem Ehepaar. Ich konnte mir die Räume in Ruhe ansehen, als ich vorgab, auf die Toilette zu müssen. Im Gegensatz zu Wilhelm kannten mich die beiden ja nicht."

Er grinste, was bei ihm wie ein Zähnefletschen aussah.

„Außerdem konnte ich so in Ruhe Overalls mit dem Firmenlogo entwenden für den Tag X. Eigentlich wollten wir auch einen Wagen von der Firma Robben nehmen, aber das klappte nicht."

„Warum nit?", hakte Williamson nach.

Clerken wischte sich den Schweiß von der Stirn.

„Die Firmenwagen sind alle mit einem elektronischen Fahrtenbuch ausgestattet. Da wäre die außerplanmäßige Fahrt ins Neubaugebiet von Kleuthen sofort aufgefallen.

Das konnte ich nicht riskieren. Also haben wir einen weißen Mercedes Sprinter gemietet, das Auto gibt es ja wie Sand am Meer. Das war nicht weiter schwer, ebenso den Schriftzug der Firma und den Werbeslogan aufs Auto zu kleben. Schwerer war es da schon, die Robbe so mit Folie aufzukleben, dass sie echt aussah."

„Was Ihnen ja auch nicht zu hundert Prozent gelungen ist", meinte Grifo und schaute von ihren Notizen auf.

„Bedauerlicherweise nein." Clerken schüttelte den Kopf. „Wir haben zwar die Robbe sehr gut imitieren können, das ist ja dank des Internets nicht weiter schwer, aber die Folie hielt nicht. Der Schwanz ist leider abgefallen. Das ist uns aber erst aufgefallen, als wir die Folien wieder abgerissen haben, bevor wir den Wagen zurückbringen mussten."

Er brach ab und schwankte leicht. Mit den Fingern hielt er sich am Schreibtisch fest.

„In jedem Fall is' die fehlerhafte Robbe nit unbemerkt geblieben", fuhr die Hauptkommissarin fort. Letztlich hatte sie ein kleiner Junge mit einem Faible für Autos und einer guten Beobachtungsgabe auf die richtige Spur gelotst. Sie dankte Julian im Stillen.

Wilhelm Strauss nickte.

„Ich habe gleich gewusst, dass das zum Problem werden könnte", erklärte er und fuhr sich mit beiden Händen durchs Gesicht. Eine Schweißperle löste sich von seiner Stirn und tropfte vor ihm auf die Schreibtischplatte, die eine ebenso schöne Maserung aufwies wie der Besprechungstisch. Strauss beachtete sie nicht. „Es war mehr ein Gefühl, aber es war klar, dass uns die fehlende Schwanzflosse auf die Füße fallen könnte.“ Ein nicht sehr treffendes Bild, wie Williamson fand.

Ein Moment der Stille folgte, die Strauss schließlich durchbrach.

„Was wollen Sie noch wissen?“

„Zum Beispiel, warum Sie sich einen Sonntag für Ihre Tat ausgesucht haben“, übernahm Grifo die nächste Frage. „Das fällt doch viel mehr auf als ein Wochentag.“

Clerken schüttelte den Kopf.

„Das Risiko wäre zu groß gewesen, einen Werktag zu nehmen. Wir wären möglicherweise auf die echten Wagen der Firma Robben gestoßen und auf die ehemaligen Kollegen. Denen wäre sofort aufgefallen, dass unser Wagen und wir nicht zu ihnen gehören. Das wollten wir umgehen.“

Williamson nickte. „Verstehe. Kommen wir zu dem Motiv. Sie wollten sich rächen, nit wahr? Wegen Nathaniela.“

Strauss nickte.

„Ja. Sie haben sicherlich herausgefunden, dass meine Frau und ich Nathaniela adoptieren wollten – und dass sie plötzlich verschwand. Am Abend vor ihrem Verschwinden hat sie meine Frau und mich am Tor zur Schule verabschiedet. Kurz bevor sie sich umdrehte, um wieder in das Gebäude zu gehen, hat sie sich zu uns gebeugt und uns zugeflüstert, dass sie uns etwas Wichtiges sagen wolle, aber nicht in der Schule. Wir wollten sie am nächsten Tag abholen. Ich weiß nicht mehr, ob es dabei um die Adoption ging, ich glaube, es ging um irgendwelche Papiere oder so. Sie hat uns mit ihren großen braunen Augen ganz intensiv angesehen – ich werde den Blick nie vergessen. Dann hat sie sich von uns verabschiedet und uns umarmt. Es war das letzte Mal, dass wir sie gesehen haben. Ich sehe sie immer noch zurück in die Schule gehen. Am nächsten Morgen war sie verschwunden!"

Wilhelm Strauss brach ab und wischte sich wieder über die Stirn. Sein Gesicht schien sich plötzlich zu bewegen. Williamson sah, dass Blut aus einem seiner Nasenlöcher lief. Clerken hielt ihm mit seinen gefesselten Händen ein Taschentuch hin. Mit zornigen Bewegungen tupfte sich Wilhelm Strauss die Nase ab und sah auf.

„Wat haben Sie?", fragte Williamson alarmiert.

„Das ist nur die Aufregung", wiegelte er ab. Dann fuhr er fort: „Wissen Sie, was man uns sagte? Dass sie weggelaufen sei. Das täten die Mädchen manchmal, sie liefen einfach weg! Das mochte ja sein, so widersprachen wir, aber nicht unsere Nathaniela! Sie wusste, dass wir sie adoptieren wollten, es war schon alles vorbereitet! Und sie wollte uns etwas sagen! Da läuft man doch nicht einfach davon und entscheidet sich für ein Leben in Unsicherheit und Elend!"

Strauss schüttelte den Kopf.

„Die Verhältnisse in Angola waren damals ... chaotisch, gefährlich, gewalttätig, und das ist noch untertrieben! Ein Menschenleben war da nichts wert, deshalb haben meine Frau und ich diese Schule so unglaublich gefunden! Sie war wie ein Hort der Unschuld und Ruhe in all dem Chaos. Aber als Nathaniela weg war, war es unmöglich, sie zu finden. Wir haben alles versucht ... aber es gab damals große Flüchtlingswellen, einige sagen eine Million, andere sprechen von bis zu vier Millionen Menschen! Unter diesen Umständen ein sechzehnjähriges Mädchen zu finden … es gab nichts, wo wir hätten ansetzen können: keine vernünftige Verwaltung, keine Strukturen von Polizei oder Militär, keine Infrastruktur, einfach nichts! Es war eine entfesselte Dystopie in diesem Land. Überall nur Resignation, Tod, Gewalt, Elend, Stillstand!"

Er hatte sich in Rage geredet und hielt sich nun auch an der Tischkante fest. Inzwischen troff auch Blut aus dem anderen Nasenloch. Wilhelm Strauss wischte es weg. Sein Atem ging stoßweise.

„Meine Frau hat es niemals verkraftet, dass wir Nathaniela verloren haben", seine Stimme klang dumpf. Er schaute ins Leere. „Sie ist daran zerbrochen." Jetzt schaute er auf und sah der Hauptkommissarin ins Gesicht. Seine Augen waren blutunterlaufen. „Der Verlust hat sie krank gemacht. Sie ist ein paar Jahre später gestorben. An gebrochenem Herzen, nicht bloß an einem Schlaganfall!"

Wie Volker Schenkendorf, dachte Williamson.

„Wie hat sich Evelyn Jansen verhalten? Hatten Sie sie schon von Anfang an in Verdacht?", fragte sie weiter.

Energisch schüttelte der ehemalige Elitekämpfer den Kopf.

„Nein, da noch nicht. Und auch lange danach nicht. Sie hat die Betroffene gemimt, hat sich sogar vorgeblich an der Suche beteiligt. Irgendwann hat sie die offizielle Meinung der Schule geteilt, dass sich Nathaniela für ein anderes Leben entschieden hätte." Bitter lachte er auf. „Eines muss man ihr lassen: Sie war eine fantastische Schauspielerin!"

Williamson pflichtete ihm im Stillen bei.

„Dass sie und auch ihr Mann, ebenso wie Volker, irgendetwas mit Diamanten am Laufen hatten, hatte ich vermutet. Dass man in diesem Land zu dieser Zeit gewisse … Kompromisse eingehen musste, habe ich als Unternehmer natürlich auch gewusst – und auch praktiziert. Dass die drei so groß in den illegalen Diamanthandel involviert waren, war mir nicht klar, das habe ich erst viel später im Zuge meiner Nachforschungen erfahren. Aber dass da irgendetwas Illegales lief, ja, das ahnte ich, auch wenn ich keine Beweise hatte. Von dem Mädchenhandel von Evelyn, diesem Scheusal, wusste ich da noch nichts."

„Wieso haben die Jansens und Volker Schenkendorf 1996 das Land verlassen?", fragte Cohen dazwischen.

Strauss schüttelte den Kopf. Seine Hände, die das Papiertaschentuch zusammenknüllten, zitterten.

„Genau weiß ich das nicht. Aber ich glaube, es wurde ihnen zu heiß. Der Mädchenhandel war noch nicht so weit professionalisiert, wie das später der Fall war, als Evelyn von Deutschland aus operierte. Und die vielen Flüge von Rudolf und Volker nach Südafrika – das wäre irgendwann aufgefallen, auch wenn wir da unseren Hauptsitz hatten. Offiziell sind sie natürlich zurückgegangen, weil Evelyn schwanger wurde!"

Er schnaubte, was bei ihm wie ein Schluchzen klang.

„Können Sie sich das vorstellen? Dieses Monster wird schwanger und setzt mit seinen Genen ein Kind in die Welt, während Mara und mir ein Kind versagt wurde und uns auch noch Nathaniela genommen worden ist! Von Evelyn!"

„Wie haben Sie dat herausgefunden? Dat Evelyn hinter dem Verschwinden von Nathaniela steckte un' dat sie von hier aus den Mädchenhandel größer un' professioneller aufgezogen hat?" Williamson wollte alles wissen, es war wie ein innerer Zwang.

Strauss schloss für einen Moment die Augen. Kalter Schweiß bedeckte seine Wangen, die kalkweiß waren.

„Ich habe es vor gar nicht so langer Zeit erfahren", flüsterte er. „Jahrelang habe ich nicht nur nach Nathaniela gesucht, sondern habe versucht herauszufinden, was passiert war. Erst vor ungefähr einem Jahr habe ich aus Angola einen entscheidenden Tipp bekommen. Ich habe dort immer noch einige Kontakte, müssen Sie wissen. Es war ein Schock."

Er stockte. Ein Würgereiz schien ihn zu packen, aber mit äußerster Selbstbeherrschung schien er ihn zu überwinden.

„Als ich es erfuhr, ist noch einmal eine Welt für mich zusammengebrochen. Stellen Sie sich das vor: Wir haben uns zwar 2006 das letzte Mal gesehen, aber wir saßen einträchtig zusammen im Stadion und haben ein Fußballspiel angeschaut! Wie unmenschlich muss man sein, dass Rudolf und Evelyn sich in aller Ruhe neben mich setzen und über alte Zeiten plaudern konnten! Sie wussten doch, wie sehr meine Frau und ich gelitten hatten! Als mir das klar wurde, war der Punkt für mich und auch für Dieter erreicht ...", er schaute kurz zu seinem Kompagnon auf, der stocksteif und leichenblass neben ihm stand und wieder in die Ferne schaute, die Kiefer fest aufeinandergepresst, „... an dem es kein Zurück mehr gab.

Wir schmiedeten einen Plan. Dieser sah unter anderem vor, dass sich Dieter bei der Firma Robben einschleuste, damit wir eine perfekte Tarnung aufbauen konnten. Damit wir diesem Treiben ein Ende setzen konnten. Sie mussten sterben!"

„Die Polizei war für Sie also keine Option?", fragte Grifo eher der Form halber.

„Nein, überhaupt nicht", Wilhelm Strauss schüttelte den Kopf. „Das war meine Rache, das mussten wir schon selber tun."

Williamson sah kurz zu dem Terrarium hinüber, das in dem separaten Raum schwach erleuchtet war. Es war keine Bewegung auszumachen. Die Schlangen, die die Namen der Rachegöttinnen trugen, schliefen anscheinend.

Strauss sah immer noch Grifo an und lächelte, sodass seine Zähne zu sehen waren. Sie schienen seltsam verfärbt zu sein.

„Sie haben noch den Idealismus der Jugend", sagte er zu der schönen Polizistin. Doch diese schüttelte den Kopf.

„Da wäre ich mir nicht so sicher", sagte sie leise.

„Warum haben Sie an Rudolf Jansen den Overkill verübt?", fragte Williamson weiter. „Un' nit an Evelyn? Sie war doch diejenige, die für all dat Furchtbare, wat Ihnen widerfahren is', verantwortlich war!"

„Sie war es nicht wert, dass ich mehr als einen Schuss auf sie verschwende!", knurrte er ungehalten. „Ein Schuss und Ende! Aber Rudolf … er hätte seine Frau aufhalten sollen, finden Sie nicht? Er hat von ihrem menschenverachtenden Treiben gewusst, er hätte für all die Mädchen, die sie auf dem Gewissen hatte, da sein, für sie einstehen müssen! Wie konnte er es zulassen, dass seine Frau ihr Unwesen Jahr um Jahr weitertrieb? Er ist doch auch Vater einer Tochter, oder nicht? So wie ich ein Vater für Nathaniela sein wollte!“

Tränen liefen die Wangen des Bauunternehmers hinab. Schluchzer schüttelten ihn, wieder schwankte er in seinem Stuhl.

Wahrscheinlich hat sich Strauss mit Rudolf Jansen selbst bestraft, weil er Nathaniela nit beschützen konnte, dachte Williamson, sagte es aber nicht laut.

Auf einmal hielt Wilhelm Strauss inne und öffnete blitzschnell eine Schublade an seinem Schreibtisch. Die Handschellen rasselten leise. Sofort griffen Ingo Bruhns und seine Kollegen, die immer noch reglos an der Wand des Büros standen, nach ihren Waffen, ebenso Grifo und Cohen, die sich angespannt hatten.

„Keine Panik“, murmelte der ehemalige Elitekämpfer und holte ein Bild in einem wunderschön geschnitzten Holzrahmen hervor. „Es ist nur eine Fotografie.“ Sie zeigte Nathaniela Arm in Arm mit ihm und einer hübschen, dunkelhaarigen Frau, wahrscheinlich der Ehefrau von Wilhelm Strauss, der nun zärtlich darüberstrich. „Das Bild wurde am selben Tag aufgenommen wie das Foto auf der Kommode im Haus der Jansens“, erklärte er mit erstickter Stimme. „Als ich es dort stehen sah, konnte ich es nicht glauben. Evelyn hatte ein Bild von Nathaniela bei sich im Wohnzimmer stehen, obwohl sie sie verschleppt hatte! Wie pervers muss man eigentlich sein?“

Das fragte sich Williamson auch, aber sie schwieg. Sie war zu erschüttert, um darauf etwas zu sagen. Ihren Kollegen ging es ähnlich.

„Ich habe, nachdem ich die beiden eliminiert hatte, das Bild entdeckt. Ich bin zu ihm gegangen, habe es in die Hand genommen und ihr gesagt, dass sie gerächt ist, dass sie endlich Frieden finden kann“, schluchzte er. Wieder sah er Williamson mit diesen merkwürdig roten Augen an. „Ich wollte es zuerst mitnehmen, aber dann habe ich es separat von den anderen Bildern wieder hingestellt, mit Nathanielas Gesicht zur Wand. Sie sollte dort nicht stehen, in diesem Wohnzimmer, in diesem schrecklichen Haus. Aber hätte ich es mitgenommen, dann wäre aufgefallen, dass es weg war.“

Dass das Bild sie von Anfang an irritiert hatte, sagte die Kommissarin ebenfalls nicht.

„Sie finden noch mehr Bilder von Nathaniela, meiner Frau und mir in der Schublade“, sagte der gepeinigte Mann und deutete mit dem Kinn darauf.

Er war aufgestanden und stand nun schwankend vor ihnen. Wieder klammerte er sich, genau wie sein Freund Clerken, an der Schreibtischkante fest. Trotzdem wirkten beide Männer äußerst gefasst.

„Ich“, fing Strauss an, brach dann aber ab. Sein Schwanken wurde stärker. Cohen und Grifo sprangen auf, aber es war zu spät. Er brach mit einem Stöhnen hinter seinem Schreibtisch zusammen.

Auch Williamson war aufgesprungen.

„Um Jottes willen!“, rief sie und lief um den Schreibtisch herum zu ihm. Er lag auf dem Boden. In seinen Mundwinkeln hatte sich ebenfalls Blut angesammelt, und als er den Mund zu einem diabolischen Lächeln verzog, erkannte die Kommissarin, was seine Zähne so merkwürdig verfärbt aussehen ließ: Es war ebenfalls Blut.

Hinter ihr schrien Grifo und Cohen nach einem Notarzt.

„Wat haben Sie?“, rief Williamson atemlos und zu Tode erschrocken. Sie beugte sich über den Mann. Strauss begann, sich in heftigen Krämpfen zu winden.

„Die Göttin hat sich gerächt“, brachte er unter den Krämpfen hervor. Er versuchte, den Kopf zu heben, um der Kommissarin noch etwas zuzuflüstern, aber es gelang ihm nicht.

„Bleiben Sie liegen, Hilfe ist unterwegs“, beruhigte die Kommissarin den Mann.

„Nein“, wisperte er, „dafür ist es zu spät!“

„Wat meinen Sie?“, fragte Williamson, als sie hinter sich eine lautlose Bewegung wahrnahm. Dieter Clerken war ebenfalls zusammengebrochen und lag auf der anderen Seite des Schreibtischs. Cohen und Grifo waren sofort bei ihm, gleichzeitig betraten zwei Notarztteams den Raum und scheuchten sie beiseite.

Bevor die Hauptkommissarin zur Seite springen konnte, hatte Strauss mit unbändiger Kraft und beiden Händen ihr Handgelenk umklammert.

„Tisiphone hat sich gerächt!“, stieß er mit zusammengebissenen Zähnen hervor. Dann verdrehten sich seine Augen, und er verlor das Bewusstsein. Ein Sanitäter schob Williamson zur Seite, die dies widerstandslos mit sich machen ließ.

Sie sah auf, und ihr Blick traf den von Grifo, die hilflos neben Dieter Clerken stand, während sich einer der

Notärzte und zwei Sanitäter um den Freund von Strauss kümmerten. Clerken krümmte den Rücken durch, während der Arzt und der Sanitäter versuchten, ihn am Boden zu halten.

„Tisiphone", stammelte Williamson fassungslos, „dat is' eine von den Schlangen!"

„Es ist die Kap-Vogelnatter", stieß Grifo aus. Sie sah von Clerken zu Strauss. „Haben sich die beiden etwa von der Schlange beißen lassen?"

„Hat Frau Walter nit gesagt, dat et für die kein Gegengift gibt?", fragte ihre Chefin entsetzt. „Wenn dat stimmt, sind die zwei auf Nummer sicher gegangen!"

Einer der Sanitäter blickte kurz auf.

„Wir haben am Arm eine Bisswunde gefunden, die stark geschwollen ist. Nicht nur die Stelle selbst, sondern der ganze Arm. Der Biss muss schon einige Tage zurückliegen."

Williamson sah kurz zu dem Terrarium hinüber.

„Der Biss stammt von einer Kap-Vogelnatter."

Sie fuhr sich durchs Strubbelhaar. Das Entsetzen hielt sie gefangen, aber die Konsequenz, mit der Strauss und Clerken ihren Weg zu Ende gegangen waren, rang ihr, wenn auch widerwillig, Bewunderung ab.

Der Notarzt, der sich um Strauss kümmerte, schaute sie an.

„Dann wird es schwer."

Kapitel 34

Es war Sonntagmittag, als Williamson zu Hause ankam. Sie war zu Tode erschöpft und gleichzeitig voller Adrenalin. Was sie alle in den letzten Stunden erlebt und erfahren hatten, hatte sie an die Grenzen des Erträglichen gebracht. Die nächsten Tage würden noch schwierig werden, das war Williamson klar. Doch das Schlimmste hatte sie schon hinter sich gebracht: das Gespräch mit Nina und Philipp Jansen, in dem sie den Geschwistern die Zusammenhänge erklärt hatte. Neben Felix Seidler war auch Iris Grundler anwesend gewesen, die immer wieder den Kopf geschüttelt hatte und in Tränen ausgebrochen war, genauso wie Nina Jansen. Insgesamt jedoch schienen die Geschwister langsam das Unfassbare zu akzeptieren. Dazu trug auch Felix Seidler bei, der wie ein Fels in der Brandung an der Seite von Nina Jansen gestanden, sie fest an sich gedrückt und auch Philipp immer wieder umarmt hatte.

Es würde dennoch ein langer Weg werden, bis die Geschwister verarbeitet hatten, dass ihre Eltern nicht die waren, für die sie sie über zwanzig Jahre lang gehalten hatten. Dass ihre Mutter ein Ungeheuer gewesen und ihr Familienleben, zwar nicht in Gänze, so doch in weiten Teilen, eine Farce gewesen war. Die Geschwister würden sich als Familie neu definieren müssen, aber dennoch waren sie durch die Erziehung ihrer Eltern geprägt. Das miteinander in Einklang zu bringen, würde Zeit, Geduld und viel Kraft brauchen.

Zusammen mit Tanja Meineke hatte sie die beiden auch darauf vorbereitet, dass die Presse über die Familie herfallen würde. Apropos Presse: Dr. Habernickel freute sich schon auf die Pressekonferenz, und diesmal hatte sich auch Williamson bereit erklärt, zusammen mit der Pressereferentin Dr. … Dings … Schlund daran teilzunehmen.

Wilhelm Strauss und Dieter Clerken waren beide ins Koma gefallen. Sie wurden in die Medizinische Hochschule Hannover gebracht, wo man aber lediglich die Symptome behandeln konnte. Die behandelnden Ärzte zogen das Hamburger Tropeninstitut zu Rate, das aber auch nicht helfen konnte, da es für das Gift der Kap-Vogelnatter kein Gegengift gab. Strauss und Clerken hatten da makabererweise weitsichtig gehandelt.

„Es ist ein Segen für sie, dass sie im Koma sind", hatte einer der behandelnden Ärzte Williamson am Telefon erklärt, als sie sich nach dem Zustand der Männer erkundigt hatte.

„Die Symptome sind sehr schmerzhaft und alles in allem grauenvoll. Nach Zahnfleisch- und Nasenbluten kommt es zu Übelkeit, Erbrechen, Durchfall und Kopfschmerzen bis hin zu blutigem Stuhl und Bluterbrechen. Das gesamte Gerinnungssystem des Blutes wird zerstört, sodass es zu dessen Ungerinnbarkeit kommt. Weitere Folgen sind starke unstillbare innere Blutungen bis hin zum Nierenversagen und Blutungen im Gehirn. Irgendwann folgt dann das Koma und dann – der Tod."

Williamson hatte geschluckt und dann die Frage gestellt, die sie seit dem Zusammenbruch der beiden Männer umgetrieben hatte.

„Haben wir irgendwat versäumt? Hätten wir schneller handeln müssen – einige Symptome haben wir ja gesehen, aber nit kapiert, wat da abgeht."

Der Arzt hatte einen Moment geschwiegen und dann geantwortet: „Diese Angst kann ich Ihnen nehmen. Sie hätten nichts tun oder verhindern können." Dann erzählte er ihr von dem Herpetologen Robert Mertens, der von einer Kap-Vogelnatter gebissen wurde und achtzehn Tage nach dem Biss starb.

„Während dieser Zeit hat er den Symptomverlauf dokumentiert", hatte er geschlossen.

„Wat?", hatte Williamson gekeucht, „achtzehn Tage, bis er tot war? So lange?"

Strauss und Clerken hatten sich seit Tagen in dem Büro oder Wohnraum von Strauss verschanzt. Sie hatten sich vielleicht schon kurz nach Williamsons und Grifos Befragung von Strauss beißen lassen und dann in Ruhe auf die Polizei und auf den Tod gewartet. Wahrscheinlich war durch einen gezielten Biss die Dosierung des Gifts auch höher als damals bei Mertens. Für Williamson überstieg das jede mögliche Vorstellungskraft.

„Das stelle ich mir gar nicht so einfach vor", hatte Alina Walter erklärt, mit der Williamson ebenfalls über diese ungeheuerliche Tat gesprochen hatte. „Kap-Vogelnattern sind scheu und flüchten eher, als dass sie angreifen. Das ist einer der Gründe, warum es bis heute kein Gegengift gibt: Bisse sind sehr selten."

Fassungslos hatte Williamson den Kopf geschüttelt und „Wahnsinn“ gemurmelt.

Die Leiterin der Kriminaltechnik hatte den Kopf hängen lassen.

„Hätte ich mich gleich nach unserem ersten Gespräch um den Abtransport der Kap-Vogelnatter gekümmert, hätten wir den Tod von Strauss und Clerken vielleicht verhindern können.“

Doch Williamson hatte das verneint und ihr beruhigend eine Hand auf den Unterarm gelegt.

„Nein, dat hätte nix geändert. Ich glaube, die beiden haben sich ziemlich direkt nach unserem Besuch in Winsen beißen lassen. Et hätte also keinen Unterschied gemacht, wenn gleich am nächsten Tag die Schlange entfernt worden wäre. Die zwei wussten janz genau, wat sie taten. Un‘ außerdem: Ich hatte ja bestimmt, dat der Fall Vorrang hat. Mit anderen Worten: Wenn in dieser Sache eine Schuld hat, dann ich!“

Zusammen hatten sie dann überlegt, was mit den Tieren zu tun sei. Sie mussten aus Winsen an der … Dings weg, das war klar. Schließlich hatte die Kriminaltechnikerin den Vorschlag gemacht, sie in der Schlangenfarm in Schladen im Harzer Vorland unterzubringen, dem Williamson sofort zugestimmt hatte. Alina Walter hatte zugesichert, sich darum zu kümmern.

An all das wollte sie jetzt aber nicht denken. Sie war zu Hause angekommen, bei ihrer Familie. Weit weg von illegalem Schmuggel, Diamanthandel, Schlangen und kaltblütigen Morden aus Rache. Die weitere Auf- und Nachbereitung des komplizierten Falles konnte bis morgen warten.

„Bin daheem“, rief sie, kaum dass sie den Hausflur betreten hatte, und streifte ihre Schuhe wie immer unter einigen Mühen ab. Als sie hochblickte, sah sie in die großen Augen von Carola, die sie aufmerksam musterten.

„Alles klar, Mom? Hast du den Fall gelöst?“

„Ja, minge Schatz, alles klar. Un‘ nenn mich nit … ach, wat soll et!“ Liebevoll legte sie ihrer großen Tochter einen Arm um die Schultern und zog sie an sich.

„Wie geht et dir? Alles in Ordnung?“

„Na klar, Mom. Wir bekommen diese Woche Ferien, und mit dem Aikido und mit dem Ole läuft es auch … oh!“ Erschrocken unterbrach sich Carola und legte zwei Finger auf ihre Lippen, als ihr schlagartig klar wurde, dass es kein so kluger Schachzug war, ihrer Mutter gegenüber Ole zu erwähnen.

Doch Williamson überraschte ihre Tochter. Sie winkte ab und grinste.

„Schon jut, minge Schatz. Ich weiß ja, dat du den Udo gernhast. Un‘ ob du et glaubst oder nit, ich war auch mal jung. Un‘ verliebt … un‘ so. Also: Wat hältst du davon, wenn du ihn mal zum Grillen mit zu uns nach Hause bringst? Du hast doch gesagt, dat er so gern Grillsachen mag, wat ihn ehrlich gesagt janz sympathisch macht.“

Carolas Augen wurden noch größer.

„Echt?“, fragte sie erstaunt und erfreut zugleich. „Du lädst ihn zum Grillen ein?“

Williamson nickte.

„Echt. Wenn er schon mit meiner Tochter herumpussiert, will ich wenigstens wissen, wie er so tickt."

Ihre Tochter lachte und fuhr sich durchs Strubbelhaar, eine Geste, die der Kommissarin nur zu bekannt vorkam.

„‚Herumpussieren', was ist das denn für ein Wort?"

„Aus dem Jahre 1880 im Kartoffelkrieg", gab Williamson postwendend zurück und fiel in das Lachen ein.

Carola wurde ernst.

„Danke, Mom. Das ist eine tolle Geste."

Ihre Mutter nickte.

„Schon jut. Wo is' denn deine Schwester?"

Sie musste auch noch mit Nicola reden, Familienkrisenmanagement in alle Richtungen sozusagen.

„Draußen auf der Terrasse. Sie zeichnet."

„Un' Papa?"

Jetzt grinste Carola breit.

„Er pflückt Stachelbeeren. Du kennst ihn ja."

Williamson grinste zurück. Bernd-Karl liebte seinen Garten und die Früchte, die man darin ernten konnte. Allerdings stand er mit dieser Leidenschaft in der Familie weitestgehend alleine da.

„Dann will ich die beiden Hübschen mal begrüßen."

Sie wandte sich um, um durch das Wohnzimmer auf die Terrasse zu gehen, hielt dann aber noch einmal inne.

„Sag mal, Carola, wie sind die Eltern von dem Ulrich denn so?"

Ihre Tochter, die schon im Begriff war, die Treppe hochzulaufen, stand einen Moment stocksteif da und wandte sich dann zu ihr um.

„Sie sind sehr nett, soweit ich das beurteilen kann. So gut kenne ich sie noch nicht. Und, Mom?“

„Ja, minge Schatz?“

„Er heißt Ole.“

„Von mir aus.“

Als Williamson auf die Terrasse trat, leuchteten ihr die pinken Haare ihrer Tochter aus der Ecke der Terrassenmöbel entgegen. Nicola hatte sich tief über ein Blatt gebeugt und zeichnete konzentriert. Ihre Zungenspitze war in einem der Mundwinkel zu sehen. Der Kommissarin wurde warm ums Herz. Leise trat sie zu ihrer jüngsten Tochter, die aufschreckte.

„Oh, Mensch, Mama, hast du mich erschreckt.“

„Entschuldige. Wat machst du denn da?“

„Das habe ich auf dem Sommerfest letzte Woche gelernt. Das versuche ich jetzt umzusetzen. Aus dem Workshop dieses Wochenende wurde ja nichts.“

Trauer lag in Nicolas Stimme und auch ein leiser Vorwurf. Williamson seufzte.

„Ja, ich weiß un‘ …“, sie gab sich einen Ruck, „… et tut mir leid. Vielleicht habe ich überreagiert, vielleicht aber auch nit. Weißt du, Nicola, ich war unglaublich erschrocken. Du hast so schöne Haare un‘ dann die Farbe … du kannst mich hoffentlich auch ein bisschen verstehen. Et geht auch um mehr als um die Farbe. Et geht auch darum, dat ihr langsam erwachsen werdet, euren eigenen Geschmack entwickelt un‘ so. Einfach, dat ihr euch von Papa un‘ mir löst. Dat is‘ nit so einfach für mich, weil ihr immer noch meine kleinen Mädchen seid. Ich weiß …“,

Williamson hob abwehrend die Hände, als Nicola aufbegehren wollte, „… dat ihr dat nit mehr seid. Ich muss mich noch daran gewöhnen, dat is alles. Wie an deine Haare."

Nach dieser langen Rede setzte sich Williamson erst einmal hin.

Nicola fasste sich in ihren Schopf. Sie hatte die schnell wachsende Pracht ihrer Mutter geerbt, schon jetzt sah man einen kleinen Ansatz ihrer Originalfarbe.

„Ich weiß, Mama, Carola und ich haben in den letzten Tagen oft darüber gesprochen. Ich hätte euch um Erlaubnis fragen sollen, das ist mir schon klar. Ich hatte halt Angst, dass ihr es verbietet."

„Wat wir auch getan hätten."

Nicola nickte.

„Siehst du, genau aus diesem Grund habe ich nicht gefragt." Sie schwieg eine Weile und senkte dann den Kopf. Der Ansatz war nun noch deutlicher zu sehen.

„Eigentlich müsste ich die Haare nachfärben. Aber ich weiß nicht, ob ich es machen soll. So toll gefällt es mir gar nicht mehr", murmelte sie fast unhörbar.

Williamson faltete die Hände vor ihrem Bauch.

„Dat musst du entscheiden, Nicola."

Da sah ihre jüngere Tochter auf und brach in Gelächter aus.

„Mensch, Mom …", sie benutzte das Kosewort für ihre Mutter, das sonst nur Carola gebrauchte, „… du bist eine so schlechte Lügnerin. Manchmal frage ich mich, wie du so erfolgreich bei deinen Verhören sein kannst."

Die Kommissarin schmunzelte.

„Ja, dat frage ich mich manchmal auch."

Ein Rascheln ließ beide aufhorchen und zu den Obststräuchern blicken. Ein in Williamsons Augen sehr attraktiver verlängerter Rücken, der zweifelsohne ihrem Mann gehörte, tauchte da im Gebüsch auf. Bernd-Karl war ganz unten an den Zweigen angekommen und sammelte die allerletzten Beeren ein. Es war ein Anblick für die Götter.

Nicola und Williamson sahen sich an und lachten aus vollem Hals.

Kapitel 35

Sechs Tage später, am darauffolgenden Samstag, fuhr Williamson in ihrer Marianne wieder einmal nach Kleuthen, aber diesmal so befreit wie noch nie. Sie hatte heute eine ganz besondere Mission zu erfüllen, worauf sie sich sehr freute.

Die Nachbereitung des Falles war ein schönes Stück vorangegangen, aber noch nicht ganz abgeschlossen. Insbesondere die Zerschlagung des Netzwerks für den Diamantschmuggel und den Mädchenhandel, das Evelyn Jansen über so viele Jahre perfekt aufgebaut hatte, nahm viel Zeit und Geduld in Anspruch. Ob es je gelingen würde, es ganz zu zerstören, wagten Williamson und ihre Kollegen zu bezweifeln. Entweder ploppten dann irgendwo anders kriminelle Machenschaften auf, die sich die vorhandenen Strukturen zunutze machten, oder es wurde ein komplett neues kriminelles Netz geschaffen, und alles ging wieder von vorne los.

Wilhelm Strauss war vor fünf Tagen gestorben, Dieter Clerken folgte ihm zwei Tage später. Nun war der Bauunternehmer mit seiner Frau und Nathaniela, die höchstwahrscheinlich inzwischen auch tot war, vereint, und Clerken war seinem Freund und Mentor ergeben in den Tod gefolgt. Beide hatten das Bewusstsein nicht wiedererlangt. Immer noch konnte Williamson ihre Handlungen nicht verstehen, auch wenn sie den Schmerz und auch den Hass von Strauss nachvollziehen konnte.

Michael Wanner war noch am Sonntag aus der Untersuchungshaft entlassen worden. Williamson hatte Sascha Cohen dazu genötigt, bei der Entlassung dabei zu sein und sich bei ihm zu entschuldigen. Wie sie gehört hatte, wollten Wanner und seine Frau aus Kleuthen wegziehen und ihr Haus verkaufen, um irgendwo neu anzufangen. Die Kommissarin wünschte beiden, dass ihnen der Neuanfang gelingen möge, was vor allem von dem Verhalten von Michael Wanner abhängen würde. Sie bezweifelte, dass ihm das ohne eine Antiaggressionstherapie gelang. Aber das lag nicht in ihrer Macht.

Auch das Haus der Jansens sollte verkauft werden. Nina und Philipp hatten sich dazu entschlossen, aber das „Mörderhaus der Monsterfamilie", wie eine große Tageszeitung titelte, würde wohl so leicht keinen Abnehmer finden. Auch darauf hatte Williamson keinen Einfluss. Sie konnte nicht die ganze Welt retten. Im Moment bereiteten die Geschwister mithilfe von Iris Grundler und der Familie Dornholz die Beerdigung ihrer Eltern vor, die in aller Stille erfolgen sollte. Williamson und ihre Kollegen würden anwesend sein. Wenigstens das konnten sie für die Geschwister tun.

Die Schlangen aus dem Büro von Wilhelm Strauss waren inzwischen sicher in der Schlangenfarm Schladen angekommen, wo sich kompetente Betreuer art- und fachgerecht um die Tiere kümmern würden. Williamson war bei dem Transport zugegen gewesen und hatte, ebenso wie Alina Walter und Cohen, der unbedingt mitkommen wollte, mit einer Mischung aus Faszination und Abscheu beobachtet, wie die Tiere aus dem Terrarium gehievt und sicher verwahrt in den Nordharz verfrachtet wurden.

Wo das Geld, das Volker Schenkendorf in seiner Zeit in Angola zusammen mit Rudolf und Evelyn Jansen aus dem Diamantschmuggel illegal erwirtschaftet hatte, abgeblieben war, war ebenfalls noch nicht geklärt. Petra Schenkendorf hatte keine Ahnung, ob es noch auf irgendeinem Konto lag oder nicht. Unterlagen hatten sie dazu keine gefunden. Die Witwe vermutete, dass es ihr verstorbener Mann womöglich gespendet hatte, vielleicht einem der Nationalparks, die er so sehr geliebt hatte, um sein schlechtes Gewissen zu beruhigen. Beweisen konnten sie es nicht.

Besonders froh war Williamson, dass sie nicht mehr das Gefühl hatte, verfolgt und beobachtet zu werden. Das Prickeln zwischen den Schulterblättern war verschwunden. Es war zum letzten Mal vor ihrem Haus aufgetaucht, als sie dies zum Anlass genommen hatte, Bernd-Karl davon zu berichten. Seitdem war es nicht mehr aufgetreten. Wenn Lissenbach ihr Verfolger war, hatte ihr Gespräch vielleicht doch etwas bewirkt. Darüber war sie unendlich erleichtert.

Und am Montag würde es mit ihrer Familie in den Urlaub gehen, Toskana, zwei Wochen. Das Leben konnte so schön sein.

Der Einzige, der ihr Bauchgrimmen bereitete, war Sascha Cohen. Sie hatte zwar keine Hinweise darauf gefunden, dass er bewusst Informationen über die Jagdwaffen von Michael Wanner und dessen Waffenschein zurückgehalten hatte, aber sie war sich diesbezüglich nicht sicher. Ebenso wenig konnte sie herausfinden, wann er den Haftrichter bezüglich eines Haftbefehls für den cholerischen Nachbarn kontaktiert und die ganze Maschinerie für die Verhaftung in Gang gesetzt hatte. Ingo Bruhns hatte ihr bestätigt, dass Cohens Anruf bei ihm in jedem Falle nach dem Telefonat, das sie mit ihm aus dem Haus der Jansens geführt hatte, erfolgt war. Der Haftrichter hingegen hatte dichtgemacht und sie abblitzen lassen. Er war Balustreit, der am Montag aus dem Urlaub zurückerwartet wurde, treu ergeben. Williamson hatte Grifo das Versprechen abgenommen, Balustreit und Cohen im Auge zu behalten, während sie im Urlaub war. Und dann waren da auch noch die geheimnisvolle Vergangenheit des Barons, der sie immerhin einen entscheidenden Tipp zu verdanken hatten, und die hervorragenden Englischkenntnisse, die sie verblüfft hatten …

Inzwischen war sie im Neubaugebiet von Kleuthen angekommen und nahm schwungvoll die Einfahrt zum Haus der Familie Dornholz. Julian erwartete sie schon an der Tür und hüpfte aufgeregt auf und ab.

„Da bist du ja!“, schrie er ihr entgegen und rannte auf sie zu. „Mama hat einen groooooßen …“, er beschrieb die Größe mit seinen Armen, die ungefähr ein Wagenrad einer Kutsche umfasste, „… Kuchen gebacken! Meinen Lieblingskuchen, du wirst ihn auch bestimmt toll finden. Er ist nämlich ein Käsekuchen. Mit Zitronengeschmack.“

„Davon bin ich überzeugt“, grinste Williamson, fuhr ihm durch den Blondschopf und nahm dann eine Papiertüte vom Rücksitz. Darin befand sich der eigentliche Grund für ihren Besuch.

„Hallo Großer", begrüßte sie ihn, ebenso wie seine Mutter, die nun auch an die Haustür gekommen war.

„Juten Tag, Frau Dornholz, danke, dat ich bei Ihnen vorbeikommen darf."

„Aber das ist doch selbstverständlich", entgegnete die hübsche Frau mit den ebenmäßigen Gesichtszügen. „Bitte, kommen Sie herein. Es geht aber auch gleich wieder hinaus, wir haben auf der Terrasse gedeckt."

„Gern", stimmte Williamson zu und folgte Andrea Dornholz durchs Haus und auf die Terrasse, wo sie Christoph Dornholz mit einem Tablett mit drei Sektgläsern erwartete. Die von ihm letzte Woche gestrichene Bank stand, mit hübschen Kissen dekoriert, dabei. Es sah sehr einladend aus.

„Wir sollten auf die Lösung des Falles anstoßen", sagte der groß gewachsene Mann gerade.

„Danke, Herr Dornholz, aber bevor wir dat machen, habe ich noch wat Wichtiges zu verkünden."

Williamson wandte sich an Julian, der sie mit großen Augen musterte.

„Junger Mann", begann sie feierlich, „du hast mit deiner fantastischen Beobachtungsgabe entscheidend zur Lösung des Falles beigetragen. Un' deshalb verleihe ich dir …", hier griff sie in die Papiertüte und holte eine hübsche, dunkelblaue Schachtel hervor, und damit sie diese öffnen konnte, stellte sie die Tüte kurz auf die Bank, „… den Rang eines Hilfspolizisten der Kriminalpolizei Hannover."

Mit diesen Worten holte sie einen silbernen Sheriffstern aus der Schachtel und heftete ihn an Julians stolzgeschwellte Brust. Sie hatte Nicola gebeten, ihn zu entwerfen. Durch das Internet hatten sie im Handumdrehen eine Firma gefunden, die nach Nicolas Vorlage den Stern angefertigt hatte. „Hilfssheriff Julian Dornholz für besondere Verdienste, Kriminalpolizei Hannover“, stand darauf. Julian wusste nicht, wohin mit sich vor Freude. Immer wieder betastete er den Stern, sah abwechselnd von Williamson zu seinen Eltern, die applaudierten, und schluckte.

„Danke“, brachte er schließlich strahlend hervor.

„Dat is‘ aber noch nit alles“, sagte Williamson geheimnisvoll und griff wieder in die Tüte.

Sie hatte noch ein spezielles Geschenk für Julian. Ein Freund von einem Kollegen hatte wieder einen Freund, der einen Cousin hatte … oder so …, der beim 1. FC Köln arbeitete. Und dieser hatte etwas für Williamson besorgt und ihr per Expresslieferung zugeschickt. Es war ein Trikot, und zwar das für die neue Saison, das die Kommissarin dem kleinen Jungen nicht minder feierlich überreichte.

„Von Jonas Hector“, schrie Julian begeistert aus und klatschte in die Hände vor Freude. Dann wurden seine Augen groß und größer. „Mit Autogramm!“, sagte er ehrfürchtig und strich sanft darüber.

„Zieh es doch mal über!“, forderte seine Mutter ihn auf. Julian kam ihrer Bitte sofort nach. Es passte wie angegossen. Andrea Dornholz sah Williamson an.

„Damit haben Sie ihm eine große Freude gemacht. Und jetzt sollten wir Kuchen essen.“

Das ließ sich Williamson nicht zweimal sagen.

Elena Grifo schwang sich auf ihr Fahrrad und machte sich auf den Weg nach Hause in die Südstadt. Sie hatte den Samstagvormittag im Büro verbracht, doch nun war es auch für sie genug. Wie ihre Kollegen war auch sie von dem Fall sehr mitgenommen und froh, dass er gelöst war.

Sie trat tüchtig in die Pedale und ließ sich den Fahrtwind um die Nase wehen. Das tat gut und machte den Kopf frei. Den Kopp durchpusten lassen, nannte ihre Chefin das. Als sie an die Hauptkommissarin dachte, stahl sich ein Lächeln auf ihr Gesicht. Williamson war nicht nur eine hervorragende Polizistin, von der sich Elena eine Menge abschauen konnte, sie war auch ein außergewöhnlicher Mensch.

Kurz und gut: Elena mochte ihre Vorgesetzte, sehr sogar, ebenso wie ihre Familie, die sie mit Wehmut daran denken ließ, dass sie selbst nie ein intaktes Familienleben erfahren hatte.

Gerade weil sie die Williamsons so sehr schätzte, war sie zu Tode erschrocken gewesen, als sie vor einigen Tagen Besuch bekommen hatte. Ihre Chefin war mit Cohen und Alina Walter nach Winsen an der Luhe gefahren, um dem Abtransport der Giftschlangen beizuwohnen. Sie selbst hatte es sich mit einem belegten Baguette und einer Tasse Kaffee gerade an ihrem Schreibtisch gemütlich gemacht und las noch einmal einige Protokolle zu dem Fall durch, als eine Bewegung vor ihrem Tisch sie hatte hochfahren lassen. Bernd-Karl Williamson hatte vor ihr gestanden und sie mit einem sehr ernsten Gesichtsausdruck angeschaut. Seine Augen hatten so intensiv auf ihr geruht, dass sie unruhig auf ihrem Sitz herumzurutschen begann. Er musste lautlos in ihr Büro geschlüpft sein. Elena war der Verdacht gekommen, dass er sich genau diesen Tag für einen Besuch bei ihr ausgesucht hatte, der Tag, an dem Williamson unterwegs war.

„Elena“, sagte er schlicht statt einer Begrüßung. „Es tut mir leid, dass ich Sie hier behelligen muss, aber es geht nicht anders.“

Sein Blick hatte nach wie vor so durchdringend auf ihr gelegen, dass sie ihm hatte ausweichen müssen. Bernd-Karl Williamson war umgehend zur Sache gekommen.

„Meine Frau hat mir vor einigen Tagen berichtet, nein, sie hat es vielmehr gestanden, dass sie das Gefühl hat, beobachtet zu werden.“

Dieser Satz hatte Elena veranlasst, ruckartig den Kopf zu heben. Ihre Augen hatten geradewegs die von Bernd-Karl gekreuzt, sodass sie gleich wieder vor sich auf die Tischplatte geschaut hatte, genauer gesagt, auf das Baguette, das sie nach wie vor in der Hand hielt.

„Ich habe ihr das Versprechen abgerungen, dass sie etwas unternimmt, aber wie ich sie kenne, hat sie das nicht getan. Habe ich recht?“, war Bernd-Karl fortgefahren.

Schweigend hatte Elena den Kopf geschüttelt. Sie war erschüttert. Natürlich war auch ihr in den vergangenen Tagen aufgefallen, dass sie jemand beobachtet hatte, aber sie hatte so getan, als ob sie nichts bemerkt hätte, in der Hoffnung, ihre Chefin wäre so sehr mit dem Fall beschäftigt gewesen, dass sie nichts gespürt hatte. Dem war offensichtlich nicht so gewesen.

„Sie hätte mir weiterhin nichts gesagt, wenn diese Person sie nicht bis vor unser Haus verfolgt hätte“, berichtete der Ehemann ihrer Chefin weiter. Dies hatte Elena dazu veranlasst, erschrocken zusammenzufahren. Die Hauptkommissarin wurde bis vor ihr Haus verfolgt? Damit hatte sie nicht gerechnet. Sie hatte geschwiegen und hart geschluckt. Ihr war die Luft weggeblieben, und sie hatte kaum zu atmen gewagt.

„Es ist schlimm genug, dass sich meine Frau beobachtet fühlt, aber dass sie bis vor unser Haus, unser HEIM …", Bernd-Karl hatte dieses Wort mit großem Nachdruck ausgesprochen, „… verfolgt wird, geht eindeutig zu weit. Dies lasse ich nicht zu. Ich werde alles tun, um meine Familie zu schützen, die nur aus einem einzigen Grund hier ist: meinetwegen!"

Bernd-Karl hatte sehr ruhig gesprochen, aber sehr bestimmt, jedes Wort stark akzentuiert. Es war auch nicht nötig, dass er laut wurde, den Ernst der Lage hatte Elena auch so begriffen.

„Ich weiß nicht, warum, aber sie wollte nicht mit Ihnen darüber sprechen", erklärte Bernd-Karl gerade mit seiner sonoren Stimme. „Genau das veranlasst mich, zu Ihnen zu kommen. Wenn Sie irgendetwas wissen oder ahnen, wer der Stalker sein könnte, dann bitte ich Sie hiermit, etwas zu unternehmen. Ich will, dass das umgehend aufhört. Ansonsten bin ich sehr schnell bei Kriminalrat Habernickel im Büro."

Elena hatte noch weiter den Kopf gesenkt, sodass ihre langen Haare wie ein Vorhang vor ihr Gesicht fielen. Eine ganze Weile hatte sie so dagesessen. Es war sehr still gewesen in ihrem Büro. Als sie wieder aufgeschaut hatte, war Bernd-Karl verschwunden gewesen, so lautlos wie er gekommen war.

Und Elena hatte etwas unternommen. Sie wusste nur nicht, ob es ausreichte.

Inzwischen ist sie in ihrer ruhigen Wohnstraße angekommen. Vor dem Mietshaus, in dem sie wohnt, steigt sie vom Fahrrad und sieht sich nach allen Seiten um. Es ist sehr friedlich an diesem Samstagmittag. Junge Familien oder Paare kommen vom Einkaufen oder gehen zum Maschsee, um die Sonne und das Wochenende zu genießen. Elena streicht sich die Haare aus der Stirn, die vom Fahrtwind zerzaust sind. Kein Prickeln, das ihren Rücken hoch- oder herunterläuft. So weit so gut.

Schnell kettet sie ihr Fahrrad an, schließt die Eingangstür auf und leert den Briefkasten. Leichtfüßig springt sie die Treppe zu ihrer Wohnung in den dritten Stock hinauf. An ihrer Wohnungstür hält sie inne. Es dauert eine Weile, bis sie die vier Sicherheitsschlösser geöffnet hat. Schnell schlüpft sie in den Flur und schließt wieder sorgfältig ab, ein Schloss nach dem anderen. Sie wirft die Post auf ein kleines Tischchen am Eingang. Unter einer Arztrechnung lugt ein Brief hervor. Er trägt keinen Absender. In aufgeklebten Buchstaben steht auf dem Umschlag nur schlicht „Elena". Sie streckt sich und geht den Flur entlang in die Tiefe der Wohnung. Eine weibliche Stimme ruft aus einem der hinteren Zimmer: „Elena, bist du zurück?"

NIEMEYER KRIMI
SUSANNE
SCHIEBLE
HANNOVER
HELAU
KRIMINALROMAN
CW Niemeyer

Im Verlag CW Niemeyer bereits erschienen ...

Anna wäre gerne mehr für Lukas als nur die nette Nachbarin. Aber der Frauenschwarm liebt vor allem seine Freiheit und die Abwechslung. Bis ein Vorfall an der S-Bahn-Haltestelle alles verändert. Lukas liegt im Koma und Anna wird von Schuldgefühlen erdrückt, weil sie an jenem Abend nicht anders reagiert hat – erst recht, als sein Bruder auftaucht. Felix hat geschworen, sich nie wieder auf eine Frau einzulassen. Bis er Anna trifft, die ausgerechnet in seinen Bruder verliebt ist. Zwischen dem gemeinsamen Bangen um Lukas und all den offenen Fragen, was mit ihm geschehen ist, kämpft er gegen seine wachsenden Gefühle an – ohne zu wissen, dass Anna ihm die ganze Zeit etwas verschweigt.

Petra Bunte. Dieses Viel zu laute Schweigen
528 Seiten. Klappenbroschur. ISBN 978-3-8271-9393-3
E-Book 978-3-8271-8406-1 (Epub)

Im Verlag CW Niemeyer bereits erschienen ...

Auf Gran Canarias erholt sich André Jäger von seinem letzten Einsatz. Als auf einem Hotelgelände eine Leiche gefunden wird, ist es mit der Ruhe jedoch vorbei, denn Jäger erkennt das Opfer. Er beginnt zu recherchieren und fliegt zurück in seine Heimatstadt Kassel. Bei einer Demonstration gegen den Verkauf von Drohnen an die Bundeswehr kommt es zu gewalttätigen Ausschreitungen. Gibt es etwa eine Verbindung zu dem mysteriösen Todesfall auf den Kanaren?
Jäger enthüllt weitere schockierende Details. Dabei gerät er selbst zunehmend in Gefahr und bemerkt nicht, dass die Schlinge um seinen Hals immer enger wird ...

Daniel Wehnhardt. Das Maven-Projekt
432 Seiten. Klappenbroschur. ISBN 978-3-8271-9361-2
E-Book 978-3-8271-8437-5 (Epub)

Im Verlag CW Niemeyer bereits erschienen ...

Die Mutter der 15-jährigen Lucy fürchtet, ihre Tochter könne in die Fänge einer Sekte geraten sein und bittet Stefan Blume um Hilfe. Blume sagt zu und quartiert sich in einer Pension in Braunlage ein. Wenige Tage später ist Lucy verschwunden. Bei seiner Recherche stößt er in Lucys Zimmer auf ein Notizbuch. Der Verfasser schildert darin seine und die Geschichte von fünf weiteren KZ-Häftlingen, mit denen er 1945 während der Todesmärsche über den Harz fliehen kann. Blume begreift, dass jemand unbedingt in den Besitz dieses Notizbuches gelangen will und dafür über Leichen geht.

Roland Lange. Harzhenker
416 Seiten. Taschenbuch. ISBN 978-3-8271-9364-3
E-Book 978-3-8271-8434-4 (Epub)

Im Verlag CW Niemeyer bereits erschienen ...

Stumme Schreie, die niemand hört, heimliche Schatten in der Nacht ... Was geht da vor in Ahrensburg? Die beschauliche Stadt wird zum Schauplatz von Morden, Verbrechen und Intrigen.
22 Autorinnen und Autoren im Alter von 9 bis 96 Jahren, die alle im Kreis Stormarn zu Hause sind, lassen ihrer Fantasie freien Lauf und dabei die Schlossstadt in spannenden Geschichten erzittern.
Lernen Sie Ahrensburg ganz neu und vollkommen anders kennen, und tauchen Sie ein in die Welt von Kriminellen, Polizisten, Fahndern und privaten Ermittlern.

Nils Meyer-Selbach (Hrsg). AHRENSMORD
432 Seiten. Klappenbroschur. ISBN 978-3-8271-9371-1
E-Book 978-3-8271-8427-6 (Epub)

Im Verlag CW Niemeyer bereits erschienen ...

Nur noch kurz auf die Toilette, dann schnell zurück ins sichere Auto … Svenja Behrendt ahnt nicht, dass dort der Tod auf sie lauert. Sie wird niemals mit der Fähre nach Schweden kommen.
Erdrosselt bleibt sie in ihrem Wagen am Kai zurück. Während die Kieler Kommissarin Frauke Knoop Svenjas Mörder zwischen Kiel, der Künstlerkolonie Carlshöhe in Eckernförde und der Carlshütte in Rendsburg jagt, verhärtet sich ihr Gefühl, ein entscheidendes Detail zu übersehen.

Jochen Bender. Tod am Schwedenkai
352 Seiten. Taschenbuch. ISBN 978-3-8271-9369-8
E-Book 978-3-8271-8429-0 (Epub)

Im Verlag CW Niemeyer bereits erschienen ...

Nina Morettis 13. Fall

Baggerfahrer Willi Wünschle liegt nach dem Besuch seiner Stammkneipe mit eingeschlagenem Schädel in seiner Wohnung. Ist ein Streit unter Betrunkenen eskaliert oder hat das Ganze etwas mit dem Gerücht um einen verfluchten Münzschatz zu tun, den der Bauarbeiter gefunden haben soll?

Micha Krämer. Totensilber
480 Seiten. Taschenbuch. ISBN 978-3-8271-9365-0
E-Book 978-3-8271-8433-7 (Epub)

Im Verlag CW Niemeyer bereits erschienen ...

Der arbeitslose Handwerker Tom Jakobs wird tot am Rande der A 7 entdeckt. Zunächst scheint es sich um einen Suizid zu handeln, doch bald steht fest: Jemand hat nachgeholfen. Die Flensburger Kommissare Andresen und Weichert ermitteln. Jakobs lebte mit drei anderen alleinstehenden Männern in einer WG. Hatte einer der Mitbewohner mit dem Opfer eine Rechnung offen? Oder besaß Jakobs' Bruder, ein erfolgreicher Flensburger Künstler, ein Motiv für den Mord?

Britta Bendixen. List und Lüge
512 Seiten. Klappenbroschur. ISBN 978-3-8271-9368-1
E-Book 978-3-8271-8430-6 (Epub)

#niemeyerbuch

Jetzt kein Buch mehr verpassen

Folgt uns auf

#niemeyerbuch